THOMMIE BAYER

Spatz in der Hand

Der Himmel fängt über dem Boden an

Autor

Thommie Bayer, 1953 in Esslingen geboren, studierte Malerei
und war erfolgreicher Liedermacher und Kabarettist. Seit
1985 schreibt er Romane und Kurzgeschichten und ist zunehmend auch als Journalist tätig.

*Im Goldmann Taschenbuch Verlag liegen folgende Titel
des Autors in Einzelausgaben vor:*

Spatz in der Hand. Roman (42313)
Der neue Mann und das Meer. 30 Typen wie du und er
(42820)
Der Himmel fängt über dem Boden an. Roman (43026)

THOMMIE BAYER

Spatz in der Hand
Der Himmel fängt über dem Boden an

Zwei Romane in einem Band

GOLDMANN

Umwelthinweis:
Alle bedruckten Materialien dieses Taschenbuches
sind chlorfrei und umweltschonend.
Das Papier enthält Recycling-Anteile.

Der Goldmann Verlag
ist ein Unternehmen der Verlagsgruppe Bertelsmann

Genehmigte Taschenbuchausgabe 9/97
»Der Spatz in der Hand«
Copyright © 1992 by Vito von Eichborn Verlag, Frankfurt am Main
»Der Himmel fängt über dem Boden an«
Copyright © 1994 by Vito von Eichborn Verlag, Frankfurt am Main
Umschlaggestaltung: Design Team München
Umschlagmotiv: Uli Gleis
Druck: Elsnerdruck, Berlin
Verlagsnummer: 13176
KR · Herstellung: Heidrun Nawrot
Made in Germany
ISBN 3-442-13176-6

3 5 7 9 10 8 6 4 2

Spatz in der Hand

Roman

Für Thomas

»Non sarà il canto delle Sirene«
Francesco de Gregori

Nur wenig wird im folgenden die Rede sein von Männern, deren hormoneller Autopilot sich schon beim Anblick einer am Horizont wehenden blonden Löwenmähne zuschaltet und direkt in den Steigflug geht, wenn das Alter der Löwin noch weit von Mitte Zwanzig entfernt ist, um allerdings unverzüglich den Absturz einzuleiten, wenn eine Brustweite unter neunzig oder Brille ins Spiel kommt. Der hormonelle Autopilot steuert die allermeisten.

Und für die allermeisten gilt auch die Regel, daß Herz und Verstand, wenn sie schon im selben Menschen vorkommen, in einiger Entfernung voneinander untergebracht sein müssen, jenseits von Sicht- oder Rufweite, da sonst der Sinn des Lebens in Gefahr gerät. Mit »Herz« ist hier der hormonelle Autopilot gemeint und mit »Sinn des Lebens« das Vergnügen ohne Reue, von dem die Männer in ihrem jahrhundertealten Jägerlatein noch heute schwadronieren und träumen. Natürlich nur die allermeisten.

1. KAPITEL

Sabine trug eine Brille. Und bei ihr waren Herz und Verstand nicht nur eng miteinander befreundet, sondern steckten andauernd zusammen, um sich kichernd und flüsternd Streiche auszudenken.

Und Sabine wohnte in München, wo das Leben schöner ist als anderswo, zumindest für die, die ihr Konto überziehen dürfen. Erst recht natürlich für die, die das nicht müssen, weil ohnehin mehr Geld hereinkommt als sie ausgeben können. Für solche ist das Leben auch insofern hier viel schöner, als man im allgemeinen dem hormonellen Autopiloten in München öfter als anderswo Vertrauen schenkt und im besonderen gern den Ruf eines Vielfliegers pflegt, den die Riege der weniger begünstigten Neider mit ihren vorwurfsvollen Augen zu noch gewagteren Kunststücken verleitet, in der dünnen Luft, die des Siegers tägliches Manna ist.

Sabine saß in einem Hotelzimmer und wußte nicht, wohin mit sich. Sie war wütend. So wütend, daß auch ihr sonst recht verläßlicher Humor dagegen nicht mehr ankam. Sie kochte sozusagen.

Vor weniger als einer Stunde hatte sie ihrem zukünftigen Ex-Mann Ralf ein Ultimatum gestellt, das von jenem mit ungläubig hochgezogenen Augenbrauen quittiert worden war. Und die Brauen waren noch nicht wieder auf ihren angestammten Platz zurückgesunken, als Sabine schon die Haustür hinter sich zuschlug. Vielleicht waren sie dann sogar gleich wieder hochgeschnellt, weil Ralf nicht wie erwartet das nervöse Startgeräusch von Sabines Fiat Panda, sondern das sonore seines Zwölfzylinder BMW vernahm. »Du bist bis morgen mittag ausgezogen«, hatte das Ultimatum gelautet, »oder ich bis morgen abend.«

Sie trat aufs Gas, daß die Kieselsteine spritzten, und erst jenseits der Kreuzung, die sie bei Gelb überfuhr – das auf »sportlich« gestellte Automatikgetriebe war längst in der vierten Stufe angelangt – drosselte sie ihr Tempo und dachte, hoffentlich hab ich keiner Katze weh getan. Sie meinte mit den Kieselsteinen.

Sie raste über den mittleren Ring und dann in Richtung Hilton, das ihr einfiel, weil sie erst heute nachmittag dort für jemanden ein Zimmer gebucht hatte. Vornehm geht die Welt zugrunde, dachte sie, wieso nicht auch meine Ehe? Aber an der Rezeption spürte sie nichts von Vornehmheit, das hier war amerikanischer Touristenstandard, hier ging es um Komfort, nicht um Stil. Um diesen, für sie nicht sehr gravierenden Mangel trotzdem zu kompensieren, bestellte sie sich Champagner und einen Blumenstrauß aufs Zimmer, und erst als beides gebracht wurde, fiel ihr wieder ein, daß sie Champagner noch nie gemocht hatte.

Unschlüssig, was sie als nächstes tun sollte und nicht sicher, ob überhaupt irgend etwas getan werden mußte, setzte sie sich aufs Bett und blätterte ein Heftchen durch, in dem das Hotel seine Dienste anpries, bis ihr Blick auf Seite drei das Wort Swimming-Pool erfaßte und sie kurz entschlossen die Nummer der Rezeption wählte. Null-neun.

9

Ja, man könne ihr einen Badeanzug ausleihen, das sei kein Problem, welche Größe sie denn habe. »Vierzig«, sagte sie, und die Stimme der Rezeption versprach, ihr den Anzug aufs Zimmer bringen zu lassen. Als der Boy an die Tür klopfte, war Sabine schon ausgezogen und warf sich schnell den Hotelbademantel über, um zu öffnen. Der Badeanzug paßte, und wenn sie auch seinetwegen nicht wie angenagelt in ein Schaufenster gestarrt hätte, so war er doch schwarz und einteilig und verhunzte ihre Figur nicht über die Maßen, und sie drehte sich zufrieden vor dem Spiegel, bevor sie das Handtuch vom Tisch nahm und den Bademantel wieder überzog.

Das Schwimmbad war leer. Sie sprang hinein und tauchte am Boden des Beckens entlang bis fast zum anderen Ende. Als sie wieder auftauchte, stand da ein Mann am Rand, der vorsichtig und noch nicht zum endgültigen Kontakt mit der Nässe entschlossen, dem Wasserspiegel einen Fuß entgegenstreckte. Er starrte sie an wie ein Gespenst.

»Ich bin ungefährlich«, rief Sabine und streckte die Hände hoch, so daß sie gleich darauf versank. Sie tauchte wieder auf, und er sah zweifelnd zu ihr her, seinen zögernden Fuß wieder an sich gezogen.

»Entschuldigen Sie«, sagte er, und sie schwamm näher zu ihm hin. »Ich hab Sie wohl angestarrt.«

»Hab ich Sie erschreckt?«

»Ja.«

Dieses ehrliche Ja war nett an ihm und auch die halbe Glatze, um die ein Kranz von schütterem Blond lag. Aber daß er sich noch immer nicht ins Wasser wagte, schien ihr auf eine gewisse Blödheit hinzuweisen. Schwimmen oder trockenbleiben. Beides zusammen geht nicht.

»Tut mir leid«, sagte sie kurz und tauchte wieder ab. Ein paar Schwimmzüge später hörte sie, wie er prustend in den Pool platschte und dachte, bravo mein Held, hast dich doch noch überwunden, aber glaub nicht, daß es hierfür schon eine Jungfrau gibt. Und sie schwamm zur Treppe und stieg aus dem Wasser.

Sie sah ihn majestätisch-unbeholfen vor sich hinpaddeln, wobei er ängstlich bemüht schien, nur ja kein Tröpfchen Wasser ins Gesicht zu bekommen. Bestimmt ist er kurzsichtig, dachte sie und ging zur Umkleidekabine, wo sie den nassen Badeanzug auszog und auf der Sitzbank liegenließ.

Im Lift war sie alleine. Sie öffnete ihren Bademantel sperrangelweit und betrachtete sich in der verspiegelten Aufzugtür. Erst in der letztmöglichen Sekunde, als der Fahrstuhl stand und die Tür sich schon bewegte, verschränkte sie die Arme und lehnte sich an die Wand, um zwei spirreligen Japanern Platz in der Kabine zu machen.

In ihrem Zimmer angekommen, merkte sie, daß ihre Wut nachgelassen hatte. Ob das nun der schreckhaften Glatze im Pool, dem Risiko, von zwei Japanern nackt gesehen zu werden, oder einfach der entspannenden Wirkung des Schwimmens zuzuschreiben war, darüber dachte sie nicht nach.

Etwas ganz anderes ging ihr durch den Kopf. Morgen ist der erste Tag einer neuen Ära, dachte sie, die Stunde Null nach Ralf. Ich sollte heut noch was ganz Besonderes tun. Aber ihr fiel nichts ein – in ihrem Alter hat man die meisten interessanten Dinge schon

11

ausprobiert –, und so entschloß sie sich, am nächsten Morgen, gleich hier im Hotel, zum Friseur zu gehen und sich die skurrilste Frisur machen zu lassen, die ihr oder der Friseuse einfiele. Der Anfang ihres neuen Lebens, fand sie, müsse mit einem deutlichen Signal gekennzeichnet werden. Sie knipste das Licht im Zimmer aus und entkorkte den Champagner. »Den trink ich dir zu Ehren«, sagte sie und dachte dabei an Ralf. Gleichzeitig versprach sie sich, ihn zu vergessen, bis die Flasche leer wäre. Und hinterher erst recht. Dieser Moet et Chandon wäre die letzte Kröte, die sie seinetwegen schluckte. Oder etwas Vergleichbares.

Aber nach Kröte schmeckte das Getränk nicht, sie fand es nach den ersten Schlucken sogar durchaus trinkbar. Nach dem zweiten Glas fragte sie sich, was sie je dagegen gehabt hatte und nahm sich vor, diesem Stoff in Zukunft nicht allzu willig nachzugeben.

In einem der Zimmer gegenüber ging das Licht an, und ein farbiger Fleck bewegte sich von einer Seite zur anderen. Sie nahm ihre Brille vom Nachttisch und sah den Glatzenmann vom Pool, wie er rätselnd vor seiner Minibar kniete und sich offenbar für kein Getränk entscheiden konnte. Komm, raff dich auf, dachte sie und wollte schon nach ihrer Armbanduhr greifen, um die Zeit zu nehmen, die er für den Entschluß brauchen würde, da sah sie ihn beherzt etwas herausnehmen und öffnen. Na, das liegt noch im Rahmen, dachte sie, so lange dauert's bei mir auch schon mal, und wollte die Brille wieder abnehmen, als der Mann seinen Fernseher einschaltete und sie sich entschloß, herauszufinden, was für einen Film er sah. Mit Filmen kannte sie sich aus.

Es fiel ihr nicht schwer, den Streifen zu erkennen. Das mußte einer aus dieser unsäglichen italienischen Lustig-ist-das-Soldatenleben-Reihe sein. Sie schlug in dem Programmblättchen auf ihrem Fernseher nach, und richtig, da stand es: RTL Plus, Wo bitte ist die siebte Kompanie geblieben, Frankreich, Italien 1973. Sie setzte die Brille wieder ab.

Nicht an Ralf denken, nahm sie sich vor und überlegte, ob sie nicht fernsehen sollte. Nein, dafür war dieser Abend zu schade. Die Zeit hier wollte sie nicht totschlagen, sondern erleben. Manchmal hatte sie solche Anwandlungen. Momente, in denen sie sich sagte, jetzt paß auf, schau mal, was jetzt gerade passiert, schalt nicht ab, denk mit, nur jetzt ist es so wie's jetzt ist. Gleich nachher schon ist alles wieder anders.

Sie ließ einen Schluck Champagner in sich hineinfließen und verfolgte seinen Weg bis zum Magen mit freundlichen Gedanken. Wie ist es dort unten? Eher wie Nachhausekommen oder eher so, als hätte man sich zufällig in eine fremde Kanalisation verlaufen? Sie mußte lachen.

Wieviel Liebe wohl gerade in dieser riesigen Gästewohnmaschine gemacht wurde? Elf Orgasmen, vierzig Vorspiele und fünfzehn erste Tastversuche? Drei schnippische Worte zum Hinhalten? Und wie viele waren gerade mittendrin? Auf der Ebene? Und wakkelten, rieben, stießen oder lutschten einander ins Ziel? Chef mit Sekretärin, Manager mit Callgirl, reiche Frau mit Chauffeur und Geliebte beiderlei Geschlechts als Begleiter oder Besuch auf Geschäftsreise? Und wie viele waren hier mit ihren eigenen Ehepartnern? Sicher wenige.

Es war zweiundzwanzig Uhr fünfzehn, ein heißer Juliabend, und unzählige verbotene Lieben oder – sie wollte nicht romantisch sein – Sexualkontakte liefen jetzt gerade ab, wie Programme von Maschinen, die, einmal eingeschaltet, ihren Prozeß bis zum fertigen Produkt abspulten. Das Produkt: ein bißchen Nässe, Stöhnen, Kontraktion bestimmter Muskelregionen, ein Gefühl wie Schwimmen oder Fliegen, Sinken oder Fallen und die kurze, nicht erinnerbare Lust. Na ja, dachte sie, sei euch doch gegönnt. Die Liebe ist ein seltsames Spiel.

Die blecherne Stimme einer Schlagersängerin fiel ihr ein, die das gesungen hatte, und dann die zweite Zeile: sie kommt und geht von einem zum andern. Sei euch gegönnt, dachte sie noch einmal und schenkte sich Champagner nach.

Der farbige Fleck gegenüber schien sich größerenteils in Rosa verwandelt zu haben, und sie setzte ihre Brille wieder auf. Er hatte das Hemd ausgezogen und ging mit nacktem Oberkörper zur Minibar, um eine neue Flasche herauszunehmen. Diesmal ohne jedes Zögern. Er gehörte offensichtlich zu der einsamen Sorte, die in ihren Berechnungen nicht vorgekommen war. Noch nicht. Wie viele es wohl waren, die sich traurig, gedankenlos oder verträumt mit den glänzenden Seiten eines Magazins trösteten? Und ihrer eigenen Hand? Und wenn er das jetzt gleich tut?, dachte sie. Aber nein. Dann zöge er den Vorhang vor.

Es war nicht so, daß masturbierende Männer im allgemeinen Sabines Hochachtung genossen hätten, aber dem da, mit seinen entgeisterten Augen täte es in ihren keinen Abbruch. Und außerdem, wieso sollte bei Männern etwas entwürdigend sein, das bei Frauen ganz in Ordnung war? Sich selbst hatte sie es schon oft erlaubt, und das waren nicht ihre enttäuschendsten Erlebnisse gewesen. Hatte sich's erlauben müssen. Nein Ralf, geh weg, dachte sie, verzieh dich. Hier hast du nichts verloren und in Zukunft auch nirgendwo sonst. Stör mir nicht meine Nachtgedanken über Liebe in Hotels.

Wie war wohl seine Zimmernummer? Ihre war Vierhundertneunzehn. Sein Fenster lag direkt gegenüber, also konnte die Nummer etwa in den Fünfzigern liegen. Sie nahm das Telefon vom Tischchen und wählte vier vier-acht.

Eine Frauenstimme meldete sich, und Sabine legte einfach wieder auf. Bei vier-vier-neun und vier-fünf-null meldeten sich Männerstimmen und bis vier-fünf-sechs ging niemand an den Apparat. Einer Eingebung folgend wählte sie vier-vier-sieben und sah den Mann zum Hörer greifen.

»Hallo?« sagte er, und sie wußte nicht, was sie jetzt tun sollte.

»Herrn äh, Stellmacher hätte ich gern gesprochen, hier ist Sabine.« In der Eile hatte sie den Namen eines Kollegen von Ralf benutzt, für sich selbst war ihr kein falscher mehr eingefallen.

»Ja Sabine, da muß ich Sie enttäuschen.« Das klang freundlich und so, als freue er sich über den Irrläufer. »Stellmacher ist hier nicht.«

»Das ist nicht direkt eine Enttäuschung«, sagte sie und sah, daß er sich aufsetzte und lächelte.

»Was ist denn das für ein Herr, daß Sie ihn zwar anrufen, aber nicht sprechen wollen?«

»Wollen Sie das wirklich wissen?«

»Nein. Entschuldigen Sie. Ich rede einfach so daher. Natürlich nicht.« Er strich sich über den Kopf.

»Einfach so daher...«, sagte sie, »tun Sie das öfter?«

»Ich weiß nicht, ich glaube nein. Eher nicht.«

»Wenn Sie wollen«, sagte sie, »schauen Sie auf die Uhr, und wir reden zwei Minuten lang einfach so.«

»Gern. Sie sind dran. Zeit läuft.«

Er sah nicht auf die Uhr. Jedenfalls hob er weder die Hand noch drehte er den Kopf.

»Also, Herrn Stellmacher vergessen wir, der gehört zu den lästigen Pflichten, und Sie wollen nicht wissen, wer er ist. Und ich würde es Ihnen auch nicht verraten. Machen Sie Urlaub hier in München?«

»Woher wissen Sie, daß ich in München bin?«

»Na hören Sie, ich habe im München-Hilton angerufen.«

»Ach so, ja, klar. Pardon. Ich bin manchmal etwas langsam. Natürlich. Von wo rufen Sie an?«

»Aus dem Vier-Jahreszeiten.«

»Mhm.«

»Wie mhm, kennen Sie es?«

»Nein. Versäume ich was?«

»Sicher, es ist ein schönes Hotel. Aber sagen Sie doch, was tun Sie in München?«

»Och, äh, verkaufen.«

»Und was verkaufen Sie?«

»Ich glaube letztlich sind es Menschen.«

»Oh, das klingt viel weniger sympathisch als Ihre Stimme. Sind Sie Mädchenhändler? Oder Zuhälter?«

»Nein, nein«, er lachte, »das war eher im übertragenen Sinne gemeint. Meine Stimme ist sympathisch?«

16

»Ja.«

Jetzt hob er den Arm vors Gesicht, er hatte also doch schon vorher auf die Uhr gesehen. Schnell sagte sie: »Die zwei Minuten sind um. Es war schön, mit Ihnen zu reden. Machen Sie's gut und viel Erfolg, was auch immer Sie hier verkaufen wollen.«

»Aber halt«, er klang aufgeregt, »können wir nicht ein bißchen überziehen?«

»Nein«, sagte sie lachend, »Versprechen muß man einhalten, tschüß«, und legte auf. Und fuhr sich mit der Hand unter den Bademantel, um ihre linke Schulter zu massieren.

Was war denn das nun Seltsames gewesen? Carl sah den Hörer einen Moment lang an, als könne die Stimme sich doch noch einmal melden, aber dann legte er auf, denn die Leitung war tot. Immer passierten ihm solche Sachen. Warum immer ihm? Wildfremde Leute sprachen ihn an und vergaßen die Zeit – nein, diese hier hatte die Zeit nicht vergessen. Er schüttelte den Kopf und schaute auf das Fernsehbild. Aber nichts auf dem Bildschirm war interessanter als der Nachhall ihrer Worte. Seine Stimme war sympathisch? Vielleicht sollte er sich irgendwo als Radiosprecher bewerben? Für eine dieser Nachtsendungen, in denen die Anrufer ihre Nöte und sexuellen Probleme ausbreiteten, um sich mit Gemeinplätzen abspeisen zu lassen, die immer anfingen mit »vielleicht sollten Sie einmal versuchen…« Er hatte nie eine solche Sendung gehört, nur hin und wieder darüber gelesen. Überhaupt hatte er in seinem Leben viel mehr gelesen als gesehen und gehört, und das wenige, was er sah und hörte, machte er wieder zu Lesestoff. Worte waren für ihn etwas, das entweder schon oder noch nicht aufgeschrieben ist, etwas mit dem Ziel, einmal schwarz auf weiß in einem dicken Bündel Papier zu stehen. Er war ein Autor.

Meist, wenn er mit anderen Menschen zusammen war, belauschte er sie und machte sich innerlich Notizen, um eine Wendung, einen Satz oder auch nur einzelne Worte irgendwann einmal in einem seiner Hörspiele zu verwenden. Diesmal war es anders gewesen. Mit dieser Frau hatte er einfach drauflosgeplänkelt, nur so, damit sie nicht auflegte, denn da war etwas in ihrer Stimme gewesen, das ihn festhalten wollte, zurückplänkeln wollte, einfach weil es schön war und wie selbstverständlich floß. Hatte die Frau nichts Besseres zu tun? War sie einsam? Eine Kandidatin für diese Nachtsendungen? Er jedenfalls war einsam. Das spürte er jetzt, da er noch immer an die Stimme denken mußte.

Wie sie wohl aussah? Vielleicht war sie die Geliebte dieses Herrn Stallmeier oder Stallknecht, oder gar ein Callgirl? Könnte sein. Die kecke Stimme und der lockere Umgang mit Fremden würden einem Callgirl stehen. Und auch, daß sie gesagt hatte, Herr Stallmann ist eine lästige Pflicht. Quatsch, dachte er, so ein Quatsch. Ein Callgirl, das sich in der Nummer irrt. Das kann man vielleicht als Geschichte verkaufen, aber doch nicht erleben. Lag das an dieser Stimmung, die ihn so oft in Hotels überkam, daß er gleich ein Callgirl um eine falsche Verbindung herum konstruierte? In Hotels, zumal im Sommer, brummt die Klimaanlage vor lauter Sex, und er war schon immer für solche Atmosphären empfänglich gewesen. Wie viele Paare es wohl jetzt gerade, hier im Hilton, miteinander trieben?

Wieder schüttelte er den Kopf, diesmal darüber, daß er so schnell beim Thema Nummer eins gelandet war, und drohte sich selber eine kalte Dusche an. Steckte da vielleicht was Kriminelles dahinter? Horchte die ihn aus, um dann zwei Schlägertypen vorbeizuschicken? Nein, Unsinn. Dann hätte sie andere Fragen gestellt. Er ging mit der Fernbedienung durch die Programme, aber nichts erschien, was ihn zu fesseln vermochte. Da schnarrte das Telefon wieder.

»Hallo«, sagte ihre Stimme, und sie klang ein wenig kleinlaut, »störe ich Sie?«

»Nein«, sagte er und drückte auf den Knopf, der den Fernsehton verschwinden ließ. »Im Gegenteil. Ich hab eben noch an Sie gedacht.«

»Was?«

»Das ist… das möchte ich nicht sagen.«

»Hm. Ja. Was tun Sie?«

»Ich gehe mir ein wenig selbst auf die Nerven. Und Sie?«

»Ich würde es anders formulieren, aber es käme wohl etwa aufs selbe hinaus.«

»Was ist«, fragte er, auch in den leisen Ton verfallend, den sie angeschlagen hatte: »Möchten Sie reden? Haben Sie Kummer?«

Sie schwieg für einen Moment und sagte dann: »Frage eins: ja, Frage zwei zwar auch ja, aber ich möchte nicht Frage eins.«

»Was? Wie bitte? Sind Sie sicher, daß Sie wissen, was Sie reden?«

»Schon«, sie lachte, »aber ich gebe zu, man kann es deutlicher sagen.«

»Ich bitte darum.«

»Gut. Ich möchte reden. Und Kummer habe ich auch. Aber darüber möchte ich nicht reden.«

»Alles klar. Verstehe. Jetzt versteh ich's.«

Sie schwiegen eine Weile. Das Lachen hatte wieder den alten Geplänkelton wachgerufen. Es war, als wollten sie sich vorbereiten für den nächsten Wortwechsel. Er fragte: »Und was bringt Sie nach München?«

»Och, eine private Sache. Ich besuche jemanden. Das heißt, ich wollte.«

»Stallmeister?«

»Stellmacher«, sie lachte schon wieder. »Keine Eins für Ihr Namensgedächtnis. Ja, ich wollte Herrn Stellmacher... äh, treffen.«

»Sie sind Lehrerin.«

»Aber nein. Meinen Sie wegen der Eins?«

»Ja. Falsch getippt. Was machen Sie beruflich?«

»Wollen Sie raten?«

»Wenn Ihnen keine Langeweile droht. Ich will Sie auf keinen Fall langweilen.«

»Das ist nett. Raten Sie. Ich sage, wenn's mir reicht. In Ordnung?«

»In Ordnung. Ihr Umgang mit Worten weist auf einen intellektuellen Beruf hin.«

»Wäre das in Ihren Augen schmeichelhaft?«

»In meinen, ja. Und daß Sie fragen sagt mir, daß ich richtig liege. Niemand, außer den Intellektuellen selbst, fragt sich, ob die Bezeichnung ein Schimpfwort sein könnte.«

»Wieso? Das müssen Sie mir erklären.«

20

»Die ganz Dummen wissen nicht, was das ist, ein Intellektueller, die Halbdummen finden Intellektuelle gräßlich und äußern sich sofort abfällig, und wer klug ist, ist auch meistens intellektuell. Klug sind Sie bestimmt, so wie Sie reden.«

»Also, das war aber eine lange Rede. Bravo. Aber hören Sie auf zu raten, ich bin Hausfrau und Mutter. Das heißt, Hausfrau war ich. Mutter bleib ich.«

»Au, jetzt haben Sie Ihren Kummer verraten, stimmt's?«

»Stimmt«, sagte sie und legte auf.

Es tat ihr sofort leid. Das war ein Affekt gewesen. Schneller als sie denken konnte, war der Hörer auf dem Apparat gelandet. Über Ralf wollte sie nicht reden. Auf keinen Fall. Sie sah, wie der Mann seinen Hörer fallen ließ, aufstand und sich offenbar auf den Daumennagel biß. Jedenfalls sah es so aus, denn er hielt die zur Faust geballte Hand vor den Mund, und am Daumen lutschen würde er wohl nicht.

Mist, dachte sie, er war so nett. Er wollte mit mir reden. Aber was muß er auch den superschlauen Detektiv spielen? Er muß mich doch nicht bei irgendwas ertappen. Verdammt.

Er stand noch immer so da mit dem Daumen im Mund, nur jetzt sah seine Haltung nicht mehr aufgebracht, sondern eher bekümmert aus. Es schien, als würde er zehn Zentimeter kleiner. Sie wählte wieder die Vier-vier-sieben.

Mit einer schnellen Bewegung war er beim Telefon, und seinem »Hallo?« hörte man deutlich die Aufregung an.

»Tut mir leid. Entschuldigen Sie. Das war ein Affekt. Ich hätte nicht auflegen sollen.«

»*Ich* muß mich entschuldigen«, sagte er, »ich verspreche, nicht mehr davon anzufangen.«

Sie sah, daß er sich wieder aufs Bett setzte, dann die Schuhe von den Füßen schob und sie in hohem Bogen durchs Zimmer kickte.

»Was war das?« fragte sie. »Dieses Plop-Plop-Geräusch? Bin ich mitten in einer Party und weiß es nicht? Hören da noch andere mit?«

»Nein«, sagte er, und die Art, wie er den Oberkörper aufrichtete, paßte zu dem ängstlichen Ton in seiner Stimme. »Nein, nein, hauen Sie bloß nicht schon wieder ab. Ich habe meine Schuhe ausgezogen. Das ist alles.«

»Sie machen sich's bequem. Das ist gut.«

»Ja.« Er klang erleichtert.

»Ich hab's hier auch bequem.«

Er sagte nichts. Das war ein wunderbares Spiel, diesem Mann dabei zuzusehen, wie er auf ihre Stimme reagierte. Daß sie ihn sah und er nichts davon wußte, erzeugte ein Gefühl in ihr, das sich nur undeutlich von Zärtlichkeit unterschied.

»Sagen Sie, würden Sie sich beschreiben? Mit Ihrer Stimme bin ich schon vertraut. Ich will Sie mir vorstellen können.«

Nicht zu fassen! Er machte tatsächlich eine Gebärde der Schüchternheit. Das war nun mit Sicherheit kein Theater. Wie oft hatte sie sich gefragt, ob die schüchternen Leute kokettierten. Hier hatte sie den Gegenbeweis. Er strich sich über den Kopf, ließ die Hand im Nacken liegen und räusperte sich.

»Na ja, also, ich bin wohl ziemlich normal. Eins-neunundsiebzig groß, in meinem Paß steht eins-acht-zig, das gefiel mir besser und niemand wollte nach-messen.«

Er verstummte.

»Ja?« sagte sie, »außer Ihrer Körpergröße wissen Sie nichts von sich?«

»Doch. Na ja. Also, ich habe blaue Augen, bin blond... tja, und was noch? Reicht das?«

»Nein, nein«, sie lachte, »das reicht nicht. Haben Sie breite Schultern, einen Bauch, einen Buckel, eine Glatze, hinken Sie? Oder geht Ihnen das zu weit?«

»Nein, geht mir nicht zu weit. Gut also, ich habe noch alle Haare, Gott sei Dank, ich denke, ich bin eher breit- als schmalschultrig, bauchmäßig gesehen ist da nichts, was nicht durch ein halbes Jahr Schwimmen wieder gutzumachen wäre...«

»Das haben Sie schön gesagt.«

»...der Buckel ist nur Attrappe und das Hinken ist gespielt.«

»Ah, jetzt hab ich's. Sie sind Charles Laughton!«

»Sie meinen als Glöckner von Notre Dame?«

»Ja.«

»Nein, das sollte ein Scherz sein.«

»Meine Antwort auch.«

»Gut, ich hab gegrinst.«

»Ich auch.«

Wieder schwiegen sie eine Weile, aber das Schwei-gen war gelassen, ohne Angst, daß einer von ihnen das Gespräch beenden könnte.

»Und was sind Sie für ein Mensch? Können Sie mir das auch beschreiben?«

Sie hatte Blut geleckt. Immerhin hatte er nach Strich und Faden gelogen. Das mit dem Bauch konnte gerade noch stimmen, wenn er ein halbes Jahr ohne zu schlafen durchschwamm, aber die Glatze und seine schmalen Schultern hatte er verheimlicht. Eitel war er also und nicht ganz aufrichtig. Und daran interessiert, ihr zu gefallen. Das war, wenn man um ein paar Ecken dachte, auch ein Kompliment. Nein, Blödsinn. So viele Ecken gab es gar nicht. Er war eitel, weiter nichts.

Das hier jedenfalls war ein wunderbares Experiment. Ich sollte so was viel öfter tun, dachte sie, da kann ich noch was lernen. »Tja«, sagte er, »das ist nicht so einfach. Die Äußerlichkeiten waren die leichtere Übung.«

»Versuchen Sie's. Es interessiert mich.«

»Also gut. Hm. Ich glaube, ich bin nett, aber ein wenig langweilig. Ich liebe die Menschen, wenn die Entfernung stimmt. Aus der Nähe sind sie mir oft ein Problem.«

»Na, da hab ich's ja gut bei Ihnen. Oder ist Ihnen das Vier-Jahreszeiten noch zu nah?«

»Nein, die Entfernung ist in Ordnung. Ja, wollen Sie denn geliebt werden?«

»Wer will das nicht?«

»Von mir?«

Sie lachte: »Diese Frage stellen wir zurück, finden Sie nicht?«

»Gut. Ich wollte nicht zudringlich sein.«

»Nein, Sie sind nicht zudringlich. Nur zu schnell.«

Was ritt sie nur für ein Teufel? Das war nun seit einigen Sätzen schon ein Flirt. Wollte sie anbändeln?

Wollte sie an seine Tür klopfen und sagen, da bin ich, ich hoffe, Ihr Bett ist frisch bezogen? Natürlich war es das. Hotelbetten sind immer frisch bezogen. Nein, es war ja nur ein Experiment. Sie studierte, was ein akustischer Flirt an optischen Entsprechungen bot.

Mittlerweile hatte er sich nämlich an der Wand herunterrutschen lassen und lag bequem auf seinem Bett, ein Bein auf das abgewinkelte andere gelegt. Er schlenkerte mit dem Fuß hin und her. Offenbar machte ihm dieser Flirt ebensoviel Spaß wie ihr.

»Das liegt an den Hotels«, sagte er jetzt. »Hotels in lauen Sommernächten bringen mich auf seltsame Gedanken.«

»Was für Gedanken?«

»Nun, ich habe mir zum Beispiel vorhin phantasiert, Sie seien Herrn Stellmeiers Geliebte, seien ihm eigens nachge…«

»Stell*macher*.«

»Gut, von mir aus. Ich hoffe, ich begegne ihm nie.«

»Wieso das?«

»Ich gönne Sie ihm schon jetzt nicht mehr.«

»Mich?«

»Hmm.«

»Und was haben Sie noch über mich phantasiert?«

Er räusperte sich wieder. Hätte sie ihn nur nicht unterbrochen. Jetzt war er aus dem Konzept gebracht.

»Na ja, hm, ich war mir jedenfalls sicher, Herr Stell… wie heißt er? Meister? Stellmeister?«

»Macher. Sie veralbern mich.«

»Ein bißchen, ja. Ich möchte Sie lachen hören.«

»Also weiter. Sie waren sich sicher, daß Herr Stellberger…?«

Nun mußte er selbst lachen: »Also gut, hier kommt es. Anschnallen. Sitzen Sie bequem?«

»Ich liege sogar.«

Er richtete sich auf und stützte den Oberkörper mit einem Ellbogen. Daß sie lag, schien ihn auf andere Gedanken zu bringen.

»Sie liegen?«

»Ja, auf dem Bett. Was ist jetzt mit unserem Herrn Stellwieauchimmer? Er geht mir langsam auf die Nerven.«

»Ich fand, daß er Sie nicht verdient. Er ist vermutlich ein verkniffener Mensch, der zu feige ist, Sie in einem gemieteten Rolls-Royce zu entführen, sich statt dessen lieber auf Geschäftsreisen mit Ihnen trifft und bestimmt Ihres Esprits und Charmes nicht würdig ist.«

»Schön gesagt. Schon wieder schön gesagt. Wer findet, daß Sie langweilig seien?«

»Och, das finde ich wohl selber. Und die eine oder andere Verflossene sicher auch.«

»Und *Sie* würden einen Rolls-Royce für mich mieten?«

»Ich würde einen *kaufen*.«

Und wieder trat Schweigen ein. Die Worte waren ausgegangen. Sie hörte ihn atmen und sah, wie er sich wieder zurücklehnte.

»Und Sie? Wie sehen Sie aus?« fragte er nach einer Weile.

»Wollen Sie wissen, ob es wirklich ein Rolls sein muß? Ob's nicht vielleicht ein Käfer tut?«

»Sie sind schnippisch.«

»Jetzt, wo Sie es sagen, merk ich's auch.«

»Warum?«

»Weiß nicht. Streichen Sie's. Tut mir leid.«

»Möchten Sie sich nicht beschreiben?«

»Es fällt mir schwer, glaub ich.«

Sie sah, daß er sich wieder aufsetzte und auf die Wand starrte, als könne er sie dorthin projizieren, wenn er nur weit genug die Augen aufriß. Er räusperte sich wieder, bevor er fragte:

»Haben Sie einen Spiegel im Zimmer?«

»Mhmh, wieso?«

»Stellen Sie sich davor und sagen mir, was Sie sehen. Wollen Sie?«

»Das geht auch im Liegen, der Spiegel ist direkt vor meinem Bett.«

Sie mußte sich nicht allein auf sein Schweigen am anderen Ende der Leitung verlassen, denn sie konnte ja sehen, daß er diese, wie sie hoffte, erotisierende Information, mit einer noch stärkeren Straffung seiner Haltung quittierte. Er starrte Löcher in die Luft.

Noch war ihr nicht ganz klar, daß sie mit ihm spielen wollte, da sagte sie schon, in Ordnung, sie fange mit der Kleidung an, das ginge am schnellsten, denn der Bademantel sei das einzige, was sie trage. Dann stand sie auf, denn ihr Telefon hatte eine lange Schnur, und ging in den Flur, wo der Spiegel in Wirklichkeit hing. Was sie sah, war eine große, fast schwarzhaarige Frau mit klaren blauen Augen und, noch, einer dezent geschnittenen halblangen Frisur, einer etwas weniger dezenten Brust und etwa ebenso vielen grauen Haaren wie Fältchen um die Augen. Nämlich etwa je fünfzehn.

Was sie beschrieb, war dagegen eine zarte Blonde

mit langem Haar und braunen Augen, deren Ein-Meter-sechzig sie zu hochhackigen Schuhen zwangen. Eine entfernte Ähnlichkeit mit Miou-Miou dichtete sie sich an, und schrumpfte ihr Alter auf neunundzwanzig. Sie würzte ihren Vortrag noch mit kleinen Ausrufen, wie: »Mist, Moment, dieser blöde Bademantel will einfach nicht zubleiben« oder: »Ah, mein Bein schläft ein, ich muß es eine Weile in die Luft strecken.«

Der Mann machte Verrenkungen und zog mehrmals an seinen Hosenbeinen, als verfluche er den Schneider. Bald ließ er sich wieder zurückfallen, und sie glaubte, er habe die Augen geschlossen. Seine Hand lag unbewegt im Schoß.

Mein lieber Mann, dachte sie, was man für eine Macht über jemanden haben kann. Du hast nur Worte, ich hab die Bilder dazu. Eigentlich bin ich ziemlich gemein.

Carl schwieg eine Weile und horchte ihrer am Ende sehr leisen Stimme hinterher. Dann sagte er: »Sie sind schön.«

»Das wissen Sie? Woher wissen Sie das?«

»Ich seh es«, sagte er, »vor meinem inneren Auge.«

»Übrigens, wie heißen Sie?«

»Arno. Arno Wagner.«

»Ich denke, es ist Zeit, sich schlafen zu legen. Schlafen Sie gut, Arno Wagner. Es war schön, mit Ihnen zu reden.«

Die Leitung war tot. Diesmal warf er den Hörer nicht wütend in die Gabel, sondern legte ihn sanft und fast erleichtert an seinen Platz. Er hatte schon mit so was gerechnet. Es war ihm sogar recht, denn sie waren auf einem glitschigen Grund gelandet, auf dem er sich nicht zu benehmen wußte. Während der letzten Minuten war er bewegt worden, hatte sich nicht selbst bewegt, und nicht nur, daß er das nicht mochte, er schämte sich auch ein wenig dafür. Als würde er beobachtet.

Und wäre gleichzeitig so etwas wie ein Voyeur.

Er stand vom Bett auf und zog den Vorhang vor. Wer weiß, wie viele Augen die Nacht gegenüber hatte.

Aber sie hatte angefangen mit dem schlüpfrigen Ton, das stand fest. Sie hätte nicht zu erwähnen brauchen, daß sie nichts als einen Bademantel trug. Sie hätte nicht zu sagen brauchen, meine Figur hat mir schon Feindinnen gemacht, und nicht, sie sähe aus wie Miou-Miou. War sie auf Telefonsex aus? Womöglich professionell? Wenn sie ihm nun eine Rechnung nach Hause schickte? Wer wußte schon, was in der Großstadt alles gang und gäbe war, von dem er sich als eingefleischter Provinzler keine Vorstellung machte? Allerdings, einen Arno Wagner konnte sie lange suchen. Irgendwo in Deutschland.

Er schaltete den Fernseher aus und überlegte, was er tun sollte. Schlafen war nicht möglich. So jedenfalls nicht. Ihm blieb nur, entweder eine kalte Dusche zu nehmen, oder sich von eigenen Gnaden zu erlösen. Diese Frau hatte ihn auf hundertachtzig gebracht. Auf hundertachtzig, dachte er, so würde ich nie reden, wieso denke ich dann so?

Er zog sich aus, löschte das Licht und legte sich ins Bett. Er hatte sich für die zweite Möglichkeit entschieden.

Es war einfach, an ihre Stimme zu denken und die Bilder in seinem Kopf begehrlich anzusehen. Nicht einfach aber war es, zu vergessen, daß er hier alleine lag und mit lächerlich mechanischen Bewegungen an sich herumhebelte. Auch daß er die Augen schloß, half nicht viel. Immer wieder blitzte er sich selber in den Film, den er ganz langsam hinter seinen Lidern abkurbelte. Und sah sich kurbeln. Es ging nicht.

Er stand auf, zog sich an und ging nach unten in die Bar, wo er hoffte, sich mit Rotwein abzulenken. Aber Erholung von den Gedanken an das begehrenswerte Gespenst in seinem Telefonhörer bescherte ihm der Aufenthalt nicht.

Hotelbars waren ihm schon immer ein Greuel gewesen, mit ihrer süßlichen Musik und ihren künstlich lockeren Gästen. Auch diesmal kamen ihm die wenigen Leute, die hier noch saßen, wie nachgemacht oder eingebildet vor. Die meisten benahmen sich, als befürchteten sie, gleich hinauskomplimentiert zu werden. Einzig eine arabische Familie mit zwei halbwüchsigen Töchtern und ein lesender Asiate wirkten entspannt. Bei allen anderen hatte er das Gefühl ihre demonstrative Gelassenheit solle die Kellner davon überzeugen, daß man immer in solch teuren Hotels wohne. Und überhaupt keine Hemmungen habe, laut zu lachen. Oder durch den ganzen Raum nach dem Ober zu rufen, der doch ohnehin alle fünf Sekunden hersah. Aber eben vielleicht nur, um einen abzuschätzen. Spesen, dachte Carl, das machen Spesen aus den Menschen.

Ihm war so wenig wohl in dieser Atmosphäre, daß er sein Glas Wein hinunterkippte, sich den Betrag auf die

Zimmerrechnung schreiben ließ und durch die Halle nach draußen ging. Beim Anblick der Taxis in der Auffahrt überlegte er kurz, ob er nicht zum Vier-Jahreszeiten fahren sollte, sich dort in die Bar setzen und hoffen, daß sie herunterkäme. Er würde sie sofort erkennen, dessen war er sich absolut sicher.

Würde er sie ansprechen? Hallo, ich bin Arno, ich glaube, wir haben eben miteinander telefoniert? Tja, leider nicht möglich. Leider, leider. Arno hatte keine Glatze. Und Arno hatte breite Schultern. Und war einsneunundsiebzig groß. Und nicht einsneunundsechzig wie Carl.

Er ging um den Block durch das eintönige Niemandsland, das hier noch nicht einmal richtig München war. Eine Allerweltsgegend mit Banken und Firmensitzen, ausgestorben um diese Zeit und ohne jeden Charme.

Wieder in der Bar schüttete er das nächste Glas Rotwein langsamer in sich hinein und das dritte nahm er mit auf sein Zimmer. Inzwischen brauchte er nicht einmal mehr eine kalte Dusche.

Ruft sie wieder an? Will sie weiter, will sie es wirklich mit mir tun, oder war es das schon? Und er, wollte er? Das war schwer zu sagen. Eher nein, glaubte er, was sollte er mit Telefonsex? Nein, Unsinn, sie hatte sicher nur geflirtet. Ihrer Art zu reden nach hatte sie was Leichtes, Flirrendes, war vielleicht jemand, der sich mit Aspirin und Sekt aufputschen würde, nicht mit Koks oder Schnaps oder anderen harten Drogen. Also würde auch ein inspirierter Flirt sie eher beflügeln als echter Telefonsex. Wie er sie einschätzte, wäre ihr das zu spießig.

Aber wenn doch? Ihn hatte sie immerhin so weit gehabt. Hätte sie nicht aufgelegt, er wäre Wachs in ihren Händen gewesen. In ihrer Stimme. Konnte man Wachs in jemandes Stimme sein? Egal, er hätte mitgemacht.

Aber jetzt war er nicht mehr zu überrumpeln. Der Rahmen seiner Möglichkeiten war wieder um ihn. Geschlossen, intakt und nützlich. Er legte sich das Hotelbriefpapier bereit für Notizen. Wenn sie es tatsächlich machen will, dann schreibe ich mit, dachte er, das gibt ein wunderbares Hörspiel. Eines allerdings, das garantiert kein Sender kauft.

Er konnte doch leicht nur zum Schein auf sie eingehen, brauchte nicht mitzutun. Oder nur so weit, daß sie keinen Verdacht schöpfen würde. Und dabei seinen Kuli übers Papier flitzen lassen. Er könnte ein bißchen keuchen und ja, ja sagen, während sie sich um den Verstand kitzelte. Das wäre ein interessantes Experiment. Wenn sie wirklich wieder anrief. Und wenn sie wirklich darauf aus war.

Es war stickig im Zimmer, und er öffnete das Fenster. Dann zog er alles bis auf die Unterhose aus, legte sich ins Bett und löschte das Licht. Und wünschte sich einzuschlafen.

Sabine stieg aus der Badewanne und trocknete sich ab. Sie befand sich in einem seltsamen Schwebezustand. Sie dachte nicht an Ralf und war sich gleichzeitig dessen bewußt. Und sie spielte in Gedanken mit dem Mann von gegenüber. Und, wenn sie ehrlich war, auch mit sich selbst.

Aus der Minibar nahm sie eine Flasche Mineralwasser und schenkte sich ein Glas voll, das sie auf den Nachttisch am Bett stellte. Direkt neben das Telefon.

Das Licht gegenüber war aus, aber der Vorhang wieder offen. »Hallo«, sagte sie leise, »ich bin's, Sabine. Haben Sie schon geschlafen?«

»Nein.« Seine Stimme klang auch nicht danach.

»Liegen Sie im Bett?«

»Ja.«

»Ich kann nicht schlafen. Mir ist... ich bin so... mmh, ich weiß auch nicht.«

»Geht es Ihnen nicht gut?«

»Doch.«

»...«

»Ich... ich hab noch nicht ganz den Mut gefaßt, aber ich... denke die ganze Zeit... ob wir... ob ich... ahm, es ist nicht einfach zu sagen.«

Ganz ruhig und fast so, wie man es von einem Psychotherapeuten erwarten würde, klang seine Stimme, als er fragte: »Sie möchten es mit mir machen?«

»Mit Ihrer Stimme.«

Er schwieg eine Zeitlang, sie hörte ihn atmen und sah, daß er das kleine Licht neben seinem Bett anknipste. Er setzte sich auf.

»Ich habe so was noch nie gemacht«, sagte er dann, und seine Stimme klang schon nicht mehr so tröstlich und fest.

»Ich auch nicht.«

»Haben Sie solches Vertrauen zu mir?«

»Ja. Zu Ihrer Stimme. Und Ihre Stimme turnt mich an.«

Sie sah ihn wieder seine Verlegenheitsgebärde machen und wünschte sich fast, sie könne sie ihm abneh-

33

men, ihm mit ihrer Hand über den Kopf streichen, um sie dann ruhig und fest eine Weile in seinem Nacken liegen zu lassen. »Kommen Sie, ich will es, sind Sie nackt?«

»Einen Moment«, sagte er leise, und sie sah ihn seine Decke mit einer Hand anheben und ein wenig hin und her wedeln. Er machte akustisches Theater für sie. Er blieb liegen, ohne irgendwas auszuziehen. »Jetzt ja.«

»Gut«, sagte sie, »ich auch. Ich möchte Sie küssen, darf ich?«

»Ja.«

Sie atmete deutlich in den Hörer und leckte sich die Lippen: »Spüren Sie meine Zunge? Ist es schön? Schmecken Sie mich?«

»Ja.«

»Ich möchte Sie anfassen, darf ich?«

»Ja.«

»Ich küsse Ihren Hals… ich gehe tiefer… meine Lippen sind ganz weich… ich küsse Ihre Brust… ich beiße vorsichtig in Ihre Brustwarze…«

»Au, da bin ich empfindlich.«

Sie sah ihn stocksteif im Bett sitzen, beide Hände auf der Decke, aber ob er grinste, konnte sie nicht feststellen, da er den Kopf halb zum Telefon gedreht hatte. Der verarschte sie! Das war ja nicht zu fassen! Warte nur, dich krieg ich noch, dachte sie und merkte, daß sie selber übers ganze Gesicht grinste: »Fehlt Ihrer Phantasie was, oder haben Sie zuviel?«

»Entschuldigen Sie«, sagte er, »das ist mir so rausgerutscht. Ich wollte mich nicht lustig machen. Ehrlich nicht. Höchstens über mich selber.«

»Mhm«, sagte sie und hoffte, sie klänge nicht beleidigt.

Eins war klar, sie mußte ein anderes Tempo vorlegen. Wollte der sich nicht beeindrucken lassen? Er
hielt seinen Teil der Abmachung nicht ein.

»Ich streichle Ihren Po... Ihre Oberschenkel und
wieder Ihren Po... jetzt komme ich mit meiner Hand
näher an Ihren Schwanz. Er ist steif, ich lege meine
Hand um ihn und bewege sie ganz langsam nach unten. Ist er groß?«

»Wer? Mein Schwanz?«

»Ja.«

»Sagen wir Schwanz?«

»Wir sagen Schwanz. Ja.«

»Und wie wollen Sie die Antwort, ehrlich oder
geil?«

»Ach hören Sie«, jetzt war ihr Lachen mit einem
deutlichen Ton von Ärger unterlegt, »so geht das
nicht. Sie müssen schon mitmachen. Sie nehmen das
nicht ernst.«

»Hm, ja, pardon. Ich will ja. Aber ich weiß nicht, ob
ich kann.«

»Wenn Sie Ihre Späßchen bei sich behalten, lernen
Sie's vielleicht.«

»Ja.«

»Ach kommen Sie. Jetzt ist alles im Eimer. Ich
kenne mich auch nicht aus mit so was. Wo soll ich
jetzt hin damit?«

»Womit?«

»Mit meiner Lust.«

Sie schwiegen, und die Leitung war eigentümlich
offen zwischen ihnen. Als säße da noch irgendwo eine

Jury, die mitgehört hatte und jetzt beraten sollte, wer wie viele Punkte bekäme oder disqualifiziert würde. Sie warteten beide und wußten nicht worauf.

»Tut mir leid«, sagte er, »ich bin wohl ein bißchen zu feig dazu. Dabei bin ich... ich habe auch... also, ich spüre was.«

Sie schwieg und atmete nur hörbar.

»Sind Sie böse?« fragte er.

»Nein, aber abgeschossen im Flug.«

»Würden Sie denn... könnten Sie vielleicht etwas... äh, Exhibitionismus mit einbringen?«

»Wie meinen Sie das?«

»Wenn Sie einfach tun, was Sie tun wollen und mir davon erzählen? Ich verspreche, daß ich schweige und Sie nicht mehr rausbringe. Und ich verspreche auch... ähm... hier parallel zu handeln. Verstehen Sie?«

»Ja«, sagte sie leise. »Gut.«

Aber dann bat sie um Bedenkzeit. »Ich muß mir überlegen, ob ich Sie wirklich als Zuhörer meiner Geheimnisse haben will, verstehen Sie?«

»Ich verstehe«, sagte er, »überlegen Sie nicht zu lang. Jetzt kann ich weder schlafen, noch sonstwas anfangen. Sie haben mich durcheinandergebracht.«

»Das gefällt mir«, sagte sie leise. »Bleiben Sie so«, und legte auf.

Er stand auf, zog den Vorhang vor und hoffte, niemand möge die Ausbuchtung in seiner Unterhose sehen. Mein Gott, dachte er, halb neun muß ich raus und diese Frau stiehlt mir die Nacht. Nein, das stimmte nicht. Diese Frau schenkte ihm die Nacht. Wenn sie sich entschließen konnte. Er war aufgeregt.

Mit seinen knapp vierzig Jahren hätte er nicht mehr zu hoffen gewagt, daß Neuigkeiten, gar solche erotischer Natur, in seinem Leben noch eine Rolle spielen würden. Zumal bei ihm der hormonelle Autopilot nur selten funktionierte. Es war schon lange her, daß er sich das letztemal so richtig vergessen hatte, ohne sich zu beobachten. Aber jetzt, da er daran dachte, fiel ihm ein, daß er sich immer beobachtet hatte. So wenig das zu dem, wie er leben wollte, paßte, ohne Hemmungen war er nie gewesen. Und schon gar nicht, wenn es um die Lust ging.

Bitte ruf an, dachte er, bitte ruf wieder an. Überleg's dir nicht noch anders und laß mich nicht allein. Diese wunderbare Fata Morgana mit Stimme war vielleicht seine Rettung. Die Rettung aus den Selbstzweifeln, die sich seit Jahren verstärkten und in der letzten Zeit schon manchmal den Charakter von Schmerzen angenommen hatten. Nun ja, Rettung, das Wort mochte übertrieben sein, aber mitschreiben wollte er nicht mehr. Soviel stand schon fest.

Miou-Miou. Er sah sie vor sich, wie sie in dem Film »Jonas« frech und verschämt zugleich mit ihrem Freund und einer Freundin unter die Decke kroch, wie sie sich in »Die Vorleserin« auf den baumlangen Manager setzte, ohne das Buch aus der Hand zu legen. Überhaupt, »Die Vorleserin«, ein ganzer Film über die Macht der Worte, das war natürlich nach seinem Geschmack.

Mach ich das nun, oder mach ich es nicht, fragte sich Sabine und roch an ihrem Mineralwasserglas. Sie hatte sich selbst durcheinandergebracht.

War das ein Spiel oder schon Ernst? Hatte sie es gewollt oder war ihr das Ganze aus den Händen gerutscht? Sie hatte keine Ahnung. Das Licht gegenüber brannte nicht mehr, das hieß, mit dem Experiment war es erst einmal vorbei. Jedenfalls mit der ursprünglichen Versuchsanordnung. Jetzt wäre sie nicht mehr der Forscher, sondern nur eine weitere Ratte im Labyrinth.

Was ist dagegen einzuwenden, sagte sie sich, Ratte Miou-Miou vereinigt sich verbal mit Ratte Charles Laughton. Nein, das stimmte nicht. Arno Wagner hatte keinerlei Ähnlichkeit, ihrer Phantasie waren enge Grenzen gesetzt. Aber er hatte sie trotzdem bezaubert. Nicht nur mit seiner niedlichen Glatze und dieser Stimme, die so hübsche Melodien intonierte.

Ich mach's, ich habe Lust auf ihn, sagte sie halblaut. Es war kurz nach halb zwei, und sie wußte, daß er wartete.

»Mhmm?«, meldete er sich, »sind Sie's?«

»Ja.«

»Ich bin froh, daß Sie anrufen.«

»Ja. Ich auch.«

»Also, was tun wir?«

»Wo haben Sie Ihre Hand?«

»Am Hörer, warum?«

»Ich warne Sie. Noch *ein* Sprüchlein dieser Art und ich lege auf. Aber für immer. In Ordnung?«

»In Ordnung. Tut mir schon wieder leid.«

»Also«, sagte sie, und ihre Stimme klang nicht mehr streng. »Wo haben Sie die Hand?«

»Am... sagen wir... am richtigen Ort.«

»Gut. Bewegen Sie sie. Bewegen Sie sie langsam und

38

sehr zart. Ihre Hand ist meine Hand. Streicheln Sie sich, wo immer Sie wollen. Es ist meine Hand.«

»Ja.«

»Und meine Hand ist Ihre Hand. Ich sage Ihnen, was Ihre Hand tut.«

»Sehen Sie noch in den Spiegel?«

»Ja.«

»Sagen Sie mir, was Sie sehen.«

»…«

»Bitte.«

»Ihre Hand streicht über meine Brust, die Brust bewegt sich unter dem sanften Druck, sie weicht aus, soweit sie kann und jetzt fällt sie an ihren Platz zurück. Ihre Hand faßt mit Daumen und Zeigefinger meine Brustspitze an und kneift, nein sie kneift nicht, sie drückt ein wenig, nur ein ganz kleines bißchen, dagegen. Meine Brustspitze ist hart und gibt dem Druck nur wenig nach. Ihre Hand geht über meinen Bauch, umkreist meinen Nabel, ich beuge mich vor und bekomme Gänsehaut. Ihre Hand berührt mein Dreieck, so, daß sich meine Schenkel öffnen. Jetzt geht sie an den Innenseiten meiner Oberschenkel auf und ab und stoppt immer kurz vor meiner… wie sagen wir?«

»Ich… weiß nicht.«

»Wir sagen Muschi, ja?«

»Ja.«

»Ihre Hand stoppt kurz vor meiner Muschi, um aus einer anderen Richtung wieder darauf zuzukommen.«

Sie machte eine kurze Pause und fragte sich, warum sie nicht tat, was sie beschrieb. Ihre Hand lag still auf der Bettdecke und klopfte mit zwei Fingern den Takt zu ihren Worten.

»Was tut meine Hand?«, fragte sie dann.

»Sie tut mir gut.«

»Ihre tut mir auch gut. Sie hat mich geöffnet und fährt mit kleinen, frechen Bewegungen in mich hinein und über meine... sagen wir Klitoris?«

»Mhm.«

»Sie fährt über und um meine Klitoris... ich bin schon... ich spüre es schon... ich bin erregt. Spüren Sie es schon?«

»Ja, ja, was tut Ihre Hand... ich meine, meine. Was tut meine Hand?«

»Eben hat sie mich gezwickt, nein, es war nicht gezwickt, es war sanft, so sanft wie vorher an meiner Brust, sie massiert mich und öffnet mich weiter und weiter, ich spüre immer mehr...«

»Halten Sie den Hörer hin.«

»Bitte?«

»Halten Sie den Hörer dahin. An Ihre Muschi. Ich möchte hören, was meine Hand tut.«

Sie keuchte lauter, um erst einmal Zeit zu gewinnen. Was sollte sie jetzt tun? Wirklich damit anfangen oder das Geräusch irgendwie simulieren? Aber wie? Was blieb ihr anderes übrig, als es wirklich zu tun? Es war jetzt ohnehin egal. Sie legte den Hörer auf ihren Oberschenkel. »Hören Sie's?«

»Ja«, klang es entfernt. »Ja, und es ist wunderbar.«

»Kommen Sie?« Sie mußte sich Mühe geben, nicht zu laut zu sprechen, wer wußte, wieviel Schall die Zimmerwände absorbierten. In leisem Stakkato wiederholte sie die Frage, immer und immer wieder, bis sie ihn von ihrem Schoß her ja, ja sagen hörte und darauf wartete, daß seine Stimme leiser und das Ja gedehnter und entspannter klangen. Sie nahm den Hörer wieder ans Ohr und legte die, wie sie hoffte, furioseste Orgasmussimulation hin, die ihr je gelungen war.

Nach einiger Zeit des Schweigens fragte sie: »Wie geht's Ihnen?«

»Ich weiß nicht.«

»Nicht gut?«

»Doch«, sagte er, und seine Stimme klang brüchig. »Gut auf jeden Fall. Aber es ist so ein Mischmasch, ich weiß nicht, wo mir der Kopf steht.«

»Geht's denn um den Kopf?«

»Nein.« Er lachte unsicher. »Sie haben recht, um den geht's nicht. Aber bei mir geht's auch nicht ohne. Ich bin, glaub ich, ziemlich verklemmt.«

»Verklemmt? Das gibt's noch?«

»Ja, ich glaub schon.«

»Mir geht's jedenfalls wunderbar. Ich fühle mich wie eine Seifenblase. Leicht und schön und uninteressiert an der Richtung, in die ich schwebe.«

»Sabine?«

»Ja?«

»Ich danke Ihnen.«

»Was für ein Mischmasch? Was ist da noch, außer, daß Sie sich gut fühlen?«

»Na zum Beispiel, der Gedanke, daß mich das Zimmermädchen morgen schief ansehen wird, und wer weiß, ob ich nicht einen neuen Teppichboden bezahlen muß. Die Schäden an der übrigen Einrichtung kann ich vielleicht selbst noch beheben.«

»Sie können niemals ernst sein, stimmt's?«

»Nicht für lange, nein.«

»Ich wollte wissen, was Sie fühlen.«

»Das wüßte ich auch gern.«

»Heiliger Bimbam«, lachte sie empört, »Sie sind ja ein Ungeheuer. Mir reicht's. Ade«, und sie warf den Hörer mit Kraft in die Gabel

Eine solche Spruchmaschine war ihr noch nicht untergekommen, und sie hatte keine Lust, sich das noch länger anzutun. Nicht jetzt, wo alles flirrte und noch diese Gänsehaut an ihr war. Nein, sie tat sich etwas viel Wichtigeres an. Und etwas viel Schöneres obendrein. Sie schlug die Beine auseinander, so weit, daß es weh tat in den Hüften, und machte nachträglich wahr, was sie eben dem Herrn nur vorgelogen hatte. Und dafür war es höchste Zeit.

2. Kapitel

»Welche Zimmernummer haben Sie?« fragte die Kellnerin im Frühstücksraum des Vier-Jahreszeiten und machte ein abweisendes Gesicht, als er sagte: »Keine. Ich möchte nur frühstücken.«

Er mußte sie regelrecht überreden, ihm Kaffee zu bringen und das gelang ihm wohl nur, weil er eine romantische Geschichte erfand von einer Dame, mit der er hier verabredet sei, deren Namen er nicht wisse, die er aber gestern abend aus großen Schwierigkeiten befreit habe. Er könne sie sogar genau beschreiben, sagte er, als er spürte, daß der Widerstand der Kellnerin schwand. Sie lächelte und notierte die Bestellung.

Er war früh aufgestanden und hatte sich ein Taxi hierher genommen. Er wollte sie sehen. Nur sehen. Er würde sie nicht ansprechen, keinesfalls die Diskretion, auf die sie sich verließ, aufheben, aber sehen mußte er sie unbedingt. Und vielleicht, wenn es ihm gelang, ihre Zimmernummer aufzuschnappen, könnte er ihr einen riesigen Strauß dunkelroter Rosen schicken mit einer Karte, auf der nur das Wort »Danke« stand. Vielleicht auch nur eine einzige Rose? Und die ohne ein einziges Wort?

Ein-, zweimal schaute die Kellnerin komplizenhaft zu ihm her, und er hob die Schultern in ergebener Larmoyanz, um ihr zu zeigen, daß die geheimnisvolle Dame noch nicht erschienen sei.

Hoffentlich frühstückte sie nicht auswärts. Und hoffentlich schlief sie nicht zu lange, denn sein Termin mit Dr. Kahlen konnte nicht warten.

Schade, an der Rezeption erklärte man Sabine, heute nacht sei kein Zimmer mehr frei. Das Hilton war ein heißes Pflaster geworden, dort mußte sie weg. Sie war nicht scharf darauf, Herrn Wagner zu begegnen. Oder doch? Nein. War sie nicht. Auf gar keinen Fall. Das Experiment gestern abend, das in einem aufschlußreichen Selbstversuch geendet hatte, war nicht wiederholbar. Und ihr Bedarf an Männlichkeit für die nächste Zeit gedeckt. Sie hatte anderes zu tun.

Tja, dachte sie, Pech, dann trinke ich wenigstens einen Kaffee und wandte sich zum Frühstücksraum. Sie erschrak. Da saß die Glatze. Um Gottes willen! Der hatte dieselbe Idee gehabt. Sie tat so, als werfe sie einen flüchtigen Blick in die Runde, entdecke den Gesuchten nicht und drehte sich dann zum Gehen. Aufrecht, aber mit flatterndem Zwerchfell.

Erst in der Kantine des Senders hatte sie sich soweit beruhigt, daß ihr klar wurde: der sucht nach einer kleinen Blonden mit langen Haaren, nicht nach mir. Und vor allem sucht er im Vier-Jahreszeiten, nicht beim Bayrischen Rundfunk.

Carl fühlte sich unwohl in seiner Haut. Dr. Kahlen war die typische Karrierefrau. Elegant, gepflegt und ohne Mühe souverän mit eher strenger Silhouette im schwarz-weißen Cardigan. Das einzige, was an ihr leichtfertig wirkte, war der kleine Pferdeschwanz, zu dem sie ihr Haar schlicht mit einem Gummi gebunden hatte. Sie sprach, als klebten ihre Kiefer aneinander und als höre sie sich selber bei jedem Wort zu.

Nach den Briefen, die sie gewechselt hatten, war in Carl eine ganz andere Vorstellung von dieser Frau entstanden. Er hatte sie sich locker und humorvoll gedacht und sich gefreut auf die Zusammenarbeit mit ihr. Und nun legte sie eine abweisende Haltung an den Tag, die ihn einschüchterte und ihm die Aussicht, mit ihr zusammen Drehbücher zu entwerfen, wieder gründlich verleidete.

Die Idee war doch schließlich von ihr gekommen. Sie hatte ihn angeschrieben und gefragt, ob er sich nicht vorstellen könne, Filme zu schreiben. Sie habe einige seiner Hörspiele gelesen und sei beeindruckt von der Art, wie er Dialoge schreibe. Sie wolle ihm gern den einen oder anderen Filmstoff vorschlagen und bitte ihn, wenn er etwas habe, auch eigene Exposés mitzubringen.

Und nun mäkelte sie an fast jedem Detail in seinen Entwürfen herum, hatte es eilig, ihn wieder loszuwerden und versprach, ihm ihre eigenen Filmideen demnächst zu schicken. Dafür war er nach München gefahren?

Kurz bevor er sich verabschiedete, schien sie seine Enttäuschung zu spüren und wurde ein wenig freundlicher. Sie freue sich auf die Zusammenarbeit und werde sich bald schriftlich bei ihm melden, nur jetzt sei leider ihr Terminplan viel zu eng, er möge das entschuldigen, sagte sie, und ob er sich in München wohlfühle.

»Ja, sehr«, antwortete er und dachte, du hast ja keine Ahnung, wie sehr. Mir ist hier etwas passiert, von dem ich noch Jahre zehren werde und dem deine kaltschnäuzige Art nichts anhaben kann. Es gibt in dieser Stadt noch beeindruckendere Frauen als dich. Auch wenn sie vielleicht nur auf Besuch hier sind.

»Gut, Herr Stowasser«, sagte sie in diesem seltsam kontrolliert klingenden Ton und stand auf. »Ich freue mich, daß wir uns kennengelernt haben. Und verzeihen Sie mir meine Hektik. Der Sender ist leider ein Irrenhaus.«

Das konnte stimmen. Carl kannte sich mit anderen Sendern aus. Zwar hatte er bisher meist für den Rundfunk gearbeitet, aber soviel war ihm schon klargeworden: es gab da keinen wesentlichen Unterschied. Ob man sich nun in den Radio- oder Fernsehabteilungen aufhielt, in beiden herrschte diese eigentümliche Mischung aus Beamtensturheit und karrieristischer Eifersucht und das ewige Gefeilsche um die Zustimmung der nächsthöheren Instanz. Wieso sollte das hier in München anders sein? Allerdings, Dr. Kahlen hatte nichts von sich abgewälzt. Sie hatte immerhin nicht so getan, als fände sie selbst ja alles ganz toll, könne das aber leider nicht gegen den ignoranten Vorgesetzten, die Intendanz, den Rundfunkrat, die ARD oder wen man sonst noch Ungreifbares herbeizitieren mochte, durchsetzen. Sie hatte gesagt, dies gefällt mir nicht, das erscheint mir zu eindimensional, und jenes könnte man besser verstecken. Vielleicht war sie doch in Ordnung und hatte einfach einen schlechten Tag. Wenn sie nur ihre Stimmbänder nicht so verkrampfen würde. Das war ein irritierend seltsamer Tic.

Was soll's, dachte er, ich fahr nach Hause in mein liebes verschlafenes Nest und warte auf die Vorschläge. Ob ich vorher noch einen Blick ins Vier-Jahreszeiten werfe? Nur einen? Es wäre so schön, sich ihr Gesicht vorzustellen, beim Anblick meines Rosenstraußes.

»Was hast du mit deinen Haaren gemacht, Mami?« rief es ihr entgegen, als Sabine aus der Garage kam. »Das steht dir doch gar nicht.« Was machte denn Sina hier? Die sollte doch mit Sybille und den Kindern am Tegernsee sein. Ihre Tochter war der letzte Mensch, mit dem Sabine gerechnet hätte. Sie stand, wie so oft, auf dem Klodeckel, um die Einfahrt durchs Fenster zu beobachten.

»Was machst du denn hier?« fragte sie und wußte die Antwort, noch bevor sie ausgeredet hatte. Ralf hatte das Kind aus den Ferien geholt, um sie unter Druck zu setzen. Das war typisch. Wenn ihm die Argumente auszugehen drohten, schuf er Tatsachen. Wenigstens hat er mir geglaubt, dachte sie, und meine Drohung ernstgenommen. Das ist doch schon was.

Daß Ralf das, was er für Argumente hielt, ausging, kam selten vor. Irgend etwas, das für ihn sprach, fiel ihm fast immer ein. Und wenn es der schimmerndste Blödsinn war. Sina kam die Treppe heruntergehüpft, sprang in Sabines Arme und küßte sie auf den Mund. Die Kleine war braungebrannt und roch nach Shampoo.

»Ich hab zuerst gefragt«, sagte sie, als Sabine sie wieder auf den Boden stellte, und deutete auf den Pferdeschwanz.

»Na gut«, sagte Sabine, »dann mach ich's weg« und zog sich das Gummiband von den Haaren. »Besser?«

»Papa hat mich geholt. Ich soll dich trösten, und morgen fahr ich wieder.«

»Ich brauch aber keinen Trost.«

»Hast du gestritten mit ihm?«

»Und wie, mein Schatz. Die Fetzen sind geflogen.«

»Das mag ich nicht. Du sollst nicht mit ihm streiten.«

Sabine seufzte, packte Sina am Genick und schüttelte sie zärtlich wie eine Katzenmutter ihr Junges. »Ich weiß, mein Schatz«, sagte sie, »ich weiß es ja.«

»Du wolltest ihn sitzenlassen, ja?«

»Hat er das gesagt?«

»Nein. Aber das mit dem Trösten war gelogen. Das hört man ihm an, wenn er lügt. Hörst du das nicht?«

»Doch, das hör ich. Das ist es ja. Er kann's nicht und versuchts doch immer wieder.«

»Du darfst ihn nicht sitzenlassen. Ich will nicht mit dir alleine sein.«

»Na, du bist wenigstens ehrlich«, lachte Sabine und war insgeheim stolz auf ihre Tochter. Wenn sie doch nur nicht so altklug wäre. Sina redete wie eine Erwachsene, und man mußte höllisch aufpassen, daß man ihr nicht aus Versehen wie einer Erwachsenen antwortete. Denn sie war neun, und mit neun klingt man vielleicht erfahren, ist es aber nicht.

»Ist er da?«

»Kommt gleich wieder«, sagte Sina. »Er kocht für dich und hat die Kapern vergessen.«

Also Spaghetti alla Puttanesca. Vor Jahren einmal hatte sie gesagt, das sei ihr Lieblingsgericht und prompt hatte Ralf es meisterlich zu kochen gelernt. Seither setzte er es zur Verführung, Versöhnung und

Vertröstung ein, wann immer er dies für notwendig hielt. Das sah nun also ganz nach wortreichen Entschuldigungen und unterwürfigen Besserungsgelöbnissen aus. Na immerhin. Wenigstens keine Unschuldsbeteuerungen. Sie hob resigniert die Schultern und ließ sie wieder fallen. Er hatte das einzig Erfolgversprechende getan. Vor Sina würde sie nicht weitertoben, und bis morgen konnte er in den höchsten Tönen von ihrer Güte und Verzeihungsbereitschaft gesungen haben. Und dann wäre es peinlich, den Streit wieder neu aufzulegen. Er hatte sie wieder mal drangekriegt.

Eigentlich war es nicht mal ein Streit gewesen. Ihre Worte, er solle bis heute Mittag ausziehen, und ihr kieselsteinschleudernder Abgang mußten Ralf überrascht haben. Sie hatte ja selbst über sich gestaunt. Dabei war sie ihm sogar ein Stück voraus, denn sie hatte gewußt, daß er mit einer Geliebten herumzog, er jedoch nicht, daß sie es wußte.

Mein Gott, das war vielleicht ein Tag heute. Statt Frühstück im Vier-Jahreszeiten die Glatze auf ihrer Spur, und dann, als sie eben wieder glaubte, aufatmen zu können, dieselbe Glatze leibhaftig im Büro. Nur diesmal nicht alias Arno Wagner, sondern unter dem Namen Carl Stowasser, den sie selbst als potentiellen Drehbuchautor angeschrieben und eingeladen hatte. Entsetzlich. Die ganze Zeit hatte sie versucht, ihre Stimme zu verstellen. Und sich gesagt, er hat doch keine Ahnung, bleib ruhig, er kann dich nicht erkennen. Aber sie hatte den Schweiß am ganzen Körper gespürt und auch, daß er bei jeder kleinen Bewegung auf ihrer Haut erkaltete.

»Ich muß jetzt Baywatch gucken«, sagte Sina und rannte die Treppe hinauf. »Sag Papa, das Essen darf nicht vorher fertig sein.«

Sabine schüttelte nur den Kopf. Vielleicht war es tatsächlich besser, dieses Kind nicht alleine erziehen zu wollen. Als Vater war Ralf in Ordnung. Und als Anwalt. Was ihn leider mit einer gewissen Sorte von Klientinnen zusammenbrachte, deren Reizen er offenbar gelegentlich erlag. Zum Beispiel dieser dicklichen Brünetten von den Kammerspielen.

»Es tut mir leid«, sagte Ralf im Hereinkommen. Er trug eine Flasche Fendant, extralange Spaghetti und einen Salat auf dem Arm. Sie schüttete Salz in das Wasser, das sie aufgesetzt hatte, als der Fiat vorgefahren war.

»Was denn genau?«

»Daß du es weißt, tut mir leid. Ich wollte dich nicht kränken.«

Sie antwortete nicht. Am liebsten würde sie sagen, er habe sie nicht gekränkt, aber das stimmte nicht, und sie wußte, daß er das wußte.

»Sagst du nichts?« fragte er, ganz der schuldige Übeltäter, der sich vorgenommen hat, alle unvermeidlichen Strafen ohne Widerrede einzustecken.

»Doch. Ich habe Spaghetti alla Puttanesca noch nie gemocht.«

Zuerst sah er sie entsetzt an, dann zweifelnd, dann unsicher, und dann brach er gleichzeitig mit ihr in Lachen aus.

Sabine freute sich schon auf den Augenblick, in dem er seinen BMW besteigen würde. Sie hatte nämlich an einer Tankstelle angehalten und den Müllcontainer nach Zigarettenkippen abgesucht, die sie allesamt in den blitzblanken Aschenbecher füllte. Da lagen sie nun und stanken fröhlich vor sich hin. Ralf haßte nichts so sehr wie Tabakwaren, Raucher und Rauch.

3. KAPITEL

Carl Stowasser war ein Mann, dessen Herz ein wenig zu groß geraten war. Ebenso wie übrigens sein Mundwerk. Nicht daß er ein Großmaul oder Angeber gewesen wäre, er war im Gegenteil bescheiden bis zur Koketterie, aber oft war sein Mund schon angekommen, bevor sein Gehirn überhaupt aufbrach.

Vor Jahren hatte er studiert, um an der Schule zu unterrichten, weil er das, in Erinnerung an einige beeindruckende Lehrer, für einen wunderbaren Beruf hielt. Je mehr er aber von der Beamtenmentalität seiner Kommilitonen und zukünftigen Kollegen mitbekam, desto weniger glaubte er das, wovon er träumte, jemals zu erreichen. Immer tiefere Einblicke in die Lehrpläne der Kultusministerien und gelegentliche Teilnahmen am Unterricht gaben seinen Luftschlössern schließlich den Rest, so daß er nach wenigen Semestern sang- und klanglos abbrach. Den Job als Filmvorführer, mit dem er sein Studium finanziert hatte, machte er hauptberuflich weiter.

Es war in jener Zeit noch üblich zu glauben, daß einem die Welt offenstehe. Man konnte vom Lastwagenfahren leben, von Nachhilfeunterricht oder sonst irgendeiner vorübergehenden Tätigkeit. Daß man Ausbildung, Beruf und Titel brauche, war als Gerede der Elterngeneration und pure Legende entlarvt worden. Das stimmte nicht mehr. Damals.

Leider stimmte es dann einige Zeit später doch wieder. Das große Kinosterben spülte Carl aus seiner Nische hinaus in die mittlerweile wieder grausamer gewordene Welt, in der seine ehemaligen Kommilitonen jetzt sorgenvoll gefurchte Stirnen über liebevoll gestrickten Pullovern spazierentrugen und ein lautes Wehklagen anstimmten über die Angepaßtheit dieser Jugend, zu der sie schon nicht mehr gehörten.

Und Carl war aus Versehen einsam geworden. Zum einen, weil das Leben als Filmvorführer einen eher mit Leuten wie Bogart, Bacall, Grant und Hepburn zusammenbrachte als mit gleichaltrigen Zeitgenossen, und zum andern, weil die Frauen, die noch vor einigen Jahren der Ansicht gewesen waren, Verhütung sei Männersache und die Typen sollten sich gefälligst etwas einfallen lassen, mittlerweile ihre Meinung geändert hatten und nur noch nach zeugungsfähigen Männern Ausschau hielten. Und natürlich solchen mit anständigen Ausbildungen, Berufen und Titeln. Carl hatte sich Anfang der siebziger Jahre etwas einfallen lassen. Eine Vasektomie. Er war steril.

Nicht, daß seine Einsamkeit irgend jemandem außer ihm selbst aufgefallen wäre – er hatte Freunde und Bekannte und war nur selten unfreiwillig allein, aber, kaum daß es auffiel und ohne daß jemand es aussprach: in seiner Umgebung wurde er immer mehr zu einem Gast. Willkommen und geduldet zwar, aber nicht mehr unter Gleichen, sondern mehr und mehr als schmückender Exot.

Das hatte seine Vorteile, und sein Leiden an diesem Zustand hielt sich in engen Grenzen, verschaffte ihm dieser Status doch die Perspektive eines Fremden, dessen erstaunte Blicke sahen, wie die Welt sich um ihn wandelte. Und wie er sich mit ihr gewandelt hätte, wäre er nicht so zufällig, weich und fast unbemerkt aus ihr herausgefallen.

Niemand also machte Carl je einen Heiratsantrag und dieser Tatsache verdankte er die Unabhängigkeit und Beweglichkeit, die es ihm ermöglicht hatte, nach und nach seinen Lebensunterhalt als Autor von Glossen, Sketchen und Hörspielen zu bestreiten. Eher schlecht zwar als recht, aber da ihn seine kleine, mit einer Erbschaft ganz und gar bezahlte Wohnung kein Geld mehr kostete, lebte er ohne größere Anfälle von Existenzangst oder augenfällige Not die meiste Zeit zufrieden vor sich hin.

In seinem Arbeitszimmer standen ein Telefon, ein Fax, ein Computer und eine Kartei, und damit sprühte er, wann immer ihm danach war oder ein Abgabetermin näher rückte, vor Witz, Schärfe oder Kalauern. Je nachdem was man von ihm verlangte.

Er war kein Künstler, nur ein Handwerker mit Spaß an seinem Beruf, und so kannten ihn seine Ansprechpartner in den Funkhäusern als zuverlässig, moderat und kompromißbereit, was seiner Reputation und Auftragslage gut bekam. Er machte sich keine Illusionen über Unabhängigkeit, Freiheit, Künstlertum oder Prominenz, hinderte aber seine Freunde nicht daran, zu glauben, was sie wollten. Und sie wollten natürlich glauben, er sei ein wichtiger Mann, wenn sie hin und wieder seinen Namen in irgendeiner überregionalen Zeitung lasen.

Er ließ sie auch glauben, er sei ein Lebenskünstler und Genießer und liebe die Menschen von ferne, obwohl er sie doch gründlich verspottete. Das aber war nicht wahr, denn nach allem, was er, aus Schaden und Erfahrung klug geworden, über die Menschen gelernt hatte, waren sie ein kleinkariertes, feiges und dämliches Gewimmel, dessen Übergriffen man sich durch das freundliche Lächeln des gütigen Trottels am besten erwehrte. Sich zu erwehren war um so notwendiger, wenn man mit dem Handicap eines zu großen Herzens an den Start gegangen war.

Und natürlich war ihm das, was er an den anderen nicht mochte, auch bei sich selbst nicht angenehm, denn er wußte, er konnte nicht der einzige Makellose unter lauter Scheusalen sein. Selbst wenn es hin und wieder so aussah und er sich verzieh, wofür er sie bedauerte. Auf diesem Umweg liebte er die Menschen dann doch wieder ein wenig, denn sich selber fand er durchaus nicht zum Kotzen.

Im Augenblick saß er gerade in seinem Zimmer im Hilton und hypnotisierte das Telefon. Schon seit fast einer Stunde. Ohne jeden Erfolg. Ruf an, dachte er immer wieder, ruf bitte wieder an. Los doch, ich warte doch, ruf an.

Wie vor fünfundzwanzig Jahren, als er fast den ganzen Sommer in einer Umkleidekabine des Freibades verbracht hatte, das Auge an ein Guckloch gepreßt, und vor Staunen und Erwartung und Hormonen außer sich, wußte er auch jetzt nicht, ob er diese Worte dachte oder hörte oder sprach. Ganz ähnlich hatte es damals in seinem Kopf geklungen: Komm doch, los, komm rein, zieh dich aus, ja, dreh dich her, los, dreh dich her, ich seh doch so nichts, bleib stehen, nein, nicht wieder abwenden. Verdammt, jetzt ist die Kuh schon wieder draußen. Bitte komm und zieh dich um, los komm. Er mußte die Worte gedacht haben damals, denn er wurde nicht entdeckt, und niemand hegte irgendeinen Argwohn. Nur seine Mutter fragte sich manchmal, wieso er in diesem Jahr keine Farbe bekam, obwohl er doch Tage um Tage im Schwimmbad verbrachte.

Das Telefon ließ sich nicht hypnotisieren, und die bilderreiche Stimme rief nicht an.

Mehr als drei Stunden hatte er im Vier-Jahreszeiten verbracht und sich die Augen verrenkt, bis er schließlich enttäuscht aufgab und ein Taxi zum Hilton nahm. Aber schon kurz nach dem Einsteigen kitzelte ihn wieder die Hoffnung, sein Telefon könnte klingeln und sie würde wieder dran sein.

Bis er endlich müde wurde vergingen Stunden, und er hoffte, über diesen mißlungenen Tag das Gras eines traumlosen Schlafes wachsen zu lassen. Sabine, Sabine. Jetzt hatte er sie für immer verloren. Keine Chance mehr, ihre Identität zu erfahren, keine Chance, daß sie sich je wieder melden konnte, denn er hatte nicht die Mittel, dieses Zimmer hier für längere Zeit zu mieten.

Und die Aussicht auf eine lukrative Drehbucharbeit war auch dahin. Zu ablehnend und zickig hatte sich diese Dr. Kahlen benommen. Entweder würde er gar nichts mehr von ihr hören, oder es käme demnächst ein höflich bedauernder Brief, in dem sie ihm erklärte, daß nun leider doch auf absehbare Zeit nichts aus ihren Projekten werde, und sie sich gegebenenfalls wieder an ihn wende.

Als er endlich kam, war sein Schlaf keineswegs

traumlos, und an einen seiner Träume würde Carl sich am Morgen noch erinnern: Frau Dr. Kahlen putzte ihre Brille mit dem Mittelfinger, sah ihm dabei direkt ins Gesicht und sagte keuchend mit ihrer gepreßten Stimme: »Kommen Sie, kommen Sie, kommen Sie.« Er würde sich deshalb an diesen Traum erinnern, weil er schweißgebadet daraus erwachte und aus dem Bett sprang, um nicht sofort wieder einzuschlafen. Dr. Kahlens Stimme hatte, trotz des gepreßten Tonfalls, genau wie die von Sabine geklungen.

Auch Sabine konnte lange nicht schlafen. Tatsächlich schaute sie hin und wieder zum Telefon und stellte sich ihren freundlichen Don Quichotte vor, wie er zwinkernd vor Enttäuschung in ihrem Büro gesessen hatte und seine Felle als Drehbuchautor davonschwimmen sah. Ihr war bewußt, daß sie sich sehr kühl verhalten hatte, und worauf hätte er das beziehen sollen, wenn nicht auf ihre Einstellung zu seiner Arbeit? Sie mußte ihm unbedingt in den nächsten Tagen schreiben. Oder doch anrufen? Noch einmal die blonde Sabine erwecken, sich noch einmal in ein Abenteuer mit seiner Stimme stürzen? Nein. Unmöglich. Nicht von hier aus, wo jederzeit Sina oder Ralf hereingetapst kommen konnten, um zu fragen, mit wem sprichst du denn da?

Und wenn sie in eine Telefonzelle ginge? Nein, auch nicht möglich. Sie konnte nicht irgendwo auf der Straße in den Hörer keuchen. Und wenn ein Auto vorbeifuhr? Leider. Es ging nicht. Und doch war ihr warm bei dem Gedanken, daß sie wußte, wo das andere Ende der Telefonleitung mit dieser umwerfend weichen

Männerstimme war. Wenn sie wollte, konnte sie sie wieder hören. Nur eine glaubwürdige Erklärung, wie sie an die Nummer gekommen sei, müßte ihr noch einfallen, denn er durfte nie erfahren, wer sie wirklich war.

Sina hatte vor dem Einschlafen mit schon schwerer Stimme gefragt, ob sie nun bei Papa bleibe, und Sabine hatte es ihr versprochen. Tatsächlich waren Ralf und sie übereingekommen, eine Vernunftehe zu versuchen, einander nicht nachzuspionieren, aber auch nicht vor Freunden und Bekannten durch das Vorzeigen von Geliebten zu blamieren. Seltsam leicht hatte sie sich nach diesem Gespräch gefühlt, ihr war auf einmal einerlei gewesen, was Ralf in irgendwelchen Hotelbetten treiben würde und einerlei, wie er sich dabei fühlte. Und sein Gesichtsausdruck, als sie sich eine Zigarette anzündete und den Rauch fast ohne zu husten über die Essensreste hinwegblies, war ein Genuß für sich gewesen: entsetzt, verdutzt, ergeben. Sie hatte sich vorgenommen, noch mehr Dinge zu tun, die er nicht mochte. Das wäre eine gute Übung. Für sie in Selbständigkeit und für ihn in Demut.

Außerdem würde sie sich in den nächsten Tagen ein eigenes Zimmer einrichten. Mehr schien ihr für das neue Leben, das sie von nun an führen wollte, nicht notwendig. Eine eigene Welt, in der Ralf nichts zu suchen hatte, von der er nichts verstand und in der er sich nicht zu bewegen wußte, bewohnte sie schon lang. Das war ihr klargeworden, als sie merkte, daß ihre Wut über Ralfs Affäre unversehens verschwunden war. Im selben Augenblick übrigens, in dem sie ihn schimpfend nach dem Autostaubsauger suchen hörte. Auf einmal hatte sie das Gefühl, ihn zu verstehen und dachte, er hat eben Angst. Vor dem absteigenden Ast. Kein Wunder, daß er probeweise daran sägt. Kein Wunder, aber trotzdem dumm.

Und Sinas letzte Frage vor dem Einschlafen hatte ihr noch extra zu denken gegeben. »Mami«, hatte sie gemurmelt, »wann krieg ich endlich Titten?« Sie wollte schon aufbrausen wegen dieses häßlichen Ausdrucks, aber Sina war schon fast eingeschlafen. Oliver und Manuel. Die Söhne ihrer Schwester am Tegernsee. Waren die also jetzt soweit. Über die Wortwahl konnte man ein andermal diskutieren, aber es war klar, daß ihre Tochter nun auch eine Frau werden wollte.

»Bald«, hatte sie leise gesagt, »bestimmt ganz bald. Vielleicht schon in zwei Jahren oder drei.«

Sinas beide Barbiepuppen saßen nackt auf dem Regal und hatten kleine, mit einer Stricknadel gebohrte Löcher zwischen den Beinen.

Später, nachdem sie einige Zeit im Bad gestanden war und sich bei geöffneter Tür, wie sie es manchmal tat, die wohltuende Stille im Haus angehört hatte, war ihr wie ein kleiner Schrecken der Gedanke durch den Kopf gegangen: Noch zehn Jahre bis zum Klimakterium. Nur noch zehn Jahre. Vielleicht auch nur noch sieben oder acht.

Und noch später hatte sie gehört, wie Ralf die Klinke der Gastzimmertür leise bewegte und fragte: »Darf ich zu dir kommen?«

»Nein«, hatte sie gesagt. »Das ist vorbei.« Aber sie hörte selbst, wie freundlich das klang und schlief zufrieden, etwas traurig und mit einem Lächeln ein.

Am liebsten wäre Carl jetzt an irgendeinen See gefahren, hätte sich auf langen Spaziergängen Satz für Satz des Wortwechsels der vorletzten Nacht vergegenwärtigt und in genießerischer Melancholie den Phantasien und Erinnerungen, die von nun an mit diesen Sätzen verknüpft sein würden, nachgelauscht. Aber es war Samstag, und bis zum Montag mußte er für das SDR Fernsehen die Moderation einer Unterhaltungssendung geschrieben haben. Er hatte noch nicht ein einziges Wort davon auf Diskette. Überdies waren einsame Spaziergänge an irgendeinem See zur Zeit ohnehin nicht möglich, denn die Ferien waren ausgebrochen, und es wuselte und wimmelte an jedem schönen Platz von entschlossenen Feriengästen.

Im Zug versuchte er, davon zu träumen, daß, wenn er zu Hause ankäme, ihre Stimme auf seinem Anrufbeantworter sagen würde, ich vermisse Sie schon, aber so schön dieser Traum war, er hatte Fehler. Erstens konnte sie niemals seine Nummer herauskriegen, sie wußte weder seinen richtigen Namen, noch die Stadt, sie hatte keinen Anhaltspunkt für eine Suche; und zweitens würde sie nicht suchen, denn sie hatte ja nur ein unverbindliches Abenteuer gewollt und keine echte Affäre. Drittens wäre es mehr als peinlich, wenn die Nachbarin, die seine Katzen versorgte, sich unversehens mit einer kompromittierenden Botschaft auf seinem Anrufbeantworter konfrontiert sähe. Zum Glück hatte er keine Freundin. Die hätte er betrogen und würde es in Gedanken noch immer tun.

Und sie? Sabine? Sie hatte jemanden betrogen. Diesen Stellenmacher, den er sich als Fettsack mit Geld und Familie vorstellte. Ach, es hilft alles nichts, dachte er. Es ist nur eine Geschichte, die ich erlebt habe, weiter nichts. Keine Zukunft, keine Gegenwart, nur eine schon vergangene Geschichte, die mir jetzt noch in den Gliedern sitzt und morgen im Gehirn, und übermorgen wird sie den Geruch verlieren, den Klang und alle Farben und sich verdünnen und verflüchtigen, je öfter ich an sie gedacht haben werde.

Stellenmacher war ein Glückspilz. Von solch einer Frau betrogen zu werden war immer noch besser, als nur von ihr zu träumen.

Das erste, was ihm auffiel als er den halbdunklen Hausflur betrat, war ein mit Reißzwecken an die Hoftür gehefteter Zettel, auf dem stand: *Diese Tür muß unter allen Umstanden geschlossen bleiben. Wagner.*

Er riß ihn ab, öffnete die Tür und klemmte den Fußabstreifer in den Spalt zwischen den Angeln. In seiner Wohnungstür war eine Katzenklappe, durch die Carlotta und Ulbricht jederzeit hinein und hinaus konnten, und die verlor ihren Sinn, wenn die Hoftür geschlossen blieb.

Er nahm sich vor, Herrn Wagner, der vor kurzem erst das Büro im Erdgeschoß bezogen hatte, die offene Tür zu erklären. Langsam ging ihm dieser Herr auf die Nerven. Das war nun schon der vierte Zettel mit irgendeiner hausordnungsähnlichen Mitteilung. Für wen hielt der sich denn? Für den Chefgockel dieses Misthaufens?

Niemand kam ihm entgegen, als er die Wohnungstür aufschloß. Er stellte den kleinen Koffer ab und sah an jedem ihrer Lieblingsplätze nach den Katzen, aber die Mühe hätte er sich sparen können, denn sie begrüßten ihn sonst immer, wenn er nach Hause kam. Der Arsch hat meine Schätze ausgeschlossen, dachte er und ging einen Stock höher, um bei Christian zu klingeln.

»Komm rein«, sagte der, bevor Carl ihn noch begrüßen konnte und hastete zurück in sein Arbeitszimmer, wo er eine auf dem Fensterbrett liegende Zwille aufnahm, zielte und ein Geschoß aus dem Fenster jagte. Von draußen hörte man Flattern und Gurren.

»Spinnst du?« fragte Carl, »schießt du auf die Vögel?«

»Ja.« Christian legte ein neues Geschoß in die lederne Schlaufe.

»Hör auf damit«, sagte Carl wütend, »du bist ja wohl nicht ganz richtig im Kopf. Was tun dir denn die Tauben?«, und versuchte Christian in den Arm zu fallen.

Der wich ihm aus und sagte verbissen und schon wieder auf das Zielen konzentriert: »Die gurren. Den ganzen Tag. Die machen mich wahnsinnig.«

»Das bißchen Gurren«, sagte Carl, »Du hörst doch dauernd Musik.«

»Das ist es ja grad«, Christian schickte das nächste Geschoß los, murmelte »Scheiße« und wandte sich Carl zum erstenmal richtig zu. »Das ist es doch grad. Die Mistviecher gurren so, daß ich auflegen kann, was ich will, es klingt immer wie Gleichlaufschwankungen. Ich war zweimal mit dem Plattenspieler im Laden und hab ihn nachmessen lassen, bis ich draufgekommen bin, daß die blöden Tauben so klingen.«

»Aber das ist doch kein Grund, sie zu erschießen.«

»Ach, erschießen«, sagte Christian. »Blödsinn« und

hielt Carl seine Hand hin. Darin lag eine Knoblauch-
zehe.

»*Damit* schießt du?«

»Mhm, und jetzt laß mich in Ruh. Das ist die letzte.
Hab schon vier Knollen verfeuert und erst elfmal getroffen.«

Carl schüttelte den Kopf. Dann konnte sein Tier-
schützerherz ja getrost wieder zu einer niedrigeren
Schlagzahl übergehen. Mit Knoblauchzehen konnte
man die Tauben nicht verletzen.

»Wieder nix, verdammt«, sagte Christian und legte
die Zwille beiseite. »Brauch neue Munition.«

»Sag mal, hast du heut schon eine von meinen Katzen gesehen?« fragte Carl, obwohl das nicht wahr-
scheinlich war, weil Christian nur selten aus dem
Haus ging.

»Nein, wieso, fehlen welche?«

»Der Steuerberater hat sie ausgeschlossen. Er muß
irgendwann gestern abend die Hoftür zugemacht haben.«

»Arno F. C. Wagner?«

»Ja.«

»Der geht mir eh auf die Nerven. Hast du die Schilder gesehen?«

Und ob Carl die gesehen hatte. Man kam nicht
darum herum. An jeder Ecke des Hauses hing mittlerweile ein Messingschild mit der Aufschrift »Arno F.
C. Wagner – Steuerberater«, dazu noch eines am Hof-
zaun, eines neben dem Briefkasten und eines im Fenster der Veranda, die zum Hof hinausging. Es waren
insgesamt neun Schilder, die Aufschriften, die groß
und mächtig auf den beiden Mülleimern prangten,

nicht mitgezählt. Das Ganze zeigte eine mindestens aparte Vorstellung von effektiver Werbung und verschandelte das schöne alte Haus.

»Schau mal«, sagte Christian, nahm ein großes weißes Kunststoffschild, das an der Wand lehnte, und drehte es um. »Hat Geld gekostet, wird aber Spaß machen.«

Auf dem Schild stand in breiten schwarzen Lettern, seriös und geschäftsmäßig eingraviert: Arno 1. F. C. Wagner – letzter Steuerberater vor der Fußgängerzone – siebtes Schild links, dreimal klingeln. »Das kommt heut abend an die Laterne«, grinste Christian. »Ich freu mich schon auf sein Gesicht.«

»Toll«, sagte Carl. »Erster FC Wagner, das gefällt mir. Ich zahl die Hälfte.«

»Brauchst du nicht. Ich kann's absetzen. Bühnendekoration.«

Christian war Kabarettist. Er konnte alles absetzen. Im Zweifelsfall brauchte er nur eine Nummer drumherum zu schreiben. Ihm verdankte Carl die meisten Verbindungen zu Radiostationen, und es kamen immer noch neue dazu, weil Christian Aufträge, die ihn selbst nicht interessierten, an Carl weitergab.

Carl ging in seine Wohnung hinunter, schrieb einen Zettel *Diese Tür muß unter allen Umständen offenbleiben – Stowasser* und klebte ihn beim Hinausgehen an die Innenseite der Hoftür.

Ulbrichts Revier lag in einem verwilderten Grundstück hinter dem Nachbarhaus. Er kam, gleich als er seinen Namen rufen hörte, laut miauend hinter einem Strauch hervor und warf sich vor Carl auf die Erde. Um sich am Bauch kraulen zu lassen.

»Hallo Nase«, sagte Carl, »wetten, du hast Hunger«, und ging ihm nach Hause voran.

Als der Kater gierig sein Essen verschlang, wobei er wie immer, kleine Bröckchen in alle Richtungen schleuderte, ging Carl den etwas weiteren Weg zu Carlottas Revier. Auch sie kam sofort aus einer Scheune hervor und miaute vorwurfsvoll.

»Tut mir leid«, sagte Carl, »das kommt bestimmt nicht wieder vor«, und beschloß, am Montag beim Schreiner eine Katzenleiter zu bestellen.

Im Arbeitszimmer riß er den langen Streifen Werbung von seinem Fax und warf ihn in den Papierkorb. Er machte sich eine Brühe, die er trank, während er die spärliche Post durchsah. Sauregurkenzeit, da kam nur selten Interessantes. Das war einer der Nachteile des Sommers. Ein weiterer war der, daß in dieser kleinen Stadt an fast jedem Wochenende irgendein Fest mit Blasmusik, Tanz, Prozession und Fahnen stattfand und die ohnehin zahlreichen Touristen vollends zur Plage machte.

Er sortierte die Post nach Dringlichkeit, lauschte nebenbei dem gesammelten Schweigen auf seinem Anrufbeantworter und legte sich dann müde ins Bett.

Morgen war Sonntag, dieser sinnloseste aller Tage, an dem noch nicht einmal ein Kontoauszug oder die Einladung zu einer Kaffeefahrt nach Straßburg im Briefkasten liegen konnte. Ein Tag für den Baggersee eigentlich, oder einer, um sich durch die Lubitsch-Sammlung in Christians Videoregal zu arbeiten, wenn da nicht noch diese Moderation wäre.

Als er das Licht ausknipste, hüpfte Ulbricht aufs Bett, drehte sich dreimal um die eigene Achse, um es sich dann, eine Pfote über Carls Hand gelegt, in dessen Armbeuge bequem zu machen. Und rasselnd wie ein kleiner Dieselmotor zu schnurren. Das hieß »schön daß du wieder da bist« in Ulbrichts und Carlottas Sprache, die Carl fließend sprach und verstand.

Ohne richtig aufzuwachen, registrierte er, daß Carlotta aufs Bett sprang und sich neben seine Beine legte und dachte im Halbschlaf, jetzt sind wir komplett.

Steif wie ein Brett und mit Kreuzschmerzen schaute er am anderen Morgen auf den Wecker und stellte fest, daß es erst zehn Uhr war. Beide Katzen waren weg, da konnte er sich noch einmal ausstrecken und weiterschlafen.

Das war das Gute an seinem Leben als Einzelgänger, daß keine unternehmungslustige Frau seinen morgendlichen Tran bemängeln konnte. Als er aufstand und wie immer, wenn er einige Tage weg gewesen war, mit befremdetem Blick durch die Wohnung schlurfte, fiel ihm das neue Schild an der Straßenlaterne ins Auge. Er grinste noch unter der Dusche.

Den Nachmittag über ging er immer wieder zum Fenster, um sich den Erfolg des Schildes anzusehen. Es war wunderbar. Die sonntäglichen Spaziergänger blieben stehen, kicherten, stießen sich gegenseitig an, um einander aufmerksam zu machen, und nur wenige schüttelten ablehnend oder verständnislos den Kopf.

Erst am frühen Abend kam Wagner angebraust, riß das Schild ab und warf es wütend in seinen Mercedes. Carl schaffte es gerade noch, zurückzuweichen, bevor die Augen des Mannes mißtrauisch seine und Christians Fensterfront musterten.

Am Abend, als er das Fax mit der fertigen Moderation fütterte, bemerkte er seinen Hunger. Er rief Christian an, aber der war nicht zu Hause, also machte er sich eine Dose Ravioli warm, denn der Gedanke, alleine zum Essen auszugehen, war nicht gerade verlockend.

Ebenso wie Christian war Carl vor Jahren hierhergezogen, weil er sich damals, verliebt, ein ungestörtes Glück bauen wollte. Gebaut hatte er viel – die Wohnung war mit Liebe und Geschmack eingerichtet – aber das Glück hielt nicht lange. Sein alltäglicher Trott und gelegentliche misanthropische Sprüche hatten Ulla, seine Freundin anfangs noch amüsiert, aber bald mehr und mehr ihre Nerven strapaziert. Und als ihr das ewige Lesen, Reden und Filme-Ansehen zum Hals heraushing, mußte sie feststellen, daß Carl keine Lust hatte, sich zu verändern. Ihre Versuche, ihn zu irgend etwas, einer Radtour, einem Kurzurlaub oder einer Autofahrt durchs Elsaß, zu bewegen, scheiterten allesamt an der Sturheit, mit der er immer Arbeit vorschob. Als er ihr dann noch irgendwann in einem Laden erklärte, daß er keinesfalls von ihr eingekleidet werden wolle und vielmehr selber wisse, was ihm stehe und was nicht, da hatte sie das Handtuch geworfen, und, zusammen mit einem Kollegen, ihre Sachen abgeholt.

Traurig und mürrisch hatte Carl damals gedacht, wer sich nicht manipulieren läßt, bleibt allein. Aber in dem Maße, in dem sein Kummer schwand, wuchs auch sein Verständnis für Ullas Perspektive. Er war langweilig. So langweilig wie alle Freiberufler, die ihre Arbeit lieben. Er versuchte sich einzureden, daß er froh sei über den vielen Platz im Kleiderschrank, den er bis an sein Lebensende nicht würde ausnützen können. Und daß die Freiheit das höhere Gut sei und gegen die Folgen der Liebe geschützt werden müsse. Und glaubte nichts von diesem Unsinn.

Später sah er sie noch hin und wieder. Sie lebte mit dem Kollegen, der ihr beim Auszug geholfen und in Carls Augen eine Spur zu sehr nach Surfbrett ausgesehen hatte. Aus dem Ton ihrer Erzählungen glaubte er herauszuhören, daß sie nicht glücklicher sei, aber immerhin mehr Bewegung habe. Das war natürlich seine Formulierung.

Ein Single hat eigentlich nichts in einer Kleinstadt verloren. Jeder kennt jeden, und es gibt sehr bald nichts Neues mehr außer Klatsch und Todesfällen. Aber den Katzen ging es gut hier.

Carl war in dem Alter, in dem ein Unverheirateter, der nicht wenigstens zweimal geschieden ist, skurril wirkt und begann, sich an den Gedanken zu gewöhnen, daß er jetzt eben auch einer dieser Beziehungsversager sei. Mit Glatze, Brille und Ringen unter den Augen. So einer paßte in die Provinz. Er richtete sich mit zunehmender Zufriedenheit in seiner Idylle ein.

Ohnehin war das, was jetzt gänzlich fehlte, auch früher nur für Augenblicke dagewesen: Das gelassene Glück, das eigentlich nach den aufgeregten Raffinessen der Verliebtheit hätte kommen sollen, aber immer von der Phase der Auseinandersetzungen, Positionskämpfe, Forderungen und Zweifel ersetzt worden war. Nach Ullas Auszug beschloß er, daran nur noch ganz leise zu glauben.

Der Verdacht, es könnte einfach kindisch sein, was

er sich von der Liebe erhoffte, war ihm nicht nur einmal gekommen. Aber lieber war er kindisch als traumlos und modern. Sich einfach nach irgend jemandes Bedarf umbauen zu lassen, um dann einen Fremden im Spiegel zu sehen, das kam für ihn nicht in Frage. Er war treu, und damit basta. Vor allem sich selbst. Bin ich halt ein Beziehungskrüppel, dachte er, oder einfach noch immer nicht der Richtigen begegnet.

Daran störte ihn allerdings, daß es viel zuviele von seiner Sorte gab. Fast jeder zweite bekannte sich inzwischen zur Beziehungsunfähigkeit und spielte den fröhlichen Single. Etwas origineller wäre Carl schon gern gewesen. Nein, das stimmte natürlich nicht. Schlimm war das Alleinsein in den Zeiten, da es weh tat, aber das gab er sich so nicht gerne zu. Lieber mokierte er sich über den Mangel an Originalität, denn so konnte er wenigstens darüber lachen. Wenn auch nicht besonders laut.

Zum erstenmal seit langem wieder hatte er das Bedürfnis, mit irgendwem zu reden, von dem fast schon zugeschütteten Loch in seinem Leben zu erzählen, das Sabine wieder aufgegraben hatte, von der Fata Morgana, die sich nun erneut in seinen Gedanken spiegelte, aber er kannte niemanden, dem er Verständnis für so etwas zugetraut hätte.

»Bestellst du mir einen Aschenbecher, Schatz?« sagte Sabine, als der Ober die Teller mitnahm. Ralf ließ sich nichts anmerken, und sie hoffte, nicht zu husten, wenn sie gleich den ersten Zug von ihrer Zigarette nahm. Das Zeug kratzte fürchterlich im Hals. Na schließlich rauche ich ja nicht zum Vergnügen, dachte sie und zündete das Ding entschlossen an.

Seit Tagen war sie nicht mehr zur Ruhe gekommen. Ein russisches Filmteam hatte ihre Nerven mit absurden Forderungen strapaziert. Die Leute stellten sich den Westen als Eldorado vor, wo jeder alles hatte oder beschaffen konnte. Von den Gegebenheiten in einem deutschen Fernsehsender machten sie sich jedenfalls falsche Vorstellungen und fühlten sich sofort belogen und wie die arme Verwandtschaft behandelt, wenn man ihnen erklären mußte, daß ein hydraulischer Kran von acht Meter Höhe für die Kamera leider nicht ohne weiteres aufzutreiben war.

Gott sei Dank war der Dostojewski jetzt abgedreht und bis zum Schnitt noch Zeit, sich zu erholen. Als die Russen endlich abgereist und sämtliche Schadensersatzansprüche des Hotels geregelt waren, fiel ihr zum erstenmal auf, daß sie, trotz aller Hektik, immer wieder an ihren Ritter von der traurigen Gestalt gedacht hatte. Vor allem an seine Stimme.

Mit Ralf hatte sie zusammengelebt, als wäre nichts passiert, sie gingen freundlich miteinander um, ohne sich anstrengen zu müssen, und Sabine dachte, das funktioniert ja. Ralf hat seine Arbeit, ich hab meine, wir lieben unsere Tochter und schnüffeln nicht beim andern im Tresor. In meinem würde Ralf sowieso nichts finden. Da ist nur eine Stimme drin, und Stimmen sieht man nicht. Na ja, nicht nur eine Stimme. Ein wenig Körper und Bewegung sind da schon noch mit im Spiel.

Gern würde sie die Stimme wieder hören, aber die Gefahr, daß er sie erkannte, war zu groß. Das konnte

70

sie nicht riskieren. Nicht jetzt jedenfalls. Vielleicht später irgendwann, wenn Gras über alles gewachsen wäre. Als Ralf den Ober um die Rechnung bat, beschloß sie, anderntags einen Brief zu schreiben. An die traurige Gestalt.

Lieber Herr Stowasser, stand da, *wenn Sie mir meine Kritik an Ihren Exposés nicht allzu übelgenommen haben und schon fleißig an der Umarbeitung sitzen, habe ich ein schlechtes Gewissen, Sie zu stören. Aber Skrupel hin oder her – ich möchte Sie um Hilfe bitten. Das beiliegende Drehbuch soll in spätestens drei Wochen an die Darsteller verschickt werden, und ich werde immer verzweifelter, wenn ich mir einzelne Sätze der Dialoge vergegenwärtige. Könnten Sie nicht für mich alles stehen und liegen lassen und als »Dialogfeuerwehr« über diese unaussprechbare Ansammlung von Geniestreichen gehen wie zum Beispiel: »Sie wollen also tatsächlich allen Ernstes behaupten, ich hatte Fräulein Schneider auf dem Gewissen!« oder »Ist das etwa die Armbanduhr, die ich dir zu deinem letzten Geburtstag geschenkt habe!« Ich weiß daß dieses Ansinnen ein bißchen unmäßig ist, zumal ich Ihnen für die Arbeit auch nur den eher symbolischen Betrag von viertausend Mark anbieten kann, den ich übrigens, aber das soll Sie nicht weiter bekümmern, aus einem hierfür gar nicht vorgesehenen Etat schnitzen muß. Dennoch wäre ich Ihnen nicht nur zu großer Dankbarkeit verpflichtet, sondern würde mich auch intensiv bemühen, die nächsten Aufträge dieser Art besser zu honorieren. Ich fürchte, solche Drehbücher gehen mir nicht aus und hoffe, Sie zu meinem Retter*

in der immer wiederkehrenden Not machen zu kön-
nen. Haben Sie Lust? Ihre, noch immer ein wenig zer-
knirschte, S. Kahlen.

Den eher symbolischen Betrag von viertausend
Mark, dachte Carl, das klingt nicht übel. Er blätterte
das Drehbuch im Daumenkinoverfahren durch und
las den Brief noch einmal. Wenn die wüßte, daß ich zu
den Leuten gehöre, denen viertausend Mark schon
nicht mehr so symbolisch vorkommen, dann könnte
sie eine Menge sparen. Aber so war es natürlich besser.
Die Arbeit würde ihm Spaß machen, das sah er schon
nach flüchtigem Blick auf wahllos aufgeschlagene Seiten. Er hatte nichts Unaufschiebbares auf dem
Schreibtisch, und außerdem klang der Brief ausgesprochen nett.

Er rief beim Bayrischen Rundfunk an und ließ sich
zu Dr. Kahlen durchstellen. Die Sekretärin sagte »Einen Augenblick bitte«, als brauche sie nur einen
Knopf zu drücken, doch dann war ihre Stimme erneut
im Hörer und sagte: »Frau Dr. Kahlen ist nicht im
Hause, kann ich denn etwas ausrichten?«

»Ja«, sagte Carl, »sagen Sie ihr, es geht klar. Und einen schönen Gruß.«

Komisch. Das hatte sich ganz nach Verleugnenlas-
sen angehört. Na egal. Er machte sich einen Kaffee
und setzte sich an den Schreibtisch.

Die mit unnützen Informationen überladenen Dialogsätze in eine klare und zu den jeweiligen Figuren passende Alltagssprache zu übersetzen fiel ihm leicht.
Wieso hatte der Autor das nicht gleich so geschrieben?
Hörte der anderen Leuten nicht zu? Oder wußte er

nicht, daß ein Erzähler sich aus Dialogen heraushalten und bei Filmen das meiste in die Bilder packen muß?

So war die Arbeit, die Carl machte, auch nicht nur ein Redigieren der Sätze, sondern griff mitunter in die szenischen Teile des Drehbuchs ein. Wann immer er Wichtiges aus den Dialogen strich, machte er kleine Notizen, wie es als Bilder, Bewegungen, Blicke oder Gesten in die Szenen eingefügt werden sollte. Er kam sehr schnell voran.

Erst als Ulbricht sich nach der obligatorischen Drehung dreimal um die eigene Achse, neben das Drehbuch plumpsen ließ und schnurrte, fiel Carl auf, daß es schon später Nachmittag geworden war. Er vergrub Mund und Nase in das Bauchfell des Katers und schüttelte den Kopf ein bißchen, was Ulbricht mit genüßlichen Bewegungen seiner Pfoten und lauterem Schnurren quittierte. Treteln nannte Carl diese Pfotenbewegung. »Tretel, tretel«, flüsterte er in das warme Fell. »Tretel, tretel.«

Diese kleine Schmuseszene war ein Ritual. Carlotta würde wenig später dazukommen, Ulbricht wegfauchen und die gleiche Riech-, Schnaub- und Bauchkitzelprozedur einfordern. Tage, an denen es sich eine der beiden Katzen anders überlegte, waren Carl nicht ganz geheuer. Da fehlte ihm etwas.

»Hör mal Ulbricht«, sagte er, »bist du einverstanden, wenn ich dich umtaufe? Mir ist dein Name peinlich. Du sollst schöner heißen. Ja?«

Der Kater schnurrte lauter. Das hieß, klar bin ich einverstanden.

Der Name Ulbricht war wirklich das letzte. Wohngemeinschaftshumor. Ein Name aus der Zeit als man seine Katze noch Frau Müller, Guevara oder einfach nur Katze genannt hatte.

»Wie wär's mit Clyde?« Ulbricht hörte auf zu schnurren. Das hieß, glatt abgelehnt.

»Hitchcock? Alfred? Cary? Nein?«

Kein Schnurren.

»Cassidy, Salino...« ihm fielen keine Namen mehr ein, und auf einmal fand er es auch albern, sich aus Filmen zu bedienen. Das war doch genauso blöd wie Frau Müller, Guevara oder Katze. »Aber irgendwas müssen wir doch finden. Mit Ulbricht bist du ja wirklich gestraft.«

Jetzt kam ein lautes Schnurren aus dem Kater, tief wie ein wohliger Seufzer, und er streckte sich und tretelte wieder mit den Vorderpfoten.

»Aber grad hast du noch gesagt, ich soll dich umtaufen, und jetzt heißt es doch wieder Ulbricht? Du kannst dich auch nicht entscheiden.«

Ulbricht gähnte so herzhaft, daß sogar seine Schwanzspitze von einem kleinen Zittern erfaßt wurde und stand auf, um sich einen Schlafplatz zu suchen, an dem ihm weniger sinnloses Geschwätz um die Ohren rauschen würde.

Carl arbeitete weiter, und erst als ihm nach Stunden schlecht wurde, merkte er, daß er etwas essen mußte, wollte er nicht scheußliche Kopfschmerzen riskieren.

Am nächsten Tag kam die Katzenleiter. Dummerweise konnte man sie nur anbringen, indem man einen Fensterladen von Wagner dauerhaft am Zuklappen hinderte.

Carl klingelte und wurde von einer jungen Frau hereingebeten. Der Steuerberater musterte ihn mißtrauisch. Sein Zettel an der Tür und das Schild, das der Mann vielleicht ihm zuschrieb, waren nicht die besten Empfehlungen.

»Stowasser«, stellte er sich vor, »Ihr Nachbar von oben. Ich wollte Sie um etwas bitten.«

»Ja?« sagte Wagner, und es klang nicht nach großer Bereitschaft.

»Mein Zettel an der Tür tut mir leid, das heißt, der ruppige Ton. Aber Ihrer las sich auch nicht sehr freundlich…«

»Ich habe Akten hier«, sagte Wagner, als sei das schon Erklärung genug.

»Also«, Carl ließ sich nicht beirren, »wir müßten nicht streiten, weil ich jetzt eine Katzenleiter habe. Deswegen könnte die Tür von mir aus immer geschlossen bleiben. Nur bisher ging es nicht, weil meine Katzen durch mußten.«

»Na, aber dann ist doch alles gut.« Zum erstenmal lag ein Lächeln auf dem Gesicht von Herrn Wagner.

»Fast«, sagte Carl, »weil die Leiter jetzt Ihren Fensterladen sperrt.«

»Ach das ist egal. Den mach ich nie zu. Kein Problem.«

Sie trennten sich wie gute Nachbarn oder wenigstens wie Leute, die das werden wollten. Eine Macke hat der schon, dachte Carl, die Hoftür muß zu sein, der Fensterladen nicht, aber sonst ist der Mann doch ganz nett. Er entschuldigte sich innerlich für die Freude, die er an Christians Schild gehabt hatte. Und für den Mißbrauch von Wagners Namen gegenüber der Fata Morgana in München. Aber das war ja vielleicht auch eine Ehre für den Herrn. Wie man es nahm.

Natürlich konnte sie nicht mehr anrufen. Sabine hatte die Füße auf ihren Schreibtisch gelegt und dachte an die Stimme. Nicht mehr als die redselige Onanistin jedenfalls. Sagte man so? Onanistin? Oder galt das nur für Männer? Ihre Rückfrage fiel ihr wieder ein, als sie gesagt hatte »Schwanz? Sagen wir Schwanz?« Oder hatte er das gesagt?

Wie dem auch sei, das Telefonieren konnte sie vergessen. Die blonde Keucherin war hiermit ein für allemal verschwunden. Triebe sie das Spiel weiter, dann wüchse die Gefahr, daß Stowasser eines Tages ihre Stimme erkannte. Nein, diese Option war futsch. Schade eigentlich. Seine Stimme fiel ihr immer wieder ein, und dazu gesellte sich ein Gefühl zwischen Zwerchfell und Knien, das ihr schon vor Jahren abhanden gekommen war. Bis zu dem Telefongespräch und dem, was ihm so erdrutschartig folgte.

Andererseits hatten sie jetzt ja Kontakt miteinander. Es lag an ihr, etwas daraus zu machen. Sie durfte nur eine Weile nicht mit ihm telefonieren. Das war der einzige heikle Punkt. Das Schicksal hätte es nicht besser anstellen können. Es ist schon fast unglaubwürdig schön so, dachte sie.

Sex, Erotik, die körperliche Liebe, das alles war irgendwann ganz leise aus ihrem Leben verschwunden. Es fiel nicht auf, wurde einfach weniger wichtig, weniger häufig und weniger bemerkenswert. Das war seit Sinas Geburt so. Das Kind war wichtiger, und auf eine unauffällige Weise waren damit auch klare Verhältnisse eingekehrt. Ihr und Ralfs Leben war organisierter und übersichtlicher geworden, die Ansprüche aneinander hatten sie besprochen und bewilligt, und ohne daß es weiter auffiel, war aus ihrer früheren Leidenschaft eine freundschaftliche Zuneigung geworden. Vielleicht waren auch die klaren Verhältnisse ein Feind des Eros? Sie wußte es nicht, hatte sich nie darüber Gedanken gemacht, bis zur Entdeckung von Ralfs Affäre und ihrem spritzigen Abgang ins Hilton. Und vor allem dem, was dann gefolgt war.

Und nun war das alles auf einmal wieder da. Alles. Und es war mit dem rührenden Herrn Stowasser verbunden. Zu dem gehörte es, zu dem wollte es, der war der späte Prinz ihrer Begierden, auch wenn es nur der Zufall so gewollt hatte. Er war die richtige Glatze zum richtigen Zeitpunkt am richtigen Ort gewesen. Oder doch etwas mehr? Schon mehr? Wer weiß, dachte sie und nahm die Füße vom Tisch, weil sie Geräusche auf dem Flur hörte, wer weiß das schon. Und nahm sich vor, die Dinge geschehen zu lassen.

Ihr Chef trat ohne anzuklopfen ein und bat sie, ein paar Ideen zu entwickeln für eine Serie, eine Art bayrischer Lindenstraße.

»Soll sie zur Strafe in Köln spielen?« fragte Sabine, aber sein Gesichtsausdruck zeigte ihr, daß er das nicht besonders witzig fand. Wie oft hatte er sich schon darüber ausgelassen, daß die Lindenstraße, obwohl vom WDR produziert, in München spielte.

Als ob das einfach so ginge, dachte sie, als er wieder draußen war, einfach so, mal eben eine erfolgreiche Serie entwerfen. Ich bin doch keine Werbeagentur.

Sie hing noch eine Zeitlang ihren Gedanken nach.

Es war Freitag nachmittag, und sie wollte bald an den Tegernsee fahren, um mit der Familie ihrer Schwester das Wochenende zu verbringen und dann Sina mit nach Hause zu nehmen.

Im Parkhaus des Senders stand der BMW, denn Ralf würde hierbleiben. Bestimmt, um sich mit der wabbligen Actrice zu vergnügen, dachte Sabine, aber sie spürte nichts dabei. Nichts Unangenehmes jedenfalls. Nur eine Art von innerem Schulterzucken. Ralf wollte mit dem Taxi fahren. Der Panda war unter seiner Würde. Und der fette Arsch der Duse würde sicherlich Druckstellen bekommen, wenn sie darin mitführe. So was macht sich nicht gut in Orangenhaut, dachte Sabine und mußte laut lachen. Endlich war es drei Uhr. Sie brach auf und freute sich auf ihre Tochter.

Christian hatte Damenbesuch. Seit Jasmin, seine letzte »Bekannte«, wie er sie Carl gegenüber immer genannt hatte, ausgezogen war, kamen hin und wieder »Damen« übers Wochenende. Eroberungen, die er unterwegs machte und ermutigte, ihn als Gelegenheitsaffäre für sonnige Wochenenden anzusehen, was zu fröhlichen und einfältigen Verhältnissen führte, die er meist nach kurzer Zeit wieder einschlafen ließ.

Gelang ihm dies nicht, dann erschreckte er die Frauen mit Anfällen von Jähzorn, die er nicht einmal zu spielen brauchte. Es genügte, sich nicht zu beherrschen. Sein Zorn richtete sich ausschließlich gegen Sachen oder die eigene Person, Gefahr für andere, außer an ihrem Gemüt, bestand nicht.

Kurz nach Christians Einzug war vor Carls Fenster

ein Schatten vorbeigestürzt, gefolgt von einem ohren-
betäubenden Scheppern im Hof. Er sah hinaus, und da
lagen die Reste eines elektrischen Gerätes, vermutlich eines Videorecorders, verstreut. Auf einer Fläche
von mehreren Quadratmetern verteilten sich Kunst-
stoffscherben, Metallteile, Transistoren und was auch
immer das Innenleben des Recorders ausgemacht
hatte. Über sich hörte Carl eine Stimme schimpfen:
»Das hast du davon, du Scheißding, du blödes.«

Er schüttelte den Kopf, frühstückte weiter und
nahm sich vor, zu beobachten, wer die Schweinerei
wegräumen würde, da hörte er von oben den Ruf »Jetzt
is aber genug!« und sah einen weiteren, diesmal viel
kleineren Schatten vorbeifallen. Es war eine Kamera,
von der beim Aufprall nur wenige Stücke absprangen.

Das finde ich aber auch, dachte Carl und lehnte sich
aus dem Fenster, um nach oben zu rufen: »Entsorgen
Sie doch bitte Ihre Wohnungseinrichtung ein bißchen
weniger nervtötend.«

Er hörte, wie das Fenster oben zugeschlagen wurde
und sich gleich darauf Schritte im Treppenhaus seiner
Tür näherten. Es klingelte.

Im Bademantel und mit zerzaustem Haar stand ein
Riese vor ihm. »Tut mir leid«, sagte er, »ich bin Ihr
Nachbar von oben.«

»Hab ich erraten«, sagte Carl und bemühte sich, seinen Ärger angesichts der offensichtlichen Zerknir-
schung des anderen nicht sofort wieder hinunterzu-
schlucken. »Das ist gefährlich. Wenn Sie eine meiner
Katzen treffen, gibt's ein Unglück.«

Der andere stand verlegen da und schien nicht zu
wissen, was er sagen sollte. »Die Technik ist mein

Feind«, brachte er schließlich heraus und sah dabei die Wand neben Carl an.

»Dann verschonen Sie die Menschen und die Katzen.« Carl konnte nicht lange den Wütenden spielen.

Der Mann hob eine Hand zum Schwur, wie vor Gericht in amerikanischen Filmen und sagte: »Besserung. Ich heiße Christian Brenner. Wenn Sie wollen, entschuldige ich mich persönlich.«

Er ging auf Carlotta zu, die auf dem Telefontischchen im Flur saß und sich gleich schnurrend auf die Seite legte. Er schüttelte ihre Pfote und gab ihr einen formvollendeten Handkuß. »Verzeihen Sie mir, gnädige Frau«, sagte er und wirkte dabei kein bißchen albern. Carlotta schlug aufgeregt mit dem Schwanz und ließ sich streicheln.

Brenner wandte sich an Carl und sagte: »Ich würde gern geduzt werden, ich bin *bestimmt* älter als Sie.«

»Du, willst du einen Kaffee?«, fragte Carl, »oder regt dich das wieder auf?«

»I wo. Ich bin ein Choleriker. Wenn's vorbei ist, ist's vorbei. Chemisch ist da nichts zu machen. Gern.«

Carl ließ zwei Tassen Kaffee aus der Maschine und sie betrachteten das Chaos auf dem Hof.

»Oje, oje«, sagte Christian, »gleich *zwei* Versicherungsfälle auf einmal.«

Nach wenigen Wochen waren sie Freunde geworden. Ulbricht und Carlotta stiegen bald übers Dach und verbrachten Stunden in der oberen Wohnung, aus der Christian sie nur nachts, wenn er schlafen wollte oder an den Wochenenden, an denen er Besuch bekam, hinauskomplimentierte.

Nurmehr gelegentlich hörte man das Geräusch zer-

80

brechender Gegenstände von oben, und selten flog noch etwas aus dem Fenster. Und das waren dann immer weiche Dinge, die eine Katze nicht ernstlich verletzen konnten. Eine Packung Reis, die sich dem Öffnen widersetzt hatte, ein Pullover, durch dessen Halsöffnung Christians Kopf nicht passen wollte, oder eine Gemüsesuppe, die die Frechheit besessen hatte, kalt auf der falschen Platte zu stehen.

»Haben Sie eine Zwiebel? Christian schickt mich, er kocht«, sagte der Damenbesuch und bevor Carl antworten konnte, kam Christians Stimme von oben: »Rück die Zwiebel raus, oder ich koch deine Katze mit!«

»Sehn Sie, so macht man das. Nicht lang fragen, sondern gleich mit Sanktionen kommen«, grinste Carl und holte zwei große Zwiebeln, die er der jungen Frau in die Hände legte. Bevor sie sich bedanken konnte, kam wieder Christians Stimme von oben: »Kannst mitessen.«

»Ich überleg's mir«, sagte er zu der Frau, »er soll mir ein Angebot machen.«

»Ein Angebot?« fragte die Frau.

»Ja, was Anständiges zu essen. Wenn es wieder seine Spaghetti mit Kapern sind, dann komm ich nicht. Die kann ich besser. Da bin ich verwöhnt.«

Sie lächelte.

»Komm hoch und koch selber, du Angeber. Los, das Öl verdampft schon«, rief Christian wieder, und Carl zog mit einer resignierten Gebärde die Wohnungstür hinter sich zu.

Es wurde ein netter Abend. Juliane, so hieß die neue Eroberung, war Ärztin und nicht auf den Mund gefallen. Christian machte ihr auf rührend galante Weise den Hof, und Carl kam es vor, als passe er wie bestellt in das Konzept. Christian gab ein wenig mit ihm an und brachte immer wieder das Gespräch auf reputierliche Daten aus Carls Biografie. Sogar den einen, einzigen Hörspielpreis, den er vor Jahren bekommen hatte, kramte Christian hervor und warf ihn ins Gespräch, unpassend wie einen viel zu großen Geldschein. So extra beiläufig, daß die Luft für Sekunden gefror. Seltsam, sonst war Christian doch immer so künstlerhaft zurückhaltend, wenn es um berufliche Dinge ging. Carl hatte schon lange aufgegeben, mit ihm über das Schreiben reden zu wollen. Immer, wenn er es versucht hatte, war eine desinteressierte und indifferente Antwort gekommen, eine Art Signal, daß das unerwünscht sei.

Bei Künstlern hatte er schon oft festgestellt, daß sie Anekdoten austauschten, sich Geschichten über Hotels, Veranstalter, Journalisten und alles mögliche Unverfängliche erzählten, aber nie über ihre Arbeit sprachen. Aus Angst vor Kritik? Aus Eifersucht? Sie lobten einander auch nie. Das war wohl ein Tabu.

Carl hätte gern über seine Arbeit gesprochen, sich mit Leuten, die etwas davon verstanden, über manches beraten und lieber gelegentlich eine herbe Kritik eingesteckt, als immer diese ausweichenden Blancosätze. Und nun auf einmal gab Christian mit seiner Bekanntschaft an, als reiche sein eigener Glanz nicht hin und er brauche illustre Freunde. Carl war das peinlich. Solcherart vorgeführt, hatte man nur noch die Wahl zwischen Koketterie und Angeberei. Aber Christian, der das doch wissen müßte, scherte sich einen

Dreck um Carls immer unwirscher werdende Stopsignale.

Gegen elf Uhr lieh Carl sich ein Video und ging hinunter in seine Wohnung. Von dort hörte er später in der Nacht ohne Neid und nur mit einer Art Phantomschmerz zwischen den Beinen das Liebesgeschrei der beiden und zog sich die Decke über den Kopf.

Sabine war nicht zimperlich, aber wie die anderen Autofahrer an ihr vorbeischossen, mitten im Wolkenbruch, wo man kaum weiter als dreißig Meter sah, das drehte ihr fast den Magen um. Sie reihte sich rechts ein und fuhr mit siebzig hinter einem Lastwagen her, bis der Regen aufhörte. Bayern, dachte sie und schüttelte den Kopf. Die haben so ein schönes Land und so beschissene Manieren.

Am liebsten hätte sie den See mitsamt Schwester, Schwager, Neffen und Tochter links liegen lassen, um in das Städtchen in Südbaden zu rasen, sich dort irgendwo einzumieten und Carl Stowasser am nächsten Tag rein zufällig über den Weg zu laufen. Inzwischen gestand sie sich ein, daß sie Sehnsucht nach ihm hatte. Und nicht mehr nur nach seiner Stimme. Hoffentlich machte er was Gescheites aus dem Drehbuch.

Und wenn sie sich in Baden-Baden bewerben würde? Der Südwestfunk machte attraktive Filme, es wäre ein Schritt nach oben, wenn man sie dort in gleicher Position gebrauchen könnte.

Sie träumte: eine kleine Wohnung am Hang eines Schwarzwaldtales, ein offener Kamin, den sie an Herbst- und Winterabenden anheizen würde, eine Terrasse, von der aus man die letzten Sonnenstrahlen durch das Tannengrün blinken sähe und ein Scheppern und Klirren aus dem Badezimmer, wo sich Carl an dem einen Ding geschnitten hatte, weil er auf dem andern ausgerutscht war, um dann noch das dritte bis elfte haltsuchend mit in seinen Sturz zu reißen. Grinsend bog sie in die Auffahrt zum Haus ihrer Schwester ein.

Sybille umarmte sie, wie immer ein wenig zu stürmisch für Sabines Geschmack, und sie roch, daß ihre Schwester ein neues Parfum trug.

»Ist das Joop?« fragte sie.

»Nicht gut?«

»Muß mich erst dran gewöhnen.«

»Du bist spät«, sagte Sybille und zog sie am Arm. »Wir haben schon gegessen, hast du Hunger?«

»Nein«, sagte sie »danke. Ich hab mich auf der Fahrt mit Nüssen vollgestopft. Ist mein Teufelchen zu ertragen gewesen?«

»Ach, Teufel. Schau dir erst mal die Jungs an, dann weißt du vielleicht wieder, was für ein pflegeleichtes Kind du hast. Ich beneide dich um Sina.«

Sabine lachte. Aber Sybille hatte recht: Sina war ein angenehmes Kind. Noch, dachte sie, wer weiß, wie sie sich in der Pubertät verändert. Vielleicht wird sie so verzagt und verstockt, wie ich damals war.

»Schläft sie schon?«

»Bestimmt nicht. Sie wollte unbedingt wach bleiben, bis du kommst. Du sollst sofort, wenn du da bist, antanzen. Das hat sie mir klar befohlen.«

»Pflegeleicht, hm?«

»Warte, bis du meine siehst. Die wachsen uns über den Kopf.«

Rollo, der Berner Sennenhund ihrer Schwester, kam angetrottet und drückte seinen Hintern an Sabines Bein. Dann ging er gemächlich zurück. Das war seine Art der Begrüßung, und nur Neulinge wußten nichts damit anzufangen.

Sina schlief schon. Sabine küßte sie nur vorsichtig auf die Nasenspitze und paßte auf, daß ihr Haar das Kind nicht im Gesicht kitzelte.

Sybilles Mann war bei Bekannten und würde erst spät nach Hause kommen, so daß jetzt die Gelegenheit für verschwörerische Schwesterngespräche war. Sie setzten sich auf die Terrasse, und Sybille stellte eine beschlagene Flasche Meursault auf den Tisch.

»Und? Wie lebst du?« fragte Sabine nach dem ersten Schluck.

»Normal. Alles normal. Wenn die Ungeheuer nicht wären, würde ich mich zu Tode langweilen. Und du?«

»Nichts mehr normal. Ich bin verliebt.«

Aus Sybilles Mund kam ein erstauntes und jubelndes Geräusch, und als Thomas, ihr Mann, in die Einfahrt bog, waren Stunden vergangen, in denen sich die Schwestern an jeder Einzelheit aus Sabines Bericht ergötzt hatten. Unter Kichern, Prusten und Seufzen. Und mit dem vertrauten Gefühl, eineiige Zwillinge zu sein, die nur zufällig von zwei verschiedenen Vätern gezeugt und im Abstand von drei Jahren zur Welt gekommen waren.

Thomas musterte die leeren Weinflaschen mit gespielter Strenge, küßte zuerst Sabine, dann Sybille und sagte dann: »In *den* Club kann ich nicht mehr aufgenommen werden.«

»Aber wieso denn, doch, doch«, wollte Sabine protestieren, aber Sybille unterbrach sie und sagte: »Der hat noch nie mehr als zwei Mitglieder gehabt.«

Das klang ein wenig spitz in Sabines Ohren, und sie hatte das unbestimmte Gefühl, ihre Schwester in den vorhergehenden Stunden nur beansprucht zu haben, ohne sie richtig nach ihrem eigenen Leben zu fragen. Typisch verliebt, dachte sie beschämt. Das Herz geht einem über, und man wartet nur auf ein Stichwort, um die anderen zum Publikum zu machen. Mist. Eine Zeitlang saßen sie noch zu dritt, und je belangloser das Gespräch dahinplätscherte, desto deutlicher glaubte Sabine zu bemerken, daß mit den beiden irgend etwas nicht in Ordnung war. Und daß sie betrunken wurde und müde und zunehmend unfähig, sich klar und deutlich auszudrücken.

»Aspirin liegt in deiner Nachttischschublade«, sagte Sybille, als sie endlich vom Tisch aufstanden. Im Garten hatte sich Nebel ausgebreitet, der die Konturen der Büsche verschlang und schon fast bis zur Terrasse her reichte.

»Schön, mal wieder bei Euch zu sein«, sagte Sabine und küßte zuerst Thomas, dann Sybille. »Gut Nacht.«

Die Art, wie Thomas seinen Arm um Sybilles Schultern legte und sie an sich zog, sah aus wie eine unehrliche, nicht von Herzen kommende Geste, die irgendein Publikum davon überzeugen sollte, daß alles in Ordnung sei.

Am frühen Nachmittag tippte Carl die letzte Zeile des Drehbuchs in den Computer. Er hatte das ganze Ding abschreiben müssen, Wort für Wort, um die neuen Dialoge an den richtigen Stellen einzufügen. Ihn schauderte bei der Vorstellung, wie er das alles noch vor einem Jahr mit der Schreibmaschine, mit Fotokopierer, Schere, Tipp-Ex und Klebstoff hätte machen müssen.

Schade, daß es niemanden gab, dem er den Stapel vor die Nase legen konnte und sagen, hier, lies mal. Hab ich eben fertig gemacht.

4. KAPITEL

Bibi Domnick war so wütend, daß sie den Telefonhörer eigens noch einmal abhob, um ihn erneut und mit noch größerer Wucht in die Gabel zu hauen. Was glaubten diese Leute eigentlich? Erst gab man ihr den Auftrag, Artikel für ein Merianheft über das Elsaß zusammenzustellen, dann redete man ihr bei jeder Kleinigkeit hinein, verlangte Änderungen, kürzte, lehnte Autoren ab, die sich natürlich bei ihr beschwerten, und jetzt verlegten die auch noch den Redaktionsschluß zwei Wochen vor. So wütend war sie, daß sie am liebsten dem Telefon noch einen Tritt verpaßt hätte. Aber das Tischchen war zu hoch, und schon der zweite Hörerwurf war ihr ein wenig übertrieben vorgekommen. Sie riß statt dessen das Fenster auf und schrie auf den Platz vor der Apostelkirche hinunter: »Verdammt!«

Zwei Leute duckten sich, als erwarteten sie herabfallende Gegenstände, und schauten herauf. Schnell zog Bibi den Kopf zurück und schloß das Fenster wieder. Zum Auswachsen. Wird Zeit, daß ich hier wegkomme, dachte sie.

Die Wohnung gehörte einer Schulfreundin, die gerade mit Mann und Tochter in Urlaub war. Der Mann war Schriftsteller und sollte die letzte noch fehlende kleine Glosse für den Heftanfang schreiben.

Die Freundschaft ist nun auch futsch, dachte sie,

denn wenn die beiden zurückkommen, ist der Redaktionsschluß vorbei. Konrad, Meikes Mann, würde sauer sein. Und Meike mit ihm, wie es sich für eine brave Dichtersfrau gehörte.

Und woher sollte jetzt die Glosse kommen? Bibi ging von einem Zimmer ins andere und suchte ihre Sachen zusammen, um den Koffer zu packen. Aber ja! Diesen Kabarettisten konnte sie doch fragen. Natürlich! Brenner, Christian T. Brenner. Der kam doch hier und im Südwesten andauernd im Radio, und, soweit sie wußte, wohnte er in Freiburg, wo sie ab dem nächsten Ersten arbeiten würde. Für den Kulturteil der Badischen Zeitung. Wer weiß, vielleicht konnte er ihr bei der Wohnungssuche helfen. Bis jetzt kannte sie niemanden dort, außer dem Fotografen, in dessen Wohnung sie fürs erste ein Zimmer bekommen sollte.

Bestimmt jedenfalls wußte Brenner übers Elsaß Bescheid und konnte, wenn es sein mußte, rüberfahren. Sofort. Der Redaktionsschluß war in drei Tagen.

Sie brauchte vier Anrufe und eine halbe Stunde, um an die Nummer zu kommen, und beim Wählen wurde ihr klar, daß sie schon entschlossen war, den nächsten erreichbaren Intercity nach Süden zu nehmen. Sie hörte das Freizeichen und kickte mit der Ferse den Kofferdeckel zu.

»Stowasser?«

»Domnick hier, in Hamburg. Herr Stowasser, ich habe Ihre Nummer von Christian Brenner bekommen. Es geht um eine Glosse für ein Merianheft, für das ich Beiträge aquiriere…«

»Und er hat keine Zeit, stimmt's?« Carl hörte sich

selber sprechen, als säße er am Schneidetisch und müsse entscheiden, ob dieser Satz drinbleiben oder rausfliegen sollte. Eben, beim Klingeln des Telefons, war er sicher gewesen: das ist Sabine, jetzt ruft sie an. Es war wie in den Micky-Maus-Filmen, wo das Telefonkabel Dagoberts Silhouette nachbildet, wenn er Donald und die Neffen wieder einmal zu etwas erpressen will. Das ist Sabine – der Gedanke war wie Wetterleuchten durchs Zimmer geflackert, und bevor er den Hörer in die Hand nahm, sprach er seinen Namen einmal probeweise, um sicher zu sein, daß er überhaupt einen Ton herausbekam. Aber jetzt, da sie sprach – war sie es? Er war völlig durcheinander.

»Genau, keine Zeit. Und ich auch nicht. Redaktionsschluß ist am Freitag, und ich bin total verzweifelt. Haben Sie denn Zeit? Sie wären meine Rettung.«

»Die nehm ich mir. Ich rette Sie gern. Ehrensache. Das verlangt mein alter Ritterkomplex von mir.«

»Phantastisch.« Frau Domnicks Erklärungen, wie der Text beschaffen sein sollte, klangen fast kleinlaut vor Dankbarkeit, und seine Hand schrieb wie abgetrennt von ihm alles Wesentliche auf, denn er hörte nur auf den Tonfall dieser Stimme. War sie es? Nein. Oder doch?

Nein, sie war es nicht. Natürlich nicht. Ihre Stimme war heller und klang nicht so gelassen. Außerdem sprach sie mit einer anderen Melodie. Aber er hatte zum Vergleich nur seine Erinnerung, und die konnte mittlerweile schon längst alles umgefärbt haben. Sabine war doch nur noch eine Idee.

Auf seinem Notizzettel stand: Elsaß / Glosse / hundert Zeilen à dreißig Anschläge / Heldendenkmäler /

Wankelmut / Spannung zwischen den beiden Kulturen / morgen fünfzehn Uhr, Cafe an der Markthalle. Sie hatte sich schon verabschiedet und wollte auflegen, als er noch fragte: »Wie heißen Sie mit Vornamen?«

Er hatte gar nicht darüber nachdenken können, ob das nun unhöflich sei oder nicht, denn wie aus Not war die Frage in den Hörer geschossen.

»Ich?«

»Ja, Verzeihung. Das soll nicht zudringlich sein. Ist nur weil...«

»Nein, schon gut« – sie lachte, und es klang überhaupt nicht nach Sabine – »ich heiße Bibi.«

»Oh«, sagte Carl und wußte nicht weiter.

»Nicht wie Langstrumpf«, fügte sie noch hinzu, »denken Sie nichts Falsches. Wie Anderson, wenn Sie sich an die erinnern. Die Filmschauspielerin.«

»Klar, Bergman. Persona. Mit Liv Ulmann«, sagte Carl. »Ich weiß. Sind Sie Schwedin oder eine ehemalige Brigitte?«

»Keins von beiden«, sie lachte wieder. »Aber ich muß los, ich krieg sonst meinen Zug nicht. Bis morgen also?«

»Ja, bis morgen. Okay. Wiedersehn.«

Dieses hinhaltende kleine Rateangebot hätte wieder zu Sabine gepaßt. Aber sie war es nicht. Basta. Halt's Maul, sagte er zu seiner inneren Stimme, die ihm den Gedanken immer wieder anzubieten versuchte, und zog alle Bücher, die mit dem Elsaß zu tun hatten, aus dem Regal.

Was würde Walter Matthau erzählen, wenn man ihn zum Elsaß befragte? Eine Weile ging er auf und ab,

dann tippte er los in das freundlich leere Blau des Bild-
schirms.

Nachdem sie von einem Untoten mit Nazi-Helm und
Kettensäge, der Sina als Geisel im Würgegriff hielt,
wachgekitzelt worden war, sich vor Schreck schier
übergeben und beim Stolpern über Rollo fast den Hals
gebrochen hätte, beschloß Sabine, gleich nach dem
Frühstück wieder loszufahren. Jetzt war ihr klar, was
Sybille gemeint hatte mit den Worten »wart erst mal
ab, bis du meine siehst.«

Schon nach der ersten Ultraschalluntersuchung
war sie damals froh gewesen, ein Mädchen zu erwarten, und jetzt fiel ihr auch der Grund wieder ein. Manuel hatte sich geweigert, seine Monstermaske am
Frühstückstisch abzunehmen und die Cornflakes Löffel für Löffel in das ekelhafte Gummigesicht gescho-
ben, und Oliver hatte, noch bevor sie ihr erstes Marmeladenbrot auch nur streichen konnte, schon den
Briefträger beleidigt, den Hund erschreckt und sich
selbst an einer zerschlagenen Untertasse geschnitten.

Auf der Fahrt hörten sie abwechselnd Chopin und
Münchener Freiheit. Sabines Mangel an Autorität und
Sinas Gerechtigkeitsfimmel erlaubten nur diesen
Kompromiß. Sina saß schweigsam im Fond. Sie hatte
schon beim Einsteigen erklärt, sie werde nachdenken,
und Sabine stellte keine Fragen, wenn ihre Tochter
um Ruhe bat. Das war eine Abmachung, an die sich
beide fast immer hielten.

»Ohne dich schlaf ich heut nacht nicht ein«, sang
die Münchener Freiheit, und Sabine hatte das Gefühl,
ein winziger Zwerg hüpfe auf ihrem Sonnengeflecht

wie auf einem Trampolin. »Ohne dich komm ich heut nicht zur Ruh, das was ich will bist du.« Da hast du recht, dachte sie, mit deiner Kinderstimme, woher weißt du so genau Bescheid über mich? Sie genierte sich ein wenig, auf Sinas Musikgeschmack heruntergekommen zu sein, und war fast erleichtert, als die Kassette zu Ende und Chopin wieder an der Reihe war.

Sie gab sich selbst ein Interview: Was genau willst du denn nun anfangen, du willst doch was anfangen, oder nicht? – Tja, gute Frage. Können wir die erst mal zurückstellen? – Willst du, daß es bleibt wie bisher? – Ja und nein. – Daß es anders wird? – Auch ja und nein – Erklär dich bitte, so kommen wir nicht weiter – Müssen wir denn weiterkommen? – Einspruch, du plänkelst herum, anstatt dir Gedanken zu machen – Stattgegeben, aber du fragst auch blöd. Viel zu pauschal – Dann frag doch selber, wenn's dir nicht paßt – Mach ich doch – Haha.

So ging das nicht. Nichts wurde klarer, nur ihre Mundwinkel verzogen sich nach oben. Eins steht fest, dachte sie, das Gefühl will ich wieder haben. Das Gefühl aus dem Hotel und ich glaube, wenn er nett ist, auch den Glatzenmann dazu. Sie nahm sich vor, demnächst auf Geschäftsreise zu gehen und bog in die Auffahrt ein.

Das ist sie, brüllte es in seinem Kopf. Es ist völlig unmöglich, die Chance wäre eins zu Millionen, und jeder, der an sie glaubte ein Idiot, aber sie ist es! Sie hat lange blonde Haare, die richtige Größe, und die Stimme hat sie damals nur verstellt.

Während Frau Domnick seinen Text durchsah und

er sich einen Kaffee bestellte, fühlte Carl sich am ganzen Körper wie von innen gekitzelt. Jetzt bloß nicht verstockt werden, nahm er sich vor, denn er wurde immer verstockt, wenn er sich verliebte. Keine Aufregung, keine Eile und keine Fragen nach ihrem Vornamen mehr. Selbstverständlich kam Bibi von Sabine. Das war ihm gestern nacht noch eingefallen. Achtung, aufpassen! Keinen Kaffee verschütten, keine hektischen Witzchen reißen, keine Einladung zum Essen, nichts. Ab jetzt durfte alles nur noch wie Zufall aussehen.

»Gut«, sagte Bibi und lächelte ihn an, »toll. Kann allerdings sein, daß die in Hamburg noch darin herumkürzen wollen. Halten Sie das aus?«

»Kein Problem. Ist kein Kunstwerk. Jeder will mitschreiben. Das ist die häufigste Sesselfurzerkrankheit. Ich bin's gewohnt.«

»Das klingt aber abgebrüht. Leben Sie von solchen Arbeiten?«

»Es ist schon der Löwenanteil. Glosse hier, Glosse da, ein paar Artikel – zum Glück habe ich ein paar Fernsehjobs und hin und wieder Hörspiele – für ein bescheidenes Autorenglück reicht's.«

»Dann zahl ich den Kaffee«, lachte sie und fächelte sich mit seinem Text Luft zu. »Hoffentlich kann ich das von der BZ aus faxen.«

Er gab sich Mühe, nicht auf ihre Brust zu starren, die wackelte so sommerlich bei jeder ihrer Bewegungen. Aber extra nicht hinsehen wollen ist wie extra an etwas nicht zu denken: man hält es nur kurze Zeit durch, um dann alles nur noch schlimmer zu machen, und so war er fast froh, als sie ihm ihre Telefonnummer gab, falls er von einer Wohnung höre, und sich verabschiedete, um sich in der Redaktion umzusehen.

Sie ist es, ging der einzeilige Gesang in seinem Kopf auf der Fahrt nach Hause weiter. Sie ist es, und sie weiß nicht, wer ich bin.

Na ja, dachte Bibi, der ist schon ein bißchen über das Verfallsdatum hinaus. Am Telefon hat er frischer geklungen. Aber er macht Männchen und hat die Glosse pünktlich abgeliefert. Und wer weiß, vielleicht findet er mir eine Wohnung.

Bibi war noch in dem Alter, in dem man Bewegung, Veränderung und Ortswechsel als Selbstverständlichkeiten betrachtet und aus den Möglichkeiten, die man in Fülle vor sich sieht, kapriziös oder vernünftig, diejenigen auswählt, die der Karriere, dem Gefühlsleben oder der Befriedigung augenblicklicher Launen dienen.

Sie würde jederzeit als Auslandskorrespondentin in irgendeinen Winkel der Welt gehen, sich für den nächstbesseren Job abwerben lassen und jeden Mann, dessen treue Hundeaugen ihr hinterherblickten, mit freundlichen Lügen abspeisen, bis er von selber draufkäme, daß Liebe auf Distanz nichts für sie war.

Überhaupt war die Liebe bisher für sie eher eine Verzierung gewesen, eine Vignette am Rande des Lebens, und mit Hundeaugenbildern bekäme sie inzwischen bald ein halbes Album voll.

In zwei, spätestens drei Jahren wollte sie beim Stern sein und bis dahin noch soviel Erfahrungen sammeln, wie möglich. Der Kulturteil jetzt sollte so eine Erfahrung sein. Kultur hatte sie noch nie gemacht.

Das Essen stand schon auf dem Tisch, als Carl in Christians Wohnung kam und sein Geschenk, eine Packung Marshmallows, überreichte.

»Bäh«, sagte Christian, »so was eß ich nicht.«

»Das ist Munition, du Depp, nicht zum Essen.«

»Ach so, deine Ornithophilie hat dich nicht ruhen lassen, bis du noch was Weicheres als Knoblauchzehen gefunden hast.«

»Genau«, Carl entzifferte das Weinetikett und pfiff anerkennend durch die Zähne. »Ist nicht ganz so Öko, aber dafür mehr Tierschutz.«

»Du spekulierst auf den Hörspielpreis der Friedenstauben.«

»Kriegsblinden.«

»Besserwisser.«

»Nein, die haben noch keinen gestiftet.«

»Ja ja«, sagte Christian, »hoffentlich nehmen sie's dann noch ernst. Nicht, daß sich das in Taubenkreisen rumspricht und die dann rudelweise hier anfliegen, um sich meine Marshmallows zu holen.«

»Schwarm.«

»Was?«

»Schwarm heißt das, nicht Rudel. Die Taube kommt im Schwarm vor. Das Ding mit dem Rudel ist der Wolf.«

»Heißt das nicht Rute?«

Carl mußte lachen: »Patt«, sagte er, »hast recht. Das Ding *im* Rudel ist der Wolf.«

»Aha.« Christian legte ihm Ravioli auf den Teller und reichte ihm die Salatschüssel. »Mahlzeit.«

Er stand noch einmal auf, um die Anlage lauter zu drehen. Eine Countrysängerin ließ sich gerade über das Geräusch einer Woolworth-Fahrstuhltür aus. Sie hatte eine Micky-Maus-Stimme, aber die Musik war hübsch. Für weibliche Stimmen hatte Carl inzwischen ein geschärftes Ohr.

Christian war gerade in einer Country-Phase. Er wechselte den Musikgeschmack und, dazu passend, seinen Kleidungs- und Lebensstil, so wie andere Leute die Religion. Alle paar Jahre verwarf er das Gewohnte und räumte aus, um mit neu erwachter Leidenschaft das nächste zu erobern.

Als Carl ihn kennengelernt hatte, war Christian ein glühender USA-Feind gewesen, hatte Salsa, Merengue und Bossa-Nova gehört, Papageien und Tukane als Anstecker an den Revers seiner grellen Anzüge getragen und karierten Baumwollstoff allenfalls noch als Putzlappen in seiner Wohnung geduldet. Mit Vorliebe hatte er Geschichten von seinem bisherigen Wohnort Heidelberg erzählt, und immer waren in den Hauptrollen dumme, aufdringliche und selbstherrliche Amerikaner aufgetreten. Die Latino-Phase hatte knapp zwei Jahre gedauert. Dann flogen alle Tukane, Bananen, Pinguine und Palmen aus der Wohnung, die Platten landeten im einen Secondhandladen, die Anzüge im nächsten, und die nun verachteten Insignien seiner seelischen Einrichtung wichen bizarren Gemälden, depressiver englischer Undergroundmusik, T-Shirts, Lederjacken und schwarzen Jeans. Und Christian haßte Bläsersätze.

Er konnte die absonderlichsten Dinge hassen. Einmal war es sogar die Farbe Grün gewesen, die er mit Verve und Gründlichkeit ablehnte – so sehr, daß er Wiesen und Wälder mied.

Inzwischen trug er gefütterte Anoraks, Jeans, Reebok-Schuhe und fast immer einen Rucksack. Zweimal im Jahr reiste er nach Amerika, wo er in Goethe-Instituten auftrat, karierte Baumwollhemden, CDs und Autonummernschilder kaufte und paketeweise Bildbände, die er sich postlagernd nach Hause schickte. Jetzt haßte er auch Saxophone solo.

In jeder dieser Phasen fraß er sich ein regelrecht lexikalisches Wissen in den Kopf, das ihm ganz nebenbei ermöglichte, interessante und kompetente Radiosendungen zu verfassen, für die er im Sendebereich des WDR schon recht angesehen war.

Er war ein Sammler, dessen Leidenschaft sich nicht nur mit Dingen, Fakten und Anblicken beschied, sondern immer auch einen Trivialmythos, einen Lebensstil, eine Uniform als geräumige Heimat auf Zeit an sich zog. Und diese dann wieder abstieß, sobald das Gras auf der anderen Seite des Zauns wieder grüner war.

Dabei war Christian alles andere als ein Chamäleon. Aus all seinen Verkleidungen schaute dasselbe verletzbare Kindergesicht heraus, dieselbe frenetische Witzelmaschine zernagte alles, was ihr unterkam, ob mit spanischen, englischen oder amerikanischen Einsprengseln, und derselbe unruhige, auf Reisen getriebene Riese zog seine Bahn von Windmühle zu Windmühle, um selten sich selbst, meist jedoch andere zum Lachen zu bringen.

»Mmhhh, das schmeckt saugut«, sagte Carl. »Willst du mir die Ehe anbieten?«

»So was ähnliches. Kannst du mich sechs Tage fahren? Ich habe Gigs in Neustadt, Sankt Gallen, Emstal und Reutlingen. Und dann noch in Erlangen. Das ist mit der Bahn fast nicht zu machen. Hast du Zeit?«

»Wann?«

»Ab Montag.«

»Mann, du bist früh dran. Da muß ich noch zwei Sachen fertigkriegen vorher.«

»Ja Spitze. Wunderbar. Ich zahl dir hundertfünfzig Mark am Tag. Ist das okay?«

»Sogar übertrieben. Aber ich nehm's gern.«

»Sprit und Öl natürlich extra.«

»Wenn du meinst.«

Jetzt wegzufahren war das letzte, was Carl wollte, aber nur aus Verliebtheit läßt man einen Freund nicht sitzen. Hoppla, dachte er, was ist denn das für eine lederne Kneipenphilosophie? *Nur* aus Verliebtheit? Seit wann bin ich denn ein Thekenwolf mit Schuppen und dem Ehrenkodex eines alternden Kampftrinkers? Aber für Bibi sollte doch alles ganz natürlich aussehen. Um so besser wenn er ein paar Tage weg war. Dann konnte er ganz locker anrufen und fragen, ob sie sich schon eingelebt hatte. Oder Lust auf einen Nachmittag am Baggersee.

»Übrigens«, sagte er, als er vom Tisch aufstand, »da ist noch was, das du wissen solltest.«

»Hm?« Christian wog die Tüte mit den Marshmallows in der Hand.

»Es gibt keine Ornithophilie.«

»Bei dir nicht oder überhaupt nicht?«

»Überhaupt nicht. Nirgends auf der Welt.«

»Du mußt mal das Datum deines Lexikons überprüfen. Oder hast du gar keins?«

»Zoophilie gibt's.«

»Dann fehlen da noch ein paar Unterabteilungen.«

So war es immer. Bei den Scharmützeln ums letzte Wort, die sie spielerisch bei jeder sich bietenden Gelegenheit ausfochten, blieb Christian immer der Sieger.

Carl konnte allenfalls die Übung, die er mit diesem Sparringspartner bekam, anderswo einsetzen, um dort seine Schmach zu kompensieren.

Das Ramada in Wien bot alles, was sie wollte, sogar die geschlossene Atrium-Bauweise, aber trotzdem ließ Sabine den Vorhang zu. Diesmal stand kein Sekt neben ihr, sondern ein leichter italienischer Weißwein, dessen Namen sie nicht behielt und den der Kellner mit einem viel zu großen Glas serviert hatte. Sie war aufgeregt.

Den ganzen späten Vormittag und frühen Nachmittag über hatte sie mit einer hiesigen Produktionsfirma verhandelt, sich Kalkulationen vorlegen und Sendungen auf Video vorführen lassen, und am Ende war tatsächlich eine vorschlagsreife Konzeption für ein Musikmagazin, das sie mit dem ORF coproduzieren wollte, dabei herausgekommen.

Später hatte sie enttäuscht vor dem Haus der Sezession gestanden, in dem nur noch das Café geöffnet war. Sie hatte eine Pizza im Stehen gegessen, sich zwei Filme angesehen und war dann mit der U-Bahn zum Hotel zurückgefahren. In Wien gibt es alles, was München fehlt, hatte sie auf der Fahrt gedacht, es ist schlank, hat Charakter und glänzt nicht wie sein eigener Prospekt.

Langsam hatte sie sich eingestimmt, sich behutsam überredet zu dem, was sie mit dieser Nacht vorhatte.

Sie hatte eine Kleinigkeit gegessen, den Blick schweifen lassen, sich hier in eine Hand und dort in einen Hinterkopf verliebt, war im Pool geschwommen und hatte sich dann den Wein bestellt. Danach hatte sie gebadet, und jetzt war ihre Haut weich von dem Öl, mit dem sie sich eingerieben hatte, und schimmerte im Licht der Nachttischlampe, über der ihr dunkelblauer Seidenblazer lag.

So wie er mich damals gesehen hat, dachte sie und zog sich den Bademantel von den Schultern. Sie hatte sich den Sessel zum Spiegel gerückt, denn ein Zimmer mit Spiegel vor dem Bett zu verlangen, das war nun doch nicht drin gewesen. Sie öffnete ihre Beine und beobachtete ihre Hand, wie sie langsam der Innenseite ihres Oberschenkels entlangfuhr und immer vor dem dunklen Dreieck und dann wieder kurz vor dem Knie umkehrte. Die andere lag still unter ihrer Brust und hob sie ein wenig, als böte sie sie einem Fremden zum Kauf. So wie er mich gesehen haben muß, dachte sie und sah ihrem Spiegelbild aufmerksam zu. Hin und wieder fuhr die Hand wie unabsichtlich über ihren Schoß, um den anderen Schenkel zu streicheln. Die Hand benahm sich wie fremd. Ist ja auch seine, dachte sie, seine Hand, die schnippisch mit mir spielt. Die mich hinhält, mich in Erwartung läßt, die sich arrogant und mit zärtlicher Kühle darauf verläßt, daß ich mich ihr entgegenbiege. Um dann vielleicht noch ein Stück zurückzuweichen, mich weiter nach vorne zu locken. Weg von meinem Kopf und weg von meinen Augen, aber näher zu dem Spiegel, der mich sieht.

Kann man atemlos denken? dachte sie, aber dann: ich denke doch gar nicht. Ich sehe, ich fühle, ich fühle hauptsächlich. Sie nahm den Hörer ab und wählte eine Nummer.

Carl schlief schlecht. Immer wieder wachte er auf und sah Bibi nackt vor einem Spiegel sitzen und erstaunt eine ferngesteuerte Hand betrachten, die sie verwöhnte wie ihre eigene es nicht vermocht hätte. Es war die reinste Pornografie und wurde immer wilder. Bibis Posen verloren das romantische Niveau, das sie anfangs noch gehabt hatten, und sie drängte sich keckernd vor Lust in die Großaufnahme, bis seine Hand dem Spuk ein Ende machte. Und nach zwei Stunden Schlaf saß sie wieder da und fing an, sich zu bewegen.

War das Psychologie oder Biologie, dachte er am nächsten Morgen, als er die dicken Tränensäcke unter seinen Augen befühlte. Beides, gab er sich zur Antwort. Ausnahmsweise beides.

Auch Bibi hatte schlecht geschlafen, wie immer bei Vollmond, und jetzt ekelte sie sich im Bad vor den Haaren des Fotografen, die überall im Waschbecken, auf der Ablage, in der Duschkabine und auf dem Boden lagen. Sie sah sich in der Zeitung die Wohnungsangebote an.

Sabine ließ den Flieger sausen und beschloß, den Zug am Nachmittag zu nehmen. Sie fühlte sich verkatert und enttäuscht, und nur die Aussicht auf das Beethovenfries, das sie endlich im Original sehen würde, und einen Bummel durch die Gegend um die Hofburg verschaffte ihr einen gewissen Trost.

Mein Gott, dachte sie und schob lustlos das Rührei

auf dem Teller hin und her, wenn mich gestern abend jemand gesehen hätte, ich würde mich nie mehr unter die Leute trauen. Die erste Stimme am Telefon hatte arabisch geklungen, die zweite spitz und weiblich, die dritte hatte Injurien in den Hörer gegrunzt und bei der vierten, die wenigstens höflich gewesen war, hatte sie nichts mehr von ihrer Erregung gespürt, aufgelegt und beschämt den Bademantel übergeworfen, den Sessel an seinen Platz gerückt und dann den brandigen Geruch bemerkt.

Der Seidenblazer war hinüber, die Lampe hatte einen häßlichen schwarzgrauen Fleck hineingebrannt, dessen kokelnde Ränder Sabine mit der Dusche löschen mußte. Das hätte noch gefehlt. Dem Hotelmanager zu erklären, wie ein kostbarer Blazer auf einer Nachttischlampe landen konnte. In unappetitlich großen Schlucken hatte sie den Wein ausgetrunken, nur um schnell einzuschlafen und nichts mehr zu spüren. Aber immer wieder wachte sie auf und warf sich müde und verwirrt auf die andere Seite. Erst gegen vier Uhr morgens kam die Hand in ihren Traum, tröstete, beruhigte und erlöste sie am Ende, und sie schlief danach zufrieden, weil der angefahrene Zug sein Ziel nun doch erreicht hatte. Mit viel zuvielen Tunnels unterwegs und längst nicht der erhofften landschaftlichen Schönheit, aber wenigstens am Ende einem langgezogenen Pfiff, der wie ein erleichtertes Ausatmen war.

Eine Stunde lang saß sie vor Klimts Meisterwerk, und sie hatte den Saal fast die ganze Zeit für sich allein. Nicht weit vom Stephansdom kaufte sie sich ein Strickkleid, noch zu warm für die Saison, aber in den

Läden war schon Herbst. Sie fand Schuhe, die wunderbar dazu paßten, zwei Sweatshirts für Sina und sogar ein Hemd für Ralf. Aber das legte sie wieder zurück. Noch im Gewühl des Westbahnhofs dachte sie an den gestrigen Abend. Jetzt war die Szene schon wie ein blasser Film, und alleine in ihrem Abteil begann Sabine die komische Seite des Ganzen zu entdecken. Jungejunge, dachte sie und lächelte dabei, vor drei Jahren in Ostberlin hätte mir das nicht passieren dürfen. Da wäre ich jetzt auf einem Video, und in der nächsten Woche käme ein gelackter Herr, der mir anbietet, für zwei-Mark-fünfzig meinen Sender auszuspionieren. Und für einen Blechorden. Unter seiner kundigen Führerschaft, die auch Liebesdienste miteinbezieht. Wär vielleicht ein Stoff für ein Fernsehspiel, dachte sie, aber dann muß es weniger obszön sein. Und lachte so laut, daß der Schaffner, der gerade ihre Karte knipste, sie erstaunt ansah und sich fragte, ob etwas an seinem Äußeren nicht stimmte.

Oh nein, ich soll das Ganze noch mal überarbeiten, dachte Carl, als er den dicken Umschlag aus dem Briefkasten nahm, aber es lag ein neues Drehbuch darin, und Frau Kahlen bat ihn, auch dieses so kompetent zu verbessern wie das letzte. Wenn das so weitergeht, dachte er, ein Drehbuch pro Monat, dann werd ich reich. Ohne mich zu überarbeiten.

Er schrieb einen kurzen Brief, in dem er ihr erklärte, daß er das Buch erst in vierzehn Tagen fertig habe, da er diese Woche auf Reisen sei, und packte das Bündel in seine Tasche. Vielleicht war es möglich, unterwegs daran zu arbeiten.

Carlotta und Ulbricht strichen die ganze Zeit um seine Beine. Woher wußten die schon wieder, daß er wegfuhr? Er streichelte und küßte beide auf Vorrat, denn er hatte, wie immer, ein schlechtes Gewissen.

»Renate sorgt doch für euch«, sagte er, und Ulbricht putzte sich blasiert die weiße Pfote. Carlotta klappte nur die Ohren in seine Richtung, sonst machte sie keine Bewegung. »Ihr fragt mich ja schließlich auch nicht, wenn ihr ausgeht. Außerdem könnt ihr morgen den ganzen Tag Staubsauger jagen.«

Die Putzfrau hatte versprochen, in seiner Abwesenheit Großputz zu machen. In einer Woche würde er in einen glänzenden Palast zurückkehren, mit Fenstern, durch die man wieder etwas sah, abgestaubten Büchern und einem Berg gebügelter Wäsche.

Er fuhr den Wagen durch die Waschanlage, sah Reifendruck und Ölstand nach, tankte voll und merkte, als er zurückfuhr, um Christian abzuholen, daß er sich auf die kleine Reise freute. Das Wetter wurde schon spätsommerlich, noch färbte sich kein Blatt, aber im Licht glaubte er bereits, diesen goldenen Ton zu sehen, der vielleicht auch nur Einbildung war. Es geht jedenfalls in Richtung Herbst, dachte er und klingelte bei Christian, da wird das Leben wieder schöner.

»Hab ich Übergepäck, oder ist das wirklich so eine lahme Schüssel«, fragte Christian, als Carl hinter Freiburg einen Überholvorgang abbrach.

»Das ist keine lahme Schüssel.« Carl war beleidigt. »Das ist ein Mercedes für Schlanke, wir treiben hier keinen Sport, und die Frage hätte vielleicht lauten können, ob du Über*gewicht* hast.«

»Der zieht doch keinen Wurstzipfel vom Tisch.«
Carl antwortete nicht.

»Heh, bist du etwa eingeschnappt? Darf man dein Auto nicht beleidigen?«

»Du bist nah dran«, sagte Carl, »such weiter in der Richtung.«

Christian schüttelte nur den Kopf. »Matschtitte rechts«, sagte er eine halbe Stunde später, und als Carl endlich begriff, daß damit Stadtmitte gemeint war, hatte er längst die Abfahrt verpaßt.

»Ha, ha«, sagte er ärgerlich. »Totlach.«

»Sollte ein Witz sein.« Christian klang kleinlaut, »Stadtmitte klingt so langweilig.«

»Sei froh, daß ich keine Frau bin.«

»Du hast doch auch so nicht gelacht.«

»Das kann auch *für* meinen Humor sprechen.«

Jetzt war Christian doch einmal sprachlos. Mindestens schwieg er. Wie schön.

Abends jedoch, in der spärlich besetzten Kellerkneipe, lachte Carl um so mehr. Christian verdrehte und vermurkste jedes zweite Wort, und spätestens, wenn einem das lästig zu werden drohte, schmiß er eine Pointe hin. Das war kein Kabarett, das war das reinste Chaos. Ein vielstimmiges Durcheinander von Albernheit, Schärfe und Poesie. Carl war begeistert.

Satt von der Pizza, die sie mit einiger Überredungskunst noch bekommen hatten, und müde vom Redeschwall eines der Veranstalter, standen sie gegen ein Uhr vor dem Hotel und drückten auf die Klingel. Niemand öffnete. Nach dem dritten Klingeln bellte endlich ein Hund, und nach dem siebten tauchte ein

106

Schatten hinter der Glastür auf und eine verschlafene Männerstimme fragte, was los sei.

»Für uns sollen hier Zimmer bestellt sein. Von der Jugend- und Kulturinitiative«, sagte Christian.

»Was?« Der Mann klang, als wolle er gleich den Hund auf sie hetzen und ließ die Tür geschlossen.

»Schnarch, brumm, grunz«, sagte Carl, »wir sind Hotelgäste.«

»Das darf doch gar nicht wahr sein«, murmelte Christian, und man hörte seiner Stimme an, daß er gleich explodieren würde. »Machen Sie die Tür auf, wir wollen ins Bett!«

Der Mann verschwand, und Christian holte aus, um gegen die Glasscheibe zu treten, als ein anderer Schatten dahinter sichtbar wurde. Eine Frau öffnete und ging ihnen schweigend voran. Sie deutete auf eine Tür und dann auf eine zweite, dann drehte sie sich um und verschwand.

»Bezaubernde Leute«, sagte Christian und wuchtete seinen Koffer ins Zimmer.

Carl suchte noch nach dem Lichtschalter, da hörte er Christians Stimme ganz leise von nebenan: »Ich faß es nicht. Nein, ich faß es nicht. Komm mal und zwick mich. Das ist ein böser Traum.«

Christian stand da und drehte sich langsam mit entgeistertem Gesichtsausdruck um die eigene Achse. Er deutete auf eine Stelle nach der anderen und sagte: »Hast du so was schon mal gesehen?«

Auf dem Waschbecken stand ein Aschenbecher, darin lagen drei Zigarettenstummel und ein ausgedienter Kaugummi. Im Becken lag der Siphon, der darunter fehlte, und im Umkreis von etwa einem Meter gluckste der mit Wasser vollgesogene, ehemals wohl auswurfgrüne Teppichboden und warf Blasen, unter denen sich kleinere Hühner einrichten konnten. Durch den Nebel, den etliche Zigaretten hier hinterlassen hatten, sah man nur undeutlich den klaffenden Riß in der Wand, der sich von der Decke bis hinter das Bett erstreckte und in dessen Innerem es feucht und schimmlig glitzerte. Gerade erfaßte Carls Blick noch ein Bonbonpapierchen auf dem Boden und etwas, das halb unter dem Schrank lag und wie ein feuchter Putzlappen aussah, als Christian seine Sprache wiedergefunden hatte und sagte: »Keine weiteren Fragen, euer Ehren.«

Sie verzichteten auf eine Inspektion von Carls Zimmer und gaben sich keine besondere Mühe, leise aus dem Haus zu kommen. Im Rückspiegel sah Carl im Hotel ein Licht angehen, als er den Wagen in die nächste Querstraße lenkte.

»Zum Glück ist es ein Katzensprung nach Hause«, sagte Carl, um Christians brütendes Schweigen zu unterbrechen.

»Das ist ein Fall fürs Gewerbeaufsichtsamt«, murmelte der nur. »Und die Veranstalter kriegen auch Post.«

»Ein Päckchen Scheiße?«

»Gar keine schlechte Idee«, Christian grinste, »aber ich dachte mehr an Worte.«

»Starke Worte.«

»Starke Worte. Ganz recht.«

Carls gute Laune war längst wiederhergestellt, aber Christian blieb die ganze Fahrt über einsilbig, als nähme er die Sache persönlich. Carl erschrak vor der

Beharrlichkeit, mit der Christian an seinem Groll festhielt. Sie fuhren schweigend und kamen kurz nach zwei zu Hause an.

»Die Nachricht des Tages:« sagte Christian, als er anderntags gegen Mittag in der Tür stand, »der Heinz vom Gewerbeaufsichtsamt hat den Laden schon geschlossen.«

»Was, das Hotel?«

»Vor vier Tagen. Sagt er. Ich soll ihm die Beschwerde schriftlich geben, dann kriegen sie auch noch eine Anzeige wegen Verstoßes gegen eine amtliche Verfügung oder so ähnlich.«

»Und?«

»Mach ich nicht. So reicht's doch. Das hätte dann was Denunziatorisches.«

In Sankt Gallen kamen sie so früh an, daß Carl sich für ein paar Stunden selbständig machen konnte. Er lebte schon so lang allein, daß eine tägliche Mindestdosis Selbstbestimmung einfach sein mußte. Er konnte links gehen, rechts, oder einfach stehenbleiben, Kaffeetrinken oder den ersten besten Schreibwarenladen von hinten bis vorn durchstöbern. Das brauchte er, sonst bekäme er nach kurzer Zeit das Gefühl, er müsse an seinem Krawattenknoten ziehen. Dabei trug er weder eine Krawatte noch überhaupt ein Hemd. In der dritten Papeterie traf er Christian, und sie suchten sich ein Café.

Sie saßen in ihre Lektüre vertieft. Christian in die Süddeutsche Zeitung, die sein tägliches Brot war, wichtiger als Frühstück oder Zähneputzen, und Carl in das Drehbuch, dessen Dialoge ihm diesmal viel weniger überarbeitungsbedürftig vorkamen. Er machte sich Notizen an den Rand.

Sind wir eigentlich Freunde, ging es ihm durch den Kopf, als Christian geräuschvoll eine Seite umblätterte. Ich mag ihn, aber vertraut er mir? Hat er mich je um Hilfe gebeten, als es ihm dreckig ging? Und ich? Vertraue ich ihm?

»Wieso hast du eigentlich keinen Führerschein in deinem reifen Alter?«

Christian sah auf: »Ich hab auch kein Abitur.«

Carl war so verdutzt, daß ihm keine Antwort einfiel. Schließlich sagte er lahm: »Aber sonst fehlt dir nix?«

»Doch. Eine Frau«, sagte Christian, aber so strikt und abschließend, daß Carl das Drehbuch wieder nahm und dachte, Freunde sind wir nicht. Höchstens Kumpel. Ein Freund würde jetzt rausrücken mit seinem Kummer. Ich würde rausrücken, wenn er mich das gefragt hätte. Ich würde jetzt gestehen, daß ich die Einsamkeit satt habe, die totgeschlagene Zeit, das verplemperte Leben, diese leere Freiheit des Solisten, der alles tun darf, was ihm einfällt, aber nichts davon tun will. Weil er vorher weiß, daß es ihn langweilen wird. Und weil er vorher weiß, daß er auf nichts anderes aus ist, als eine Frau in seine Nähe zu bekommen, und weil er weiß, daß er schon lang den Unterschied nicht mehr kennt zwischen Geilheit und Sehnsucht oder Leidenschaft und Flirt.

Er setzte seine Brille ab, ließ das Drehbuch sinken und träumte sich Bibi herbei, zog sie aus und besetzte mit ihr den pornographischsten Film, der ihm einfiel.

Wenn sie meine Gedanken lesen könnte, dachte er, wäre ich bei ihr unten durch. Unten durch, genau da unten durch will ich ja. Er mußte grinsen. Nein, nicht durch. Rein. Er stand auf. »Ich geh noch eine Runde durch die Stadt«, sagte er, »bin pünktlich um sieben am Theater.«

Er hatte nur Frauen gesehen bei seinem Spaziergang. Elegante, selbstbewußte, wunderschöne Frauen, aber keine hatte ihn angesprochen und gesagt »Kommen Sie, wir geh'n mal eben für ein Stündchen ins Hotel.«

Jetzt, während Christians Auftritt, war es kaum anders. Der Keller war voll, das schien hier eine Hochburg zu sein, und das Publikum war von Anfang an pulvrig und wach. Jede Kleinigkeit in Christians Text schlug Wellen.

Aber Carl hatte nur Augen für die Frauen. Eine rehbraune Schönheit war da, die er ansah, so oft es unauffällig ging.

Als Christian mit dem ganzen spießigen Pathos eines Provinzpolitikers, der ein Schiff tauft oder einen Autobahnabschnitt eröffnet, rief: »Und von Ferne flimmern und blinken im Flitter, les lumierès de Salzgitter, the lights of Salzgitter, meine Damen und Herren, oder ist es der Mond von Wanne-Eickel« und in rauschendem Applaus abging, da war der Blick des Rehs so bezaubernd konsterniert, das Lachen und Verstehen schien schrittweise ihren Gesichtsausdruck zu modulieren, und Carl hätte sie am liebsten vor Verliebtheit geohrfeigt.

In der Pause ging er nach draußen und merkte, daß er traurig war. Ich kenne diesen Zustand, dachte er, empfindlich bis in die Haarspitzen und wie von einem Katapult abgeschossen, und ich weiß, das einzige, was mir blüht, ist Enttäuschung. Darüber, daß niemand mich verführt, daß ich zum Aufreißer nicht tauge, daß dies Christians Abend ist und nicht meiner – er steht im Mittelpunkt, und wenn jemand begehrenswert ist, dann er – und Enttäuschung darüber, daß ich eifersüchtig bin. Und daß Bibi nicht alle anderen Frauen überstrahlt. Ich bin noch nicht einmal wirklich verliebt, dachte er, sonst hätte ich keine Augen für die anderen.

Der Abend war ein Triumph für Christian, und Carl war stolz auf seinen Freund. Aber er fühlte sich auch zurückgesetzt und schämte sich deswegen.

Später beim Essen spürte er Christians Euphorie. Das ganze Veranstalterkollektiv war mitgekommen, und es wurden Anekdoten, Geschichten und Sankt Gallener Interna erzählt, als ginge es darum, Christian irgend etwas zu beweisen. Vielleicht, daß er mit der Qualität seines Auftritts keine Perlen vor die Säue geworfen hatte, sondern vor ein Publikum von Kennern und Komplizen. Mit freundlicher Einsilbigkeit genoß Christian, daß alles, was am Tisch geschah, auf ihn hinzielte, von ihm bemerkt und genossen werden sollte, und Carl war auf einmal nicht mehr eifersüchtig, denn er glaubte zu ahnen, wie sich dieser Höhenflug anfühlen mußte und wie schmerzhaft später die Landung. Zum erstenmal konnte er sich vorstellen wie die Droge Erfolg wirkt. Belebend und erfrischend. Vitamin C für die Seele.

112

Eine Frau aus dem Veranstalterkollektiv hatte sich erboten, vor ihnen her zum Hotel zu fahren. Es sei schwer zu finden und liege auf ihrem Nachhauseweg. Der kleine Toyota schwenkte schon langsam in die Straßenmitte ein, und Carl ließ die Kupplung kommen, aber nichts geschah, nur der Motor heulte auf. Er blinkte mit der Lichthupe, und die Frau stieg aus.

Nach einigen Versuchen stand fest, daß entweder der Gaszug gerissen, oder irgend etwas mit der Kupplung nicht in Ordnung war. Wortlos lud Christian seine Sachen um, und Carl fühlte sich wie ein Angestellter, der seinen Chef enttäuscht hat. Und merkte, daß ihn das ärgerte. Er sagte nichts und nahm sich vor, am nächsten Morgen, noch bevor Christian zum Frühstück erscheinen würde, den Wagen in der Werkstatt und, wenn es sein mußte, einen Mietwagen vor dem Hotel stehen zu haben.

Christian war schon fast fertig mit seinem Frühstück, als Carl, den Schlüssel eines Golf am Finger, hereingeschlendert kam. Es lag tatsächlich am Gaszug, und die Werkstatt mußte einen neuen bestellen. Der Wagen wäre erst anderntags fertig. Carl wollte das Ganze als Opfer hinstellen und nicht verraten, daß in seiner Kreditkarte eine Versicherung eingeschlossen war, die alles, außer der Werkstattrechnung, übernahm. Das Hotel, den Mietwagen und die Fahrkarte hierher zurück. Den Wagen würde er heute abend in Kassel abgeben, im Nachtzug nach Sankt Gallen schlafen und Christian dann in Reutlingen wieder abholen.

»Was hast du noch dafür gekriegt?« fragte Christian, als er den Anorak in den Golf legte.

»Wie, was gekriegt? Wofür denn?«

»Mit den Schrottpreisen kenn ich mich nicht aus.«

Carl mußte wider Willen lachen. »Du hast einfach keine Ahnung«, sagte er, »mal sehen, ob du heut abend nach sieben Stunden Golf kapiert hast, was wir an dem Daimler haben.«

»Ich interessiere mich halt nicht so für Autos«, sagte Christian ungerührt.

»Dann bist du kein richtiger Mann.«

»Das kann sogar stimmen.«

Klang das traurig? Carl war sich nicht sicher.

Im Speisewagen saß ihm ein ärmlich gekleideter Äthiopier gegenüber, jedenfalls hielt ihn Carl dafür, weil der Mann so schmal und schön war. Als der Schaffner die Karten kontrollierte, sagte der Schwarze »Frankfurt« und holte ein paar lose Geldscheine aus der Brusttasche seines Hemdes. Der Schaffner rechnete eine Weile und verlangte schließlich einhundertsechs Mark. Den Preis sagte er schon extra laut, als wolle er, daß jedermann ihn hörte.

Verdutzt sah der Mann auf die Scheine in seiner Hand und zupfte dann zwei Zwanziger und einen Zehner heraus, die er dem Schaffner hinhielt. Der griff zu, lachte laut und künstlich, sagte »Nein, nein« und langte nach dem restlichen Geld, das der Äthiopier aber festhielt. »Schwarzfahren kostet sechzig Mark mehr.« Der Schaffner wedelte mit den Scheinen. »Darf ich bitten? Sechsundfünfzig Mark. Ja?«

Der Äthiopier schüttelte nur stumm den Kopf.

Carl schaltete sich ein und sagte leise: »Der Mann löst nach. Der fährt nicht schwarz.«

»Dann hätte er zu mir kommen müssen. Nicht hier gemütlich darauf warten, ob ich kontrolliere oder nicht«, sagte der Schaffner zum Publikum gewandt, nicht zu Carl.

»Das habe ich noch nie gemacht, ich habe immer auf den Schaffner gewartet, wenn ich nachlösen wollte und bin noch nicht *einmal* angemeckert worden deswegen.«

Carl war aufgeregt, die Szene war ihm peinlich, aber schließlich wollte er eine Gemeinheit verhindern.

»Wenn Sie vielleicht *Ihre* Arbeit machen und ich mache meine«, sagte der Schaffner, »und Sie mischen sich da nicht ein.«

»Ich hab grad frei und mach mich gerne nützlich.« Niemand kam ihm zu Hilfe. Alle starrten her, und Carl bekam eine kalte Wut. Vielleicht spürte auch der Schaffner etwas davon, denn auf einmal gab er klein bei, steckte die fünfzig Mark ein, gab dem Mann die Fahrkarte und das Rückgeld und wandte sich knurrend dem nächsten Tisch zu.

Carls Puls schlug hoch bis zum Gaumen, und er sah niemanden an, nicht einmal den Äthiopier, der jetzt aufstand und verschwand. Er tat so, als lese er, brauchte aber einige Zeit, bis die Buchstaben vor seinen Augen wieder einen Sinn ergaben, dem er folgen wollte oder konnte.

In Frankfurt hatte er Aufenthalt und kaufte sich Obst und eine Cola für die Nacht. Auf dem Bahnsteig sprach ihn ein Junge an, sagte, er sei überfallen worden und brauche Geld für die Heimfahrt nach Potsdam. Er zeigte den Durchschlag eines Polizeiprotokolls und eine Wunde am Unterarm, erzählte daß Ausländer ihn verprügelt hätten, und Carl gab ihm fünfzig Mark. Eine Frau neben ihnen ging weg, ohne herzusehen.

»Es gibt doch noch gute Menschen«, sagte der Junge, und Carl beeilte sich, wegzukommen. Das Ganze kam ihm kitschig vor und war ihm vor sich selber peinlich. Obwohl er stolz war und dachte, das ist schon meine zweite gute Tat heute. Oder vielleicht sogar deswegen.

Nachts sah er in Mannheim auf dem Bahnsteig vier Jungs in Bomberjacken einer Zigeunerin, die von Bahnpolizisten abgeführt wurde, hinterherstarren, und in den Gesichtern lag solche Verachtung, daß ihm fast übel wurde davon.

Das ist wie in einem gutgemeinten Film, dachte er. Der Film soll mir zeigen, wie böse die Welt ist, und das tut er mit penetranter Übertreibung. Aber es ist kein Film. Vielleicht muß ich meine Kriterien mal überprüfen. Vielleicht ist nichts mehr so dezent und homöopathisch dosiert, wie ich es mir vorstelle.

Immer wieder wachte er auf und ging hinaus auf den Gang, weil der Mann im unteren Bett schnarchte. Deshalb sah er auch morgens um vier in Offenburg schon wieder zwei Bahnpolizisten einen dunkelhäutigen Mann abführen.

Machen die wirklich alle mit bei der Jagd, dachte er und schlief nicht mehr bis Basel.

Bei der Einfahrt in den Badischen Bahnhof gelang es ihm nicht, die Bilder aus seinem Kopf zu vertreiben von Juden, die in die Schweiz wollten, und die man hier abweisen und zurückschicken würde. Zu diesen Bildern paßte der Frühnebel.

Der Abend in Reutlingen verlief deprimierend. Christian verhaspelte sich oft, und Carl merkte, daß ihn jeder Versprecher mehr aus dem Konzept brachte. Das »Theater in der Tonne« war gut besetzt. Verstohlen sah Carl sich um und stellte fest, daß die meisten Leute ihre Arme vor der Brust verschränkt hatten. Als warteten sie darauf, daß Christian sich ein Bein brach. Oder wenigstens die Zunge. Die Stimmung war eisig.

Christian kämpfte, ging die Leute sehr viel frecher an, als Carl das von ihm kannte und sagte irgendwann unvermittelt: »Wozu braucht es eigentlich Schwaben auf der Welt? Die einzigen, die mir bislang auf diese Frage eine vernünftige Antwort geben konnten, waren Badener.«

»Und?« rief einer aus dem Publikum.

»Für die Sozialversicherung.«

»Ha, ha«, sagte eine Stimme aus dem Publikum.

»Vielleicht als abschreckendes Beispiel?«

Wieder Schweigen.

»Und irgendwer muß den Scheiß, den Daimler produziert, auch fahren.«

Jetzt lachten sogar einige.

»Man braucht auch Masochisten, evangelische«, schob Christian hinterher, »sonst macht das Quälen keinen Spaß.«

Jetzt lachten viele.

»Ist euch aufgefallen, daß ich kein Wort von Spätzle, Kehrwoche, schaffe, schaffe Häusle baue und Lothar Späth gesagt habe?«

Alle lachten.

»Und auf den obligatorischen Kohlwitz könnt ihr übrigens auch warten, bis ihr schwarz werdet.«

117

Das Lachen ebbte ab.

Spontan änderte er den Programmablauf und zog eine Nummer vor, die mit den Worten anfing: »Ist das ein Anzug von Boss?« Und das Publikum raste wieder.

»O, italienisse Mangiare«, sagte Christian, als sie das Lokal betraten, »Cannelloni di net leben.«

Carl verabschiedete sich früh, denn er nahm an, der Abend werde wie die vorangegangenen verlaufen. So etwas hält man wohl besser im Mittelpunkt aus, vom Rande her gesehen ist es eintönig, dachte er. Christian war von einem Journalisten mit Beschlag belegt worden, und der Veranstalter brannte darauf, endlich erzählen zu können, was hier in Reutlingen und überhaupt so abgehe. Christian war sichtlich erschöpft, bemühte sich aber, gelassen und zuvorkommend zu antworten, denn ein Auftritt endet erst hinter der Hoteltür. Bis dahin braucht man Disziplin.

Carl brachte alle Koffer auf sein Zimmer und stellte sich unter die Dusche. Er wollte noch nicht einschlafen, obwohl er todmüde war.

Das wär kein Leben für mich, dachte er und stellte fest, daß er Christians Professionalität bewunderte. Er nahm sich vor, ihm das zu sagen.

»Sollte nicht gegen dein Auto gehen«, sagte Christian, als er kurz vor Mitternacht kam. »Das zielte voll auf die Schwaben.«

»Bin ich auch einer«, grinste Carl, »aber ich verzeih dir. Die haben's verdient.«

»Mann, Mann, Mann«, stöhnte Christian und lehnte sich gegen die Wand, »ich weiß nicht, ob ich das noch lange mache.«

»Hättest du das vorgestern in Sankt Gallen auch gesagt?«

Christian sah wie ertappt auf seine Fingerspitzen und sagte dann leise: »Nein.«

»So geht's dir schon lang, oder?«

»Ja«, sagte Christian, »und wird wohl auch noch lang so weitergehen.«

Carl hatte das Gefühl, ein Kompliment könne jetzt nicht schaden und beschrieb seine Empfindungen als Zuschauer: Begeisterung, Mitleiden, wenn etwas schief ging, und Stolz, an alldem beteiligt zu sein.

Christian hatte den Kopf in die Hände gelegt und hörte schweigend zu. Etwas an seiner Körperhaltung schien zu sagen »Mehr«, und Carl zählte alles auf, was ihm imponierte und gefiel. Er sagte, er fühle genau seine eigene Verwirrung beschrieben, die Unfähigkeit, noch zwischen Abbild und Original zu unterscheiden, zwischen Verzierung und Inhalt, zwischen Kunst und Kitsch und Ketchup und Blut. Er sagte, er habe sich am vorigen Abend entschlossen, eine Zeitlang keinen Spiegel mehr zu lesen und keine Nachrichtensendung mehr anzusehen, er finde sich immer öfter heulend vor dem Fernsehschirm oder wenigstens mit Tränen in den Augen, schäme sich und wisse doch auch, daß er ohnmächtig und feige sei, seine Idylle behalten wolle und an den Sinn des Versuchs, sich die Wahrheit zu verschaffen, nicht mehr glaube. Und all dies finde er in Christians Programm wieder, nur daß er jetzt nicht flenne, sondern lache, daß er jetzt wieder staune, anstatt sich nur halb taub und blind vor Entsetzen nach irgendwohin zu wünschen. Und nicht einmal zu wissen, wo das wäre.

Christian stand auf, streckte sich und sagte: »Wenn ich das schriftlich haben könnte. Für die schwächeren Tage«, und ging zur Tür.

Von dort sagte er noch: »Dein Auto ist erste Sahne.«

Carl legte sich grinsend ins Bett und dachte, natürlich ist der mein Freund. Ist nur ein bißchen heikel im Umgang. Aber wenn man weiß, wo der Knopf ist, dann hat man ihn auch gern.

Er versuchte, an Bibi zu denken, wollte sich den pornographischen Film wieder vorspielen, aber Bibis Bild war nicht scharf zu stellen. Er gab auf. Die innere Kamera hatte einen Defekt.

Vor dem Einschlafen fiel ihm ein, daß er ihr eine Reportage vorschlagen könnte. Er hatte eine Idee.

Auf der Fahrt nach Erlangen am nächsten Tag redeten sie miteinander, als hätten sie im selben Sandkasten gespielt. Carl erfuhr, daß Christian sich nach nichts so sehr sehnte, wie nach einer Frau, die ihn liebte und verstünde, daß aber jede, die er anfasse, sich irgendwie in Luft auflöse und er sich, wenn sich eine bei ihm breit mache, so ängstige vor ihr, daß er jeden Trick aus der Kiste ziehe, um sie gegen sich einzunehmen. Er esse mit den Fingern, rülpse, schnarche sogar künstlich und schneuze sich in die Serviette, wenn er das Gefühl habe, eine wolle sich einnisten und taxiere schon die Wohnung. Und ihn. Und sobald sie aus der Tür sei, sehne er sich nach ihr. Oder einer, die ihn liebe und verstünde.

Sie redeten viel und hörten viel zu, und irgendwann hätte Carl am liebsten die Geschichte aus dem Münchner Hilton erzählt, aber er beherrschte sich, denn Männer, die über Sex redeten, waren ihm ein Greuel.

»Es sollte eigentlich immer ein Film sein, der Hauptfilm«, sagte Christian, »aber was ich erlebe, ist eher so der Vorspann.«

Da bin ich besser dran, dachte Carl, bei mir hat der Hauptfilm schon angefangen. Allerdings bin ich dann aus dem Kino gegangen, und jetzt ist alles futsch, weil die Vorstellung einmalig war.

Apropos: Das war vielleicht wirklich ein Film. Könnte zumindest einer werden. Zwei Fremde, die es telefonisch miteinander treiben und sich verlieben, das wäre ein bezaubernd unrealistischer Komödienstoff. Wenn man das richtige Händchen dafür hatte. Er schwieg und dachte darüber nach.

»Hab ich was Falsches gesagt?« fragte Christian irgendwann.

»Im Gegenteil, du hast mich auf eine Mordsidee gebracht.«

»Gern«, sagte Christian. »Kontonummer gibt dir meine Sekretärin.«

Im Frühstückszimmer des Hotels wurde Carl von einem bissigen Kasperle-Krokodil attackiert. Er krümmte sich vor Schmerzen und bettelte um Gnade, aber das Krokodil sprach ungerührt mit der Stimme des Mädchens, dessen Arm in seinem Rumpf verschwand: »Keine Chance, Ihr Memme. Gebt mir eine Jungfrau oder Ihr seid selber dran.«

Er versuchte, das Krokodil umzudrehen, ihm das Mädchen zum Fraß anzubieten, aber es griff ihn knurrend und brüllend immer weiter an, da brummte Christian, der in den Sportteil seiner Süddeutschen versunken war: »Ruhe, man sieht ja sein eigenes Wort nicht.«

»Mein Gott«, sagte Carl, »es wird doch nicht jemand ein Tor geschossen haben?«

»Verstehst nix davon«, sagte Christian und stand auf, um in sein Zimmer zu gehen.

Carl wollte sich eben wieder dem Kampf mit dem Ungeheuer stellen, da rief eine Stimme aus der Küche: »Sina! Stör die Leute nicht. Komm mal zu mir.« Und irgend etwas an dieser Stimme kam ihm sehr bekannt vor. Er dachte im ersten Moment an Bibi, aber nein, sie war es nicht. Diese Stimme klang heller und nicht so rauh wie Bibis.

»Moment« rief das Mädchen, »gleich. Mein Kroko ist noch nicht satt«, und biß ihn wieder kräftig.

Er ließ sich vom Stuhl zerren und war gerade dabei, sein Leben zu verröcheln, als die Stimme direkt neben ihm sagte: »Also Sina. Wirklich. Das geht doch zu weit. Bitte entschuldigen...«

Er sah in die erstaunten Augen von Frau Dr. Kahlen und stand verlegen auf. »Na so was«, brachte er schließlich heraus und streckte ihr die Hand hin.

»Den kennst du, Mami?« fragte das Mädchen. »Dann fällt er als Krokofutter aus. Es mag nur Fremde zum Frühstück.«

»Bin ich froh«, sagte Carl, sah aber dabei nicht das Mädchen an, sondern Frau Kahlen, die sich gefaßt hatte und jetzt herzlich seine Hand schüttelte. »Das ist ja eine Überraschung, was machen Sie denn hier?«

»Ich spiel den Roadie, den Tourneebegleiter für einen Freund. Er ist hier gestern abend aufgetreten.«

»Christian Brenner?«, sagte sie, »den hab ich gesehen. Ich bin zu Besuch hier. Bei der Hotelbesitzerin. Sie hat mich mitgeschleppt.«

»Genau der«, sagte Carl. »Wir sind Nachbarn. Und seit Jahren befreundet.«

»Also so was.« Sie schüttelte den Kopf und wollte gerade weitersprechen, als Christian die Treppe heraufkam und Carl an die Abfahrt erinnerte.

Carl stellte die beiden einander vor. Frau Kahlen machte Christian Komplimente, für die sich dieser zerstreut bedankte, um dann sofort wieder auf seine Armbanduhr zu klopfen. »Wir müssen los. Leider.«

»Schade«, sagte sie, und es klang ehrlich. Carl fühlte sich merkwürdig angerührt von dem Ton in ihrer Stimme.

»Kann ich Sie anrufen?« fragte er, schon im Gehen, während er gleichzeitig das Krokodil schüttelte und ihm viel Glück bei der Jungfrauenjagd wünschte.

»Aber zu Hause«, sagte sie. »Ich bin weg vom Bayrischen Fernsehen.«

»Und das Drehbuch?«

»Schicken Sie, wann Sie wollen. Die Honoraranweisung ist schon raus. Warten Sie, ich schreib Ihnen die Nummer auf.«

»Stowasser!« rief es aus dem Treppenhaus. »Auf geht's.«

Er griff nach dem Zettel, den sie ihm hinhielt, und sah von der Treppe aus noch einmal zurück. Sie winkten ihm beide, sogar das Krokodil klappte den Rachen auf und zu, und ihm wurde ganz warm im Gesicht von dem Bild.

Er hatte unhöflich reagiert. Das Drehbuch war ihm als erstes eingefallen, sein Geld, sein Job, sein Geschäftsinteresse. Verdammt. Anstatt daß er sie gefragt hätte, wohin sie gehe, was sie vorhabe, ihr gesagt hätte, schade, Sie schon wieder zu verlieren. Ich hab einfach keine Manieren, dachte er.

Die Fahrt verlief einsilbig, aber es ging zügig voran, und zu Hause trennten sie sich erleichtert.

Christian rief noch durchs Treppenhaus: »Sollen wir was essen gehen?« aber Carl hatte das Gefühl, dieses Angebot käme eher aus Höflichkeit als von Herzen und lehnte ab. Er freute sich auf seine Katzen, seinen Schreibtisch, seine Ruhe und den Anruf bei Bibi, den er sich vorgenommen hatte.

Sabine begann langsam an ihren sechsten Sinn zu glauben. Da muß doch was dran sein, dachte sie. Eine Stunde habe ich gestern wachgelegen und bin das Gefühl nicht losgeworden, die Wände hätten Augen.

Und dieses Gefühl war seltsam gewesen, aufregend und direkt. Sie spürte es auf ihrer Haut, wie einen warmen Luftzug, und die Augen waren überall. Sie bewegte sich langsam in dem bleichen Licht, das aus dem Hof ins Zimmer fiel. Sie zog den Pyjama aus und setzte sich in den Sessel, berührte sich nicht, denn das taten schon die Augen, denen gab sie sich so hin wie der Stimme in München und dem Spiegel in Wien, und sie schloß dabei die Lider, um die Augen nicht zu stören, diese fremden, warmen Augen, die so suchend auf ihr ruhten, suchend noch nach dem durchscheinendsten Härchen auf ihrer Haut. Sie ließ sich ertasten von Carl Stowassers Augen, bot ihnen in Ruhe ihren Körper zum Verzehr und spürte den Blick wie ein unglaublich leichtes Kitzeln überall.

Erst am Morgen, als das unfreundliche Licht über dem Badezimmerspiegel ihr verschlafenes Gesicht an die kritische Öffentlichkeit ihrer Selbsteinschätzung zerrte, empfand sie so etwas wie Katzenjammer. Eine Art Schuldgefühl kam in ihr hoch, und sie fragte sich, bin ich etwa eine Exhibitionistin? Und habe es bisher nur nicht entdeckt? Will ich mich ausziehen vor anderen? Vor Spannern? Aber die Fragen verklangen ins Leere, da war keine Antwort nötig. Nur die Erinnerung an die Augen war durch ein leichtes Schamgefühl getrübt.

Und dann, keine zwei Stunden später wälzte sich der Kerl vergnügt vor Sina auf dem Boden. Ihr war die Luft weggeblieben. So gegenwärtig wie er noch eben in ihren Gedanken gewesen war, erschien er ihr nun wie Einbildung, und sie zweifelte für einen Moment an ihrem Verstand.

Hatte er sich gefreut, sie zu sehen? Für einen Augenblick schien es so, aber dann war gleich dieser Brenner gekommen und hatte gestört. Sie schüttelte die Gedanken ab und packte ihre Sachen, denn sie wollte Erika übers Wochenende beim Ausbau ihres Bauernhofes helfen. Dort, auf der Baustelle würden ihr jedenfalls keine seltsamen Gedanken kommen. Die gab es offenbar nur in Hotelzimmern.

»Ist dein Krokodil satt«, fragte sie Sina, »oder sollen wir in Bubenreuth noch nach Futter suchen?«

»Will mit«, sagte Sina und stopfte das Tier in die Reisetasche. »Hat noch Hunger.«

Bibi wurde den Verdacht nicht los, daß das Leben für sie lediglich die Nebenrollen bereithielt. Was immer sie bisher erreicht hatte oder erlebt, war zweite Wahl. Sie selbst war zweite Wahl. Auf die Warteliste abonniert. Ihre ältere Schwester, der Liebling der Mutter, war Psychoanalytikerin, verdiente viel Geld, lachte nie und konnte alles erklären. Die jüngere, der Liebling des Vaters, beendete eben die Fotomodellschule, lachte dauernd und freute sich, toll auszusehen. Bibi war niemandes Liebling gewesen. Nicht einmal der Lehrer, obwohl die fast alle die Augen nach ihr verdreht hatten. Ihr Abitur hatte sie mit der Gesamtnote Drei gemacht, und auf der Journalistenschule in München war sie immer nur eben so durchgekommen. Nach dem Volontariat bei der Abendzeitung stellte man nicht sie ein, sondern ihre Mitvolontärin; ihre erste Stelle bei den Nürnberger Nachrichten verdankte sie der unerwarteten Schwangerschaft einer anderen, und so war es seither weitergegangen. Selbst die Arbeit für Merian war nur Wasserträgerei. Ihr Name würde nicht mal im Impressum stehen.

Nur mit den Männern, da war es nicht so. Da lag die Wahl bei ihr. Schon als Schülerin hatte sie entdeckt, daß sie jeden dazu bringen konnte, ihr nachzulaufen. Leider funktionierte das nur in einer Richtung. Das Talent, den einen oder anderen davon abzuhalten, wäre ihr bald lieber gewesen, denn die meisten hechelten von alleine hinter ihr her, wo immer sie stand und ging. Wie zum Beispiel dieser Stowasser mit seinen dackeligen Augen.

Sie begann sich schon zu wundern, daß er nichts mehr von sich hören ließ, wollte gerade anfangen an

ihrer Antenne für verliebte Männer zu zweifeln, da
rief er an und fiel krachend mit sämtlichen Türen ins
Haus. Er habe erstens eine Idee für einen Artikel, den
sie schreiben könne, wolle das zweitens gern beim Essen in der Wolfshöhle mit ihr besprechen und drittens
nur mal fragen, ob sie schon eine Wohnung gefunden
habe. In seiner sei nämlich ein Zimmer zuviel.

Ich bin ja vielleicht ein blindes Huhn, dachte Carl, als
er spät abends und leicht angetrunken seine Nase in
Carlottas Fell vergrub. Mich müßte man unter Natur-
schutz stellen. Oder Denkmalschutz. Idioten meiner
Klasse dürften selten geworden sein.

Die Idee mit dem Artikel über nachlösende Ausländer, die sofort als Schwarzfahrer behandelt werden, gefiel Bibi zwar gut, aber sie könnte sie höchstens jemand anderem anbieten. War nicht ihr Ressort. Und
er hatte schon davon geträumt, mit ihr eine Woche
lang durch Deutschland zu fahren, den radebrechen-
den Asylanten zu spielen und sie abends im Hotel
über den Ekel vor deutschen Spießern hinwegzutrö-
sten. Er hätte sogar schon gewußt, wie.

Die ganze Zeit über hatte sie sich am Unterarm ge-
kratzt und schließlich gesagt: »Ich hab doch hoffentlich keine Katze gegessen?«

Den Witz konnte er nicht komisch finden, auch
nicht, als sie ihm erklärte, sie habe eine Katzenallergie
und vermute, hier im Lokal treibe sich tagsüber so ein
Vieh herum, das man erst verscheuche, wenn die Gäste kommen.

Um Gottes willen, dachte er, die kratzt sich wegen
mir, und brachte die Sprache nur noch halbherzig auf

ihr Wohnungsproblem. Er war froh, als sie sagte »achtzehn Kilometer von Freiburg weg, das ist unmöglich, aber vielen Dank«, und ihm fiel ein, daß er sie ohnehin nie hätte mit nach Hause nehmen dürfen, denn wenn sie die Stimme aus München war, hätte sie die Schilder von Arno Wagner gesehen, und den Namen sofort erkannt. Na, das war ja nun vom Tisch. Sogar doppelt, denn auf einmal fand er die Idee, sie könne die Fata Morgana gewesen sein, vollkommen absurd. Nur weil er an sie gedacht hatte, als das Telefon klingelte. Das heißt, natürlich nicht an sie. An die Stimme.

So horchte er später nicht einmal auf, als sie die Freiburger Mietpreise mit denen von München verglich, fragte sie zwar nebenhin, ob sie sich dort auskenne, spürte aber keine Regung, als sie sagte: »Gut, ich hab lange da gelebt.«

Wie konnte er nur so blöd gewesen sein? Es war ihm richtiggehend peinlich vor sich selber. Für den Film, falls er ihn schreiben würde, mußte er sich was Besseres einfallen lassen. Vielleicht, daß der Mann von München aus in den Urlaub fliegt und die Stimme der Stewardess wiedererkennt? O weh, eine Urlaubskomödie. Ganz verboten. Na ja, das mußte nicht jetzt entschieden werden.

Bibi war verärgert. So was war ihr noch nie passiert. Dieser Typ hatte sich vor ihren Augen in Luft aufgelöst. Eben noch verknallt bis zu seinem hintenliegenden Haaransatz, war auf einmal sein Interesse erloschen. Das war demütigend. Sie hatte sich wie eine Bittstellerin gefühlt, der man unkonzentriert zuhört und sich Mühe geben muß, nicht auf die Uhr zu sehen.

Dabei wollte der Kerl doch was von ihr. Das heißt, hatte gewollt. Ihre Wut war so groß, daß sie auf dem Heimweg am liebsten gegen einen Mülleimer getreten hätte, aber das ging nicht. In den dünnen Espadrilles hätte sie sich die Zehen verstaucht. Na warte, dachte sie, das zahl ich dir heim.

In ihrem Zimmer angekommen, warf sie die Tasche in die Ecke, schaltete den Laptop an und starrte auf den leeren Bildschirm, bis sie Werner, den Fotografen ins Bad gehen hörte. Er summte vor sich hin, pinkelte rauschend, und sie dachte, jetzt, in diesem Moment verstreut er wieder unzählige Haare. Sie brauchte dringend eine Wohnung.

Morgen würde sie sich mal in der Anzeigenabteilung umsehen. Vielleicht war es möglich, die Wohnungsannoncen vor dem Satz durchzugehen und sich noch abends bei den Vermietern zu melden. Wenn die Abteilung von einem Mann geleitet wurde, dürfte das kein Problem sein. Bis jetzt war noch nichts, was sie je von Männern hatte haben wollen, ein Problem gewesen. Das heißt, bis vorhin. Und der hatte was von ihr gewollt. Arschloch.

Sabine ließ die Beine schlenkern und sah Sina zu, wie sie dem Krokodil und einer ihrer Barbies etwas erklärte. Worum es ging, konnte sie nicht hören, da ihre Tochter flüsterte. Sabine rauchte. Inzwischen schmeckten ihr die Zigaretten, und sie dachte, du bist doch eine Idiotin. So was Bescheuertes mutwillig anzufangen, nur damit Ralf sich darüber ärgert.

Im Haus hämmerte Erika an den Nut- und Federbrettern herum, die sie vorhin gemeinsam zurechtgesägt hatten. Es macht Spaß, hier draußen zu basteln. Sie konnte Erika verstehen, die es ohne Aufbauarbeit nicht lange aushielt.

Nach ihrer Scheidung vor drei Jahren hatte sie das kleine Hotel aufgemacht. Es lag direkt am Theater und wurde schon nach kurzer Zeit zu einer Goldgrube. Sabine war einige Male zu Besuch gekommen, zweimal auch mit Ralf, und jedesmal war mehr los gewesen. Inzwischen lief der Betrieb von alleine, und Erika hatte den Bauernhof gekauft, dessen Ausbau sie nun seit dem Frühjahr an fast jedem Wochenende vorantrieb. Sie wollte noch dieses Jahr einziehen.

Sabine hatte sich wieder einmal selbst überrascht. Anfang letzter Woche war ihr Chef hereingetobt, gefolgt von einem Regisseur, der das von Stowasser überarbeitete Buch auf ihren Tisch warf, und eine drehreife Wie-konnten-Sie-mich-so-hintergehen-Szene hinlegte.

Gelassen hatte sie ihn gebeten, einige wahllos herausgegriffene Dialogsätze zu vergleichen, hatte das alte neben das neue Drehbuch gelegt und aus beiden rezitiert. Erst als ihr Chef zu bedenken gab, das Deutsch in der ersten Fassung sei doch aber besser, in der Neufassung käme überhaupt kein Imperfekt mehr vor, waren ihr die Nerven durchgegangen.

Ihre Frage: »Halten Sie etwa einen Satz wie ›Mama, ich verstauchte mir den Knöchel‹ für erträglich?« beantwortete der Regisseur, vom Kopfnicken des Chefs noch ermutigt: »Sogar für wünschenswert.« Sie hatte angefangen, ihre Schubladen auszuräumen und das Räuspern der beiden Herren ignoriert, bis der Chef endlich sagte: »Und, wie verbleiben wir jetzt?«

»Gar nicht«, sagte sie. »Oder verbleiben Sie beide ruhig irgendwie, aber ohne mich. Ich mach nicht freiwillig Mist, wenn's auch besser ginge.«

»Das soll besser sein?« sagte der Regisseur und deutete auf das neue Drehbuch.

Sabine hatte sich die Arme so vollgeladen wie möglich und stand schon halb im Flur, als sie sagte: »Denken Sie an mich, wenn Sie die Kritiken lesen.«

Die Tür trat sie mit dem Absatz zu und brachte ihre Sachen ins Parkhaus. Als sie zurückkam, um den Rest zu holen, waren beide verschwunden.

Das konnte man wenigstens als sogenannte »feste Freie«: Gehen, wenn es einem nicht paßte. Daß sie damit für die ARD möglicherweise verbrannt sein könnte, daß ihr kein anderer Sender mehr eine Stelle geben würde, kam ihr erst im Aufzug zu Bewußtsein. Ihr war ein wenig mulmig deswegen, aber es verstärkte auch den euphorischen Stolz, mit dem sie ihren Mut bestaunte. Das hätt ich nicht von mir erwartet, dachte sie und kurvte mit quietschenden Reifen aus dem Parkhaus.

Allerdings, so mutig war das nun auch wieder nicht gewesen. Vor drei Tagen erst hatte ihr ein befreundeter Regisseur die Produktionsleitung eines Kinofilms angeboten. Sie hatte zugesagt und vorgehabt, dafür unbezahlten Urlaub zu nehmen. Jetzt würde sie es eben ohne Rückendeckung machen.

»Kahlen?«

»Stowasser hier, störe ich Sie bei irgendwas?«

»Ja, beim Warten, daß die Zeit vergeht. Ich sitze hier herum und weiß nicht, wozu ich gut sein soll.«

»Zum Aufrichten geknickter Drehbuchüberarbeiter vielleicht?«

»Gern, warum sind Sie denn geknickt?«

»Weil unsere vielversprechende Zusammenarbeit schon wieder im Eimer ist. Ich wollte Ihnen nur sagen, daß mir das leid tut. Diese Dialoggeschichten haben mir Spaß gemacht.«

»Wieso denn im Eimer, Herr Stowasser, jetzt geht's doch erst richtig los.«

»Ja, aber...« Carl stotterte ein bißchen, »...Sie sind doch weg vom BR?«

Sie lachte: »Aber ich hab mich verbessert. Ich bin jetzt in einem Team, das richtige Filme macht. Wenn es so läuft, wie ich mir das erhoffe, dann werde ich Sie hier genauso dringend brauchen. Oder glauben Sie, schwache Dialoge sind in Kinofilmen seltener?«

»Kinofilmen?«

»Ja.«

Das war ein Wink des Schicksals. Eindeutig. Carl überlegte nicht lange, sondern sagte:« Ich hab eine Idee für einen Kinofilm.«

»Ja?«

»Ich glaube sogar, eine richtig gute, wollen Sie sie hören? Also, da sind zwei Leute in einer fremden Stadt. In zwei verschiedenen Hotels. Ein Mann und eine Frau. Sie kennen sich nicht, aber sie werden später mitei...«

Um Gottes willen, dachte Sabine, das halt ich nicht aus. Das wird die Geschichte aus dem Hilton. Hilfe. Stop. Alarm. »Entschuldigen Sie«, unterbrach sie ihn, »das besprechen wir lieber richtig. Nicht so zwischen

132

Tür und Angel. Ich will sowieso in den nächsten Tagen eine Freundin in Freiburg besuchen. Wollen wir uns nicht treffen? Bei Ihnen? Am Freitag?«

»Gut. Ja gern. Soll ich Sie abholen?«

»Prima. Ich ruf noch an. Morgen, spätestens übermorgen.«

»Gut, ja, ich bin da. Bis dann also.«

»Ach, Herr Stowasser, noch eins...«

»Was denn?«

»Die Idee ist gut.«

»Welche... wieso... ich hab doch noch gar nicht... ich hab sie doch noch gar nicht erzählt.«

»Ein Mann und eine Frau in einer fremden Stadt. Das ist mehr als die halbe Miete.«

»Sie veräppeln mich.«

»Mmhm. Aber nur ein bißchen. Bis morgen. Ich ruf an, sobald ich Bescheid weiß.«

»Ja, gut, ich freu mich.«

War das wirklich er gewesen? Der eben »Ich freu mich« gesagt hatte? Es stimmte. Er freute sich wirklich. Diese Dr. Kahlen war in Ordnung. Komisch, daß sein erster Eindruck damals so negativ gewesen war. In den Briefen, in Erlangen und jetzt am Telefon war diese Frau Doktor toll. Eigentlich genau die Sorte, nach der er immer die Augen verdreht hatte. Oder kam seine Sympathie vielleicht daher, daß ihre Stimme der von Bibi ein wenig ähnelte? Ganz entfernt zwar nur, aber irgendwas hatten die beiden.

Allerdings: wer war Bibi? Das am wenigsten wärmende Strohfeuer seines Lebens, mehr nicht. Immerhin auch ein Rekord.

Er setzte sich an den Computer und versuchte, die Geschichte zu entwerfen, aber er konnte sich nicht konzentrieren. Er war aufgeregt. Er fand nicht heraus, weswegen, bis ihm auffiel, daß er noch immer über Frau Kahlens Ironie grinste. Daran merkte er wieder, daß er sich auf ihren Besuch freute.

Das Telefon klingelte, und er hörte Brenners mißgelaunte Stimme: »Siehst du irgendeine Chance, meinen Drucker vor dem An-die-Wand-geklatscht-Werden zu retten?«

»Laß«, sagte er reaktionsschnell, »faß nichts an. Ich bin gleich oben.«

So ging das alle paar Tage, seit er Christian dazu überredet hatte, mit dem Computer zu arbeiten.

Der Typ ist einfach zu allein, dachte Carl, als er die Treppe wieder hinabstieg, dieser sinnlose Kampf gegen die Materie hat was Rührendes. Er hatte für Christian die On-Line-Taste gedrückt, und die Krise war vorbei gewesen.

Er beschloß, für eine Stunde oder zwei an den Baggersee zu fahren, aber dort lag niemand mehr, und er drehte wieder um. Die Sonne war schon untergegangen.

Auf der Rückfahrt stellte er fest, daß er minutenlang darüber nachdachte, in welcher Reihenfolge er seinen Schlüsselbund ordnen müßte, damit der Wohnungsschlüssel immer direkt neben einem der Haustürschlüssel lag, der Briefkastenschlüssel neben dem für die Vordertür, der Kellerschlüssel neben dem für die Hintertür und zwischen den beiden der Wagenschlüssel. Aber was, wenn er mal näher an der Vordertür parkte? Jetzt geht's aber los, dachte er, als er den Wa-

134

gen abschloß, ich bin auch schon zu lange allein. Seit wann hab ich denn ergonomische Anwandlungen?

Ihm fiel ein, daß er in letzter Zeit tatsächlich manchmal gegrübelt hatte über die Anordnung von Küchengerät für ein bestimmtes Gericht oder die Lage verschiedener Briefumschläge vor dem Eintüten und Frankieren.

Sybille rückte nicht mit der Sprache heraus. Seit dem Wochenende am Tegernsee hatte Sabine so ein seltsames Gefühl, und jetzt wollte sie wissen, was mit ihrer Schwester los war. Aber nun telefonierten sie schon eine Viertelstunde, und nichts kam von Sybille, außer daß es ihr gutgehe, den Kindern auch und Thomas sowieso, der Bitte um einen Tip, welches Parfüm sie ausprobieren solle und ähnlich gemütlicher Schwestern-Small-talk. Seltsam. Hatte Sabine sich wirklich getäuscht und ein Gewitter am blauen Himmel gesehen?

Sie legte auf und nahm sich vor, morgen Shalimar zu kaufen, ihr eigenes Parfüm, und es Sybille zu schikken. Das müßte zu ihr passen.

Seit sie mit Stowasser gesprochen hatte, war das Telefon wieder von einer Aura umgeben. Wen könnte ich noch anrufen, dachte sie, aber außer Erika fiel ihr niemand ein, und die hatte sie erst am letzten Wochenende gesehen. Nach Freiburg mußte sie nicht telefonieren. Dort hatte sie keine Freundin. Die war schlicht und einfach erfunden. Also konnte sie auch nicht bei ihr übernachten. Sie rief das Reisebüro an.

Unter Aufbietung all seines Charmes hatte Carl erreicht, daß die Putzfrau einen Tag früher kam. Im Eßzimmer stand ein Strauß Blumen, er hatte guten Wein und alles, was er zum Kochen brauchte, besorgt, den Wagen durch die Waschanlage gefahren und innen mit dem Staubsauger traktiert. Jetzt wartete er auf den verspäteten Intercity aus Karlsruhe.

Der Freiburger Bahnhof war eine einzige Baustelle. Carl stand auf den Zehenspitzen, als der Zug endlich eingefahren war und die Fahrgäste den Bahnsteig überschwemmten.

Sie winkte. Obwohl sie größer war als die meisten Reisenden und er kleiner, hatte sie ihn zuerst gesehen und kam lächelnd auf ihn zu. In ihrem grauen, enganliegenden Strickkleid und dem ockerfarbenen Staubmantel, der kerzengrade von ihrem Körper herabfiel und schlicht, fast wie ein Morgenmantel den Bewegungen ihrer Beine hinterherwehte, sah sie elegant und phantastisch souverän aus. Carl mußte unwillkürlich an eine American-Express-Reklame denken, in die er sich vor Jahren verliebt hatte.

Sie faßte ihn am Arm, und er mußte den Impuls, sie zu küssen, unterdrücken. Hatte sie nicht auch ihr Gesicht seinem genähert? Nein. Einbildung. Wunschdenken. Wunschdenken? Quatsch! Er wollte beruflich mit ihr zu tun haben. Nicht privat.

»So ein schickes Auto?« sagte sie, als er ihr die Tür aufhielt, »das hätte ich Ihnen gar nicht zugetraut.«

»Denken Sie bloß nicht, Sie hätten meine Dienste so überzahlt, daß ich gleich über die Stränge schlage«, sagte er, schloß die Tür, ging um den Wagen herum und sprach erst weiter, als er hinter dem Steuer saß.

»Mit dem Wagen lebe ich über meine Verhältnisse. Allerdings habe ich ihn billig bekommen. Er sieht nur teuer aus.«

»Nein«, sie lachte, »ich habe Sie unterbezahlt.« Und nach einer Pause, in der er sich in den Verkehr einreihte, sagte sie: »Ich wollte nicht indiskret sein.«

»Das dürfen Sie aber«, sagte er.

Er bemühte sich, beim Schalten ihre Knie nicht zu berühren. In einem Hundertneunziger muß man aufpassen, wo man seine Beine hinstreckt. Und sie paßte nicht auf. Die Art, wie er den Schalthebel mit spitzen Fingern bewegte, kam ihm fast jungfräulich-obszön vor. So ähnlich mußte ihn seine erste Freundin angefaßt haben, als er sie endlich dazu überredet hatte. Er versuchte, diesen Gedanken sofort aus seinem Kopf zu verscheuchen, aber offenbar hatte er gelächelt, denn Frau Kahlen fragte: »Woran denken Sie?«

»*Das* ist jetzt indiskret«, sagte er, »aber nicht Ihre Schuld. Meine Gedanken sind die Verbrecher. Ich kann sie unmöglich verraten.«

Nach einiger Zeit wagte er einen Blick zur Seite, um zu sehen, ob sie unangenehm berührt sei, aber sie lächelte und schien auf seinen Blick gewartet zu haben. »Ich ziehe die Frage zurück.«

»Mein Gott, ist das schön«, sagte sie später, als die Burg vor ihnen auftauchte, und Carl war richtig stolz auf sein Städtchen.

Hoffentlich hat sie keine Katzenallergie, dachte er, schloß die Tür auf und ging voran.

Er öffnete die Espressomaschine, und Frau Kahlen fragte: »Darf ich mich umsehen? Das ist ja wunderschön hier.«

»Bitte«, sagte er, »Gern. Ich bin stolz auf die Wohnung, als hätt ich sie selbst gebacken.«

»Haben Sie das nicht?« rief es aus dem Wohnzimmer. »Ich meine, die Einrichtung?«

»Nein«, rief er zurück, »das heißt, nur zum Teil.«

Plötzlich stand sie wieder in der Küchentür. »Entschuldigen Sie. Das war jetzt aber wirklich indiskret.«

»Nein«, sagte er, »ist schon lange her. Ich lebe hier allein seit vier Jahren.«

Sie verschwand wieder, und als der Kaffee fertig war, nahm er ihre Tasse und ging suchen. In Ullas Zimmer, das jetzt, da er nie mehr Gäste hatte, überflüssig geworden war, saß sie auf dem Boden, hatte den Kopf bis fast in ihren Schoß gebeugt und stupste die Nase gegen Ulbricht, der auf ihr herumkletterte.

Carl sagte nichts, sah nur zu, wie sie mit dem Kater schmuste und versuchte, keinen Blick zwischen ihre Beine zu werfen, die das hochgerutschte Kleid großzügig freigab. Es gelang ihm nur fast.

»Kaffee«, sagte er verlegen, als sie den Kopf hob und in derselben Sekunde an ihrem Kleid zog.

Sie stand auf, nahm ihm die Tasse aus der Hand und sagte: »Ach übrigens. Gibt es hier ein Hotel? Meine Freundin kommt erst morgen zurück, ich wollte unseren Termin deswegen nicht umwerfen.«

»Es gibt Hotels, aber Sie könnten gern hier übernachten, wenn Ihnen das nicht zu eng oder ungemütlich oder sonst irgendwas ist.«

»Sonst irgendwas?«

Statt einer Antwort holte er den Blumenstrauß aus dem Eßzimmer und stellte ihn auf den kleinen Tisch am Fenster, den Ulla zurückgelassen hatte.

»Gern«, sagte sie. »Jetzt will ich noch Ihr Arbeitszimmer sehen.«

Im Flur überholte Ulbricht sie und stellte sich vor ihren Beinen quer. Carl wollte sie gerade warnen, da stolperte sie schon. Sie riß dabei die Garderobe, an der sie sich festhielt, nur fast um und ging in die Hocke, um Ulbricht am Hals zu kraulen.

»Du bist ja gefährlich«, sagte sie leise. »eine richtige Falle bist du. Aber die süßeste Falle, die ich bis jetzt kennengelernt habe.« Und zu Carl gewandt sagte sie: »Diese Katze ist zum Fressen.«

»Ist keine Katze«, sagte er.

»Nein? Dann sieht sie aber täuschend einer ähnlich.«

»Kater.«

»Ach so«, sie lachte. »Und wie heißt er?«

»Ulbricht.«

Sie verzog das Gesicht, als hätte sie auf eine Zitrone gebissen, und sagte: »Dann ist er aber schon lang bei Ihnen. Heute heißen Katzen doch wieder ohne Ironie.«

Sie stand auf und ging vorsichtig, um durch Ulbrichts wiederaufgenommenen Schmuseslalom nicht noch einmal zu stürzen, in sein Arbeitszimmer.

Wir verstehen uns, dachte Carl. Die hat genau dieselbe Assoziation zu Ulbrichts blödem Namen. Wo ist eigentlich Carlotta?

»Schön«, sagte Frau Kahlen und sah sich in seinem Zimmer um, »hier kann man's aushalten.«

»Ja, fast ein bißchen zu gut«, sagte er, »manchmal fürchte ich, faul zu werden, vor lauter Schönheit und Idylle.«

139

Während sie den Kaffee tranken, sprachen sie über den Charme der Provinz und darüber, daß Leute wie Carl eigentlich immer in Metropolen lebten, und nur Maler und Schriftsteller sich solche Rückzüge leisten konnten. Und von denen auch nur die Arrivierten. Er schlug ihr einen Spaziergang vor, um das ganze Ausmaß der Verlockung vorzuführen, wie er sagte.

»Gut«, sagte sie. »Dann reden wir über den Film. Dann ist es nämlich bald vorbei mit Ihrer Faulheit.«

»Es ist eigentlich erst mal nur die Grundidee«, sagte er, als sie oben auf der Burg standen und den Blick über den Stadtsee, den Bahnhof und das mittelalterliche Städtchen schweifen ließen. »Die Geschichte ist erotisch, deshalb braucht man sie auch gar nicht erst dem Fernsehen anzubieten. Die würden eine Straps-Arie daraus machen und es nachts um halb zwölf im Hochsommer mit Helmut Zierl und Ingrid Steeger in den Hauptrollen bringen.«

»Was haben Sie gegen Helmut Zierl?«

»Kann ich die Frage zurückstellen?«

Sie lachte. »Ja. Erzählen Sie.«

»Also, folgende Situation: Eine Frau fährt nach Hamburg, unter anderem, weil sie mit ihrem Geliebten verabredet ist. Sie steigt in einem großen Hotel ab, zum Beispiel dem Atlantic, der Geliebte kommt nicht, sie vermißt ihn nicht, denn er ist ein blöder Sack, mit dem sie sowieso gerade Schluß machen wollte. Deshalb, um endgültig Schluß zu machen, ruft sie ihn an. Also, er wird von seiner Frau oder irgendwas Geschäftlichem abgehalten, das erfährt sie aber erst später. Zuerst einmal versucht sie ihn anzurufen.

Jetzt hat er das Zimmer aber abbestellt und an der Rezeption eine Nachricht hinterlassen, die hat sie noch nicht erhalten, deshalb ist sie erstaunt, als sich eine andere Männerstimme meldet. Ach so, ich muß dazu sagen, daß der Mann in einem anderen Hotel ist.«

»Welcher, der Geliebte?«

»Ja beide. Sie ist im Atlantic und er sagen wir im Interconti.«

»Sie kennen sich gut aus in Hamburg.«

»NDR.«

»Gut. Weiter. Ich wollte Sie nicht unterbrechen.«

»Also, die beiden, der Fremde und die Frau kommen ins Gespräch, es funkt sozusagen zwischen ihnen. Die Frau ruft ein paarmal an, sie werden immer enger miteinander, erzählen sich allerlei oder plänkeln auch nur so herum, und schließlich, spät in der Nacht, machen sie Telefonsex. Das heißt, jetzt kommt der Witz dabei: Der Mann tut nur so. Er macht verbal mit, aber nur verbal. Das gibt ein schönes Bild, denke ich mir. Der Widerspruch zwischen Wort und Bild. Er sagt die heißesten Sachen, oder hört sie zumindest, sitzt aber total ungerührt da und sieht vielleicht Fernsehen nebenher. Die Frau allerdings stei...«

»Darf ich Sie mal unterbrechen? Wie wär's, wenn die Frau genau dasselbe tut? Wenn sie auch nur spielt? Dann denken beide vom andern, sie hätten ihn am Wickel, aber beide schwindeln einander was vor?«

»Nein. Die Frau macht es wirklich.«

Sie sah ihn amüsiert an: »Ja?«

»Wenn Sie meinen. Okay. Tun sie also beide nur als ob. Aber die Worte müssen schon so sein, daß dem Zuschauer ganz anders wird.«

»Klar. Gut.«

»Tja, und ab jetzt schwimme ich noch. Die beiden müßten nämlich später wirklich zusammenkommen, natürlich ohne zu wissen, daß sie diejenigen sind.«

»Und wie kommen sie zusammen?«

Er zuckte die Schultern: »Da bin ich bis jetzt noch überfragt. Haben Sie eine Idee?«

»Nein, das heißt, vielleicht, ach, noch was. Noch eine Idee zu der Szene am Telefon: Wie wär's wenn sie beide zwar nur so getan haben als ob, aber nach dem Auflegen wirklich zur Sache gehen? Dann hätten sie sich schon fast verliebt. Eine Präposition fürs Verlieben wär's jedenfalls. Und erotisch. Die Kamera verfolgt seine Hand, wie sie nach unten wandert und dann Schnitt auf sein Gesicht, und dann weich ausblenden und...«

»Und sie steht vor dem Spiegel und streift sich einfach den Bademantel von der Schulter. Oder noch besser: sie liegt vor dem Spiegel.«

»Mhmm.«

»Wieso lächeln Sie so hintergründig?« Carl war nicht recht wohl in seiner Haut. »Finden Sie die Geschichte albern?«

»Nein. Charmant. Bis jetzt finde ich die Geschichte sehr schön und charmant. Wie sehen die Leute eigentlich aus?«

»Also, er groß und stattlich, sie klein, blond und vielleicht so in Richtung Miou-Miou.«

»Und was tun sie? Ich meine, beruflich.«

Da wußte er nun wieder nicht weiter. Alles, was er im Kopf hatte, war, daß sich die beiden treffen sollten und einander, nach etlichen Verwicklungen, an ihren

142

Stimmen oder irgendeiner typischen Aussage erkennen.

»Sind sie Wissenschaftler, die am nächsten Tag zusammenarbeiten?«

»Wissenschaftler?« Er konnte sich keinen Wissenschaftler vorstellen. »Ich weiß nicht.«

»Tritt er vielleicht eine neue Stelle an, und sie wird seine Sekretärin? Sie kann ja auch aus München, ich meine aus Hamburg sein und nur diese Nacht im Hotel verbracht haben, in Erwartung ihres Geliebten. Oder hat sie überhaupt von zu Hause aus angerufen.«

Er dachte nach: »Sekretärin ist nicht schlecht. Aber es ist so abhängig. Ist mir ein bißchen zu macho, glaub ich.«

»Ja, Sie haben recht. Seine Chefin? Das wär doch toll. Sie wird seine Chefin. Am nächsten Tag steht er vor ihr. Er könnte auch als Buchprüfer in ihre Firma bestellt worden sein. Das wär überhaupt...«

»Buchprüfer ist toll. Da darf er sich nicht mit der Chefin gemein machen und hat trotzdem dauernd mit ihr zu tun. Buchprüfer ist Spitze.«

Aber Frau Kahlen hatte noch nicht alles Pulver verschossen: »Vielleicht fliegen sie auch beide am nächsten Tag irgendwohin?« schlug sie vor. »Mit derselben Maschine?«

»Hab ich auch schon überlegt. Aber ich hab eigentlich keine Lust, einen Film, der im Urlaub spielt, zu schreiben.«

»Ja, stimmt. Urlaub ist abgeschmackt. Wie wär's, wenn sie eine Journalistin ist und er der Fotograf? Sie werden einander am nächsten Tag, in der Redaktion vom Stern zum Beispiel, vorgestellt und sollen zusammen eine Reportage im Libanon machen. Oder in Afrika. Oder sonstwas in der Richtung. Hauptsache schöner Schauplatz.«

»Hmm, toll. Doch, das ist auch toll. Ich seh schon die Verwicklungen. Und da sie aufeinander angewiesen sind, müssen sie sich auch näherkommen während der Arbeit.«

»Denn selbstverständlich«, sagte Frau Kahlen grinsend und warf einen letzten Blick auf Rheintal und Vogesen, bevor sie sich zum Gehen wandte, »wie wir schon ahnen, können sich die zwei nicht leiden.«

Carl grinste auch. »Genau.«

»Eine gute alte Screwball-Komödie. Das könnte schön werden.«

Eine Weile gingen sie schweigend durch die Weinberge und Wiesen, bis er noch einmal einen Blick zur Seite warf und sah, daß dieses seltsame Lächeln schon wieder oder noch immer auf ihrem Gesicht lag.

»Würden Sie mir denn helfen bei der Geschichte?« fragte er. »Ich hab noch nie ein Drehbuch geschrieben.«

»Ja, gern, klar«, sagte sie. »Schreiben Sie los, und wir besprechen den Text, wann immer Sie wollen.«

»Und Sie versuchen, einen Regisseur zu finden?«

»Ja.«

Es war ein eigentümliches Gefühl für Carl, sich vorzustellen, daß Frau Kahlen und er sich über den Wortlaut eines Telefonsexdialogs unterhalten würden. Eigentümlich, aber nicht unangenehm. Dachte sie etwas Ähnliches? Kam daher etwa ihr süffisantes Lächeln? War es überhaupt süffisant?

»Das könnte vielleicht ein wenig indezent zugehen«, sagte er, nachdem er sich geräuspert hatte. »Ich meine, wenn wir obszöne Texte miteinander durchgehen.«

»Was für obszöne Texte denn?«

»Na Telefonsex. Da muß es doch zur Sache gehen. Die Worte sind ja schließlich alles, was man hat.«

»Sie haben doch nicht Angst, rot zu werden?«

»Doch.«

Sie lachte: »Das lassen wir wohl einfach auf uns zukommen.«

Mittlerweile saßen sie in einem Gartenlokal am Waldrand, schauten übers Rheintal und bestellten Kaffee. Dr. Kahlens Eleganz paßte seltsam gut in dieses ländliche Bild, aber Carl konnte sich nicht erklären, wieso. Es fiel ihm nur auf. Vielleicht, weil es eine schlichte Eleganz ist, dachte er, ohne Flitter und Glamour. Eine Eleganz, die sich mit dem Wesentlichen begnügt. Und er stellte fest, daß er ein Loblied auf ihren Stil gesungen hatte. Das heißt gedacht.

Sie merkten beide nicht, wie die Zeit verging, während sie redeten, entwarfen, verwarfen und mit Möglichkeiten spielten, als träfen sie sich nicht erst zum dritten Mal, sondern wären schon ein eingespieltes Team.

»Das macht Spaß mit Ihnen«, sagte sie irgendwann, und da fiel ihm erst auf, daß es allmählich Abend wurde und Zeit, sich wieder zu bewegen.

»Gehn wir?«

»Gern«, sagte sie und schlang die Arme um sich. »Ich krieg auch langsam Hunger. Wollen wir was essen gehen?«

»Ich koche, wenn Sie mögen.«

»Gut.«

Kurz vor dem Haus kam Carlotta miauend aus einem Gebüsch. Carl ging in die Hocke, um sie zu streicheln und sagte: »Darf ich Ihnen Carlotta vorstellen? Meine große Liebe?«

»Angenehm«, sagte Frau Kahlen und ging ebenfalls in die Hocke. »Stammt der Name aus ›Tote tragen keine Karos‹ von Rob Reiner oder aus ›Vertigo‹ von Hitchcock?«

Er stutzte: »Na aus beiden. Reiner spielt auf Hitchcock an.«

»Aha«, lachte sie. »Ein Lexikon.«

»Gut, daß Sie's erwähnen«, sagte er, »Tote tragen keine Karos ist von Carl Reiner. Sein Sohn Rob hat ›Harry und Sally‹ gedreht. Und ›Stand by me‹.«

Jetzt lachte sie laut: »Sind Sie scharf auf einen Beratervertrag oder bloß ein Pedant?«

»Beides«, er sah nicht zu ihr hin. »Beides.«

Sie waren wieder aufgestanden, und es tat ihm leid um den Blick auf ihre Beine, der jetzt wieder um die entscheidenden Zentimeter eingeschränkt und überdies nicht mehr unauffällig möglich war. Carlotta lief einige Meter vor ihnen her und sah sich immer wieder um.

»Sind Sie sicher, daß das eine Katze ist?« fragte Frau Kahlen. »Sie benimmt sich wie ein Hund.«

»Sagen Sie das nicht so laut, sie verachtet Hunde.«

»Aha. Eine Projektion. Ach übrigens, wenn sie Ihre große Liebe ist, was ist dann der Kater mit dem unmöglichen Namen? Fühlt er sich da nicht zurückgesetzt? Das ist nicht ganz gerecht, finde ich.«

»Er ist meine große Männerfreundschaft.«

Als Carl in seiner Tasche nach dem Schlüssel suchte, sah er, wie Carlotta sich an Frau Kahlens Beine schmiegte. Die ist wirklich ein Hammer, dachte er. Wieso muß die verheiratet sein und ein Kind haben? Schade. Die ist mir doch exakt aus den Rippen geschnitzt. Und schämte sich sofort für diesen selbstherrlichen Vergleich.

Also wenn der mir nicht bei jeder Gelegenheit zwischen die Beine linst, dann will ich nicht mehr Sabine heißen, dachte Sabine und erschrak beim Denken ihres Namens. Den durfte sie ihm auf keinen Fall verraten. Da käme er vielleicht auf komische Ideen. Aber wie heiße ich dann? Sybille? Susanne? Sandra? Susanne ist gut. Ich heiße Susanne.

Sie prüfte ihr Gesicht im Badezimmerspiegel, sah sich um und dachte, sauber ist es hier. Hat der eine Putzkolonne kommen lassen oder ist er Jungfrau? Ein Pedant, der seinen Staubsauger täglich durch die Wohnung hetzt und hinter jedem Fussel eine Verschwörung gegen seine Gesundheit sieht? Aber nein. Solche Leute haben keine Katzen. Für einen Alleinlebenden jedenfalls ist er bemerkenswert ordentlich. Sie prüfte die Klobrille, befand sie für annehmbar, sogar das, dachte sie und setzte sich. Hatte sie überhaupt die Tür abgeschlossen? Egal, der latschte bestimmt nicht einfach herein.

Maria Schneider im ›letzten Tango‹ kam ihr in den Sinn. Und Brando, vor dem sie sich ungeniert aufs Klo setzte. Dieses Badezimmer hatte keine Augen. Das ginge auch zu weit. Sie stand auf, ordnete die Kleider und wusch die Hände. Als sie die Tür öffnete, wehte ihr ein wohlbekannter Geruch um die Nase. Ach ja, dachte sie, alles klar. Das muß mein Schicksal sein. Olivenöl, Zwiebeln, Knoblauch. Ich wette, da stehen schon die Kapern bereit. Sie sah sich im Badezimmerspiegel grinsen.

»Mhm, das riecht gut«, sagte sie beim Betreten der Küche. Er schob mit der einen Hand die Zwiebeln im Öl hin und her, drehte mit der anderen den Wasserhahn auf, und sie war sich sicher, daß er jetzt gerade eine dritte Hand vermißte, mit der er die geschälten und kleingeschnittenen Tomaten in den Topf geben könnte. Daß Männer immer versuchten, mehrere Dinge gleichzeitig zu tun. Nacheinander ging es doch auch.

»Achtung«, sagte er und deutete mit dem Kochlöffel vor ihre Füße. »Kateralarm. Gefährlicher Slalomschmuser aus West-Nordwest.«

Sie senkte den Blick und sah den Kater, der wieder quer vor ihr stand und zu seinen extravaganten Zärtlichkeiten ansetzte.

Es läuft wunderbar, dachte sie, ich darf nur jetzt nicht schludern. Kein Blick, keine Anspielung, alles mit souveräner Distanz. Morgen zieh ich Hosen an. Er soll sich an den Anblick meiner Beine nicht gewöhnen. Lieber erinnern. Erinnerung verschönt die Dinge. Aber meine Stelzen haben das nicht nötig.

»Kann ich was helfen?« fragte sie.

»Nein. Ist alles programmiert. Die Kochmaschine läuft. Oder doch. Sie könnten mir ein Glas Wein einschenken, beziehungsweise erst mal die Flasche aufmachen, dort«, und er drehte den Kopf zu einer Reihe von Chiantiflaschen, an deren Etiketten sie sah, daß er sich auf ihren Besuch gefreut haben mußte. Diesen Wein trank er bestimmt nicht jeden Tag.

»Was gibt das denn?« fragte sie scheinheilig und deutete auf den Topf, in dem jetzt die Tomaten langsam zu einem Brei zerkochten, während er am Deckel des Kapernglases herummurkste.

»Spaghetti alla Puttanesca, aber ohne Sardellen.«

»Na so was. Das ist mein Lieblingsgericht.«

»Ist nicht wahr.«

»Doch.«

»Dann hab ich doch einen sechsten Sinn.«

Vielleicht noch viel mehr als du denkst, dachte sie. Einen noch viel sechsteren. Ich bin der schwarze Abgrund deiner geheimen Leidenschaften, und du ahnst es nicht, ich habe in die lichtlosen Tiefen deiner Seele geschaut, du bist mir ausgeliefert, und eines nicht so fernen Tages werde ich dich mit Haut und Haar und allem was...

»Also, Sie machen ein Gesicht manchmal, das heißt, Sie haben einen Ausdruck darin... ich glaube, bei Ihnen würde sich das Gedankenlesen lohnen.«

Sie lachte laut: »Das ist zum Glück eine vergessene Wissenschaft.«

»Hauptsache, es gefällt Ihnen hier.« Er wurde unvermittelt wieder schüchtern.

»Sehr.«

»Ich hätte Lust, zu schwimmen«, sagte sie nach dem Essen, »aber leider hab ich keinen Badeanzug mit.«

»Ich könnte Ihnen ein T-Shirt von mir leihen. Am Baggersee schwimmt man auch nackt. Ich dreh mich um, bis Sie im Wasser sind.«

»Das T-Shirt ist mir lieber.«

Auf der Fahrt schwiegen sie, denn das Wetter spendierte ihnen einen pompösen Abendhimmel. Gold, Grau, Rosa, Blau, Violett, Orange und Weiß in mehreren Schattierungen.

»Das ist unglaublich schön«, sagte sie einmal, als er nach Westen abbog und sie direkt in diesen Himmel hineinzufahren schienen.

»Für so was geben andere Leute viel Geld aus«, antwortete er, »und wir kriegen's geschenkt.«

»Verdienen wir vielleicht.«

Am See war fast niemand mehr, nur ein Pärchen und eine Gruppe von Leuten, die am Waldrand ein Lagerfeuer vorbereiteten.

Carl breitete das Handtuch aus und setzte sich an den Rand.

»Ich geh nicht mit rein«, sagte er, als sie sich das Kleid über den Kopf zog. »Ich bin ein bißchen wasserscheu. Mir ist es schon zu kalt zum Schwimmen.«

»Schade«, sagte sie.

Er schaute auf das Wasser hinaus und betrachtete den Bagger, der mit seinen Lichtern in der späten Dämmerung wie ein mechanisches Ungeheuer aussah, das sich langsam einen Weg über die Oberfläche fraß.

»Wenn Sie bitte mal kurz nicht hersehen würden«, sagte sie, und einen Augenblick später stupste ihn ihr Finger an der Schulter. »Das T-Shirt bräucht ich jetzt.«

Er fummelte das T-Shirt aus der Tasche und hielt es links hinter sich nach oben. »Hier.«

»Also, bis gleich«, sagte sie, und er durfte sie endlich wieder ansehen. Er hatte mit Bedacht nicht sein längstes T-Shirt aus dem Schrank geholt. Sie tauchte ein, schwamm los, und er legte sich auf den Rücken, um das eben gesehene Bild auf die farbige Folie des Himmels zu projizieren.

Eine Weile lag er so da, bis er fürchtete, den Anblick ihres Weges aus dem Wasser zu versäumen. Er richtete sich wieder auf und sah ihren Kopf sich dem Ufer nähern.

Na endlich guckt er wieder, dachte Sabine, das wird mir langsam zu kalt hier drin, und schwamm mit schnellen Zügen ans Ufer. Sie beeilte sich nicht für den Weg vom Wasser zum Handtuch, sagte aber kurz bevor sie angekommen war: »Jetzt könnten Sie dann wieder ein wenig wegsehen.«

Es war nicht genau auszumachen, ob er rot wurde, aber sie hätte jede Wette deswegen gehalten.

»Entschuldigen Sie«, sagte er betreten, »tut mir leid. Ich dachte, das gilt nur, wenn Sie nackt sind.«

»Na, ich bitte Sie. Ein nasses T-Shirt.«

Ihr Ton war belustigt. Sie wollte ihn nicht beschämen. Nur zeigen, daß sie wußte, was geschah.

»Alles in Ordnung, Sie dürfen sich wieder frei bewegen«, sagte sie, und er drehte den Kopf zu ihr hin. Sie war vollständig angezogen, und trotz der Dämmerung, die langsam alle Konturen verschlang, glaubte er zu sehen, daß ihr Strickkleid jetzt noch enger anlag. Sie streifte sich gerade noch den Slip von den Beinen, und er war sich nicht sicher, ob er etwas Dunkles in ihrem Schoß gesehen hatte, bevor das Kleid darüberfiel. Sie blieb stehen und wrang den Slip aus. Dann hielt sie ihm sein nasses T-Shirt hin und sagte: »Vielen Dank.«

»Sollen wir gehen?« fragte er, da sie keine Anstalten machte, sich zu setzen.

»Ja«, sagte sie. »Ist zu kalt zum Bleiben.«

»War's gut, das Schwimmen?«

»Ja, sehr.« Sie streckte sich, die Arme hinter dem Kopf verschränkt, so daß der Saum des Kleides ein paar Zentimeter höher rutschte und dort blieb, da ihre Haut noch ein wenig feucht war. »Das brauch ich einfach zum Glücklichsein.«

Er nahm das Handtuch, und sie gingen zum Wagen. Schade, daß sie neben ihm blieb. Zu wissen, daß sie nichts unter dem kurzen Kleid trug, machte ihn taumelig, wie betrunken. Er schloß die Beifahrertür zuerst auf, obwohl der Wagen eine Zentralverriegelung hatte.

»Oh«, sagte sie, »alte Schule.«

Die Farben am Himmel waren fast vollständig verschwunden, nur im Westen, hinter ihnen, leuchtete noch ein schmaler Streifen von Violett und Orange über den nunmehr schwarzen Hügeln des Kaiserstuhls. Einmal drehte sie sich danach um, und zwar so, daß ihre Beine in seine Richtung zeigten. Er versuchte, einen schnellen Blick in die atemberaubende Dunkelheit dazwischen zu schicken, richtete aber seine Aufmerksamkeit gleich wieder auf die Straße. Beschämt, mit kurzem Atem und einem Körper wie ein Sack voller Termiten.

Ich sollte damit aufhören, dachte sie, der fährt uns gleich in den Graben, aber sie hatte so diebisches Vergnügen daran, diesen gutmütigen Herrn mit Spannung aufzuladen, daß es ihr richtig schwerfiel, sich wieder umzudrehen, die Beine geschlossen von ihm wegzustrecken und das Kleid ein Stückchen nach vorne zu ziehen. Disziplin, sagte sie sich, noch will ich ihn nicht im Bett.

»Haben Sie einen Lieblingsfilm?« fragte sie, um ihn auf andere Gedanken zu bringen.

Er bog besorgniserregend schnell in die Bundesstraße ein und gab Geräusche von sich, die ihr zeigen sollten, daß er nachdachte.

»Ein paar, glaub ich«, sagte er dann, »die teilen sich den ersten Platz.«

»Welche?«

»›Sein oder Nichtsein‹ von Lubitsch, ›Das Fenster zum Hof‹, ›Vertigo‹ vielleicht auch, ›Butch Cassidy and the Sundance Kid‹ von George Roy Hill, ›Die Feuerzangenbowle‹, ›Local Hero‹...«

»Schon alle?« lachte sie, von der Liste beeindruckt.

»Nein, ich glaub nicht, nur alle, die ich sofort parat habe. ›Die Vorleserin‹ von Goretta zum Beispiel, der gehört auf jeden Fall noch dazu.«

»Miou-Miou«, murmelte Sabine und dachte, schon klar. Falls der Film erst kürzlich auf die Hitliste geklettert ist, dann bin ich daran nicht ganz unschuldig.

»Ja«, sagte er, »Miou-Miou ist toll. Und Sie? Ich meine, Ihre Lieblingsfilme.«

»›Vom Winde verweht‹ zum Beispiel«, sagte sie und verließ sich darauf, daß er ihr Grinsen nicht sah. ›Schiwago‹, ›Casablanca‹, warten Sie, mir fallen bestimmt

noch mehr ein. ›Der letzte Tango‹, ›1900‹, ›Der Leo-
pard‹.«

»Hm«, sagte er nachdenklich, »da klaffen wir doch
ganz schön auseinander. Obwohl, Bertolucci hat mich
auch umgehauen.«

Sie freute sich, daß er sich wunderte. Soweit sind
wir schon, dachte sie, daß er staunt, mit mir nicht einer Meinung zu sein.

»Mögen Sie was trinken?« fragte er beim Betreten
der Wohnung.

»Ja, gern noch mehr von diesem wunderbaren
Wein.«

Er strahlte.

Sie zog sich um und kam in Hosen und Pullover zu
ihm auf den kleinen Balkon. Für einen Herzinfarkt
oder Vergewaltigungsversuch wollte sie nicht verant-
wortlich sein. Es war schon vergnüglich genug gewesen, mitanzusehen, wie ihm die Haare zu Berge standen nur vom Gedanken, daß sie ohne Unterwäsche
neben ihm saß. Und bestimmt nicht nur die Haare.

Als sie eine Stunde später schlafengingen, kam sich
Sabine noch immer ein wenig gemein vor, denn er war
auch durch die züchtige Bekleidung nicht wesentlich
ruhiger geworden. Ihn so vollständig unter Kontrolle
zu haben, tat ihr auf einmal leid. Sie fühlte sich, als
nutze sie ihn aus. Stimmt ja auch, dachte sie, tu ich ja
auch, ich benutze ihn für, ja wofür eigentlich? Mein
Selbstwertgefühl? Hat Ralf mich so getroffen? Hoffentlich stimmte das nicht. Solche Macht über sie
stand ihm nicht mehr zu.

Aber nein, dachte sie, es ist alles ganz anders, ich bin

in ihn verliebt, ich möchte ihn verführen, das hat doch nichts mit Macht zu tun, wenn ich mich freue, daß er anspringt.

Sie knüllte sich das Kissen zurecht und dachte, wenn ich ehrlich bin, hat es doch was mit Macht zu tun. Natürlich. Aber wieso soll ich ehrlich sein? Ausgerechnet jetzt?

Carl hatte lange nicht einschlafen können. Erst als Ulbricht auf seinem Handgelenk Platz genommen und mit seinen beruhigend schnurrenden Atemzügen die Führung übernommen hatte, begannen die Gedanken langsamer zu rotieren. Aber noch im Halbschlaf sah er Frau Kahlen in seinem nassen T-Shirt aus dem Wasser kommen, hörte seine Brille an ihre Brille klicken, spürte die Wolle ihres Kleides an seiner Haut, roch ihr Parfüm und schmeckte den Geschmack, von dem er glaubte, ihre Lippen müßten ihn haben.

Er wachte morgens auf, weil er etwas rumpeln hörte, dann einen kleinen Schrei, und ihre Stimme, die sagte: »Ach du bist das, die Mädchenfalle. Wie viele hast du denn auf die Art schon umgebracht?«

Er drehte sich um, wollte noch ein wenig weiterschlafen, denn das Bad war jetzt erst einmal besetzt, als ihn eine innere Stimme mahnte. Das gehört sich nicht, sagte sie, dein Gast will Kaffee und einen gedeckten Frühstückstisch, wenn er frisch geschniegelt aus dem Badezimmer kommt.

»Haben Sie schon einen Titel für den Film?« fragte sie, als er die Eieruhr auf fünf Minuten stellte.

»Nein, irgendwas mit Telefon vielleicht.«

»Die Telefon-Nummer?«

»Aber nein, das klingt nach Alois Brummer. Bestenfalls nach einem schlechten Tatort.«

»Ein Anruf für Zimmer sechs?«

»Klingt nach ›Gepäckschein 666‹ oder ›Zimmer sechsunddreißig‹.«

»Nach irgendwas wird der Titel immer klingen. Schließlich gibt es schon ein paar Filme. Mein Ei darf übrigens auch vier Minuten haben.«

»Glibbrig?«

»Kein guter Titel für einen Film.«

»Nein. Ich meine doch das Ei.«

»Auch kein guter Titel.«

Er schüttelte den Kopf und dachte, wenn ich schlechte Laune habe, muß ich diese Frau meiden. Die kann auch Nerven kosten. »Hier.« Er legte ihr das Ei auf den Teller. »Dreieinhalb Minuten. Trinken Sie es bitte, wenn ich grad nicht hersehe.«

Sie grinste, nahm das Ei und schüttelte es neben ihrem Ohr. »Wie wär's mit ›Telefon für Zimmer neunundsechzig‹?«

Jetzt kostete sie ihn tatsächlich Nerven. »Ihre Vorschläge klingen allesamt nach Herrenwitz.«

»Au, da bringen Sie mich auf was: Wie finden Sie ›Spatz in der Hand‹?«

»Sie verarschen mich.«

»Ich hab gute Laune.«

5. Kapitel

Die Wärme, deretwegen die Menschen noch immer leichtbekleidet gingen, war nicht mehr sommerlich, sondern rührte von schon seit Tagen anhaltendem Fönwetter her. Nurmehr wenige grüne Blätter hingen an den Kastanienbäumen, die meisten waren gelb, manche ausgedörrt und braun und etliche schon vom abendlichen Wind aus dem Münstertal zu Boden geweht worden. In den Nächten knallten die letzten überreifen Kastanien auf die Dächer geparkter Autos, und nur selten sah man tagsüber Kinder sich nach den braunen Kugeln bücken.

Carlotta hatte Frühstück verlangt, indem sie ihre Pfote auf Carls geschlossene Lider tapste. Zwar hatte er versucht, sich noch schlafend zu stellen, aber als sie am Ende die Krallen zu Hilfe nahm, kapitulierte er. Es war Viertel nach sieben.

Im Hof sah er den Steuerberater seinem Wagen entsteigen, in die Hocke gehen und eine, zwei, drei Kastanien auflesen. Das war ein freundliches Bild. Wenn er nur nicht gleich wieder die Türen so knallt, dachte Carl und beobachtete, wie F. C. Wagner die Kastanien in seine Hosentasche packte. In dem steckte auch noch ein kleiner Junge. Und in mir? dachte Carl. Er zuckte die Schultern und ging wieder zu Bett. Erst gegen zehn Uhr, wenn die Post im Kasten läge, lohnte es sich aufzustehen.

157

Bibi hatte sich eingelebt. Ihre kleine, hübsch renovierte Dachwohnung war zwar viel zu teuer, aber der Ausblick so idyllisch und die Redaktion so nah, daß ihr das und die Ruhe mitten in der Stadt elfhundertachtzig Mark Kaltmiete wert war. Auch die Arbeit machte mittlerweile Spaß. Die Konzert- und Theatersaison hatte begonnen, und es gab daher fast jeden Abend irgendwo zu tun.

Ein paarmal hatte sie Carl Stowasser getroffen, immer zufällig, und nie hatte er Interesse gezeigt. Sie war ja selbst nicht scharf auf ihn, aber die Kränkung wegen seines damals so schlagartig nachlassenden Jagdeifers hatte sie noch nicht vergessen.

Eigentlich war sie ihm sogar zu Dank verpflichtet, denn seine Artikelidee hatte ihr Lorbeeren eingebracht. Zuerst hatte sie eine Freundin beim Stern angerufen, als die aber nach einigen Tagen abwinkte, sich kurzerhand an den Wiener gewandt. Dort bot man ihr an, die Sache auf der Basis einer freien Mitarbeit durchzuziehen. Ob es an der Sauregurkenzeit oder dem gesteigerten Interesse am Thema Ausländerfeindlichkeit lag, der Artikel schlug richtiggehend ein. Die Story von dem Schwarzen, der in vier von zehn Fällen von den Schaffnern wie ein Krimineller behandelt wurde, stand in der Badischen Zeitung und im Wiener, brachte ihr zwei Einladungen zu Talk-Shows und wurde in Auszügen nachgedruckt.

Beim Wiener hatte man ihr gesagt, sie solle sich melden, wenn sie wieder mal eine Idee habe. Herrn Stowasser, bei dem sie sich bedankte, hatte das alles nicht weiter interessiert. »Schön« hatte er gesagt, »ich freu mich, daß was draus geworden ist.« Das war alles gewesen. Irgendwie krieg ich dich noch dran, hatte sie gedacht, irgendeine Idee kommt mir noch. So einfach läßt man mich nicht links liegen.

Christian Brenner stöberte in einem Plattenladen in Bisbee-Arizona und fand tatsächlich die erste LP von Paul Winter Consort. Gebraucht, für zehn Dollar. Carl würde vor Freude im Viereck springen, wenn er sie auspackte.

Nach seinem Auftritt übermorgen im Goethe-Institut von Houston würde er noch für eine Woche nach Santa Fe fliegen und dann nach Hause. Er freute sich auf die Herbsttournee. Und ein bißchen auch auf Carl und dessen Katzen. Der hat so eine Ruhe, dachte er, um den ist eine Stimmung von Gelassenheit, die atme ich wie andere Leute Luft. Vielleicht konnte er ihn wieder zu einer kleinen Tourbegleitung überreden. Mit Carl war das Reisen schöner als allein.

Sabine hatte den ganzen Spätsommer mit Außendrehs verbracht. Von einem Schauplatz zum anderen war sie, teils der Meute voran und teils von ihr umgeben, gehetzt. Im Vergleich zu der doch eher gemächlichen Arbeit im Sender war das hier die reinste Hölle. Eine so bunte und mit ihren immer neuen Anforderungen vielfältige allerdings, daß es ihr nie in den Sinn kam, sich zurückzusehnen.

Aber jetzt brauchte sie Ruhe. Sie hatte sich kaum um Sina kümmern können, und Ralf war ohnehin nur noch ein Schatten am Rande ihres Lebens. Ein zuvorkommender und hilfsbereiter allerdings in den seltenen Momenten des Zusammenseins. Ganz zu schweigen von dem Ritter, mit dem sie seit Wochen nur flüchtige Notizen tauschte, und der offenbar mit Feuereifer an seinem Drehbuch saß. Spatz in der Hand. Sie mußte lächeln, wann immer sie diesen Titel dachte. Für sie stand fest, daß der Film so und nicht anders heißen würde. Falls jemals einer daraus werden sollte. Noch hatte sie mit niemandem darüber gesprochen.

In einer Woche begannen die Herbstferien. Und wenn sie mit Sina für zwei Wochen wegfliegen würde? Irgendwohin, wo es warm war, Meer gab und nur Sina und sie und Ruhe? Sie holte das Telefon aus dem Flur, nahm eine Zigarette und rief ihr Reisebüro an.

Eine halbe Stunde später hatte sie einen Flug nach Formentera, einen Pseudo-Hotelgutschein und die Zusage eines Tübinger Kinobesitzers, daß sie in seiner Villa dort wohnen konnte. Allein mit Sina, weil ihm gerade jemand abgesprungen war. Sie rief Ralf im Büro an.

»Ja bitte?« er war selbst am Apparat, weil er als einziger über die Mittagszeit arbeitete.

»Ralf?«

»Ja, wer ist denn da?«

»Kennst du meine Stimme nicht? Sabine. Wen hast du denn erwartet?«

Er verstummte zuerst, klang dann aber ehrlich erstaunt, als er sagte: »Da stimmt was nicht mit dem Telefon. Deine Stimme ist nicht zu erkennen. Es klingt, als rufst du aus einer riesigen Garage an. Ganz komisch.«

Er war einverstanden. Natürlich. Seit dem Sommer war er mit allem einverstanden, was sie wollte, tat oder sagte.

Als der Hörer wieder auflag, behielt sie den Apparat in der Hand und ging im Zimmer auf und ab. Wenn nicht einmal Ralf ihre Stimme erkannt hatte, konnte sie es dann nicht mal wagen, Herrn Stowasser anzurufen? Als Sabine? Sie hätte zu gern gewußt, wie er darauf reagierte.

Sie machte noch einen Test. Schließlich mußte sie sichergehen, daß es an ihrem Apparat lag und nicht an dem in Ralfs Büro. Sie rief Sybille an.

Im Briefkasten lag außer zwei Drucksachen, der Zeitung und dem Hörspielprogramm des Saarländischen Rundfunks auch eine Kastanie. Carl nahm sie und ließ sie in seiner Handfläche hin und her rollen. Er lächelte und schüttelte den Kopf. Am liebsten hätte er bei Wagner geklingelt und sich bedankt. Dafür hat er noch zwei Monate Türenknallen gut, dachte er und ging hinauf in die Wohnung.

Er frühstückte nur flüchtig und ließ sogar die Zeitung ungelesen liegen, um sich gleich wieder an das Drehbuch zu setzen. Seit fünf Wochen schrieb er nun daran, und je weiter es gedieh, desto mehr Ideen kamen ihm dazu. Die Arbeit tat seiner Figur gut. Da er nur noch aß, wenn ihm Kopfschmerzen oder Übelkeit drohten, hatte sein Bauch sich fast völlig verflüchtigt.

Anfangs hatte es so ausgesehen, als wolle ihm überhaupt nichts einfallen, denn Frau Kahlens Idee, daß auch die Frau sich nicht wirklich auf die Geschichte am Telefon einlassen sollte, machte alles viel weniger reizvoll. Es zerstörte all die schönen Bilder, die er seit Wochen in seinem Kopf durchgeblättert hatte. Er war wütend geworden, spazierengegangen, hatte sich betrunken und mehrmals das Ganze vergessen wollen, bis ihm klar wurde, daß durch Frau Kahlens Idee die Worte erst recht wirken würden. Wenn beide nichts taten, nur redeten als ob, dann war es voll und ganz am Dialog, trotzdem erotische Spannung zu erzeugen.

Er hatte mit diesem Dialog angefangen und ihn geschliffen und gedrechselt, bis er ihn mit geschlossenen Augen aufsagen konnte.

Eben wollte er seine Arbeit unterbrechen, um sich einen Kaffee zu machen, da klingelte das Telefon.

»Stowasser?«

»Hallo, ich bin's.«

Er verschluckte einen halben Liter Luft und fragte vorsichtig: »Bibi?«

»Nein. Sabine. Aus München. Erinnern Sie sich nicht?«

»Doch.« Er mußte sich räuspern und noch einmal sagen: »Doch.«

»Wer ist Bibi?«

»Niemand. Niemand von Bedeutung. Eine Art Kollegin.«

»Ich will Sie nicht verhören«, Sabine lachte, »aber ich hätte gehofft, einen etwas bleibenderen Eindruck auf Sie gemacht zu haben.«

Er versuchte immer noch, sich zu fassen und achtete darauf, daß er regelmäßig atmete: »Bleibend ist nicht steigerbar. Bleibend, bleibender, am bleibendsten, das geht nicht.«

Sie lachte: »Ich dachte, Sie sind Menschenhändler und nicht Besserwisser.«

»Wo haben Sie denn bloß meine Nummer her? Und meinen Namen?«

»Tja, da sehen Sie mal, was Lügen nützt. Das war nicht schwer. Ich mußte mich nur mit dem richtigen Hotelangestellten ein wenig anfreunden. Das ist nicht ganz der Datenschutz, den man sich wünscht, aber was soll's.«

»Sind Sie wieder in München?«

»Ja. Und wieder im Vier-Jahreszeiten. Und ich hab seit heut morgen an Sie gedacht.«

»Ich habe oft an Sie gedacht. Sie sind ein richtiges Märchen geworden für mich.«

»Ein Märchen?«

»Ist vielleicht nicht das richtige Wort, aber mir fällt kein richtigeres ein im Moment.«

»Richtigeres? Ist richtig etwa steigerbar?«

Er schluckte wieder, mußte aber lächeln. »Sie sind es, das steht fest. Wenn ich vorher Zweifel gehabt hätte, jetzt wären sie ausgeräumt.«

»Zweifel?«

»Ihre Stimme klingt seltsam. Als sprächen Sie aus einem Flugzeughangar.«

»Mhm. Muß mich gleich bei der Rezeption beschweren.«

»Warum rufen Sie mich an?«

»Ich wollte Ihre Stimme wieder hören.«

»Sonst nichts?«

»Und Sie?«

»Ich... nein... bitte seien Sie nicht verletzt, ich möchte das nicht wiederholen. Auf keinen Fall.«

»Das Märchen?«

»Ja.«

»Warum nicht?«

»Sind Sie verletzt?«

»Das würde ich Ihnen nicht verraten. Warum wollen Sie nicht mehr?«

»Hmm... es... warten Sie, ich muß es richtig sagen...«

»Sagen Sie es einfach nur. Egal ob richtiger oder falscher.«

»Ich bin verliebt.«

»In Bibi? Die Frau mit dem urologischen Namen?«

»Aber nein«, er mußte lachen, obwohl er am liebsten seine Fingernägel abgebissen hätte, »nein, in jemanden, mit dem ich zusammenarbeite.«

»Einer Art Kollegin, wie Fräulein Langstrumpf?«

»Nein. Keineswegs, aber hören Sie, wieso wollen Sie das denn wissen?«

»Sie waren auch eine Art Märchen für mich. Es ist ein Verlust, wenn Sie nicht mehr von mir träumen.«

»Habe ich das denn?«

»Was?«

»Von Ihnen geträumt.«

»Die Frage müssen Sie selbst beantworten. Ich hoffte, Sie hätten.«

»Sie haben recht. Ich habe von Ihnen geträumt. Aber jetzt träume ich von jemand anderem.«

»Schade. Dann werden Sie also jetzt nicht mehr nach München fahren, eine Rezeptionistin betören und versuchen, meine Adresse herauszubekommen.«

»Nein, das werde ich nicht tun. Es käme mir vor wie Untreue.«

»Wie ist sie?«

»Toll.«

»Und? Kriegen Sie sie? Oder haben Sie sie schon?«

»Nein. Ich hab keine Chance. Sie ist verheiratet, hat

ein Kind und denkt nicht im Traum daran, mit mir was anzufangen.«

»Woher wissen Sie das?«

»Das spürt man.«

»Soso.«

»...«

»Und von mir wollen Sie nicht auf andere Gedanken gebracht werden?«

»Nicht auf die, die Sie meinen.«

Die blecherne Stimme am anderen Ende der Leitung seufzte: »Schade. Ich wäre gern noch eine Zeitlang ein Märchen für Sie gewesen. Ein Traum in Ihren einsamen Nächten. Aber wenn Sie schon den nächsten Traum träumen, was soll man da machen.«

»Tja«, sagte er, »ich danke Ihnen jedenfalls noch mal.«

»Wofür?«

»Na, wofür wohl. Für das Bevölkern meiner Träume.«

»Machen Sie's gut, Herr Wagner-Stowasser, ich werde manchmal einen Seufzer für Sie übrig haben. Ich rufe nicht mehr an.«

»Machen Sie's auch gut, Sabine. Sie sind eine Klassefrau.«

»Und Sie verschmähen mich. Wenn Sie sich das leisten können, müssen Sie auch ein Klassemann sein. Oder ein begnadeter Dummkopf. Tschüß.«

Sabines nächster Anruf galt der Störungsstelle. Dort versprach man ihr, den Schaden, der nur ein Schaltfehler sein könne, umgehend zu beheben. Trotzdem beschloß sie, zur Sicherheit in den nächsten Stunden nicht ans Telefon zu gehen. Wenn ausgerechnet jetzt Stowasser anriefe. Sie schüttelte sich bei dem Gedanken.

»Servus Mami«, rief es aus dem Flur, und gleich darauf rumpelte die Schultasche auf den Boden. Sabine ging hinaus und sammelte die Schuhe ein, die Sina ungezielt von den Füßen schleuderte, nahm die Jacke und die Tasche und versuchte, so bepackt, ein vorwurfsvolles Gesicht zu machen, was ihr, wie immer, nicht gelang.

»Sina. Das ist nicht damenhaft. Du ziehst deine Sachen aus wie ein Rabauke.«

»Ach Mami«, sagte Sina in verzeihendem Ton, »wer will denn eine Dame sein?«

»Ich will jedenfalls nicht der Butler sein.«

»Die Zofe, Mami. Eine Dame hat eine Zofe.«

»Immerhin wolltest du vor kurzem noch einen Busen haben. Da mußt du dich mal langsam aufs Erwachsenwerden einstellen.«

»Ich hab aber noch keinen.«

Hätte Sina nicht so frech und breit gelacht, dann wäre Sabines Laune ernstlich in Gefahr geraten. So verstaute sie nur die Sachen ihrer Tochter und fragte nebenbei: »Gehst du mit mir in Urlaub?«

»Nur wir zwei?«

»Nur wir zwei.«

»Keine Typen?«

»Ehrenwort.«

»Hurra!« schrie Sina und tanzte ihren Pipi Langstrumpf-Tanz durchs Wohnzimmer in die Küche. »Und was ist mit Papa?«

»Muß arbeiten«, rief Sabine hinterher.

Sina stand wieder in der Tür zum Flur. »Aber wenn er Zeit gehabt hätte, würdest du ihn trotzdem nicht mithaben wollen, stimmt's?«

»Hmm.«

Sina sah sie an. »Hauptsache, du läßt ihn nicht sitzen.«

»Na hör mal«, wollte Sabine aufbrausen, aber sie schluckte und sagte nur: »Ist ja nicht so, ich laß ihn ja nicht sitzen«, denn ihr kam zu Bewußtsein, daß unter Sinas altkluger Fassade ganz einfach ein Kind war, das Angst hatte, seine Welt könnte in die Brüche gehen. »Komm, wir essen was.«

Am Nachmittag bummelte Sabine durch die Stadt, kaufte einen Badeanzug für sich und einen, der Sina gefallen würde. Später spazierte sie durch den Englischen Garten, denn sie wollte nachdenken, und das gelang ihr im Gehen am besten.

Ich rufe ihn jetzt besser nicht an, dachte sie, aber wie krieg ich ihn nach Formentera? Sie wollte Sina nicht betrügen, ihr Versprechen, daß keine Typen da sein würden nicht brechen, aber einfach eine Woche dranzuhängen, das war kein Problem. Ihre Tochter konnte sie in den Flieger nach München setzen und dann mit Herrn Stowasser konzentriert am Drehbuch arbeiten. Am Drehbuch arbeiten, haha, dachte sie. Obwohl, es stimmt doch. Das Drehbuch und unsere Geschichte sind eins. Bin gespannt, ob er den mysteriösen Anruf auch eingebaut hat.

Sie verließ den Park mit schnellen Schritten und winkte einem Taxi. Sie mußte ihm unbedingt schreiben. Der Brief mußte noch heute per Eilboten raus.

»Stowasser?«

»Hallo.«

»Wer ist da bitte?«

»…«

»Sabine?«

Bibi legte erschreckt auf. Woher wußte der ihren Namen? Wieso war der gleich auf sie gekommen? Sie hatte doch extra die Stimme verstellt.

Vielleicht war es doch keine so gute Idee gewesen, ihn nachts um halb zwölf anzurufen. Nein, es war sogar ganz sicher keine gute Idee. Verdammt. Den letzten Whisky hätte sie nicht trinken sollen. Oder sich dann keine spontanen Entschlüsse mehr gestatten. Hin und her hatte sie überlegt, wie dem arroganten Herrn eins auszuwischen sei, aber nichts war ihr eingefallen. Da erinnerte sie sich plötzlich an eine Geschichte, die ihr vor Jahren passiert war.

Damals hatte sie während der Semesterferien im Sheraton gearbeitet, und ein biederer Geschäftsmann war zudringlich geworden. Dreimal rief er den Zimmerservice an, und sie mußte gehen, weil sie alleine Nachtdienst hatte. Jedesmal ließ sie ihn abblitzen, und jedesmal wurde er klebriger. Am Ende bot er ihr Geld an. Bei seinem vierten Anruf weigerte sie sich, ihm noch irgendwas zu bringen, worauf er seine Avancen telefonisch fortsetzte. Schließlich nahm sie den Hörer nicht mehr ab.

Ihre Proteste bei der Geschäftsleitung brachten ihr nichts weiter ein als eine Rüge und die Versetzung in die Putzkolonne. Dadurch fand sie zufällig im Papierkorb des Herrn ein Pornomagazin, das sie einsteckte, um es zu Hause in Ruhe zu studieren.

Sie zog vorsichtig zwei zusammengeklebte Seiten auseinander, auf denen eine Yvonne großzügig ihre Öffnungen feilbot. Das brachte sie auf eine Idee. Den Namen des Mannes herauszufinden war einfach, das Belegungsbuch war leicht einzusehen, wenn gerade mal niemand an der Rezeption war.

Noch am selben Abend rief sie den sauberen Herrn zu Hause an und meldete sich als Yvonne. Die von Seite achtzehn. Die Rasierte mit den weißen Strapsen. Es war phantastisch. Sie warf dem völlig verdutzten und sehr kleinlauten Mann vor, er habe sie in der letzten Nacht bekleckert, sagte, so ginge das ja auch nicht, und wie er sich das denke, und sie habe ja schließlich auch eine Seele, und wenn er so was noch mal mache, dann sage sie es seiner Frau. Sie konnte heute noch lachen über sein entsetztes Gestammel.

Mit dem Telefon ließ sich einiges anfangen. Wenn man's richtig anfing.

Aber wieso hatte sie Stowasser angerufen? Es war doch klar, daß der ihre Stimme kannte. Sie mußte völlig blöd geworden sein. Blöd und blau, dachte sie, das paßt. Aber ihr Name? Wieso wußte der ihren Namen? Den hatte sie ihm nie genannt. Ach, sollte ihr doch gestohlen bleiben, der schimmlige Glatzkopf mit seinen Steifftieraugen. War doch gar nicht die Mühe wert.

Carl stellte einen Blumenstrauß auf Christians Küchentisch und daneben eine Flasche Wein. Guten Chianti, den er noch von Frau Kahlens Besuch übrig hatte. Die Post gruppierte er in sauberen Stapeln drumherum. Heute oder morgen sollte Christian aus Amerika zurückkommen, genau wußte Carl es nicht mehr, weil der Nebel, in dem er seit einigen Wochen lebte, solche Nebensächlichkeiten verwischte. Na, bis morgen würde der Strauß nicht verwelkt sein.

In der Post lag nur ein Päckchen. Das trug allerdings als Absender die Adresse der Produktionsfirma, bei der Frau Kahlen arbeitete, und so riß Carl es noch im Treppenhaus auf. Zwei kleinere, in hübsches Geschenkpapier eingeschlagene Päckchen kamen zum Vorschein und ein Brief in einem extra Umschlag. Auf dem einen Päckchen stand in Frau Kahlens Handschrift Carlotta Stowasser und auf dem anderen Ulbricht Stowasser.

Lieber Herr Stowasser, stand in dem Brief, *wenn Sie mit dem Drehbuch schon so weit vorangekommen sind, daß es Sinn macht, darüber zu sprechen, dann hätte ich eine hübsche Idee, wo wir das tun könnten, ohne von Telefonen und anderen Störfaktoren rausgebracht zu werden. Für die erste Oktoberwoche habe ich ein Haus auf Formentera, das nicht nur bescheideneren Ansprüchen genügt, und wenn Sie Zeit haben, spendiert Ihnen die Firma den Flug, da es mir gelungen ist, hier ernsthaftes Interesse an Ihrem Buch zu wecken. Ich bin gespannt, was aus unserer Geschichte geworden ist und würde mich freuen, Sie bei dieser Gelegenheit mal wieder ausführlich zu sehen. Ich denke noch immer gern an den Abend bei Ihnen und Ihren liebenswürdigen Katzen zurück, denen ich gern mit dem anliegenden kleinen Bestechungsangebot eventuelle Proteste gegen das einwöchige Alleinsein abkaufen würde. Hoffentlich sind die beiden so korrupt. Bitte geben Sie im Büro Bescheid, ich selber werde in den nächsten Tagen kaum zu erreichen sein.*

170

Machen Sie mit Herrn Hölscher alles wegen des Flug-
tickets klar. Er weiß Bescheid. Bis hoffentlich bald,
Ihre S. Kahlen. P.S. Bitte fühlen Sie sich nicht von mir
einbestellt, es liegt an der Hektik hier, daß ich so ver-
fahre. Ich würde mich jedenfalls freuen, wenn Sie
könnten.

In den Päckchen lag je eine Dose Edelfutter für verwöhnte Katzen, das Carl den beiden mit gemischten
Gefühlen hinstellte. Wenn sie nun nichts anderes
mehr wollten? Aber das Geschenk von Frau Kahlen
konnte er ihnen auch nicht einfach vorenthalten. Das
wäre nicht fair.

Er mußte nicht erst in seinem Terminkalender blättern, um zu wissen, daß er Zeit hatte. Er rief in München an und verlangte Herrn Hölscher.

Seit dem erneuten Anruf hatte er nur noch gearbeitet.
Kein Kino, keine Freunde, keine Kneipe, nichts hatte
er zwischen sich und das Buch kommen lassen, so
sehr war er auf einmal beflügelt gewesen von dem Gefühl, in Frau Kahlen verliebt zu sein. Erst nach seinem
Geständnis gegenüber der Fata Morgana war es ihm
bewußt geworden. Er hatte wie automatisch geredet
und über die eigenen Worte gestaunt.

Seltsam, daß sie dann noch einmal angerufen hatte.
Und gleich wieder aufgelegt. So wie er sie sich vorstellte, paßte das nicht zu ihr. In München hatte sie
den Eindruck gemacht, als hielte sie ihr Wort. Egal,
war ja ganz egal. Mit der Telefonstimme war sozusagen Schluß.

Aber auf Frau Kahlen brauchte er sich keine Hoffnungen zu machen. Wie war eigentlich ihr Vorname?

S. Kahlen. Ich lach mich tot, wenn sie auch Sabine heißt, dachte er, dann lach ich mich laut und deutlich tot. Die Taube auf dem Dach, das war sie. Unerreichbar. Für ihn und seinesgleichen jedenfalls. Seit sie ihm den Titel ›Spatz in der Hand‹ vorgeschlagen hatte, ging ihm dieser Gegensatz nicht mehr aus dem Kopf. Ich habe nicht mal einen Spatz in der Hand, dachte er, keinen Ersatz für die Taube auf dem Dach. Oder höchstens einen akustischen. Und dem hab ich auch selber noch den Laufpaß gegeben.

Was das wohl für eine Dame war? Die ihm freimütig gestanden hatte, daß auch er ein Märchen für sie sei? Daß es ihr gefiel, wenn er von ihr träumte? Eine mutige jedenfalls, das stand fest. Eine ganz besondere Frau. Na ja, auch kein Spatz, dachte er, und schon gar nicht einer, den ich in der Hand hielte. Nur eine andere Taube auf einem anderen Dach.

Aber das Bild, das er sich vor Wochen von ihr gemacht hatte, war blaß und der Klang ihrer Stimme schon verstummt. Frau Kahlen stand vor ihr und überragte sie, Frau Kahlens Bild war präsent, und ihre Stimme lachte alle paar Stunden in seinem Kopf, fast wie die Digitaluhr in ›Local Hero‹, als gäbe sie ihm ein Signal damit, daß er wieder an sie denken sollte. Oder von ihr träumen. Nur träumen.

Nachts, kurz vor dem Einschlafen, mußte er auf einmal laut lachen, als er feststellte, daß er, die Hand zwischen den Beinen, an Frau Kahlen gedacht hatte. Den Spatz in der Hand *und* die Taube auf dem Dach. Das war das Optimale. Unter den gegebenen Umständen jedenfalls.

Der Blumenstrauß war doch verwelkt, als Christian drei Tage später nach Hause kam, und Carl sprang tatsächlich vor Freude fast in die Luft. Zuerst legte Christian die Paul Winter Platte auf den Tisch, dann ein englisches Video mit Steelyard Blues und dann noch einen Katzenkrimi auf amerikanisch.

Als Carl sich bedankte und gleich in dem Buch blätterte, sagte Christian: »Das ist nicht für dich. Das ist zum Vorlesen. Für dich ist die Platte und der Film.«

Dann holte er noch zwei einzeln verpackte Stäbchen aus der Tasche, eine Art Hundekuchen für Katzen, die sie beide begeistert verschlangen.

»Der Weg zu meinem Herzen führt über meine Lieben«, sagte Carl. »Das hast du gut gemacht. Aber der Aufwand muß nicht sein, ich kann dich so schon leiden.«

»Als ob's um dich ginge«, sagte Christian und deutete auf Carlotta, die in seinen Schoß gesprungen war, wo sie sich zusammenringelte und lässig mit der Pfote ihr Gesicht putzte.

»Schön, daß du wieder da bist.« Carl beugte sich hinüber, um Christian auf den Oberarm zu küssen. »Wie war's in USA?«

»Doch«, sagte Christian, »wieder schön.«

Hierbei mußte er sich bewegt haben, denn Carlotta brummte ungehalten, worauf er sich bei ihr entschuldigte und versprach, von jetzt an stillzusitzen. »Damit Gnä' Frau's Schlummer nicht wieder gestört wird.«

Je näher der Abflug rückte, desto unsicherer wurde Carl, ob das mittlerweile fertig geschriebene Drehbuch etwas taugte. Frau Kahlens Brief hatte er seither wohl dreißig- bis vierzigmal gelesen, und je öfter er ihn sich auswendig vorsprach, desto mehr glaubte er darin ein Angebot gefunden zu haben. Ein persönliches. Sätze wie »Ich bin gespannt, was aus unserer Geschichte geworden ist« oder »Ich denke noch immer gern an den Abend bei Ihnen und Ihren liebenswürdigen Katzen zurück« schrieb man doch nicht, wenn man rein geschäftlich mit jemandem verkehrte. Oder doch? Und was besagte der Satz mit den Telefonen und anderen Störfaktoren? Wenn er den las oder sprach, wurde ihm jedesmal ganz silbrig hinter den Augen. Immer wieder sagte er sich, die will nichts von mir, außer einem Drehbuch vielleicht, aber dann schalt er sich selber einen Schlappschwanz, der schon vor der Herausforderung aufgibt. Eine ganze Woche alleine am Meer. Wenn das keine Chance war, was dann?

Er überlegte lange, ob er das Drehbuch noch einmal umschreiben sollte. Wenn er ein paar Nächte dranhinge, wäre es noch zu schaffen. Das ganze Buch könnte eine einzige Liebeserklärung an sie werden. Wenn er es richtig anfinge. Er brauchte nur sie und sich zu den Hauptpersonen zu machen. Anstatt der Journalistin und des Fotografen konnte er doch einfach eine Filmproduzentin und einen Drehbuchautor einsetzen. Der Frau dunkle Haare und lange Beine verpassen, dem Mann eine Glatze und zwei Katzen. Wieso nicht? Und anstatt der ganzen Recherchen über einen Bauskandal auf Elba, den er dem Libanon vorgezogen hatte, weil ihm das zu spekulativ erschienen war, konnte er doch die beiden an einem Drehbuch arbeiten lassen? Einem Drehbuch über Telefonsex, das der Autor ihr vorlegte, ohne zu ahnen, daß sie dabei seine Partnerin gewesen war. Das war doch wunderbar verzwickt. Am Ende würde sie sich dadurch verraten, daß sie seine Dialoge so lange korrigierte, bis das exakte Original, also das, was sie beide wirklich am Telefon gesagt hatten, dastünde, und daran würde er sie erkennen.

Aber war das wirklich wunderbar? Einen Film über einen Film, zwei Leute, die ein Drehbuch schreiben, das wollte doch kein Mensch sehen. Geschweige denn produzieren. Und konnte er überhaupt damit rechnen, daß sie den ganzen Entwurf als Liebeserklärung ansehen würde? Sie könnte ja auch stocksauer sein, wenn er jemanden wie sie Obszönitäten ins Telefon stöhnen ließ. Es ging nicht. Unmöglich. Frau Kahlen war eine Dame. Sie würde nach den ersten fünf Seiten aufstehen und sagen »Dort ist die Tür.«

Nein. Es blieb bei den beiden Journalisten und dem Bauskandal. Die Journalistin war blond, der Fotograf ein schöner Mann und die Küsten von Elba sehr dekorativ. Außerdem hätte er Szenen, die ihm liebgeworden waren, opfern müssen. Zum Beispiel die, in der die Journalistin mit dem korrupten Anwalt anbändelt, um etwas aus ihm herauszubekommen, und daran merkt der Fotograf, daß er sich in sie verliebt hat. Oder die, in der ein Herr Stallmeister anruft und nach der Journalistin verlangt, und dem Fotografen, der den Hörer abgenommen hat, beginnt es langsam zu dämmern. Stallmeister, den Namen hat er doch schon mal gehört.

Nein, das mit der Liebeserklärung war unmöglich. Schade.

6. Kapitel

»Sinchen, komm essen«, rief Sabine von der Terrasse. Sie war, wie immer, ein wenig nervös, wenn Sina am Wasser spielte. Zwar hatte sie versprochen, nicht alleine zu schwimmen, aber ob sie das auch hielt? Sabine wollte nicht schnüffeln, warf aber doch alle paar Minuten besorgte Blicke aus dem Fenster, denn die Klippen waren scharf und der Strand an diesem Abschnitt völlig menschenleer. Die Touristen tummelten sich im Süden der Insel, wo eine Bar neben der anderen stand und der Sandstrand weich und bequem war. Hier im Norden konnte man ungestört ertrinken.

Sie waren jetzt schon zehn Tage hier, und zum Glück war es Sina nicht langweilig geworden. Sie sammelte Muscheln, las, fuhr mit dem Rad durch die Macchia und legte am Strand kleine Teiche an, von denen die meisten am nächsten Morgen wieder der Flut zum Opfer gefallen waren.

Sie schwammen oft gemeinsam, sonnten sich auf der Terrasse und führten Gespräche von Frau zu Frau. Es war schön. Es fehlte nichts. Fast nichts.

Sina kam den Weg herauf geschlendert, häufte einen frisch gesammelten Muschelberg auf den Tisch und schnupperte wie ein Kaninchen. »Schon wieder Spaghetti mit Kapern?«

»Ich denke, das magst du?«

»Falsch gedacht, Mami. Aber ich eß es«, sagte Sina

176

gnädig und versteckte die staubigen Hände unterm Tisch.

Sabine deutete nur wortlos in Richtung Bad.

Stöhnend stand Sina auf, schlenkerte die Hände durch die Luft und sagte: »Du hättest auch Unteroffizier werden können.«

»Rrreeeechts um!« brüllte Sabine, so laut es ging, aber das war zum Glück nicht besonders laut.

Sina drehte sich wirklich auf den Absätzen um und ging schnurstracks direkt in ein Regal mit Porzellan, Küchengerät und Gemüse.

Noch beim Abwasch lachten sie und gaben sich Befehle.

Zwei Tage vor dem Abflug kaufte sich Carl eine neue Badehose und suchte sein schönstes Hotelhandtuch heraus. München-Hilton stand darauf in großen Lettern eingewebt. Er dachte darüber nach, ob er zum Friseur gehen sollte, aber die Gefahr, nachher wie ein Designer auszusehen, war ihm zu groß. Mit Glatze hatte man nur noch wenig Auswahl. Mit einem so weichen Gesicht wie seinem jedenfalls. Wenn doch nur schon seine Schläfen richtig grau wären. Nicht so scheckig und angestaubt wie jetzt.

Renate wollte wieder nach den Katzen sehen, Arbeit gab es keine mehr bis etwa Mitte Oktober, und Christian war schon wieder auf Tournee. Es war völlig in Ordnung, jetzt wegzufliegen. Außer für Carlotta und Ulbricht. Aber die wurden diesmal ausnahmsweise nicht gefragt.

Einen Tag vor dem Abflug stand ein halbseitiger Artikel über Christian in der Zeitung. Sehr lobend und wohlwollend und überdies gut geschrieben. Unter dem Text stand das Kürzel B. D.

Carl riß die Seite heraus und legte sie auf Christians Tisch. Damit der gleich was zum Freuen hatte, wenn er heimkam.

Am Bahnhof in Frankfurt sprach ihn derselbe junge Mann wie damals auf der Fahrt nach St. Gallen an. Er hatte noch denselben Polizeibericht in der Hand, dieselbe Wunde am Unterarm und erzählte dieselbe Geschichte.

»Die Nummer hast du mir schon vor zwei Monaten vorgespielt«, sagte Carl. »Änderst du den Text nie?«

»Doch«, der Junge knöpfte sein Hemd auf, »wenn es nötig ist.«

Die Brust war übersät mit Wunden, von denen einige verschorft waren, andere blutig und wieder andere nur dunkel und wäßrig wie Brandmale. »Ich hab Aids, zufrieden?«

Carl zog entsetzt seinen Geldbeutel heraus, nahm einen Schein, diesmal einen Zwanziger und hielt ihn dem Jungen schweigend hin, ohne ihn anzusehen. Geht das schon wieder los mit der Wirklichkeitskur, dachte er beschämt. Ich hab keine Ahnung, ich seh nicht in die Welt von dieser Wolke aus, auf der ich lebe.

Erst lange nach dem Abheben von der Rollbahn hatte er wieder Augen für die Schönheit außerhalb des Flugzeugfensters.

Als ihre Tochter von der Treppe zum Flugzeug aus winkte, bekam Sabine feuchte Augen. Stürz nicht ab, mein Kind, dachte sie, stürz mir bloß nicht ab. Sie hatte nun doch ein schlechtes Gewissen, weil sie Sina alleine fliegen ließ. Der große braune Duty-free-Bär auf dessen Pfote das Kasperlekrokodil steckte, war das letzte, was sie sah. Das Krokodil hatte sich noch einmal nach ihr umgedreht.

Sie hatte noch zwei Stunden Zeit und fuhr mit dem Taxi in die Stadt, schlenderte umher und amüsierte sich über das angeberische Gedröhne der Geländewagen. Wie in München, dachte sie, gottlob ist Formentera anders.

Er kam durch die Sperre in einem braun-schwarz karierten Jackett, das sie noch nie an ihm gesehen hatte. Auch die Jeans und sein Polohemd machten einen neuen Eindruck. Hat sich eingekleidet, dachte sie, nett.

Sie hatte sich das nicht vorgenommen, aber als er lächelnd vor ihr stand, nahm sie ihn in die Arme und küßte ihn auf beide Wangen. Es piekste nicht. Und sein Aftershave roch gut. Sehr gut sogar. »Schön, daß Sie da sind«, sagte sie und hakte sich bis zum Taxistand bei ihm unter.

Auf der Fähre standen sie oben an der Reling. Sie vermieden es, einander anzusehen, denn die spontanen Küsse zur Begrüßung hatten beide ein wenig verlegen gemacht.

»Das ist vielleicht schön hier«, sagte er versonnen, »fast noch schöner als mein Städtchen.«

»Ach, ist das schon Ihres?« lachte sie, »Haben Sie's gekauft?«

»Ich arbeite noch dran.«

Später, als er neben ihr in dem weißen Kübelwagen saß und sich mit dieser ihr wohlbekannten Geste über die Glatze strich, sagte sie: »Sie werden eine Kopfbedeckung brauchen, sonst sind Sie morgen abend schon verbrannt.«

»Ja«, sagte er, »Haare wären gut.«

»Haare finden wir hier sicher nicht. Tut's auch eine Mütze?«

»Kommt drauf an«, sagte er, »kommt sehr drauf an.«

»Sind Sie so wählerisch?«

»Ja.«

Sie lachte wieder: »Ich glaube, die Alternative heißt hier Sonnenbrand oder Kompromiß, ich fürchte, Sie werden zurückstecken müssen.«

»Ich werd's versuchen«, sagte er. »Es ist nur so, daß jede Kopfbedeckung irgendwas bedeutet.«

»Was kann denn eine Mütze groß bedeuten?«

»Oh, eine Menge. Eine ganze Menge.«

Sie bog in die Einfahrt zum Haus ein und stellte den Wagen neben der Garage ab. »Sie meinen, Borsalino oder Baskenmütze heißt Künstler, Wollmütze Dorfdepp, Ledermütze Disco und Anglerhut Spießer mit Hund?«

»Aber exakt«, lachte er, »ganz genau. Ich hätt's nicht besser ausdrücken können.«

»Warum suchen Sie keine Schlägermütze?«

»Weil die Schlägermütze unter den Kopfbedeckungen dasselbe ist wie Saab oder Volvo unter den Autos. Imagefrei. Wenn ich die trage, weiß jeder, daß ich kein Image haben will.«

180

»Ich weiß es jetzt auch schon so, und viel mehr Leute als mich werden Sie hier nicht zu sehen bekommen.«

»Da haben Sie auch wieder recht«, sagte er und zog seine Tasche vom Rücksitz. »Eine Schlägermütze kommt her. Hoffentlich gibt es noch andere, als die, die Belmondo in ›Außer Atem‹ trägt.«

»Finden wir.« Sie ging ihm voraus.

»Das ist ja unglaublich«, sagte er, als sie das Haus betraten, »eine richtige Villa. Jetzt versteh ich, was Sie mit ›genügt auch höheren Ansprüchen‹ gemeint haben. Das ist ja was für Ölscheichs.«

»Und Filmleute«, sagte sie. »Kaffee?«

»Gern.«

Er konnte sich gar nicht sattsehen an dem exquisiten Haus, dem Strand fast direkt vor der Terrasse und dem Blick auf ein riesiges walfischähnliches Felsungetüm, eine Halbinsel, die steil aus dem Meer ragte und, wie Frau Kahlen ihm erklärte, La Mola genannt wurde. Die Mole.

Sie zeigte ihm sein Zimmer, dort stellte er den Koffer ab, und dann setzten sie sich mit ihren Kaffeetassen auf die Brüstung der Terrasse. Schimmernde Gekkos verharrten im Sand, und wenn sie den Ort wechselten, sah es aus wie in einem alten, zuschanden geschnittenen Film. Der Weg, den sie zwischen zwei Punkten zurücklegten, war nicht nachzuvollziehen, so schnell flitzten sie von der Stelle.

»Ich glaube, ich bin glücklich«, sagte er irgendwann, ohne den Blick von dem Schauspiel da unten im Sand zu wenden.

»Schön«, sagte sie und nickte lächelnd, als er doch zu ihr herübersah.

Es stimmte. Er war glücklich. Er spürte es so deutlich, daß es ihm fast wie ein Klang, ein Geräusch vorkam, oder wie ein nur geahnter Schmerz. Sätze, die man, sobald man sie nicht mehr braucht, von sich wegschiebt, um sie mit verlegener Scheu in den inneren Abfalleimer für Kitsch, Lügen und Märchen zu werfen, kamen ihm wieder in den Sinn. Sätze wie »Die Zeit steht still«, oder »Jetzt will ich, daß es Gott gibt« zum Beispiel.

Sie drängte sich nicht in seine Gedanken, schwieg und betrachtete wie er die Schnittlinie zwischen Himmel und Meer. Vielleicht spürte sie, daß es ihre Nähe war, der er zuhörte wie einer Musik, die man, um nichts zu versäumen, mit aller Konzentration verfolgt.

Irgendwann, als die Sonne schon etwas niedriger stand, schlug Frau Kahlen einen Spaziergang vor. Sie gingen durch die Felder und Gärten und den niederen Wald zur anderen Seite der schmalen Landbrücke. Als es dämmerte, setzten sie sich in eine Strandbar und bestellten Wein und Essen.

»Keine Tiere«, sagte er, als sie ihm einen Fisch empfahl. »Nichts, was versucht haben könnte, sich zu wehren.«

»Ich verstehe«, sagte sie und bestellte für sich nur Kartoffeln und Gemüse. Ihm zuliebe.

Sie gingen bei Dunkelheit nach Hause, und er machte Feuer im Kamin. Und wieder war es, als lausche er einem Konzert, da sie so saßen und redeten, und nichts das Reden störte, nur diesmal waren ihre

Stimmen auch Instrumente. Und das Haus, das Meer, die Spiegelungen ihrer Körper und Gesichter in den riesigen Glastüren, das Knistern des Feuers und der immer dunkler werdende Himmel, alles dies war die ganze Sinfonie.

»Wundern Sie sich nicht«, sagte sie, als er aufstand, um schlafen zu gehen, »auf dieser Insel hat man intensive Träume.«

Intensiver als der Wachzustand kann es nicht mehr werden, dachte Carl, zog sich im Dunkeln aus und schlief todmüde und ein bißchen betrunken ein.

Auch Sabine war leicht beschwipst und gab sich Mühe, konzentriert in die letzten Flämmchen zu sehen, die nur noch hin und wieder aus einem verkohlten Holzrest im Kamin schlugen. Es ist schön mit ihm, dachte sie, so schön, wie ich erhofft habe. Ich mag ihn, und ich weiß, daß er mich mag. Quatsch, sagte eine Stimme in ihr, säusel nicht rum. Er mag dich nicht, er ist verliebt. Das hat er dir selber am Telefon gestanden. Er ist dir sogar treu, will dich nicht mit dir betrügen, nicht mal am Telefon.

Ist das jetzt so ähnlich wie schizophren zu sein? Nein, dachte sie, natürlich nicht. Ein Schizophrener wechselt die Personen und hat nicht die Wahl. Ich habe die Wahl. Ich kann Sabine und Susanne sein, kann mich selbst mit ihm betrügen. Nein, kann ich nicht. Er macht ja nicht mit. Er ist mir ja treu. Sie mußte lächeln.

Mitten im Wohnzimmer zog sie sich aus, legte die Kleider auf einen Sessel und ging, nur mit Sandalen an den Füßen, hinunter zum Meer, wo sie sich auf einen

Felsen setzte, die Nachtluft an ihrer Haut genoß und das Gefühl, die ganze Gegend habe Augen.

Später nahm sie die Kleider, warf noch einen prüfenden Blick in die spärliche Glut des Kamins und ging leise in ihr Zimmer. Die Tropfenspur, die sie auf dem Boden hinterließ, würde bis morgen getrocknet sein.

Auf dem Weg ins Bad hatte Carl einen Blick auf den gedeckten Frühstückstisch geworfen und auf Frau Kahlen, die da saß, an einer Tasse Kaffee nippte und die Zeitung aufgeschlagen vor sich hielt. Sie hatte den Kopf nicht gehoben, also war er schnell hinter der Tür verschwunden, und jetzt stand er vor dem Spiegel und versuchte, mit kaltem Wasser seine Tränensäcke zu bekämpfen.

»Morgen«, sagte er, als er ins Zimmer kam. »Was macht man gegen so was?« Und er deutete auf seine dicken Augen.

»Nichts«, sagte sie. »Da steht man dazu.«

Sie schenkte ihm Kaffee ein. »Na, haben Sie wild geträumt?«

»Ich weiß von nichts«, sagte er und unterdrückte ein Gähnen. »Ehrlich.«

Er wollte sich entschuldigen, daß er so lang geschlafen und nicht für sie den Frühstückstisch gedeckt hatte.

»Unsinn«, sagte sie. »So ist das im Leben. Die Frauen machen Frühstück und die Männer Ratz, Ratz.«

»Hab ich geschnarcht?«

»Nein.« Sie lachte. »Meine Tochter nennt das so. Ratz, Ratz.«

»Ach, die Krokodiltrainerin.«

»Ja«, sagte Sabine. »Sie war bis gestern hier. Ich soll Sie grüßen.«

Als sie seinen begehrlichen Blick sah, reichte sie ihm den vorderen Teil der Süddeutschen und vertiefte sich selber in die Münchener Seiten.

Nachdem er die ersten Artikel überflogen hatte, legte er die Zeitung wieder neben seinen Teller.

»Was ist«, sagte sie aufschauend, »lesen Sie nicht?«

»Ich trau mich nicht. Sie könnten's für unhöflich halten.«

»Tu ich nicht«, sagte sie. »Intellektuelle lesen Zeitung zum Frühstück.«

Er räumte den Tisch ab und machte sich ans Abwaschen. Sie half ihm und sagte irgendwann: »Sie müssen noch heute auf Mützenjagd gehen. Da braut sich schon ein Sonnenbrand zusammen.« Sie mußte sich nicht mal auf die Zehenspitzen stellen, um von oben auf seinen Kopf sehen zu können.

»Arbeiten wir denn nicht?«

»Sie haben noch Urlaub«, sagte sie und nahm ein Küchentuch zur Hand. »Ich muß ja erst mal lesen.«

Er mietete sich ein Mofa und fuhr kreuz und quer über die Insel. In der Hauptstadt fand er tatsächlich eine passable Schiebermütze, die er aber wegen des Fahrtwindes nur aufsetzen konnte, wenn er abgestiegen war.

Er nahm sich vor, ihr jeden schönen Platz, den er sah, zu zeigen, denn die Insel war so klein, daß sie auch in einer Pause fast überallhin fahren konnten.

Als er mit verschiedenen Salaten und einem frischen Brot bepackt am frühen Nachmittag nach Hause kam, lag sie schlafend auf der Terrasse, den Ordner mit dem Drehbuch aufgeschlagen neben sich.

Er wagte nicht, sie zu betrachten, obwohl er nichts lieber getan hätte, machte extra unbeholfen die Tür auf und war froh, daß sie tatsächlich gleich aufwachte. »Hallo«, sagte sie. »Es gefällt mir schon gut bis jetzt.«

Und deutete auf den Ordner.

»Haben Sie Hunger? Ich mache Salat.«

»Ja.«

Er ließ Wasser in eine Schüssel laufen und begann, die Blätter zu sortieren. Sie blieb im Badeanzug und deckte nach einiger Zeit den Tisch.

»Wie alt sind Sie eigentlich?«, fragte sie später, als ihr Teller schon zur Hälfte wieder leer war.

»Darf ich's umschreiben?«

»Wenn's der Wahrheitsfindung dient.«

»Keiner meiner Freunde trinkt mehr Weißwein, alle tragen eine ständige Reserve Gelusil-Lac mit sich herum, und allen begegne ich eher in der Zeitung, im Fernsehen oder im Urlaub, als bei mir oder ihnen zu Hause.«

»Deutlich«, sagte sie. »Knappe vierzig.«

»Sehr knappe«, sagte er, »stimmt. Und Sie?«

»Darf ich's auch umschreiben?«

»Aber ja. Gerechtigkeit muß sein.«

»Ich horche auf, wenn in der Fernsehwerbung von Haartönungen die Rede ist und höre weg, wenn es um Schminke oder Wetgel geht. Der letzte Lippenstift, den ich vor etwa zehn Jahren gekauft habe, ist mir erst kürzlich auf den Gesichtern meiner Tochter, ihrer

186

Freundin und ihrer Barbiepuppen wieder unter die Augen gekommen.«

»Wir sind gleich alt.«

Sie nickte nur lächelnd.

»Fällt mir schwer, Sie mir geschminkt vorzustellen«, sagte er nach einer Weile.

»Es stand mir ganz gut«, sagte sie nachdenklich. »Und gefiel den Männern.«

»Für mich«, sagte er grinsend und deutete mit der Hand seine Körpergröße an, »hätten Sie sich höchstens das Schlüsselbein schminken müssen.«

Sie lachte. »In den Sechzigern gab's doch diese Schuhe mit Plateausohlen.«

»Weiß ich«, winkte er ab, »weiß ich noch ganz genau. Man fällt bei jedem dritten Schritt auf die Fresse.«

»Haben Sie darunter gelitten?«

»Unter den Schuhen?«

»Nein, unter Ihrer Größe.«

»Finden Sie, Größe ist das richtige Wort?«

»Ach kommen Sie.«

»Ja. Nein. Doch. Aber dann hab ich auch meine Tricks gelernt.«

»Was für Tricks?«

»Trick eins, die Freundin geht neben dem Bordstein, Trick zwei, sie trägt keine hohen Schuhe, falls doch, dann liebt sie mich nicht. Und Trick drei, sie hätte niemals so groß sein dürfen wie Sie.«

»Im Ernst? Haben Sie sich im Ernst nach der Größe verliebt?«

Er schwieg eine Weile, dann sagte er: »Ich bin mir auf einmal nicht mehr sicher, ob ich mich damals überhaupt je verliebt habe.«

Sie schwieg.

Er tauchte auf aus der nachdenklichen Stimmung, in die er, ohne es recht zu merken, geraten war, und versuchte, das Gespräch wieder anzuknüpfen: »Und Sie? Haben Sie mit Ihrer Größe je Kummer gehabt?«

»Immer«, sagte sie leise, »früher immer.«

»Aber Sie sind doch eine wunderschöne Frau?«

Das war ihm so herausgefahren. Etwas so Plattes hatte er eigentlich nicht sagen wollen. Das war indiskret. Es mußte auf sie so wirken, als glaube er, sie habe ein Kompliment aus ihm herauspumpen wollen. Verdammt.

»Danke«, sagte sie.

Das Drehbuch machte Sabine Spaß. Sicher, manches mußte vom Kopf auf die Beine gestellt werden, aber ihr Vergnügen daran war ja nicht in erster Linie professionell, es war der Gedanke, daß er, ohne es zu wissen, sie beide nachgebildet hatte, der das Ganze so spannend machte. Natürlich war er der Fotograf und natürlich war sie die Journalistin. Und natürlich war der Telefondialog anders als in Wirklichkeit. Sie freute sich schon auf ihre Änderungsvorschläge.

Er war wieder mit seinem Mofa losgefahren. Es hatte charmant lächerlich ausgesehen, wie er auf diesem Pubertätsbeschleuniger durch die Einfahrt gebraust war, eine Fahne von Staub hinter sich.

Er wollte die Mola erkunden und sie gegen Abend zum Essen abholen. Mal sehen, ob sie bis dahin mit dem Buch durch war. Sie riß noch ein paar Streifen aus der Zeitung, die sie als Lesezeichen zwischen die Blätter legte, und nahm den Ordner wieder zur Hand.

Das Vorderrad des Mofas hatte sich in den Sand ge-
wühlt und stand still, während das hintere noch ei-
ernd ein paar Runden drehte. Der Motor war nach einem lauten Aufheulen ausgegangen, und man hörte
nur noch ein rieselndes Geräusch und das leise Quietschen des Hinterrades. Carl versuchte, aufzustehen.

»Scheiße«, sagte er und puhlte sich die Steinchen
aus der blutenden Handfläche. Seine Hose war zerrissen, und erst als er den sich vergrößernden Blutfleck
sah, spürte er die Schmerzen an der Hüfte.

Frau Kahlen kam ums Haus herumgelaufen. Auf ihrem Gesicht lag ein besorgter Ausdruck, der sich allerdings zu einem Lächeln wandelte, als sie sah, wie er
dem Mofa einen Tritt gab.

»Die Schuldfrage ist also geklärt«, sagte sie und
nahm ihn am Arm, weil sie sah, daß er hinkte. »Kommen Sie. Sie müssen in die Werkstatt.«

Er biß die Zähne zusammen, als sie seine Hand unter fließendes Wasser hielt, aber er konnte nicht verhindern, daß einzelne Schmerzenslaute durchkamen.
Es tat hundsgemein weh.

»An meiner Kurventechnik muß ich gelegentlich
noch arbeiten«, sagte er.

»Hm«, sagte sie. »Scheint so. Aber nicht so bald.«
Sie stellte das Wasser ab, wickelte ein Küchentuch um
seine Hand und zog ihn zu einem der Stühle.

Mit spitzen Fingern klappte sie die Ränder des läng-
lichen Lochs in der Hose zur Seite und besah sich das
Blut- und Schmutzgemisch an seiner Hüfte. »Sitzen-
bleiben«, sagte sie.

Wieder lief das Wasser, und sie kam mit weiteren
Tüchern hinter der Küchentheke vor.

Er versuchte, seinen Gürtel zu öffnen, aber die umwickelte linke Hand taugte dafür wie etwa eine Bärenpfote.

»Lassen Sie«, sagte sie, stellte die Schüssel ab und legte die Tücher daneben. »Mach ich.«

Sie kniete sich vor ihn und öffnete seine Hose. »Hintern hoch«, befahl sie dann und zog vorsichtig aber bestimmt, sah kurz in sein Gesicht und sagte: »Tut weh, hm?«

Er schwieg und spürte die Schweißperlen auf seiner Stirn. Mit einer Schere schnitt sie seine Boxershorts an der Seite auf, denn die blutige Schürfung reichte hoch bis an den Hüftknochen.

Seine Schmerzen konnten nicht verhindern, daß der Blick in ihre dünne schwarze Bluse, als sie sich vor ihm niederbeugte, die Nähe ihres Gesichtes beim Aufschneiden seiner Unterhose und die Berührung ihrer Hände ihn auf andere Gedanken brachte. Leider.

Sie sah auf, als kein Ignorieren mehr möglich war, lächelte skeptisch und sagte: »Sie werden rot.«

Er murmelte etwas von Sonnenbrand und beeilte sich, die peinliche Eigenmächtigkeit mit der umwikkelten Hand zu kaschieren.

»Gut so«, sagte sie und fuhr fort, seine Wunde auszuwaschen. »Sie halten Wache und schützen Florence Nightingale.«

»Entschuldigen Sie«, sagte er leise, »das ist mir unangenehm.«

»Braucht es Ihnen nicht zu sein«, sagte sie, sah auf und gab seinem Knie einen Klaps. »Ich nehm's als Kompliment.«

Gott sei Dank tat es jetzt so weh, daß der Verur-

sacher ihres Wortwechsels wieder in sich zusammen-
fiel. Ohnehin brauchte Carl seine Hand, um sich zu
wehren. Aber sie hielt sie fest und wischte eisern weiter. »Muß sein«, sagte sie. »Dauert nicht mehr lang.«

»So«, sagte sie schließlich und warf das letzte Tuch
in die Schüssel mit der mittlerweile hellroten Brühe.
»Sauber. Jetzt hole ich noch Jod in der nächsten Apo-
theke.«

»Um Gottes willen«, rief er, lauter als es zu der
Männlichkeit, die er so gern an den Tag hatte legen
wollen, paßte.

»Wollen Sie lieber an einer Blutvergiftung sterben?«

»Ja.«

Er lag lesend auf der Terrasse und versuchte, nicht zu
ächzen. Immer wieder warf er Seitenblicke zu ihr,
wenn er sah, daß sie eines ihrer Lesezeichen in das Manuskript legte. Oh je, dachte er dann jedesmal, schon
wieder was zu ändern.

Einmal lachte sie laut auf, sah zu ihm her und schüttelte den Kopf. »Was soll denn das?« fragte sie, »wieso
schlafwandelt da plötzlich ein gehörloser Tankwart
auf dem Dachfirst entlang und hat ein Bild von Mi-
reille Matthieu in der Hand?«

Endlich, dachte Carl und grinste: »Na, Sie sagten
doch, der Film solle ›Spatz in der Hand‹ heißen. Da
dachte ich, das muß man motivieren, deshalb hat der
Mann den Spatz von Paris in der Hand.«

»Oh weh«, sagte sie, »mir schwant da was. Der
Tankwart ist also…«

»Richtig«, unterbrach er sie in lehrerhaftem Ton.
»Der Taube auf dem Dach.«

»Sie sind ein Kindskopf«, sagte sie und strich die Passage durch.

»Eigentlich hatte ich heut von Ihnen bekocht werden wollen«, Sabine schlug das Manuskript zu, »aber Sie sind ja jetzt gehandicapt. Wollen wir was essen gehen?«

»Gehen?«

»Fahren.«

Er lotste sie zu einem Restaurant, das er am Nachmittag auf der Mola entdeckt hatte.

»Taugt es was?« fragte er, als sie in flüssigem Spanisch Wein bestellt hatte.

»Ganz bestimmt«, sagte sie, »das wird ein hübscher Film. Wenn wir ihn produziert kriegen.«

Er nickte zufrieden.

»Lassen Sie uns aber morgen richtig drüber reden«, sagte sie, »wenn wir das Manuskript vor uns liegen haben. Ich hab die Erfahrung gemacht, daß alles pauschal klingt, was man ohne auf die konkrete Zeile zu deuten sagt.«

»Gut«, sagte er, »Heut noch Urlaub, morgen Arbeit.«

»Ja«, sagte sie, »und Rekonvaleszenz.«

Das Essen war teuer, aber dafür nicht ganz so schlecht wie am Abend zuvor. Carl bezahlte, was Frau Kahlen ohne Umstände akzeptierte.

»Gehn wir noch vor zum Leuchtturm?« fragte sie draußen.

»Gehen?«

»Fahren.«

192

Stille, Nacht und Schwalben, deren Gefieder, vom Lichtschein erfaßt, für den Bruchteil eines Augenblicks wie blankes Silber blitzte. In irrem Zickzack flogen die Vögel unter ihnen hin und her, denn Carl und Frau Kahlen standen am Rand der Steilküste. Carl wußte nicht wieso, aber er suchte nach einem Argument gegen das surreale Pathos des majestätisch gleißenden Kegels über ihren Köpfen und diese ganze erhabene Stimmung. Er fand keines.

Sie standen schweigend da und ließen sich betören von dem leisen Jammern der Mechanik über ihnen, dem Rauschen des Meeres weit unter ihnen, dem leichten, streichelnden Windhauch um sie und dem Anblick, der sie sprachlos machte.

»Sie suchen bestimmt nach irgendeinem dummen Spruch«, sagte Frau Kahlen nach einiger Zeit leise, »um bloß nicht so richtig ergriffen zu sein.«

»Stimmt«, sagte er, »aber keiner fällt mir ein.«

»Das freut mich. Ich möchte nämlich ergriffen sein.«

»Von wem?« fragte er geistesgegenwärtig.

Ihre Silhouette war eben zwischen zwei Lichtstrahlen verschwunden, und er hörte nur ihre Stimme, deren vertrautem amüsierten Ton jetzt noch ein neuer, atemloser, flatternd oder hauchend, wie ihm schien, beigemischt war. »Gern auch von Ihnen.«

Er spürte ihre Hand an seinem Ärmel und sah sie, jetzt wieder im vollen Licht, ihm zugewandt mit ruhigem, forschendem Blick. »Geben Sie mir Ihre Hand«, sagte sie.

Sie standen lange so und schwiegen, und die ganze gespenstische Schönheit um sie war nurmehr eine Art

Beiwerk zur Berührung ihrer Hände, die sie, reglos in-
einanderliegend, zum Spüren des andern vorausge-
schickt hatten. Haut an Haut, Puls an Puls, Blut an
Blut, dachte er, das hör ich bestimmt mal als Schlager-
text. Aber er hütete sich, es auszusprechen.

Sie löste ihre Hand aus seiner und sagte: »Gehen
wir. Einmal müssen wir ja.«

»Sagte der Marsmensch zu François Truffaut.«

»Ich wußte es«, ihr Lachen klang ein wenig entrü-
stet. »Ich wußte es ganz genau. *Ein* Sprüchlein mußte
wenigstens noch sein.«

»Ja. Entschuldigung. Das ist eine Art von Ergriffen-
heitsbremse, die sich automatisch zuschaltet, wenn
ich in Gefahr bin.«

»Waren Sie in Gefahr?«

»In großer. Ja.«

»Na ja«, sagte sie und kramte in der Tasche nach
dem Wagenschlüssel. »Ich geb's zu, ich hab auch an
diesen Film gedacht.«

»Echt? Wirklich? An die unheimliche Begegnung?«

»Ja.« Und sie sang die Titelmelodie zum Geräusch
des startenden Motors.

»Wir haben Händchen gehalten wie Teenies«, sagte
er in einer Kurve und erschrak, denn das hatte er nur
denken wollen.

»Was?«

Er winkte schulterzuckend ab.

Jetzt ist es kein Spiel mehr, dachte Sabine, jetzt bin ich
wirklich scharf auf ihn geworden. Ich will ihn haben
und nicht wieder loswerden. Kann's mir jedenfalls
nicht vorstellen.

194

Als sie seine Hand gehalten hatte, war sie sich zum erstenmal nicht wie die Stärkere vorgekommen. Irgend etwas war da spürbar gewesen. Ob Kraft oder Wärme, ein Vibrieren oder Zucken, sie wußte es nicht. Deutlich war nur ihr Gefühl, daß dieser Mann kein Spielzeug sei und sie zum bloßen Flirten nicht berechtigt. Oder vielleicht auch nur nicht mehr gewillt.

Sie entkorkte eine Flasche Wein und stellte sich dabei wohl ein wenig unbeholfen an, denn sie sah, wie er ihr zu Hilfe kommen wollte, die Gebärde aber mittendrin wieder abbrach und konsterniert auf seine bandagierte Linke sah.

»Geht schon«, sagte sie.

Das Kaminfeuer spiegelte sich in den Gläsern, das flackernde Halbdunkel auf ihren Körpern und Gesichtern sah aus wie in einer Reklame für Weinbrand. Sie gab sich Mühe, diese abscheuliche Assoziation wieder aus ihren Gedanken zu verscheuchen, da sagte er: »Können wir uns duzen? Ich heiße Carl.«

»Einverstanden«, sagte sie und hob ihr Glas. »Carl.«

»Und Sie?«

»Ach so, Sa... Susanne.«

Auch er hatte sein Glas gehoben, und jetzt stand der Arm wie vergessen in der Luft über seiner Sessellehne. »Sasusanne? Ist das nicht ein seltsamer Name?«

»Susanne«, sagte sie und atmete bewußt möglichst unauffällig tiefer ein. »Ich wollte zuerst Sanne sagen. Man nennt mich manchmal Sannchen oder Sanne.«

»Das soll ich mir aber nicht angewöhnen, oder?«

»Nein, bitte nicht. Susanne ist mir lieber.« Das war knapp gewesen. Zum Glück gab es in diesem Haus kein Telefon. So konnte keiner anrufen und Sabine verlangen. Wie im Drehbuch der Herr Stallmeister.

Sie saßen nicht mehr lange, und es schien so, als steige ihnen der Wein gleichzeitig zu Kopf. Beim Abschied übten sie das Du.

»Gut Nacht, Susanne.«

»Gute Nacht und Besserung und keine wilden Träume, ...«

»Carl«, sagte Carl.

»Carl«, sagte Sabine. »Ich bin todmüde.« Und gähnte, ohne eine Hand vor den Mund halten zu können, weil sie Gläser in der linken und die Flasche in der rechten hielt.

Das stimmte nicht. Sie war innerlich aufgedreht und seltsam alarmiert. Es fiel ihr schwer, nicht flach zu atmen, und sie saß auf ihrem Bett und dachte nichts.

Als sie lange genug gewartet hatte, daß er einge-schlafen sein konnte – es mochten wohl zwanzig Minuten vergangen sein – zog sie sich aus und ging wie am vorigen Abend nackt, nur mit Sandalen an den Füßen leise durchs Haus und hinunter zum Meer.

Die Nacht hatte diesmal Augen. Carl, der nicht wußte, wie er liegen sollte, ohne daß es weh tat, stand am Fenster und schaute auf den mondhellen Strand. Seine Augen tränten, so scharf wollte er sie stellen, und erst als Susannes Anblick zu einem bleichen Fleck zerlief, hastete er zum Regal, um die Brille auf-zusetzen. Mann, ist die schön, dachte er und dachte es immer wieder, um sich nicht die Einzelheiten ihres

Körpers vorzusagen. Sie ging gleich ins Wasser, und er wartete lange, bis sie endlich wieder auf ihn zukam. Geh langsam, bitte, Susanne, wer weiß, ob ich das jemals wieder sehen darf, dachte er. Als das Bild wieder leer war, ließ er sich aufs Bett fallen, froh, daß seine rechte Hand unverletzt war.

Sabine wachte davon auf, daß es gackerte, als habe sich ein Huhn ins Haus verlaufen. Ein viel zu großes und lautes allerdings. Es klopfte an ihrer Tür.

»Sasusanne, sind Sie wach, äh bist du wach?«

»Ja«, rief sie verschlafen. »Wie nennst du mich?«

»Sasusanne, wieso. So heißt du doch?«

»Nicht ganz, mein Lieber. Ich hoffe, du lernst es noch.« Sie stand auf und zog sich ein Sweatshirt über.

»Ich lalulerns noch«, trällerte er und entfernte sich von der Tür. »Frühstück ist fertig. Frarurühstück.« Und es gackerte wieder, und der Wasserkessel pfiff.

»Hab die Eierbecher nicht gefunden«, sagte er, als sie hereinkam und er gerade zwei Eier in Schnapsgläser stellte.

Der Tisch war gedeckt, Brot aufgeschnitten, Marmelade, Butter, Tomaten und Käse, alles war da, sogar Schinken, und den Kaffee goß er eben durch den Filter. Zwischen ihren Tellern stand ein kleiner Strauß Wiesenblumen.

»Das hast du alles mit einer Hand gemacht?«

»Eineinhalb«, sagte er und zeigte ihr seine Linke, um die kein Verband mehr lag, nur noch ein kleineres Küchentuch.

»Zeig«, sagte sie und nahm die Hand.

»Sieht gut aus«, sagte er.

»Na, gut ist was anderes, aber es heilt immerhin.«
Sie steckte das Tuch wieder fest.

»Wenn ich mich mit Ohrfeigen und Volleyball zu-
rückhalte, ist sie bald wieder ganz.«

»Aha«, sagte sie, »das soll heißen, daß ich dich nicht
reizen darf?«

»Doch, doch. Brems dich nicht.«

Sie wollte schon glauben, er spiele damit auf die
Doppelbedeutung des Wortes Reizen an, als er noch
hinzufügte; »Ich hab ja noch die rechte.«

Sie nieste.

»Hast du Heuschnupfen?«

Sie nickte.

Er stand auf und trug die Blumen auf die Terrasse.
»War nicht bös gemeint«, sagte er, als er die Tür wieder hinter sich zuzog.

»Hast du gut geschlafen?« fragte Susanne.

»Nein.«

»Wilde Träume?«

»Ja.«

»Erzählbare?«

»Nein.«

Sie lachte. »So ähnlich ging's mir auch.«

Sie zogen, da kein Wind ging, die Terrassentür auf
und legten das Drehbuch zwischen sich. Das Früh-
stücksgeschirr schoben sie zur Seite, nur ihre Tassen
behielten sie in Griffnähe. Susanne zündete sich eine
Zigarette an und begann zu blättern.

»Als erstes«, sagte sie, »fände ich es gut, wenn sie
wählt und dann sofort ein Schnitt zu ihm kommt. Er
nimmt den Hörer ab, meldet sich und wir hören ihre

Stimme, die nach dem Herrn Stell... äh, Stallmeister fragt.«

Sie ging mit dem Stift die Zeilen entlang und bildete mit den Lippen lautlos die gelesenen Sätze nach. »Hier. Dieses Schnittfeuerwerk kommt zu früh. Es ist zwar nicht schlecht, aber wenn du so was machst, dann mußt du vorher ruhige Bilder haben. Bis jetzt sind lauter ziemlich kurze Schnitte dagewesen, da werden die Zuschauer kirre im Kopf.«

»Dann machen wir vorher halt längere Bilder.«

»Gut, aber jedes muß einen Grund haben. Du darfst nicht strecken, sondern mußt dazuerfinden. Meiner Meinung nach kannst du beide Personen ruhig ausführlicher vorstellen. Die müssen ja nicht nur aus dem Taxi steigen und ins Hotel einchecken, und dann hängen sie schon an der Strippe. Er könnte ja vorher den Anruf von der Redaktion erhalten haben, aus dem wir dann schon wissen, wozu er nach Hamburg kommt, und sie kann ja auch noch etwas mehr tun, als nur anzukommen.«

»Was?«

»Na eine Szene auf dem Bahnhof vielleicht, oder die Verabredung mit Stallmeister, oder sie geht etwas essen im Hotel, oder schwimmen, irgend so was.«

»Hm«, sagte er, »gut«, und notierte sich, so viel er behalten hatte von ihrer langen Rede.

»Noch was.« Sie ließ ihm kaum Zeit, fertig zu schreiben. »Warum sind die beiden in verschiedenen Hotels? Wär's nicht viel besser im selben?«

»Wieso?«

»Spannender. Wir könnten darauf hoffen, daß sie sich treffen nach dem Telefonat.«

»Hm, ich weiß nicht.«

»Überleg's dir, ist vielleicht nicht so wichtig. Ich fänd's jedenfalls hübsch.«

Er fing schon an, sich verletzt zu fühlen. Wenn das so weitergeht, dann schreib ich jeden zweiten Satz neu, dachte er und schielte nach den Lesezeichen, die aber nicht zu zählen waren, so dicht steckten sie in den Seiten. Als wüßte sie, daß er Schonung brauchte, blätterte Susanne jetzt Seite um Seite um und murmelte hin und wieder »Gut.«

»Hier, das ist hübsch«, sagte sie und zeigte mit dem Stift auf eine Zeile. »Wie er versucht, sie zum Lachen zu bringen und dann der Schnitt auf sie, wie sie grinst. Und das hier...« sie schlug mehrere Seiten zusammen um und legte eins der Lesezeichen zur Seite, »das finde ich ausgesprochen toll. Wie er sich schlau findet, weil er ihren Kummer errät und sie sagt ›Stimmt‹ und legt auf. Das ist wunderbar.«

Er schenkte Kaffee nach, als er ihren Griff zur Tasse sah, die sie leer fand und einfach wieder hinstellte.

»Und hier, der Übergang im Tonfall, wie sie langsam anfangen zu flirten. Das ist gelungen. Du kannst mit Worten umgehen.«

»Danke.«

»Die Sätze klingen so echt, als hättest du sie selber gesprochen, oder jemandem abgelauscht. Darin bist du wirklich gut.«

Sie las sich fest und lächelte hin und wieder, bewegte die Lippen synchron zum Text und schüttelte einmal den Kopf.

»Was?«

»Das ist charmant, das mit dem Rolls-Royce, den er

für sie kaufen würde. Das ist so charmant unzeitgemäß und angeberisch. Wenn mir das einer sagen würde, von dem wäre ich auch angetan. Ach ja hier…« sie deutete wieder auf eine Zeile, »da könnte sie aufstehen und das Licht ausknipsen.«

»Aber er sagt doch, sie soll in den Spiegel sehen.«

»Ja, grade. Sie macht das Licht aus und hat sich entschieden, ihm nicht zu gehorchen. Außerdem, stell dir vor, ihr Hotelzimmer im Halbdunkel, so dunkel vielleicht, daß der Zuschauer nicht weiß, ob ihr Bademantel nun offen ist oder nicht, das macht es doch erotischer. Obwohl sie gar nicht mitmacht. Findest du nicht?«

»Doch«, sagte er etwas ängstlich, weil jetzt gleich die heiklen Stellen drankommen mußten, »das stimmt. Gut.«

Sie hielt die Seite in der Hand, als wolle sie sie umblättern und könne sich doch nicht dazu entschließen, und ein nachdenklicher Ausdruck lag auf ihrem Gesicht. »Sieht die Frau wirklich so aus?«

»Warum nicht?« Er verstand die Frage nicht.

»Ich meine, ob sie wirklich so aussieht, wie sie sich beschreibt. Sie könnte doch lügen.«

»Aber er verliebt sich doch in das Bild, und am nächsten Tag sieht er sie in der Redaktion und verliebt sich in sie. Weil sie dem Bild in seinem Kopf so ähnelt.«

»Also ich fänd's besser, wenn sie lügt.«

»Hat sie aber nicht.«

Susanne sah ihn seltsam an, fragend, skeptisch und ein bißchen belustigt.

»Ich meine, tut sie nicht. Sie beschreibt sich genau so wie sie aussieht.«

»Das können wir ja noch später diskutieren. Ich brauch jetzt eine Pause«, sagte Susanne und stand auf. »Einverstanden?«

»Ja.« Carl zog das Manuskript zu sich her. »Ich notier mir das mal eben auf den Seiten. Dann hab ich's direkt am Text und muß nicht lange suchen.«

Sie schlug vor, an die frische Luft zu gehen und korrigierte sich, noch bevor er sagen konnte »Gehen?«

»Fahren«, sagte sie »und sitzen. Am Hafen in Es Calo.«

Sabine telefonierte von der Zelle aus mit ihrer Tochter und kam zweimal in die Bar, um Kleingeld zu holen. Als sie sich zu ihm setzte, sagte Carl: »Jetzt ist dein Kaffee kalt.«

»Egal, bei der Hitze.« Sie trank ihn.

»Und? Geht's deiner Tochter gut?«

»Ja.«

»Sie ist süß.«

»Hast du eigentlich Kinder?«

»Nein. Ich hab mit zweiundzwanzig den Schalter umlegen lassen. Damals war das heldisch.«

»Welchen Schalter?«

»Hab mich sterilisieren lassen.«

»Ach so.« Sie schwieg eine Zeitlang und kramte nach ihren Zigaretten. »Hast du's bereut?«

»Nein«, sagte er, »ich glaub nicht. Obwohl, so eine wie deine, da kommt schon eine kleine Wehmut in mir hoch. Aber dann sag ich mir, wenn sie mein Mundwerk erbt, ist sie anstrengend und außerdem wollen alle Töchter ein Pferd. Das kann ich mir nicht leisten.«

202

Sabine lachte. »Sina will ein Pferd.«

»Na siehst du«, sagte er.

»Komm«, Sabine stand auf, »an die Arbeit.«

»Das ganze Gespräch ist zu lang«, sagte sie, als das Manuskript wieder zwischen ihnen lag. »Es ist schön, aber ein Film kann sich nicht so lange auf Worte verlassen.«

»Aber dieser Dialog ist doch wichtig.«

»Aber zu lang.«

Sie ließ ihm Zeit. Er schien ernstlich verletzt zu sein. Sie wußte, sie würde sich durchsetzen. Ein Film ist kein Buch.

»Komm, jetzt schnapp nicht ein«, sagte sie schließlich, da er immer noch schwieg, »es muß sein. Sonst brauch ich's gar nicht erst anzubieten.«

Er seufzte und sagte: »Also, streich aus, was weg soll. Du bist der Chef.«

Sie machte einige Striche und schlug ihm vor, das Gespräch leiser, die Musik lauter und die Bilder eine Zeitlang stumm und immer verschwommener laufen zu lassen. Am Ende dann ein scharfes Bild, er legt sachte den Hörer auf, und ein Schnitt auf sie, wie sie den Bademantel öffnet und sich aufs Bett fallen läßt.

»Gut«, sagte er, »okay« und seufzte wieder.

»Ach noch was«, sie blätterte zurück, »hier. Kann sie ihn da nicht fragen, wie groß seine Männlichkeit ist?«

»Männlichkeit?«

»Sein Ding, sein Glied, sein Schwanz.«

»Schwanz?« Er sah nicht vom Manuskript auf. »Sagt sie Schwanz?«

»Warum nicht?«

Er grinste fast unsichtbar. Sie grinste nur innerlich.

»Also gut. Und er? Antwortet er ehrlich oder geil?«

»Geil«, sagte Sabine und schubste ihn burschikos. »Was denn sonst?«

Er notierte sich diese Sequenz und grinste immer breiter.

»Was amüsiert dich so?«, fragte sie.

»Wie ordinär du bist.«

Er lügt nicht schlecht, dachte Sabine, nicht so gut wie ich, aber er ist ja auch nicht vorbereitet.

»Interessieren sich denn Frauen überhaupt für so was?« fragte er. »Ich dachte immer, Schwanzgröße sei der pure Männerwahn.«

»Ist es auch«, sagte sie, »aber eine Frau, die das weiß, stellt sich drauf ein. Das ist das ganze Geheimnis von Pornografie. Frauen, die sich auf männliche Wahnideen einstellen.«

»Hoffentlich hast du nicht recht«, sagte er nach einer Weile. »Ich meine, bei der Pornografie ist es mir wurscht. Aber der Traum, daß Mann und Frau dasselbe wollen könnten, war mir immer lieb und teuer.«

»Vor allem teuer vielleicht«, sagte sie.

»Ach komm, jetzt bist du aber unverschämt.«

»Stimmt.«

Nachdem sich Carl darauf eingelassen hatte, alles zu opfern, was ihr nicht gefiel, ging die Arbeit gut voran, und, obwohl er um schöne Stellen trauerte, die sie rigoros strich, genoß er die Situation, denn längst war Susanne die Journalistin und er der Fotograf. Für ihn war es so, als schrieben sie ihre eigene Liebesgeschichte für die Nachwelt auf, und es ging nicht um die Liebe, wenn sie etwas veränderten, sondern nur darum, es der Nachwelt richtig beizubringen. Obwohl, Liebesgeschichte, wer sagte das? Sie hatten gestern Händchen gehalten und sich hinterher geduzt, er hatte sie nackt gesehen und sehnte sich nach ihr, das war alles. Das war noch keine Liebesgeschichte. Aber für Carl war mittlerweile der Unterschied unerheblich geworden zwischen dem, was er sich wünschte, und dem, was er bekam. Sie arbeiteten fast vier Stunden intensiv und hatten mehr und mehr das Gefühl, am selben Strang zu ziehen. Er jedenfalls.

»Jetzt reicht's aber«, sagte sie irgendwann und stand auf. »Laß uns schwimmen gehen.«

Er schlug das Manuskript zu und sah sie an. »Ja, ja, schon klar. Fahren.«

»Schwimmen?«

»Ich schwimmen, du im Sand liegen. Okay?«

Es wurde Abend. Carl sah ihr nach, wie sie ohne zu zögern ins Wasser ging, und wie bei einer Sonnenfinsternis, nur schneller, verschwand das Bild vor seinen Augen hinter dem von gestern nacht. Statt der Abendsonne sah er Mondlicht und statt des Badeanzugs nichts als ihre Haut.

Sie kam heraus und sagte: »Ich koch uns was«, zog ihr Kleid an und dann den Badeanzug darunter aus. Carl schlüpfte schnell in seine Jeans, ohne darauf zu achten, daß es weh tat.

Sie bog vom Waldweg ab, um ihm etwas zu zeigen. Ein altes Römerkastell. Aber nach mehreren Abzweigungen hatte sie sich verfahren.

»Nix Kastell«, lachte sie und legte den Rückwärts-gang ein. Sie drehte sich zu ihm, legte ihren Arm hinter seinen Nacken, um nach hinten auf den Weg zu schauen. Dabei fiel ihr Blick für einen Moment auf sein Gesicht. Sie sah, daß er in ihren Schoß starrte und drehte kurzentschlossen den Zündschlüssel herum.

»Wo schaust du bloß hin?« fragte sie leise. Es klang nicht vorwurfsvoll. »Und wirst nicht einmal rot dabei.«

Er sah nach vorn, erschreckt durch die plötzliche Stille und sagte ebenso leise: »Ich bin innerlich rot.«

Jetzt hatte er den Blick ganz abgewandt, sah außerhalb des Wagens den Boden übersät mit blauen Schrotpatronenhülsen. Ein Wunder, wenn hier noch ein Hase lebt, dachte er und hörte diesen Satz, wie von einer fremden Stimme gesprochen in seinem Kopf. Er gehörte überhaupt nicht hierher. Nicht jetzt.

Ihre Hand berührte sanft seinen Nacken, er spürte einen vorsichtigen Druck und hörte sie sagen: »Schau her.« Ganz leise. So leise, daß er nicht sicher war, ob er nur seinen Wunsch oder wirklich ihre Stimme hörte. Er wandte den Kopf zu ihr.

Mit der linken Hand hielt sie den Saum ihres Kleides, und im selben Moment, da er den Anblick erfaßte, verstärkte sich der Druck ihrer Hand an seinem Hals. Sie zog ihn zu sich her, und es bedurfte keiner Kraft, seinen Kopf in ihren Schoß zu lenken, wo sein Mund sich auf sie legte und sich öffnete wie durstig, und er spürte nichts als diesen einen Durst.

Irgendwann bewegte sie sich nicht mehr, und er ließ seinen Kopf auf ihrem Oberschenkel liegen und belauschte die Vielfalt seiner Sinneseindrücke. Sein Ohr

206

lag an ihrer Haut, seine Nase war naß wie sein Mund, Ihr Geruch umhüllte ihn, und am Kopf spürte er die Haut ihres linken Beins, das sie hochgezogen haben mußte bis zur Brust. Er tauchte langsam wieder auf.

Sie hatte den Kopf nach hinten gelegt die Augen geschlossen, eine Hand auf ihrer Brust und die andere zog sofort, als er sich bewegte, das Kleid wieder nach vorne. Ihr Gesicht sah eingefallen aus, und rote Flekken lagen auf ihren Wangen, ihrem Kinn und ihrer Stirn. Er sah sie an.

»Kannst du bitte fahren?« sagte sie nach einer Weile, und er öffnete die Tür, um sich hinters Steuer zu setzen, während sie im Wagen auf den Sitz nebenan rutschte. Sie sah ihn noch immer nicht an.

Er drehte den Zündschlüssel noch nicht um, saß nur da und sah auf seine Hände am Steuer.

»Bist du einverstanden, wenn wir noch warten?« fragte sie schließlich.

»Worauf?«

»Auf bessere Beleuchtung.«

»Was?«

Er drehte den Kopf und sah sie grinsen. »In unserem Alter spielt die Beleuchtung eine Rolle.«

Sein Lachen verschaffte ihm die ersten tiefen Atemzüge seit Minuten, und er startete den Wagen und suchte einen Weg aus dem Dickicht.

Sie ging ins Badezimmer, er hörte sie zum Plätschern des Wassers leise singen und klapperte extra laut mit den Töpfen. Sie sollte sich nicht belauscht fühlen. Er war durcheinander. Erfüllt und nicht erfüllt zugleich, gierig und zufrieden, so als könne er sie beide in sich spüren. Ihren Orgasmus hatte er gehabt und auf seinen wartete er noch mit flatternden Nerven und zittrigen Gedanken.

Sie kam aus dem Bad und übernahm seine angefangene Arbeit. Sie vermieden es, einander anzusehen, und auch er ging, nachdem er kurze Zeit unschlüssig herumgestanden hatte, ins Bad, um zu duschen. Er wollte gerade die Tür hinter sich schließen, als er ihre Stimme hörte: »Carl?«

»Ja?«

»Verzeih mir, daß ich nichts rede. Es geht gerade nicht. Ich fliege immer noch ein bißchen. Muß erst von der Wolke, bevor ich wieder zu haben bin.«

Er ging noch einmal zurück in die Küche. »Ich verzeih dir.«

Sie kam zu ihm herüber, beugte sich und küßte ihn spitz und keusch und trocken auf den Mund. »Bis gleich.«

Lag es daran, daß er schon seit Monaten nicht mehr mit einer Frau zusammengewesen war, oder daran, daß diese so sehr einem längst für unerfüllbar gehaltenen Wunschtraum ähnelte, er fühlte sich jedenfalls fast kindisch jung in seiner Aufregung und Vorfreude und zappeligen Gier. Es machte ihm nicht einmal etwas aus, daß das Duschwasser kalt wurde, bevor er die Seife abgewaschen hatte.

Sie hatte Zucchini gebraten, Salzkartoffeln und Salat standen schon auf dem Tisch, und als er sich setzte, stellte sie noch eine kleine Schüssel mit Soße dazu.

»Du warst doch mal Schwabe«, sagte sie.

Es dämmerte, er wollte aufstehen und Licht anknipsen, aber sie sagte: »Laß doch aus. Ist schön so. Wir lassen es dunkel werden.«

Nach ein paar Bissen legte er die Gabel zur Seite, schenkte sich Wein nach und sagte: »Ich kann nicht essen. Ich bin aufgeregt.«

»Iß was«, sagte sie, »das ist mein mütterlicher Rat.«

»Mütterlich? Ich brauche keine Mutter.«

»Dann ist es halt der Rat deiner Geliebten.«

»Wenn du das nur schon wärst, ich halte es gleich nicht mehr aus.«

»Warte noch. Es wird noch dunkler. Je dunkler, je schöner.«

»Desto.«

»Reiß dich zusammen. Ich warne dich.«

»Du bist gemein.«

»Ein bißchen Gemeinheit schadet der Liebe nicht. Iß was, los. Und trink nicht soviel.«

Was sie sagte, klang keineswegs mütterlich und trotz der Imperative auch nicht nach Befehlen. Sie sprach leise und suggestiv, und wieder klang es für ihn, als wäre sie eine Stimme in seinem Innern, telepathisch oder ausgedacht.

Er aß tatsächlich ein paar Bissen, und es fiel ihm leichter als erwartet.

»Warum läßt du uns so lange warten?«

»Ich freu mich drauf«, sagte sie leise, »und das will ich schon genießen. Wie Hunger beim Kochen.«

»Ja«, sagte er und versuchte sich auch in der Kultivierung seiner Vorfreude, aber es gelang nicht. Alles zappelte in ihm und wollte zu ihr hin. Da war kein Platz mehr für genießerische Gedanken. Die hat was von einer Domina, dachte er, die hält mich hin. Aber ich bin kein Masochist, ich bin nicht unterwürfig, nur höflich, und das nutzt sie aus.

»Bist du in mich verliebt?« fragte sie, als ihr sein Schweigen zu lang wurde.

»Ja.«

Sie seufzte.

»Und du?« fragte er, »hast du Angst vor deinem Mann?«

»Um ihn vielleicht eher. Nein, das trifft es auch nicht, aber... ach, das ist Unsinn. Ich will so nicht reden.«

Es war inzwischen dunkel geworden, und nur, wenn Licht von draußen auf eines ihrer Gesichter fiel, tauchten Einzelheiten aus der dunklen Silhouette auf. Es schien für einen Moment, als glänzten ihre Augen. Weinte sie? Wieso?

»Weinst du?«

Sie stand auf, nahm Geschirr vom Tisch und stellte es hinter sich auf die Küchentheke. »Nein«, sagte sie, »nein, nein. Aber irgendwas ist los. Und ich kapiere nicht ganz, was es ist.«

»Unglücklich?« fragte er, »ist es ein mieses Gefühl?«

»Ein starkes«, sagte sie, und jetzt klang auch ihre Stimme nicht mehr fest. »Vielleicht ist es nur, daß ich immer noch deine Zunge in mir spüre.«

Sie kam zu ihm herüber, setzte sich auf den Tisch und legte ihre Hände auf seine Schultern. »Komm«, sagte sie, und zum ersten Mal küßten sie sich. Lange. Ihre Hände berührten ihn überall, mal tastend und mal fest, und wo ein Schlupfloch war, da drangen sie zwischen die Kleider, um sich seiner Haut zu nähern.

210

Auch er ließ seine Hände über ihre Schultern wandern, ihre Arme, ihren Rücken bis zur Tischplatte und dann über die Hüften in ihren Schoß. Sie zuckte ihm entgegen, und er ließ eine Hand sich dort fester an sie pressen und die andere nach oben auf ihre Brust wandern. Sein Tastsinn war überfordert mit der Meldung all dieser Sensationen an sein Gehirn, durch das außerdem noch kleine Gedanken blitzten. Ich spüre das alles, ihren Schoß, der sich an meinen Fingern reibt, ihre Haare, ihre Öffnung durch den Stoff, ihre Zunge in meinem Mund, ihre Brust in meiner Hand und ihre Hand auf meinem Glied, Schwanz, sie sagte Schwanz, wie sie ihn hält und sich langsam bewegt, und ihre Hand an meinem Hals, an meiner Brust, an meinem Po, an meinem Arsch, würde sie Arsch sagen? Werde ich sie fragen danach? Ich spüre all das und weiß, daß ich es spüre. Ich bin erwachsen, das ist erwachsen, alles zu spüren, in dem Moment, da es geschieht. Früher hätte ich mich bewußtlos durch einen solchen Moment schnellen lassen und später, in meiner Erinnerung, die einzelnen Teile wieder aneinanderphantasiert. Ihre Hände lösten sich von ihm.

Er hielt still und ließ ihren Mund frei. Sie nahm seine Hände sachte von sich und sagte: »Jetzt ist die Beleuchtung richtig.«

Er sah sie nur als Silhouette, fast nur, da waren hellere und dunklere Stellen. Zwei der helleren griffen nach den dunkleren, öffneten sie und schälten und zogen und warfen sie von sich. Auch er zog sich aus.

Sie saß noch immer auf dem Tisch, ganz hell jetzt, nicht mehr nur Silhouette, und zog ihn zu sich her und in sich hinein, ihre Beine weit geöffnet, eine Hand an seinem Hals. Schnell, viel zu schnell kam er, hatte kaum erst ihre Brüste angefaßt, da zog sich schon alles in ihm zusammen, war nicht mehr zu halten, war nur noch ein Schrei und ein Steigen und Stürzen und Sinken seines Kopfes auf ihre Schulter.

Sie bewegte sich langsam weiter, beschrieb winzige Kreise mit ihren Hüften, hielt ihn mit beiden Händen in sich fest und wartete, bis er wieder denken konnte. War sie enttäuscht? Natürlich war sie enttäuscht.

»Verzeih mir«, sagte er leise neben ihrem Ohr. »Entschuldige. Es ist zu lange her.«

»Gibt nichts zu verzeihen.« Ihre Stimme klang anders, tiefer als sonst. »Ist schön.«

Einige Zeit blieben sie so, er fest und sie geduldig in Bewegung, bis sie sagte: »Komm hinter mich und gib mir deine Hand.«

Sie stand vom Tisch auf, und er setzte sich. Sie schob seine Beine hinter sich auseinander und setzte sich vor ihn. Eine seiner Hände legte sie um sich auf ihre Brust und schob die andere bestimmt in ihren Schoß. Er vergrub sein Gesicht in ihr Haar und lernte ihren ruhigen Rhythmus, paßte sich an und stellte sich ganz in ihren Dienst. Und stieg mit ihr, so hoch sie kam und hielt sie, als sie dort war fest, denn sonst wäre sie vielleicht vom Tisch gefallen.

Als keine Bewegung mehr durch ihren Körper ging, sie in sich versank und den Rücken zu ihm rundete, streichelte er sie vorsichtig von den Schultern bis zu den Knien.

»Und das alles habe ich einmal satt gehabt«, sagte sie leise, und ihre Stimme klang erstaunt und fragend, so als erwarte sie von ihm, daß er den Irrtum aufkläre.

Es gab ihm einen Stich, daß sie von anderen Männern sprach, und er schwieg, bis der Schmerz verklungen war. Erst dann sagte er: »Und ich hab mich schon lang damit abgefunden, daß ich's nie erleben werde.«

Sie drückte seinen Schenkel und schmiegte ihren Kopf an seine Schulter.

Eigentlich wäre Sabine jetzt gern allein gewesen, hätte sich ans Meer gesetzt und dem leiser werdenden Rauschen in sich hinterhergehorcht. Aber das ging nicht, dieser Mann war zart und würde es als Ablehnung mißdeuten. Sie spürte sein glitschiges Ding zwischen ihren Pobacken, es fühlte sich noch immer steif an. Hoffentlich wollte er jetzt nicht weitermachen, seine Männlichkeit beweisen oder die Schmach von eben kompensieren. Auf die Jagd nach immer schmaler werdenden Orgasmen hatte sie keine Lust. Sie wollte die Echos von diesem noch hören. Sie hatte seinen Klang noch lange nicht satt. Sie stand auf.

»Komm«, sagte sie, »auf die Terrasse. Wir lassen uns von der Nachtluft streicheln.«

Er schenkte sich noch Wein ein, und sie setzten sich auf die Brüstung. Der Stein war noch warm.

Ihr Wunsch, alleine zu sein, war verschwunden. Seltsam, aus Ralfs Bett war sie fast immer gleich aufgestanden, hatte sich nach unten ins Wohnzimmer oder wenigstens ins Bad verzogen, manchmal sogar nachts noch Spaziergänge gemacht. Auch die Männer vor Ralf hatten sich an diese Marotte gewöhnen müssen. Sie konnte es einfach nicht ertragen, wenn man ihr in diese langsame Rückkehr aus der Grenzenlosigkeit hineinquakte. Na, ja, Grenzenlosigkeit, das ist auch so ein Wort. Schade, daß es immer nur Klischees gibt, gerade für die besonderen Erlebnisse. Aber, egal wie sie es nannte, die War-ich-gut- oder Wie-fühlst-du-dich-Schatz-Arien der Männer sprengten mindestens Schlaglöcher in den Rückweg, wenn sie ihn nicht gar vollständig ungangbar machten. Carl schwieg. Sie genoß die Stille, ohne sich zu fragen, ob er nun zufrieden sei oder schüchtern, enttäuscht oder gar selber in eine Art Versenkung geraten. So, wie es war, war es gut. So, wie er war.

So saßen sie und störten einander nicht, bis Sabine aufstand und sagte: »Ich geh schwimmen, kommst du mit?«

»Nein, geh du. Ich will dich ansehen, wie du gehst, bis du verschwimmst«, sagte er, »und ich will deinen Geruch auf mir nicht ans Meer verlieren.«

Sie ging langsam und genoß den Blick, den er sanft wie einen leichten Mantel um sie legte. So jedenfalls fühlte sich der Blick für sie an. Oder das, was sie davon zu spüren glaubte. Die Nacht hat Augen, dachte sie, seine Augen, deren Blick mich unsterblich machen will. Zumindest halten will er mich und nicht verlieren, was er sieht. Das war es doch, so hab ich's doch gewollt.

Unsterblich, dachte sie und schmiegte sich ins Wasser, Unsinn. Ich bin nicht unsterblich, er ist nicht Rodin, nichts wird von mir bleiben, wenn es Zeit sein wird, zu gehn. Vielleicht Sina. Sina wird bleiben. Eine Weile. Armer Carl, er hat nichts.

Wieder oben auf der Terrasse sagte sie: »Jetzt hab ich Hunger.«

Er sah sie fragend an.

214

»Auf Essen.«

Sie aßen die kalten Reste, räumten den Tisch ab, standen noch eine Weile Hand in Hand auf dem Balkon und gingen dann jeder in sein Zimmer. Beim Gutenachtkuß, der ein wenig unkeuscher geriet, als sie es wollte, spürte Sabine, wie er sich wieder regte und löste sich schnell, denn da war noch immer ein weit entfernter Hall, den sie mit sich nehmen wollte in den Schlaf.

Am nächsten Tag arbeiteten sie wie aufgezogen. Carl verstand Susanne, wenn sie Streichungen, Änderungen oder Präzisierungen vorschlug. Sie saßen näher beieinander als gestern und berührten sich immer wieder, manchmal flüchtig, manchmal keck, aber immer ungläubig, als zwickten sie sich selber, um sicherzugehen, daß es wahr ist.

Bin ich nur noch mal verliebt, dachte Carl, oder ist das wirklich alles so neu, wie es mir vorkommt? Was wird übermorgen sein, wenn wir zurückfliegen? Bin ich eine Affäre? Will sie mich haben? Nimmt sie es leicht, oder ist sie auch so überrascht wie ich? Was immer sie ihm bieten würde, er würde akzeptieren, das stand fest. Wenn sie ihn einmal im Monat in München haben wollte, oder jeden Tag, wenn sie ihren Mann verließe, um zu ihm zu ziehen, wenn sie sagen würde, da sind wir, wo ist die nächste Waldorfschule oder hör mal, Dienst ist Dienst und Schnaps ist Schnaps. Er würde annehmen.

Atme durch, befahl er sich, genieße, was geschieht, es kann morgen schon vorbei sein, und dann darfst du keine Sekunde vergessen haben, denn für den Rest deines Lebens wirst du davon in kleinen Stückchen abbeißen. Und die Erinnerung lutschen. Ganz langsam, damit sie lange vorhält.

Sie waren fast am Schluß des Buches angelangt, an der Stelle, wo Sabine »Heiliger Strohsack« ausruft und Arno, dem Fotografen aufgeht, daß sie seine Telefonbekanntschaft sein muß. Er fährt ins Nachbardorf, ruft sie an und gibt sich als der Mann aus Hamburg zu erkennen.

»Sie könnte anfangs etwas abweisender sein«, sagte Susanne. »Schließlich mag sie ihren Arno bereits und will ihn nicht betrügen. Schon gar nicht mit einem Kerl, von dem sie erstens nur die Stimme kennt, und der sie zweitens so penetrant bis nach Elba verfolgt.«

»Ja«, sagte Carl, »stimmt. Was tun?«

»Na, sie kann ja erst ablehnen, ihn zu treffen, dann erpreßt er sie damit, daß er Arno alles sagen würde, und sie stimmt zu, weil sie das nicht will.«

»Gut«, sagte Carl, »wie immer gut. Du hast scharfe Augen. Immer wenn du was entdeckst, fällt mir selber noch was auf. Jetzt hab ich zum Beispiel Angst, das könnte unlogisch sein. Wie kann sie glauben, daß jemand sie bis hierher verfolgen kann?«

»Ach, laß sie doch einfach fragen, wie er an ihre Nummer gekommen ist und er gibt keine Antwort. So logisch muß es auch nicht sein. Eine Komödie kann mit so was leben.«

»Wenn du meinst.« Carl notierte.

»Hier«, sagte sie, »das ist eine hübsche Idee. Er macht mit ihr das Erkennungszeichen aus, die Süddeutsche Zeitung vom gestrigen Tag, verabredet sich in einem Café, dort ist sie verdutzt, Arno zu begegnen

216

und will ihm gerade eine Ausrede auftischen, und er zieht nur wortlos die Zeitung hinterm Rücken vor. Gut. Jetzt müssen wir nur noch Wolf Gremm für den Stoff begeistern.« Und sie klappte den Ordner zu. »Laß uns zur anderen Seite der Insel fahren.«

»Hast du das ernst gemeint mit Wolf Gremm?« fragte Carl im Wagen.

»Nicht ganz«, sagte sie, »aber rechne nicht mit einer allzu großen Auswahl. Wenn ich das überhaupt unterbringe, können wir schon froh sein. Weißt du, wieviel Drehbücher durch die Gegend fliegen und Regisseuren, Produzenten und Dramaturgen angeboten werden?«

»Nein.«

»Es sind jedenfalls unglaublich viele. Auf meinem Schreibtisch lagen manchmal drei am Tag.«

»Meinst du, es wird überhaupt was?«

»Ich hoffe. Ich find's wunderhübsch. So einen Film würde ich gern sehen.«

»Tja, ich auch«, sagte er. Es klang entmutigt.

»Komm jetzt«, lachte sie und knuffte ihn in die Seite, wobei sie das Lenkrad ein wenig verriß, so daß der Wagen einen kleinen Schlenker fuhr, »nicht schlappmachen. Ich kenne viele Leute.«

Sie fuhren auf einer einsamen Straße in Richtung der anderen Hochebene, und die Vegetation wurde immer karger, als kämen sie durch verschiedene, immer rauher werdende Klimazonen.

»Darf ich deine Brüste sehen?« fragte er, »ganz kurz. Ich vermisse sie schon.«

Sie hielt am Straßenrand an, sah sich um, ob kein

anderes Auto in Sicht war und zog dann ohne Umstände ihr T-Shirt hoch bis zum Hals. Einige Sekunden hielt sie es dort und zog es dann, so schnell wie eben, wieder herunter.

»Au«, sagte er und griff sich in den Schoß. Sie gab Gas und lächelte. Er beugte sich hinüber und küßte sie auf die Schulter.

»Du bist unfaßlich für mich«, sagte er, »ich bin mir immer noch nicht sicher, ob ich das alles nur träume.«

»Ich bin jedenfalls wach«, sagte sie ernst. »Hellwach.«

Das stimmte. Sabine war sich ihrer selbst und dessen, was geschah in einer Weise bewußt, die dem Blick aus der Vogelperspektive auf ein totales Chaos ähnelte. Nichts paßte zusammen, und die Schönheit dieses Anblicks war atemberaubend. Das ist nicht nur der hormonelle Flash des Verliebtseins, dachte sie, irgendwas ist anders, neu, ich habe etwas entdeckt oder geschenkt bekommen, vielleicht auch nur geliehen. Sie wußte es nicht. Sie wußte gar nichts mehr. Es war, als sähe sie alles und kenne von nichts mehr die Bedeutung. Es war schwer zu fassen, ein Gefühl, eine Ahnung, oder auch eine Kraft. So stark jedenfalls, daß ihr auf einmal war, als könne es nur verboten sein, als warte schon irgendwo eine Strafe auf sie. Plötzlich bekam sie Angst.

»Laß uns umdrehen«, sagte sie, »ich will zu Hause anrufen.«

»Ist was los?« fragte Carl, als sie die Zellentür schloß.

»Nein, alles in Ordnung.«

218

»Du siehst unglücklich aus.«

Sie seufzte nur und strich mit dem Finger an seiner Nase entlang. Nach einer Weile, in der sie unschlüssig dastanden und nicht wußten, wohin sie sich wenden sollten, sagte sie: »Ich bin aber glücklich. Vielleicht glaube ich, daß ich das nicht darf. Ich weiß es nicht. Ehrlich.«

»Vielleicht wenn ich dich überall küsse?« fragte er.

»Nicht überall«, sie lächelte, »nur an vier Stellen.«

Er sah sie fragend an.

»Hier, hier, hier und hier.« Sie machte lächelnd und blitzschnell eine Art Kreuzeszeichen, indem sie mit ihrem Zeigefinger zuerst den Mund, dann den Schoß und dann ihre beiden Brüste betupfte. Dabei drehte sie den Kopf nach links und rechts, um zu sehen, ob nicht jemand sie beobachtete.

»Fahren wir heim?« fragte er.

»Ja. Ich hab vielleicht auch nur zu viele deutsche Ferienhäuser gesehen.«

Sie liebten sich so ungestüm, daß die Wunde an Carls Hüfte wieder zu bluten begann. Völlig anders als gestern nacht, als sie ruhig und sich belauschend, zwar schnell, aber ohne jede Grobheit in die Lust geglitten waren, rasten sie jetzt hinein und durch, ohne Maß und ohne Blick, und es war, als rissen sie Stücke aus dem Körper des andern. Oder aus der Seele.

»Ich hab dich verletzt«, sagte Susanne, nachdem sie lange still auf seinem Bett gelegen hatten, und sie deutete auf die Blutspuren.

»Das Gegenteil. Du hast mich das Gegenteil von verletzt.«

»Was erwartest du von mir?« Sie sprach wieder so leise, daß der draußen aufkommende Wind ihre Stimme fast übertönte.

»Dich«, sagte Carl. »In jeder Darreichungsform.«

Sie sah ihn an: »Meinst du als Schnitzel, Pürree oder Gulasch?«

»Nein«, sagte er ernst, obwohl sie ihn, den Kopf in die Hand gestützt, angrinste. »Ich meine, daß ich dich liebe.«

Sie hörte auf zu grinsen. »Großes Wort.«

»Großer Zustand.«

Sie schlief nach kurzer Zeit in seinem Arm ein. Er lag wach und konzentrierte sich darauf, nichts von diesem Augenblick zu verpassen, aber bald durchquerten Gedanken seinen Kopf, die ohne Zusammenhang, ohne Wichtigkeit und ohne Dauer waren, und gerade als er das bemerkte und interessant finden wollte, schlief auch er ein.

Na endlich finde ich einen Fehler an ihm, dachte Sabine, als sie, von seinem Schnarchen aufgewacht, sich behutsam von ihm löste. Draußen war es dunkel geworden. Sie ging zum Strand und schwamm, bis ihr ein Motorboot, von dessen Licht sie nicht erfaßt werden wollte, gefährlich nahe kam.

Wieder im Haus zog sie ihren Bademantel an, machte Feuer im Kamin, wusch Salat und versuchte, gegen die melancholische Stimmung, von der sie immer stärker erfaßt wurde, anzukämpfen.

Ich habe doch eben eine Zukunft entdeckt, dachte sie, wieso fühle ich mich, als wäre es ein Abschied? Weiß ich zu genau, daß es so nicht bleiben wird? Daß die Sensationen, die wir erleben, kleiner werden, verschwinden und was eben noch ein Vorzug war, bald lästig werden kann? Oder habe ich nur Angst, daß mein Leben sich ändert und bin zu feige, das zu wollen?

Gerade als sie die zweite Kerze auf den Tisch gestellt und angezündet hatte, kam er mit verschlafenen Augen herbeigetapst. Er hatte sich angezogen, und sie stellte erstaunt fest, daß sie ihm dafür dankbar war. Was ist los, dachte sie, will ich ihn schon nicht mehr nackt sehen? Aber nein, das war es nicht. Es paßte nur nicht zum Essen. Wäre zu kannibalisch. Er hatte doch einen hübschen Körper. Sogar sein Bäuchlein, das bißchen, was noch übrig war, gefiel ihr. Hatte er für sie abgenommen? Möglich wär's.

»Mir ist was aufgefallen«, sagte er.

»Was?«

»Die Beleuchtung hat nicht gestimmt.«

»Nimmst du die Leute immer so beim Wort?«

»Bei was denn sonst?« Sie lachte.

»Wie lange wirst du brauchen, bis du das Buch überarbeitet hast?« fragte sie später, als sie am Kamin saßen und versonnen in die Flammen starrten.

»Drei Tage, drei Nächte«, sagte er. »Höchstens. Ich fang sofort, wenn ich zu Hause bin, damit an.«

»Schick's mir per Eilpost. Ich freu mich drauf.« Ihre Stimme klang traurig.

»Am liebsten wäre ich selber der Eilbote«, sagte er, »ich kann mir nur schwer vorstellen, ohne dich zu sein.«

»Gewöhn dich dran. Bitte. Ich weiß noch nicht, wie es werden soll.«

»Hauptsache, es wird«, sagte er leise, »oder bleibt. Du mußt mich nicht bremsen, keine Angst. Ich werde nicht quengeln.«

»Ich weiß«, sagte sie. »Ich hab keine Angst.«

»Susanne?«

»Ja?«

»Verzeih mir, wenn ich kindisch bin. Es ist… ich weiß nicht so recht, wie ich's sagen soll… vielleicht bist du meine erste Liebe.«

»Wenn das stimmt, dann darfst du kindisch sein.«

»Ich glaube, es stimmt.«

»Ja.«

»Susanne?«

»Ja?«

»Jetzt stimmt die Beleuchtung.«

»Ja.«

Sie stand auf aus ihrem Sessel, reichte ihm ihre Hand und zog ihn vom Sofa hoch. Dann öffnete sie seine Hose, streifte sie ihm ab und ließ ihren Bademantel dazu auf den Boden gleiten. Sie beugte sich über das Sofa und zog ihn hinter sich. »Komm«, sagte sie »und gib mir deine Hand.«

So würde es seiner Wunde nicht noch einmal schaden.

Seine Armbanduhr zeigte Viertel nach drei, als Carl von einem wilden Traum erwachte. Er konnte kein Bild mehr daraus fassen, aber das Gefühl, etwas Beängstigendes aber auch lustvoll Erregendes erlebt zu haben, wich nur langsam als er seine Jeans anzog, um noch ein Glas Wein zu trinken.

Der Wind hatte sich gelegt, aber am Himmel war

kein einziger Stern zu sehen. Das Licht des Leucht-turms am Ende der Mola war nur ein vager, milchiger Fleck, der in der Dunkelheit auftauchte und wieder verschwand.

Carl holte Papier und Kugelschreiber aus seinem Zimmer, zündete die beiden Kerzen wieder an und schrieb.

Susanne, Du bist für mich ein Wunder und ich will Dir alle Ehrfurcht entgegenbringen, die einem Wun-der gebührt...

Ach Scheiße, dachte er, so eine Sülze und strich den Satz zuerst durch, um dann auch noch das Papier zu zerknüllen. Wenn ich das jetzt in einem Film sehen würde, hätte ich ruckzuck die Fernbedienung in der Hand, dachte er. Haareraufen, halbgerauchte Zigaret-ten, zerknüllte Briefentwürfe, das alles bei Kerzen-licht, fehlt nur noch das Schaben der Feder auf dem Brief. Er schrieb wieder.

Susanne, irgendwas passiert und ich versteh's nicht. Sogar vieles. Natürlich verstehe ich nicht, daß Du so ein Wunder für mich bist, aber das will ich auch nicht verstehen, mir reicht, daß es so ist. Mehr als ich je erwartet und erhalten habe von der Liebe. Es ist etwas anderes. Ich spüre, daß Du traurig bist und habe eine bodenlose Angst, es könne daran liegen, daß morgen alles schon wieder vorbei sein soll. Stimmt das? War es das?

Ich habe Dir versprochen nicht zu quengeln, ich werde dieses Versprechen bestimmt halten. Wenn Du Angst hast vor meinen Ansprüchen, bitte glaub mir, ich werde keine stellen. Ist es das? Hast Du Angst? Oder tue ich Dir leid, weil der Urlaubsflirt morgen

vorbei sein wird und Du mich verliebter findest als es
in Deine Pläne paßt? Es tut mir höllisch weh, dies hin-
zuschreiben, aber es nur zu denken, ist auch nicht
viel besser…

Seich, dachte er, verdammter Seich und zerknüllte
auch dieses Blatt.

Er stand auf, riß beide Briefe in winzige Stückchen,
die er traurig in den Mülleimer rieseln ließ. Er blies die
Kerzen aus und ging zu Bett. Und hoffte, daß ein anderer wilder Traum ihn ablenken würde.

Auf der Fähre nach Ibiza standen sie wieder oben, aber
diesmal sahen sie vom Heck aus zur Insel zurück.
Deshalb konnte auch die Nässe in Sabines Augen
nicht vom Fahrtwind kommen. Zum Glück sah Carl
nichts davon, denn er starrte fast senkrecht hinab auf
die Wellen, und sie konnte den Schaden in Ruhe mit
einem Taschentuch beheben.

Jetzt reicht's aber, dachte sie, wir sind hier nicht in
›Love Story‹. Ich werde nicht demnächst an Krebs sterben und ich höre auch keine Musik von Ennio Morri-
cone. Sie stupste Carl in die Seite und sagte, als er hersah: »Ich freu mich auf dich.«

Er küßte sie, sah ihr in die Augen und nahm ihren
Arm. »Komm wir machen jetzt eine schöne Symbol-
handlung. Wir gehen nach vorne und sehen uns die
Landung in Ibiza an.«

Sie lächelte. »Merk dir das. Für deinen nächsten
Film.«

Hoffentlich holt mich Ralf nicht am Flughafen ab,
dachte sie beim Anschnallen, oder nennt mich, falls

er's doch tut, nicht Sabine. »Hör mal«, sagte sie, nachdem die Stewardeß den Kaffee serviert hatte. »Sei bitte nicht der Kurier, sondern schick mir das Buch.«

»Keine Angst«, sagte er, und sie war sich nicht sicher, ob er enttäuscht oder beruhigend klang.

»Ich melde mich. Es wird nicht lange dauern. Ist nur... ich muß... ach, ich weiß auch nicht. Nachdenken. Begreifen, was passiert ist, irgend so was.«

»Hm.«

»Verstehst du mich?«

»Ich versteh, was du meinst. Das reicht fürs erste.«

»Ich melde mich bald.«

»Ja.«

»Was wirst du tun?«

»Ich kauf mir Schuhe mit Plateausohlen und warte, daß du anrufst.«

»Ralf, das ist Herr Stowasser, Carl, das ist Ralf, mein Mann.« Susannes Stimme klang angespannt. Sie schien von diesem Treffen nicht begeistert zu sein.

Verlaß dich auf mich, dachte Carl, ich mach keine Dummheiten. Er schüttelte dem Mann die Hand.

»Wo ist Sina?« Susanne drehte den Kopf hin und her, und noch bevor sie die Arme hochriß und winkte, sah Carl in ihrem Blick, daß sie ihre Tochter entdeckt hatte. Werden ihre Augen auch so aussehen, wenn sie mich in einer Menge findet, dachte er und fürchtete sofort, ihr Mann könnte seinen Ausdruck richtig deuten.

Sina kam von einem Kiosk in der Halle gelaufen und warf sich ihrer Mutter in die Arme.

»Also«, sagte Susanne, als ihre Tochter sie losließ,

und neigte sich zu Carl. Ganz leise flüsterte sie »züchtig« und küßte ihn auf beide Wangen. »Machen Sie's gut und vor allem schnell. Ich warte auf das fertige Buch.«

Er verabschiedete sich von Sina und Herrn Kahlen und schaute nicht zurück auf seinem Weg zum Taxi.

7. Kapitel

»Schläfst du mit dem?« fragte Ralf, als Sina endlich im Bett war und er sich seinen dritten Whisky eingoß.

»Das geht dich nichts an«, sagte sie freundlich. Viel freundlicher, als sie es meinte.

»Das heißt also ja.«

»Das heißt gar nichts, nur, daß es dich nichts angeht.«

»Es tut mir aber weh.«

»Bitte Ralf, ich möchte nicht über so was diskutieren. Das ist kein Thema mehr für uns. Ich werde mich nicht rechtfertigen, und ich werde mich nicht offenbaren, oder was du auch immer willst, über diese Dinge schweigen wir.«

»Soso.«

»Ja.«

Sie brauchte einige Zeit, um ihn davon zu überzeugen, daß ihr heikles Verhältnis gewisse Spielregeln erfordere und dies eine davon sei, und als er den fünften Whisky kippte, stand sie auf, um schlafen zu gehen, obwohl der Film eines ihrer Bekannten lief, den sie eigentlich hatte sehen wollen.

»Ralf?« sagte sie von der Wohnzimmertüre aus.

»Ja?«

»Sei stark. Ich mußte auch stark sein. Gut Nacht.«

Im Treppenhaus kam Bibi ihm entgegen, als Carl seine Wohnungstür aufschloß.

»Na so was«, sagte er erstaunt und sah Christian hinter ihr auftauchen, der den Arm um sie legte und stolz auf sie herabsah.

»Als Verliebte grüßen Frau Domnick und Herr Brenner und hätten Sie gern einmal in den nächsten Tagen zum Abendessen bei sich begrüßt.«

»Na so was«, sagte er nur noch einmal, denn er war tatsächlich vollkommen verdutzt.

In der Wohnung legte er sich auf den Boden und schmuste minutenlang mit Carlotta und Ulbricht, die ihn beide mit hocherhobenen Schwänzen umkreisten, ihre Köpfe an ihm rieben und in den höchsten Tönen schnurrten. Erst als sie zu Ehren seiner Heimkehr eine wilde Schlägerei anfingen, sich mit viel Geschrei durch die Wohnung jagten und einige der Lampen in gefährlich instabile Lage brachten, stand er auf und packte seine Tasche aus. »Heh, hört auf«, versuchte er ein Machtwort, weil ihm Carlotta, wie meist, unterlegen und seiner Hilfe bedürftig vorkam, aber Ulbricht, der tatsächlich für einen Moment von ihr abgelassen hatte, wurde für seine Milde schlecht entlohnt. Carlotta bekam die Oberhand und vermöbelte ihn nach Strich und Faden.

»Macht doch, was ihr wollt«, sagte Carl resigniert, »das tut ihr ohnehin.«

Als beide wieder um ihn herumstrichen, sagte er: »Ich hab euch vermißt.« Das war gelogen. Zum ersten Mal.

Er schaltete den Computer ein und arbeitete bis spät in die Nacht. Er hörte Christian und Bibi nach Hause kommen und auch, wie sie sich nur wenig später lärmend liebten. Direkt über seinem Arbeitszimmer. Wieso hat er immer Frauen, die bei der Liebe schreien, fragte sich Carl, aber er ließ sich nicht in seiner Konzentration stören und schloß den Deckel des Computers erst kurz vor drei Uhr nachts. Und hoffte noch immer, das Telefon würde klingeln, und Susanne, nicht Sabine würde dran sein.

Währenddessen träumten Susanne und Sabine denselben Traum. Carl stand in der Tür, hinter ihm ein langer Flur, er hielt den Hörer eines Funktelefons in der Hand und sagte quengelnd, jetzt komm doch endlich. Komm. Susanne und Sabine wollten oder konnten nicht, deshalb kam er nach einiger Zeit her und streichelte ihre Brüste. Er war plötzlich nackt und drang in sie ein, und sie ließen ihn müde gewähren. Sein Atem roch nach Whisky.

»Bist du völlig übergeschnappt?« zischte Sabine, hellwach mit einem Schlag, und schob Ralf so grob von sich herunter, daß er fast zu Boden fiel. Sie stand wortlos in der Tür bis er sich endlich, verlegen stammelnd, unter trotzigen Entschuldigungen aufgerappelt hatte, seinen Bademantel gegriffen und hinausgetorkelt war. Sie schloß ab.

Sie fühlte sich nicht beschmutzt, fand nicht, daß er sie vergewaltigt habe, aber mies war es. Erschlichen, feig und mies. Sie stand am Fenster und rauchte, bis ihr erster Zorn vergangen war. Dann ging sie ins Bad, um zu duschen.

Vor lauter Wut und Enttäuschung schlief sie lange nicht ein, und das Schlimme war, daß sie nicht einmal an Carl denken konnte. Ralf und Carl hatten sich vermischt. Verbündet hatten sie sich miteinander, um in ihr herumzuwühlen. Ungefragt. Der eine hatte sich im Traum, der andere in Wirklichkeit in sie gedrängt.

Außer der Nachricht, daß eine Fernsehsendung, für die er kleine Dialoge schrieb, ab September vom dritten ins erste Programm umziehen würde, lag fast nichts Angenehmes in der Post. Der Saarländische Rundfunk, einer seiner besten Kunden, hatte von sechs angeforderten Szenen nur eine produziert, der Kontoauszug zeigte eine bedrohliche Schieflage seiner Finanzen, die Lotterie buchte ab, anstatt zu überweisen, und ansonsten lag neutraler Kram im Kasten. Und eine Postkarte von Christian aus Bisbee-Arizona.

Na ja, viertausend vom Bayrischen Fernsehen fehlten noch und einige kleinere Summen von hier und da. Er würde schon noch ein paar Tage durchkommen, ohne daß die Rücklagen herhalten mußten. Geld war ohnehin kein Thema im Moment.

Susanne war das Thema. Er und Susanne. Es fiel ihm zunehmend schwerer, die Sabine im Drehbuch nicht zwanzig Zentimeter wachsen zu lassen, ihr dunkles Haar zu geben und Beine bis ans Herz. Er sah und hörte nur noch Susanne und sich in der Geschichte. Und hin und wieder tippte er tatsächlich ihren Namen. Susanne statt Sabine.

Im Bademantel und mit zerzaustem Haar stand Bibi am nächsten Vormittag vor seiner Tür. Ob er nach dem Drucker sehen könne, der nehme das Papier nicht an.

Es lag am Einzelblatteinzug, dessen Bügel nicht nach vorn geschnappt waren. Ein Handgriff. »Ich kenne mich nur mit Laserdruckern aus«, sagte Bibi. »Danke.«

Gerade als Carl gehen wollte, kam Christian herein. Bibi klang verlegen, als sie sagte: »Ich wollte dir grad einen Brief schreiben, und der Drucker hat gestreikt.«

Hatte sie ein schlechtes Gewissen? Weswegen denn?

In den nächsten Tagen war Christian seltsam reserviert, und auch Bibi schlug einen irritierend schnippischen Ton an, wenn Carl ihr im Treppenhaus begegnete. Ihr Benehmen wirkte auf ihn wie die mit falscher Milde übertünchte Arroganz fanatischer Sektenmitglieder. Vielleicht genieren sie sich vor mir für ihr Geturtel, dachte Carl, aber wieso? Bin ich etwa ein profilierter Vertreter der Anti-Romantik-Liga? Ausgerechnet ich?

Egal. Er hatte Wichtigeres zu tun. Endlich, vier Tage nach seiner Rückkehr aus Formentera, schickte er das Drehbuch fertig überarbeitet per Eilboten nach München. Und schlich schon ab dem nächsten Morgen ums Telefon, so wie Ulbricht und Carlotta umeinanderschlichen, wenn sie sich überlegten, wer als erster ein paar Haare lassen würde.

Sollte sie nun Sybille oder Erika anrufen? Sabine war so, als müsse sie jemanden um Rat fragen. Aber was sie sich raten lassen würde, das wußte sie nicht. Ich habe einen Geliebten, dachte sie, ist doch prima, wieso bin ich dann so kratzig? Was ist los? Ich will doch weder heiraten, noch umziehen, noch sonstwas

Bedeutendes tun, ich will nur hin und wieder meinen zarten Liebsten an mir haben und mich in den Zwischenzeiten freuen, daß es ihn gibt. Was ist so kompliziert? Was soll mir jemand raten? Ich werde in Zukunft mehr Geld für Sprit und Fahrkarten brauchen und vielleicht, nein bestimmt auch fürs Telefon, ich werde mich, außer auf meine Arbeit und Sina auf noch etwas freuen können, und mein milder Carl mit seinen wohltuenden Manieren wird ein guter Geist für mich sein. Will ich, daß er nach München zieht? Nein. Ja. Nein. Keine Reibung zwischen Ralf und ihm, kein geheimes zweites Leben im Hotel. Wenn doch das Drehbuch endlich käme, dachte sie, damit ich loslegen kann. Das Drehbuch ist unser gemeinsames Kind.

Na ja, auch wieder Quatsch, auch wieder eins dieser Klischees, aber irgendwas ist dran. Es gehört uns beiden, es handelt von uns, wir haben uns dazu inspiriert, uns damit überrascht.

Sie stellte sich Fragen und gab sich Antworten. Und immer schien ihr, da fehle noch was, als habe sie nicht lange genug nachgedacht, als ginge es noch präziser, oder lasse sie etwas Wichtiges außer acht. Um sich nicht auf die Schliche zu kommen? Welche Schliche? Und weswegen sollte sie sich hintergehen wollen?

Endlich lag das Drehbuch im Kasten, und sie las es durch in einem halben Tag. Auch ihr kam es auf einmal unpassend vor, daß da eine blonde Frau mit Kußmund und ein Typ wie Helmut Griem zugange waren und nicht ein kleiner, pfiffiger, wasserscheuer Glatzkopf mit einer großen Frau wie ihr. Aber es gefiel ihr, wie gründlich und gehorsam er alles überarbeitet hatte. Fast alles. Ihren Vorschlag, daß die Frau bei ihrer Beschreibung lügen sollte, hatte er nicht angenommen. Aber dafür waren jetzt beide im selben Hotel und liefen einander über den Weg. Sie nahm das Buch mit ins Büro und griff dort zum Telefon.

»Stowasser?«

»Ich bin's, hallo, Susanne, erinnerst du dich?«

Carl ließ einen tiefen Seufzer los, der sich seit Tagen gestaut haben mußte, so erschüttert und erleichtert, wie er klang. »Na endlich. Wie geht's Dir. Ich vermisse dich. Darf ich ab jetzt alle Viertelstunde bei dir anrufen?«

Sie lachte: »Halt, hol erst mal Luft. Moment. Willst du gar nicht wissen, wie mir die Neufassung gefällt?«

»Doch«, sagte Carl und versuchte, auf den Klang seiner Stimme zu achten. Klang das enttäuscht? Ein bißchen? »Bist du zufrieden?«

»Ja, sehr«, sagte sie, »und ich vermisse dich auch. Ich weiß nur nicht, wann wir uns sehen können.«

»Hm.« Das klang nun deutlich enttäuscht.

»Hörst du den Kopierer jammern?« fragte sie.

»Ja.«

»Dein Buch. Ich hänge mich jetzt ans Telefon und mache alle, die ich kenne, heiß. Die sollen gierig das Paket aufreißen, wenn es morgen in der Post liegt.«

»Ja. Wann sehen wir uns?«

»Du wolltest doch keine Ansprüche stellen?«

»Ich weiß. Aber ich hab Sehnsucht. Ich will deine Brüste sehen.«

»Ich schick dir ein Foto.«

»Soll ich das nicht fragen? Wann wir uns sehen, meine ich.«

»Noch nicht, nein.«

»Aber sag mir Bescheid, wenn ich darf.«

»Versprech ich. Aber jetzt muß ich loslegen, unser Kind schaukeln. Ich melde mich, sobald einer reagiert, okay?«

»Okay.«

»Ach, und noch was. Wir fliegen morgen ein bißchen um die Welt, Drehorte besichtigen und technische Recherche, der Regisseur und ich. Ich geb ihm das Buch im Flieger. Er ist natürlich meine erste Wahl.«

»Ich wünsch uns Glück«, sagte Carl. Es klang schon wieder so enttäuscht. Verflucht. Er mußte seinen Tonfall in den Griff kriegen.

»Ja«, sagte sie. »Kann sein, ich bin zwei Wochen weg, kann sein auch nur zehn Tage. Vergiß mich nicht.«

»Kann ich gar nicht. Wenn's dich in der Nase juckt, das bin ich.«

»Ich denk dran«, sagte sie. »Wo es dich jucken wird, ahne ich schon.«

»Jetzt bist du indiskret.«

»Vertritt mich würdig«, sagte sie leise.

»Unmöglich.«

Sie legten auf.

Am nächsten Morgen warf Carl Christians Post auf die Treppe und wollte gerade die Tür hinter sich schließen, als er Christian von oben herunterkommen hörte.

»Morgen«, sagte er, »Kommt ihr heut abend zum Essen zu mir? Ich koch was.«

»Geht nicht«, sagte Christian. »Wir geh'n ins Konzert.«

»Oh, was denn?«

»David Sanborn, Bibi schreibt 'n Artikel.«

»Sanborn? Der spielt doch Saxophon.«

»Na und?«

»Und morgen?«

»Es geht überhaupt nicht, weil du Katzen hast und Bibi dazu die passende Allergie.«

»Ach du Scheiße«, sagte Carl, »das ist ja furchtbar. Läßt sich so was nicht operieren?«

»Rasier deine Katzen, das ist einfacher.«

Das war nun wieder mal nicht ganz die Art Humor, über die Carl sich amüsierte, aber er sparte sich die Bemerkung, daß Christian doch auch seine Bekannte in den Wind schießen könne. Statt dessen brachte er nur ein lahmes »Bis dann« heraus und schloß die Tür.

Was ist denn los mit dem, dachte Carl, der behandelt mich wie einen lästigen Verehrer. Was ist überhaupt mit der Einladung zum Essen? Na, ich renne ihm nicht nach, das steht mal fest. Er kann sich melden, wenn er wieder normal ist. Rasier deine Katzen, so eine Frechheit.

Dabei hatte sich Carl schon Christian und Bibi in den Hauptrollen seines Films vorgestellt. Er hätte sie vorgeschlagen. Christian wäre bestimmt gut, und, wer weiß, vielleicht hatte auch Bibi Talent? Schön genug war sie, und die Rolle war ihr quasi auf den Leib geschrieben. Na, egal. Dann eben nicht.

Der Brief am nächsten Morgen enthielt ein Polaroidfoto, das Carl, da er den Umschlag im Flur schon auf-

gerissen hatte, schnell und verschämt vom Boden auf-
hob. Und er beeilte sich, damit in die Wohnung zu
kommen. Wenn jetzt Herr Wagner oder seine Angestellte vorbeigekommen wären, sich hilfreich gebückt
hätten und gesagt »Hier, das haben Sie wohl verloren«? Ihm wurde ganz heiß bei der Vorstellung.

Susanne saß nackt in einem Sessel und lächelte in
die Kamera. Nur ganz leicht hatte sie die Beine geöffnet, gerade so weit, daß das Dunkel dazwischen dem
Auge nicht ganz unerreichbar schien und Carl den
Wunsch verspürte, noch ein wenig nachzuhelfen und
eines der Knie nach außen zu schubsen. Die Arme
hatte sie links und rechts graziös und lasziv über die
Lehnen drapiert. Sie erinnerte ihn an ein Bild von Gau-
guin.

Carl, mein Liebster, meine große Entdeckung,
stand in dem Brief, *bitte denk nichts Falsches, das
Bild ist mit Selbstauslöser gemacht und nur für Deine
Augen. So kann ich mir vorstellen, sie flögen mit mir
um die Welt, und ich werde glauben, sie zu spüren,
wann immer ich alleine bin. Ich kann das. Als Du mir
nachsahst auf meinem Weg zum Strand, da waren
Deine Augen auf mir. Bei Gelegenheit kann ich Dir
beweisen, daß ich weiß, in welcher Reihenfolge Du
wohin geschaut hast. Ich habe Deinen Blick auf mir
gespürt, spüre ihn jetzt noch, wenn ich mich ganz darauf konzentriere. Dieses Foto ist ein kleiner Voodoo-
Zauber. Stich keine Nadeln rein, und schau es weder
gleichgültig noch wütend an, sonst tun mir Deine
Blicke weh. Es wird so was wie Fernliebe sein. Ich bin
sicher, es funktioniert. Unser Drehbuch habe ich acht
verschiedenen Leuten geschickt, fünf davon sind freie*

Regisseure und drei Dramaturgen beim Fernsehen.
Ich bin sehr gespannt und freue mich schon auf die
Reaktionen. Weißt Du, daß ich mich mit Sabine iden-
tifiziere? Mir ist, als hatten wir diese Geschichte mit-
einander erlebt und nicht nur miteinander erfunden.
Aber vielleicht vermischen sich beim Schreiben ja so-
wieso Erlebtes und Erfundenes und ergeben eine neue
chemische Zusammensetzung, die sich nicht einfach
wieder in ihre Bestandteile zerlegen läßt. Mir ist, als
hätte ich mit Dir gesprochen am Telefon in einem
Hamburger Hotel, als hätte ich Dich dann später ge-
troffen, erkannt an Deiner wunderbaren Stimme und
mich so in Dich verliebt. Deshalb biete ich Dir auch
meine Hand an. Deine Hand soll meine sein, wie im
Buch und Dir tun, was ich Dir täte, wenn ich nicht
meine Zeit in Miami, auf Kuba und Barbados ver-
plempern müßte. Ich habe Deine Augen und Du hast
meine Hand. Mach es gut, mein Liebster, ich ver-
misse Dich. Susanne.

Er sah das Bild an, und sein Atem wurde flach, und
tatsächlich, da war sie. Ihre Hand.

Er hatte plötzlich wieder Arbeit. Zwei Drehbücher lagen am nächsten Tag in der Post, mit der Bitte, den
Dialogen auf die Sprünge zu helfen. Der Absender des
Briefes war ein gewisser Dr. Strecker vom WDR, der
schrieb, er habe den Tip von Frau Kahlen bekommen,
könne aber leider nicht so großzügig honorieren wie
das bayrische Fernsehen, sondern nur pro Buch sechs-
tausend Mark.

Carl mußte grinsen. Er nahm das Polaroid aus der
Brieftasche, küßte es und sagte »Danke.«

Den ganzen Nachmittag über ging das Telefon. Ein Hörspiel, das der Saarländische Rundfunk produziert und an den Süddeutschen und Hessischen verkauft hatte, sollte nun von Radio Bremen neu aufgenommen werden, und eine freundliche Dame aus der Redaktion fragte an, ob er den Text überarbeiten wolle. Falls ja, könne man hierfür zweitausend Mark Honorar bereitstellen. Er wollte. Ein anderes Hörspiel war nach Frankreich verkauft worden, und der Herr von der Honorarabteilung wollte nur schnell nachfragen, ob die alte Bankverbindung noch stimmte. Das Magazin der Süddeutschen Zeitung wollte Glossen zum Thema Europa, und ein Redakteur von RTL fragte an, ob Carl Interesse habe, als Gagschreiber an einer wöchentlichen Talkshow mitzuarbeiten. Er hatte.

So etwas glaubt einem keiner, dachte Carl, als er abends müde und glücklich den Fernseher einschaltete. Wofür soll ich denn entschädigt werden? Das läßt sich allenfalls noch astrologisch erklären. Mit Zufall jedenfalls nicht. Er ging früh zu Bett und legte das Polaroid neben sich auf ein eigens dafür aus dem Schrank geholtes und frisch überzogenes Kissen.

Ich werde Sina nicht enttäuschen, dachte Sabine bei einem Bummel über die Promenade von Key West. Ich werde mit Ralf leben und Carl so oft es geht sehen. Ich werde ein schönes Leben haben. Eine Sonntagsliebe, der keine allzufrühe Abnutzung droht, ein zufriedenes Kind, einen spannenden Beruf und einen Mann, der hoffentlich noch lange so kleinlaut bleibt, wie in den letzten Tagen. Sonntagsliebe, frühe Abnutzung, da haben wir es wieder. Diese abgeklärte Altweiberweisheit. Aber trotzdem, dachte sie, mit achtunddreißig hat man Erfahrungen, und Erfahrungen sprechen gegen den Kitsch von der lebenslangen Leidenschaft. Kitsch? Ist das Kitsch? Ja, leider. Na und? Ich liebe ihn und freue mich darauf, ihn zu sehen. Am liebsten flöge ich sofort los und kniete morgen vor seinem Bett, um ihn wachzuküssen. Und er? Er liebt mich sogar doppelt. Er liebt Sabine und Susanne, das ist mehr von mir, als je ein Mann gekannt hat, geschweige denn geliebt. Eins steht fest, sofort wenn ich zurück bin, fahre ich zu ihm.

Sie ging mit schnellen Schritten zum Hotel zurück, denn eben war ihr eingefallen, daß das Zimmer zwar keine Augen hatte. Dafür aber ein Telefon.

»Stowasser?«

»Carl?«

»Ja?«

»Hörst du mich gut? Hier ist Sabine. Ich ruf aus Florida an.«

»Sabine?«

»Ja... wieso... ach, entschuldige, ich heiße ja immer noch Susanne. Hast du's jetzt? Groß dunkelhaarig, Brille, wir hatten kürzlich das Vergnügen.«

»Wieso hast du dich Sabine genannt?«

»Jetzt bin ich selber ganz durcheinander. Ich glaube, weil ich noch immer so in dem Drehbuch lebe. Ich verwechsle mich mit ihr.«

Carl fand nur langsam zurück aus seiner Verwirrung. Sabine mit Susannes Stimme oder Susanne mit Sabines, das war für einen Moment zuviel gewesen. Er faßte sich und fragte: »Geht's dir gut?«

»Ja, aber mein Zimmer hat keine Augen. Hast du mein Foto bekommen?«

»Ja.«

»Schaust du's an?«

»Dauernd.«

»Dann wirkt der Zauber doch nicht.«

»Bei mir wirkt er.«

Es entstand eine kleine Pause, und Carl dachte, eigentlich müßte ich jetzt die Entfernung in der Leitung rauschen hören.

Aber er hörte nichts außer ihrem Atem, und dieses Geräusch rührte ihn tiefer an, als ein Rauschen dies vermocht hätte.

»Was sollte das heißen, dein Zimmer hat keine Augen?« fragte er.

»Deine. Mir fehlen deine Augen. Ich wünsche sie mir hier. Du sollst mich ansehen. So daß ich es spüre.« Ihre Stimme war leise geworden. Der Abstand zu den Geräuschen ihres Atems hatte sich merklich verringert.

»Hm«, sagte Carl.

»Was ist?«

»Du machst mich verlegen, es ist... es ist wie... na ja, wir... hmhm, beschreib dich, dann seh ich dich. Durchs Ohr.«

Sie lachte leise: »Jetzt weiß ich, was du meinst. Sei nicht verlegen, ich liebe dich. Soll ich dir beschreiben, was ich anhabe?«

»Nein, eigentlich nicht.«

Sie lachte laut. »Moment, dann mußt du aber einen Moment warten. Willst du?«

»Ja, nein. Ich weiß nicht. Nein. Ich glaube doch

nicht. Laß uns das nicht tun. Es ist...«, er mußte sich zweimal räuspern, »es ist wie nachgemacht.«

»Wem, Sabine?«

»Nein.« Ein Glück, daß sie ihn nicht sehen konnte. »Nein, aber dem Buch.«

»Das kennt doch noch niemand außer uns.«

»Der Regisseur«, hakte Carl ein, »dein Regisseur, hat er's noch nicht gelesen?«

Er war erleichtert, das Gespräch auf ein anderes Thema lenken zu können. Er wollte sich nicht verplappern, aber wie hätte er erklären können, daß er mit Susanne nicht etwas nachspielen wollte, das er mit einer anderen schon getan hatte? Es wäre ihrer nicht würdig gewesen. Sie war keine Stellvertreterin. Wie ein Betrug, ein gemeiner Betrug hätte sich das für ihn angefühlt.

»Ja, er hat's gelesen«, sagte sie. War sie verletzt? Er hatte sie abgewürgt.

»Und?«

»Findet's nicht gut. Leider. Ich muß mir Mühe geben, ihm nicht böse zu sein. Er sagt, niemand, der seine fünf Sinne beieinander hat, wird dieses Buch verfilmen.«

»......«

»Carl? Bist du noch da?«

»Ja.«

»Tut weh, hm? Mir auch. Ich hätte ihm fast eine geklebt.«

»Hoffentlich hat er nicht recht.«

»Bestimmt nicht.«

Sie schwiegen eine Zeitlang, bis Carl sagte: »Kannst du dir das leisten, daß wir hier so rumschweigen?«

»Ich tu's einfach«, sagte sie. »Denk nicht dran.«

»Was findet er denn so schlecht, hat er das gesagt?«

»Er findet es nicht schlecht. Er sagt nur, das sei kein Film, es sei möglicherweise ein Buch, aber niemals ein Film. Nur Worte. Viel zuviele Worte.«

»Der Mann hat nix kapiert.«

»Leider«, sagte sie, und nach einer kurzen Pause: »Willst du nicht doch dein Licht ausmachen? Ich bin so…«, und sie holte tief Luft, anstatt ihren Satz zu vollenden.

Carl schwieg. Er konnte ihr unmöglich sagen, weswegen er nicht wollte. Verdammt, er fühlte sich wie eingekesselt. Von Sabine und Susanne in die Zange genommen.

»Bitte«, sagte sie wieder ganz leise, »bitte. Für mich. Tu's für mich. Ich sehne mich so danach. Schon den ganzen Tag. Ich konnte heute zeitweise an nichts anderes denken.«

»Gut«, sagte er, stand auf und knipste das Licht aus. »Sei mir nicht böse, daß ich so verklemmt bin. Es kommt mir nur irgendwie unrecht vor.«

»Es ist nicht unrecht«, sagte sie, »ich brauch dich. Deine Augen und deine Hand.«

»Ja«, sagte er.

Als einige Zeit später der Hörer wieder auflag, wußte Carl nicht mehr, wo oben und wo unten war. Sie hatten nichts aus dem Buch wiederholt, hatten sicher und behutsam jede ähnliche Formulierung vermieden, und doch war es ihm wie ein Déjà vu vorgekommen. Atemberaubend und beschämend zugleich, er kam sich mies und wie ein Lügner vor, weil Susanne nicht wußte, daß Sabine tatsächlich existiert hatte und er ihr nicht sagen konnte, daß das, was sie taten, nur ein Abklatsch war.

Er ging eine Zeitlang in der dunklen Wohnung auf und ab und wußte nicht, was er tun sollte. Spazierengehen? Wohin? Dieser Mischung aus Euphorie und schlechtem Gewissen spazierte er gewiß nicht davon. Abwarten? Bis es einfach weg war? Das Telefon klingelte.

Er hastete zum Apparat und schrie fast in den Hörer: »Susanne?«

»Nein, Christian. Nachbar von oben. Gig ausgefallen, kein Hotel, keine Zugverbindung. Könntest du mich abholen? Ich bin in Bad Säckingen. Das ist die Steigerung von Bad Sack. Oder ein Euphemismus dafür.«

»Oh, na ja, klar. Wo bist du denn?«

»Bahnhofsrestaurant. Hat offen bis eins.«

»Ich bin vorher da, iß noch eine Suppe und zähl die Fettaugen, beim sechzigsten komm ich zur Tür rein.«

»Ich liebe dich«, sagte Christian, »ehrlich. Anderslautende Behauptungen sind gegenstandslos, und ich möchte an dieser Stelle meiner Hoffnung Ausdruck verleihen, daß du deine Katzen nicht voreilig rasiert hast.«

»Hm«, sagte Carl, »hab ich nicht. Wär mir auch nicht eingefallen.«

»Ah gut«, sagte Christian, »darauf hab ich mich verlassen.«

»Du hast mir in letzter Zeit nicht den Eindruck großer Zuneigung vermittelt.«

»Also jetzt aber. Du, ein Mann des Wortes, und

schwallt so ein Zeug daher. Den Eindruck großer Zuneigung vermittelt. Schüttel. Frier.«

»Du weißt doch, was ich meine.«

»Das spricht für meine Begabung, auch noch dem größten Schlunz ein Minimum an Gehalt zu entnehmen. Unter der Begabung leide ich.«

»Willst du nun abgeholt werden, oder nicht?«

»Ja.«

»Wie, ja? Was soll das heißen, ja?«

»Ja, ich will abgeholt werden oder nicht. Wenn ich wählen darf: ersteres.«

»Gib zu, daß du mich behandelt hast, als könntest du mich nicht leiden.«

»Wie schön, du kannst doch noch richtige deutsche Sätze sprechen. Ich geb's zu. Das lag an Frau Domnick, meiner vorläufig letzten Bekannten. Ich erklär's dir, wenn ich erst in deinem spitzenmäßig schönen, geräumigen und luxuriösen Taschendaimler sitze. Bis gleich, ja?«

»Bis gleich.«

Das Telefon klingelte in dem Moment, da er den Hörer aufgelegt hatte, wieder.

»Ja?«

»Carl? Hier ist noch einmal Sabine.«

»Susanne?«

»Nein, Sabine, das heißt, ja, Sabine und Susanne, alle beide. In einer Person.«

»Hallo«, sagte Carl. Er wußte nichts anderes.

»Bevor ich schlafe, will ich noch wissen, was du an mir liebst.«

»Alles«, sagte Carl, und das stimmte.

»Aber was Spezifisches, was Einzelnes, was ganz

244

Kleines. Sag mir eine kleine Bemerkenswürdigkeit an mir, die will ich pflegen und schonen und für dich bewahren. Ich will mir dich vorstellen können, wie du dir mich vorstellst.«

Carl wußte nicht, was er sagen sollte. »Vielleicht, daß du keine Katzenallergie hast?«

Sie lachte: »Gibt's denn so was? Eine Glatzenallergie?«

Jetzt lachte er. »Schau einfach in den Spiegel. All das liebe ich.«

»Mhm«, sagte sie, »ich sehe.«

»Und du? Was liebst du an mir, außer, daß ich einen Flop geschrieben habe, der vielleicht nur uns beiden gefällt?«

»Was ich an dir liebe?«

»Ja.«

»Daß du so bezaubernd schwer von Begriff bist. Und du hast nicht das beste Gehör der Welt.«

»Gehör? Wieso Gehör? Und wieso schwer von Begriff?«

»Hast du dir nie überlegt, wieso ich Sabine und Susanne durcheinanderbringe?«

»Doch, du hast doch gesagt, weil du dich mit dem Drehbuch so identifizierst.«

»Und hast du dir nie überlegt, wieso *du* Sabine und Susanne durcheinanderbringst?«

»Tu ich doch gar nicht.«

»Jetzt lügst du.«

»Woher willst du das wissen?«

»Das ist schon wieder eine Frage, die du *dir* stellen solltest, nicht mir. Na? Fällt da ein Groschen? Woher weiß ich das?«

»Ich weiß nicht. Ehrlich.« Carl war verwirrt. Ihr Ton war nicht der eines Verhörs, aber die Worte klangen so. Ihre Stimme schien eher zu einer Szene zu passen, in der jemand gedrängt wird, das tolle Geschenk endlich auszupacken. Aber was für ein tolles Geschenk denn?

»Heiliger Bimbam!« rief sie, »du bist *wirklich* schwer von Begriff.«

Der Himmel fängt über dem Boden an

Roman

Für Volker

The birds they sang at the break of day
Start again I heard them say
(L. Cohen)

one · two · three · four...

EINS

Es ist Sommer. Der letzte meiner Kindheit. Wobei ich vielleicht gleich dazusagen sollte: meine Kindheit war rekordverdächtig lang. An meinen achtundzwanzigsten Geburtstag kann ich mich zum Beispiel nur noch sehr vage erinnern – er mag so etwa fünf, sechs, sieben Jahre her sein. Jetzt, in diesem Sommer, bin ich jedenfalls kein Schlagzeuger mehr. Und auch kein Artikelschreiber, der anfangs Schlagzeuge, dann Schlagzeugcomputer und dann nur noch deren Software für ein Musikermagazin testete, um schließlich von einem jungen Streber mit Bürstenschnitt in die Anzeigenabteilung abgedrängt zu werden. Ich schreibe auch keine Science-fiction-Geschichten mehr für einen Heftchenverlag, und mein Taxischein vergilbt irgendwo und verwandelt sich in Staub, aber das nehme ich nur an – ich hatte keinen Grund mehr, nach ihm zu suchen, denn er gilt schon seit Jahren für die falsche Stadt.

Und seit einer Woche bin ich auch kein Fahrer mehr, der Kurierpost, Reinzeichnungen von Grafikern, Dokumente, Unterlagen, Rohschnitte von Filmen oder Masterbänder mit Musik von einem Ort zum andern bringt. Ich bin gerade mal wieder gar nichts mehr.

Ich kenne diesen Zustand gut und fände nichts dabei, wenn nicht diesmal etwas grundlegend anders wäre: Auf einmal schmeckt das alles nicht mehr nach Aufbruch, Neuland oder Endlich-wieder-frei-Sein, sondern muffig und schal, so als hätte ich mir aus Versehen die Zähne mit der anthroposophischen Zahnpasta meiner Eltern geputzt.

Daran erkenne ich, daß meine lange und glückliche Kindheit nun endgültig vorbei ist.

Das ist natürlich Unsinn, ein unhaltbarer Satz – das Endgültige an einem Zustand erkennt nur, wer tot ist, und damit wird's erst recht verzwickt, denn ich glaube nicht an ein Leben nach dem Tod. Nicht für mich jedenfalls. Ich muß es vorher schaffen.

Ich *denke* also nur: Jetzt ist es passiert. Mußte ja so kommen. Jesus hat in meinem Alter schon aus der Hüfte geblutet, und alles hat mal irgendwann sein Ende.

Klar, klar, ich weiß genau, was ihr jetzt altklug einwerfen werdet: Jedes Ende ist der Anfang von etwas Neuem. Danke, nett, daß ihr mich erinnert, und danke auch fürs Wachbleiben, nur: so schlau bin ich selber. Und das Altklugsein könnt ihr euch auch gleich abschminken. In dieser Geschichte hier ist nur einer altklug: ich. Es geht darum, daß der Anfang, wovon auch immer, diesmal schmeckt wie ein ungewürztes Tempotaschentuch.

Aber es ist Sommer, und ich bin nicht wirklich deprimiert, nur so ein Gefühl wie ein ganz leichter aber dafür anhaltender Kreislaufkollaps weicht nun schon seit Tagen nicht mehr aus meinem Körper, genauer gesagt, aus der Gegend zwischen Schlüsselbein und Knie. Die Stadt hier hab ich satt, sie ist mir fremd wie irgendeine, alles, was mich halten könnte, gilt mir nicht mehr viel. Was?

Einen leichten Kreislaufkollaps gibt es nicht? Mag sein. Aber Widerworte von Lesern gibt's auch nicht. Mir steht im Augenblick der Sinn nach einem gewissen Ton grimmiger Heiterkeit, denn ich steuere geradewegs auf die Aussage zu, daß ich ein Versager bin, blauäugig, sentimental, körperlich zu groß geraten, um in der Masse zu verschwinden, aber vom Wesen her zu scheu für einen Platz im Mittelpunkt.

Meine Augen sind im übrigen braun, die Bläue ist bildlich gemeint. Metaphorisch. Also praktisch im übertragenen Sinne.

Gut. Können wir? Geht's wieder? Prima.

Sommer. Ich kann's auch noch genauer: Ein Wochentag im Juni, fußgängerfeindliches Föhnwetter, bronchienfeindliche Ozonkonzentration und gehörfeindliche Straßenmusik an jeder akustisch günstigen Ecke. Und in mir dieses hoffnungsfeindliche Flimmern zwischen Schlüsselbein und Knie.

Ich will meine Schwester besuchen, Sirene, die ich liebe, seit ich denken kann. Das fällt mir immer dann ein, wenn ich unglücklich bin. Sie heißt in Wirklichkeit Irene, aber ich nenne sie Sirene, weil sie jeden in den Abgrund singen kann, wenn sie es darauf anlegt. Früher, als sie noch lange blonde Locken trug, hätte es auch genügt, sich, wie die Loreley, sichtbar und ausführlich zu kämmen – der Gesang dazu hätte vom Band kommen können, so schön ist sie, wenn sie will – aber als ich sie das letztemal sah, trug sie ihr Haar bleistiftkurz und karottenrot, und nur ein armseliges Zöpfchen an der Seite wäre noch kämmenswert gewesen, wenn sie es gelöst

11

hätte. Den Rest ihrer beeindruckenden Erscheinung versteckte sie in unförmigen Pullovern, Blaumännern und Hausmeisterkitteln, weil sie gerade eine avantgardistische Phase hatte und die Männerblicke leid war, die zu nichts als Mißverständnissen führten. Sirene liebt Frauen. Ich war immer stolz auf sie.

Sie ist nicht wirklich meine Schwester. Ihre Eltern adoptierten mich, als meine starben. Ich erinnere mich an nichts, ich mag nur keine engen geschlossenen Räume. Fahrstühle, Nachtschalter mit automatischen Türen, Flugzeuge – alles nicht mein Fall. Bevor ihr euch aber jetzt einen Hitchcockfilm ausdenkt: Schluß damit, vergeßt es, ich war damals eineinhalb Jahre alt. Wenn ich ab jetzt von »meinen Eltern« spreche, dann meine ich damit Sirenes Eltern, Hedy und Armand, die natürlich irgendwann einmal Hedwig und Hermann hießen, aber damit in ihrem Beruf wohl nicht sehr weit gekommen wären.

Ich konnte immer zu Sirene kommen, wenn's mir schlechtging. Da ich, wie alle naiven Kinder gegen Sarkasmus immun bin und sie, bei aller Frechheit, immer Trost für mich hatte, kam ich an als vor Selbstmitleid schlotterndes Häufchen Elend und ging, wenn ich wieder mutig war, mit Muskeln auf der Seele und dem Gefühl, meine Narben seien ein feiner exotischer Schmuck. Und restaurierte das Blau meiner Augen. Bildlich.

Jetzt kann ich's ja zugeben. Ich war schon ein paarmal am Ende meiner Kindheit angelangt, hatte es jedenfalls geglaubt, bis mir Sirene wieder klarmachte: der Himmel ist hoch, die Gegend ist weit, und du hast noch nicht alles versucht. Und dann ging ich gestärkt in eine neue Richtung und traute mir etwas zu, probierte aus, lernte neu, nur aufwärts ging es nie, aber das lag nicht an ihr, sondern vielleicht daran, daß ich keine Fahrstühle mag.

Danke fürs Wachbleiben.

Er schloß das Notizbuch und sah sich um. Skateboardfahrende Jungs mit verkehrtherum aufgesetzten Baseballkappen und weiten bunten T-Shirts flitzten durchs Bild in so regelmäßigen Abständen, als stünde irgendwo ein Turnlehrer, der sie einen nach dem anderen auf die Bahn schubste. Sie schlängelten sich geschickt durch die Menge, um vielleicht einen Kreis zu fahren und sich am Ausgangspunkt in die Schlange für den nächsten Start einzureihen. Eine Zigeunerin saß vor dem Lederwarenladen und verzog ihre Leidensmiene zum Ausdruck noch größeren Elends, wenn sich jemand näherte, der irgendwie christlich, ökologisch oder friedensbewegt aussah.

Noch während er geschrieben hatte, waren die Peruaner abgezogen. Die Menge, die sich immer findet, wenn buntgekleidete Menschen im Kreis hintereinander hergehen, und »El Condor pasa« spielen, hatte sich zerstreut; er wollte gerade aufstehen und sich auf den Weg zum Bahnhof machen, da kamen vier Männer mit einem Handwagen um die Ecke und bauten ihre Instrumente auf. Nach kurzem Stimmen legten sie los mit einer Mazurka. Sie spielten gut.

Das leicht verstimmte Hackbrett mit seinem seltsam indirekten Klang verwandelte den Platz in eine Kirche, der Kontrabassist schlug stampfend und stoisch einen Rhythmus, der viel mehr an Rock 'n' Roll erinnerte als an folkloristische Musik, der zweite Geiger, ein Junge mit glasigem Blick und Pubertätsflaum auf der Oberlippe, fegte Offbeats zwischen die pumpenden Viertel des Basses, so schnell und präzise wie ein Reggaemusiker, dem man statt der Tagesdosis Ganja die doppelte Menge Speed untergeschmuggelt hat, und der Primas ließ die Geige schreien, als hätte er ein verstecktes Wah-Wah-Pedal im Einsatz. Es war faszinierend. Aber niemand blieb stehen.

Doch. Eine junge Frau stellte ihre Reisetasche ab, als wäre sie von dem Klang gestoppt worden. Sie starrte auf die Musiker.

Auf die Passanten wirkte sie wie ein statisch aufgeladenes Stückchen Materie, das alle Staubpartikel in seiner Reichweite anzieht: Immer mehr blieben stehen und lauschten, und immer mehr gesellten sich dazu. Die Kapelle spielte einen Walzer, und da der Kreis der Zuhörer sich dicht und in mehreren Reihen um sie geschlossen hatte, stand Urs von seiner Bank auf, um sich durch die Menge zu schieben.

Obwohl er körperliche Nähe zu Fremden nicht mochte, stellte er sich mitten ins Gedränge, um von dieser Musik keinen Ton und keine Handbewegung zu versäumen. Er sah die Frau sich bücken und etwas in ihrer Reisetasche suchen. Sie wühlte, und gleich darauf kam ihre Hand mit einer schwarzen Baskenmütze zum Vorschein. Sie sah sich suchend um, fand seine Augen und griff, mit einem kurzen, prüfenden Blick auf ihn, nach der Reisetasche, brachte sie her und stellte sie ihm vor die Füße.

»Paß auf, ja?« Die Mütze in der Hand ging sie nun zum Primas, der sie zuerst mißtrauisch ansah, dann aber lächelnd nickte, als sie ihm in Zeichensprache klargemacht hatte, daß sie für die Kapelle kassieren wollte. Urs fischte in seiner Hosentasche nach Geld, und bis er einen Fünfer ertastet hatte, war schon einiges an Silber in der Mütze gelandet. Er hob den Kopf und hörte es klimpern. Sie ging von einem zum andern, und ihr Charme, den sie kokett ausspielte, brachte die Leute dazu, stehenzubleiben und sich nicht, wie sonst, wenn's ans Zahlen geht, verlegen aber schnell zu verdrücken. Jeder wollte dieses Lächeln auch auf sich beziehen können.

Auf ein Zeichen des Primas hin brach die Kapelle den Walzer ab und begann eine schnelle, virtuose Polka. Fiebrig und hetzend der Rhythmus und wie von irrsinnigem, ans Hysterische grenzendem Jubel die Geige des Primas, schien das Stück mit seiner großen Geste als Dank für die spendablen Zuhörer gedacht zu sein.

Die Musik war zu Ende, und die Umstehenden applaudierten lange und laut, als die Frau den Inhalt der schwer zwischen ihren Händen durchhängenden Mütze in einen der Geigenkästen leerte.

Schnell zerstreute sich das Publikum. Noch ehe die Musiker ihre Instrumente verpackt und sich Zigaretten angezündet hatten, war außer Urs und der jungen Frau schon niemand mehr da. Sie war vertieft in eine teils zweisprachige und teils nonverbale Diskussion mit dem Primas, der ihr eine Handvoll des Geldes entgegenhielt. Urs stellte ihre Tasche ab und stupste sie an. Noch bevor sie den Kopf wandte, zuckte ihr linker Arm vor den

15

Mund, als rechne sie mit Schlägen, und erst als sie Urs erkannte, wich der gehetzte Ausdruck aus ihrem Gesicht.

Sie wehrte den Primas ab, hüpfte wie ein Vögelchen zurück, als er versuchte, Münzen in die Tasche ihres Hemdes zu schütten, und lächelte Urs nur so nebenhin an. »Danke« sagte sie und war schon wieder damit beschäftigt, das Geld abzulehnen.

Er ging zum Bahnhof. Auf der Domplatte stand, von allem Trubel unberührt, ein weißgeschminkter Mann, in pathetisch nachdenklicher Haltung erstarrt, und spielte lebende Statue. Niemand beachtete ihn. Urs hatte den Mann schon öfter gesehen und nie so recht gewußt, ob er ihn bewundern oder belächeln sollte. Oder vielleicht beides. Heute lächelte er.

Er kaufte ein Buch. »Der Fänger im Roggen.« Das wollte er schon lange mal wieder lesen. Dann mußte er sich auf einmal beeilen, denn der Intercity nach Süden fuhr zu jeder vollen Stunde. Es war drei Minuten vor eins.

Er rannte zum Gleis sieben und erwischte den Zug. Erst als er saß, fiel ihm auf, daß er keine Fahrkarte hatte. Egal, in seiner Tasche war genügend Bargeld, die sechs Mark Nachlösegebühr konnte er sich leisten.

Lag es an den vier Jugendlichen, deren großspurige Gespräche ihn ablenkten, an dem Kassettenrecorder, auf dem sie Hardrock spielten, oder an dem seltsamen inneren Lächeln, von dem Urs seit der Szene auf dem Wallrafplatz nicht mehr losgelassen wurde – er schlug das

16

Buch nicht einmal auf, sondern sah aus dem Fenster und hing seinen Gedanken nach. Und immer wieder schob sich das verschlafene Gesicht der jungen Frau dazwischen. Ja, sie hatte verschlafen ausgesehen. So, als müsse sie sich gleich recken und strecken und gähnend zur nächsten Kaffeemaschine stolpern. Und dann beim Kassieren war sie wie ausgewechselt gewesen. Als hätte diese Frau einen Schalter, mit dem sie eine Art Innenbeleuchtung anknipsen konnte.

Die Jugendlichen stiegen aus. Ein Müllberg blieb auf ihrem Tisch zurück, und ein Aufatmen ging durch den Großraumwagen. Urs schlug das Buch auf, aber schon die erste Seite mußte er zweimal lesen. Er klappte es wieder zu und genoß die Landschaft.

Ich sehe so aus, wie ich heiße. Urs heißt Bär. Meine Eltern, ich meine jetzt die richtigen, verstorbenen Eltern, waren Schweizer. Meine bärige Statur hat mich als Kind vor den Folgen dieses hierzulande leider originellen Namens beschützt. Die Spötter wurden kleinlaut, wenn ich mich vor ihnen aufbaute. So gelang es mir ganz gut, meine dünne Haut zu verbergen. Das kann ich heute noch, wenn ich glaube, daß es sein muß. Aber nicht daß jetzt Mißverständnisse aufkommen. Ich bin kein guter Mensch. Nur eben kein Kämpfer und keiner, der Streit auch nur in Ordnung findet. Ich vermeide ihn wo ich kann, weil ich nicht nur den Körper, sondern auch das Gedächtnis eines Elefanten besitze. Kränkungen heilen bei mir sehr langsam, und die Narben brechen leicht wieder auf. Das war jetzt wieder bildlich.

Meine grimmig-heitere Stimmung ist übrigens einer Art Gelassenheit gewichen. Erstens wirkt Zugfahren beruhigend auf mich, zweitens freue ich mich auf Sirene und drittens hat mir die kleine Pfadfinderin mit ihrer guten Tat eine unzerstörbar gute Laune gemacht. Ach ja, und die Jungs mit ihrem Kassettenrecorder waren zwar gewöhnungsbedürftig, vor allem für Leute wie mich, die ihre Lebensdosis Musik schon abgekriegt haben, aber ein paar der Songs gefielen mir, und drei Nummern waren von Carmine, einer Band, bei der ich getrommelt habe. Ist immer schön, sich zufällig zu hören. Stahlwerke Böhler nannte man mich damals, weil ich einer der Lautesten und Stursten war. Das war höchst angesagt zu dieser Zeit. Laut, weil die Monitoranlagen noch nicht viel taugten und man den Bühnenlärm der Gitarristen übertönen mußte und stur, weil damals gerade alles, was nach Einfallsreichtum klang, verpönt war. Den Beat zu halten, war die Religion.

Der Zug hielt. Urs verstaute das Notizbuch in seinem silberglänzenden Metallkoffer. Ein hektisch an seinem eingeklemmten Gepäck zerrender alter Mann ließ ihn unfreiwillig in die Schlange der zum Ausgang Drängenden. Jetzt schimpfte der Alte, weil just in dem Augenblick, als Urs sich vor ihm einreihte, der Koffer endlich befreit war und der Mann sich um seinen guten Platz geprellt sah. »Den jungen Leuten kann's nicht schnell genug gehen.«

Urs, der sich von dem giftigen Ton nicht die Stimmung

verderben lassen wollte, schob sich zwischen zwei Sitz-
bänke und ließ den Mann mit ironischer Höflichkeit vorbei. Sein Gemurmel versuchte er erst gar nicht zu entziffern, reichte ihm noch den Koffer auf den Bahnsteig,
sagte laut »Gern geschehen«, als er keinen Dank vernahm, und ging dann zielstrebig zum Ausgang.

Es war herrliches Wetter, so heiß, daß die Menschen wieder menschlich rochen, weil keine Chemie und kein Parfüm eine Chance gegen den Flüssigkeitsverlust hatten.
Man konnte förmlich den Lack von den Autos dampfen
sehen. Am Rollgeräusch der Reifen hörte man, wie
schwer sich Gummi und Asphalt voneinander trennten.
   Am Kiosk versperrten einige Berber mit Hunden und
Plastiktüten, drei Punks und ein verächtlich dreinschau-
endes Mädchen den Weg, und die indignierten Passanten
mußten sich mit künstlich abwesendem Gesichtsausdruck zwischen den unappetitlichen Erscheinungen
durchschieben.
   Urs blieb stehen. Für ihn waren Bahnhöfe immer etwas
Besonderes gewesen. Nadelöhre der Sehnsucht. Schon
als Kind hatte er sich dort herumgetrieben, wann immer
es ging. Später, auf seinen vielen Reisen, war es ihm hin
und wieder gelungen, das Gefühl für diese eigenartige Atmosphäre wiederzufinden: verquirlte Aufbruchs- und
Abschiedsstimmung, gestreckt mit Langeweile, gesal-
zen und gepfeffert mit Kleinkriminalität und dem
schlechten Gewissen auf Abwegen schleichender Spießer. Die Formulierung »Nadelöhr der Sehnsucht« benutzte er nur für sich selbst, er sprach sie nie aus, denn so

19

poetisch und gefühlsduselig wollte er sich anderen nicht zeigen.

Dieser Bahnhof war eher ein Schutthaufen. Eine riesige Baustelle, die das armselige Gebäude aus den Sechziger-jahren fast ganz umgab, zeigte allerdings, daß dies nicht so bleiben und demnächst hier ein Palast des Fortschritts seinen Glanz verbreiten sollte. Bis dahin hätte man si-cher auch die Berber vertrieben, und keine Dame könnte mehr ihre Achselnässe mit Angstschweiß verwechseln.

Ein schwarzbrauner Welpe stand auf gummiweichen Beinchen im Weg, als Urs durch die Gruppe der Obdach-losen steuerte. Bevor er sich noch bücken konnte, um mit dem Tier über eine Freigabe des Durchgangs zu ver-handeln, flog es, von einem Tritt des Mädchens geschleu-dert, fiepend zur Seite. »Heh, mach Platz«, lallte sie, und Urs ging schnell zu dem Hund, um ihn hinterm Ohr zu kraulen und auf die Flanke zu klopfen, bis er nicht mehr zitterte.

»Spinnst du?« fragte er das Mädchen, das schon wieder apathisch und offenbar sehr betrunken am Geländer lehnte. Ein Mann richtete sich drohend auf, aber als Urs den Hund auf den Arm nahm und dasselbe tat, ver-schwand die Drohung aus der Gebärde des Mannes. Alle sahen zu ihm her.

»Heh, das ist doch mein Hund«, nölte das Mädchen mit einer Stimme, wie sie Kinder haben, wenn sie andere aufwiegeln wollen.

»Laß den Hund los«, sagte der Mann und versuchte,

wieder drohend zu wirken. Aber auch er war betrunken, und die Hitze tat seiner kampfbereiten Pose nicht gut.

Der Hund leckte Urs inzwischen den Hals und knabberte an seinem Kragen. Jetzt war die Angewohnheit, Geld lose in der Tasche zu tragen, ihm endlich mal von Nutzen, denn Urs konnte einhändig und lässig einen Fünfzigmarkschein hervorziehen und fragen: »Krieg ich ihn?«

Das Mädchen gab ein verächtliches Geräusch von sich und winkte ab, nahm aber dann sofort den Schein und stopfte ihn in ihre Jeans, worauf sich alle Umstehenden ihr zuwandten und die Verwendung des Geldes zu planen begannen. Urs konnte unbemerkt seinen Koffer nehmen und verschwinden. Den Hund behielt er auf dem Arm.

»Was bist denn du für einer?« sagte er leise, und der Hund antwortete mit seiner nassen Zunge. Urs überquerte die Straße und ging in einem kleinen Bogen zurück zu den Taxis, die vor dem Bahnhof standen. Mit Koffer und Hund wollte er nicht durch die Stadt, obwohl der Weg nicht weit war.

»Soll das mal ein Hund werden?« fragte der Taxifahrer und wackelte mit dem Zeigefinger vor der Nase des Welpen.

»Auf jeden Fall«, sagte Urs, »wir sind noch nicht mal bei der ersten Bellstunde angekommen. Im Augenblick übt er das Stehen.«

»Wuff«, sagte der Taxifahrer und fuhr los, nachdem Urs ihm als Ziel die Adelhauser Straße genannt hatte.

Auf das Armaturenbrett des Wagens war ein Mercedes-stern geschraubt, genau in der Mitte hinter dem Lenkrad. Dafür war keiner auf der Kühlerhaube. Vom Innenspiegel baumelte ein kleiner Stoffadler, dessen Klauen ein Schildchen umklammerten, auf dem, schief mit Metall-buchstaben aufgeklebt, der Name »Joe« stand.

»Das ist der erste Benz mit Innenstern, den ich sehe«, sagte Urs.

»Vielleicht der einzige.« Die wortkarge Antwort des Taxifahrers paßte zu seinem martialischen Maskott-chen. Und zu den langen Koteletten unter dem Haar-schnitt eines Elitesoldaten.

Auf einer längeren Geraden beugte er den Kopf, um einen vor ihnen her radelnden jungen Mann zu betrachten. Er schien ihn zu erkennen, denn zufrieden grinsend schal-tete er herunter und schwenkte, nachdem er den Mann mit laut aufheulendem Motor überholt hatte, haarscharf vor ihm wieder nach rechts. Automatisch drehte Urs den Kopf und sah, daß der Radfahrer schlingerte, bremste und abstieg. Dabei grinste auch er übers ganze Gesicht und schien überhaupt nicht wütend zu sein.

»Kleiner Privatkrieg«, sagte der Taxifahrer markig.

»Heh, na so was, was machst du denn hier? Seit wann hast du'n Hund?« Irene strahlte und streichelte den Kopf des Welpen. Urs lächelte.

»Ich hab keinen Hund.«

»Dann ist das aber 'ne komische Katze.« Irene zog ihn herein und küßte ihn auf den Mund. Diese Gelegenheit nutzte der Hund, um ihr das Gesicht zu lecken, und gleichzeitig spürte Urs, wie sein Arm und Bauch naß wurden.

»*Du* hast einen Hund. Ab jetzt.« Urs hielt ihr das wollige Bündel hin und lächelte noch breiter.

Sie nahm ihn, drückte ihr Gesicht in sein Fell und rümpfte die Nase. »Du spinnst. Ich kann doch keinen Hund gebrauchen.«

»Aber er braucht dich.«

Irene bekam ihren mütterlichen Blick, schüttelte den Kopf und sah ihn an, als sei er wieder sieben Jahre alt und habe seine ganze Schulklasse spontan zum Kakaotrinken nach Hause eingeladen.

»Er braucht ein Bad, das steht fest«, sagte sie, und Urs hörte an ihrer Stimme, daß ihr die alte Rollenverteilung gefiel, in der sie die Resolute spielte und er den Träumer, der ständig die Karten neu mischt, weil er das Spiel nicht versteht. »Und was zu trinken.«

»Und ich ein frisches Hemd«, sagte Urs, weil er spürte, daß ein kleiner Luftzug die Nässe kühlte.

Als sie aus dem Badezimmer kamen, hatte der Hund erheblich an Umfang verloren. Die Nässe enthüllte eine kläglich zarte Kindergestalt. Aber ein paar Läuse und viel Dreck weniger waren den vorübergehenden Imageverlust wert, fand Urs, zumal der Hund alles geduldig mitgemacht hatte. Wenn auch ohne Begeisterung.

»Wie heißt er?« fragte Irene, die eine Flasche Wein und zwei Gläser auf den Tisch gestellt hatte. »Halt! Sag nichts. Ich nehm die Frage zurück. Du hast schon drei Bären, eine Katze, ein Auto und zwei Puppen von mir Alfons getauft, du eignest dich nicht zum Namenausdenken. Laß mich selber überlegen.«

Sie schnitt den Bleimantel vom Flaschenhals und bohrte den Korkenzieher vorsichtig bis zur Hälfte in den Korken. Dann hielt sie inne und sagte nachdenklich: »Also, er heißt auf jeden Fall nicht Alfons, das macht es schon um etwa ein Tausendstel einfacher.« Sie zog den Korken heraus und schenkte ein. »Ach, das hat auch noch Zeit bis morgen. Erst mal muß er zum Tierarzt.«

»Er?« fragte Urs.

»Es von mir aus. Das Hund muß geimpft werden. Und dann wissen wir auch, ob es ein Er oder eine Sie ist.«

»Wie wär's mit Nachsehen?«

»Geht auch«, Irene lachte und nahm das nasse Ding hoch. Nach einem prüfenden Blick unter seinen Bauch sagte sie: »Hat ein Spitzchen. Ist ein Kerl.«

Urs nahm ihre Hand und küßte sie. »Ich freu mich«, sagte er.

»Ich auch.« Irene legte die Hand auf sein Gesicht und ließ sie dort eine Zeitlang liegen. »Bist mein Lieblingsbruder.«

Kunststück, ich bin der einzige, dachte er, und das noch nicht mal blutsverwandt, aber er fand sich dabei kleinlich und schwieg.

»Ist bei dir grad wieder eine Ära zu Ende?« fragte sie, und Urs wollte schon beleidigt reagieren, als sie hinzufügte: »Das wär das Beste, was mir passieren kann. Ich brauch deine Hilfe.«

»Wozu?«

»Ich mach meinen Laden auf.«

Sie klang so stolz und glücklich, wie eine Frau, die ihrem Mann eröffnet, daß sie ein Kind erwartet, und wie vielleicht dieser Mann bekam Urs zuerst einen Schreck, denn er konnte sie sich nur schwer als Unternehmerin vorstellen, reagierte dann aber sofort auf die Begeisterung in ihrer Stimme und behielt seine Skepsis für sich.

»Was?« fragte er. »Wo?«

Irene sprang auf. »Ich zeig's dir. Ist nicht weit.«

Eigentlich war er müde und hatte eben angefangen, das Gefühl der Erleichterung in seinen ausgestreckten Beinen zu genießen, aber er stand auf und nahm schnell noch einen Schluck von seinem Wein. »Hast du eine Leine für das Hund?«

»Nein«, sagte sie und holte eine Schnur aus der Küchenschublade. »Aber dem hier tut's auch.«

Sie hielten die Schnur gemeinsam, und der Hund zog in alle Richtungen, so daß sie die ganze Zeit achtgeben mußten, nicht über ihn zu stolpern.

»Hund betreten verboten«, sagte Urs, »vielleicht sollten wir ihm ein Schild auf den Rücken binden?«

Irene legte den Kopf an seine Schulter. »Schön, daß du da bist.«

»Wir gehen Hand in Hand wie ein Liebespaar«, sagte er. »Hund in Hund.« Irene wäre fast gefallen, denn die Schnur hatte sich um ihre Beine gewickelt. Urs befreite sie und nahm das tapsige Ding auf den Arm.

Hinter einem imposanten Stadttor bogen sie rechts ab, und nach wenigen Schritten blieb Irene stehen und zeigte auf ein leeres Schaufenster. »Hier«, sagte sie, »meine Buchhandlung.«

Urs starrte durch das Fenster und versuchte, den Raum dahinter zu erkennen, aber es war zu dunkel, und das wenige was er sah, wirkte nicht sehr einladend. »Muß man aber noch entmuffen«, murmelte er, worauf ihn Irene in den Oberarm zwickte. »*Dich* muß man entmuffen. Was ist los? Bist du skeptisch oder was?«

»Das kostet doch ein Höllengeld«, sagte er, ohne sie anzusehen, »hast du das?«

»Bißchen ich, den Rest die Bank. Der Platz ist Spitze, glaub mir. Hier, das ist direkt die Fahrradeinflugschneise in Richtung Uni.«

Er riß sich zusammen. Schließlich war er der Versager in der Familie. Irene war weder leichtsinnig noch dumm. Schon gar nicht bei einer so wichtigen Sache. Und mit fünfzehnjähriger Erfahrung als Buchhändlerin würde sie wissen, was sie tat. »Nörgel-Ende«, sagte er, »tut mir leid.«

»Und?« Sie faßte ihn an beiden Schultern. »Hast du Zeit? Bleibst du?«

»Ja.«

Sie küßte ihn impulsiv und naß auf den Mund, genau so, wie sie wußte, daß er es nicht leiden konnte.

»Welche Ära ist denn nun zu Ende? Die Kurier-Ära oder hab ich schon eine verpaßt?«

»Nein, die war's«, sagte Urs. »So schnell dreht sich's bei mir auch nicht mehr.«

Sie gingen zurück, Irene hakte sich bei ihm unter,

und der Hund eierte auf seinen weichen Beinchen brav
neben ihnen her.

»Was war denn vorher drin«, fragte Urs, »ich meine, in
dem Laden?«
    »Eine Buchhandlung.«
    »Eine *Buchhandlung?* Und die hat Pleite gemacht?«
    »Du wolltest doch nicht mehr nörgeln.« Irene schloß
die Wohnungstür auf. »Die war schlecht geführt.«
    Urs holte nur tief Luft und schwieg.

Wenn es nicht so sinnlos wäre, in diese Frau könnte man
sich verlieben. Sirene sieht phantastisch aus. Zum Glück
ist ihre avantgardistische Phase vorüber, und sie bringt
ihre einsachtzig mit souveräner Lässigkeit zur Geltung.
Der halblange Haarschnitt steht ihr wunderbar, er unter-
streicht ihr schönes scharfes Kinn und paßt zu diesem
breiten, klaren Mund.
    Und ich? Anstatt ihr Komplimente zu machen und sie
zu unterstützen, kriege ich vor lauter Genörgel die Augenbrauen gar nicht wieder vom Haaransatz runter. Dabei gefällt mir die Aussicht, eine Zeitlang hier zu bleiben.
In Köln war ich lange genug. Fürs erste jedenfalls. Morgen biete ich meine Wohnung bei der Mitwohnzentrale
an und kaufe eine Leine für den Hund.
    Ein bißchen ängstigt mich's ja, wie leicht mir das Weg-
gehen immer noch fällt. Habe ich zu lange als Musiker
gelebt? Warum finde ich so wenig dabei, einfach abzu-
hauen, die Freunde in den Wind zu schießen und die
Nachbarn, die Gemüsefrau, den Postboten gleich mit?

27

Oder liegt es daran, daß ich noch immer nicht die Freunde habe, die man nicht mehr in den Wind schießt? Und wessen Schuld ist das? Deren oder meine? Dieser Rotwein ist ein Schraubenzieher, es klappert und rieselt in meinem Kopf, ich schlaf lieber, bevor ich noch vollends besinnlich werde.

Irene lächelte, als sie das Notizbuch vorsichtig zuklappte, um Urs nicht zu erschrecken. Sie legte es neben ihn auf den Boden, damit es aussah wie aus seiner Hand gefallen. Er wollte bestimmt nicht, daß sie darin las, aber das war zuviel verlangt. Sie war schon immer neugierig gewesen. Was man nicht verschloß oder verbarg, war nach ihrer Lesart öffentlich. Der Unterschied zwischen einem herumliegenden Brief und einer Zeitungsannonce war ihr noch nie gravierend erschienen.

Schlaf noch gut, Bär, dachte sie und schloß die Küchentür hinter sich, damit ihn der Lärm der Kaffeemaschine nicht weckte.

Sie hatte schlecht geschlafen. Natürlich war der Hund in ihrem Bett gelandet. Den Versuch, ihn ins Wohnzimmer und auf Urs zu bugsieren, hatte er mit Hecheln und einem höflichen Knicken seines linken Ohres belohnt; es war völlig sinnlos gewesen, auf ihn einzureden und ihm den schlafenden Mann zu zeigen. Zielstrebig war er hinter ihr hergetrottet und wupp, wieder auf ihren Bauch gehopst. Das mußte sie ihm abgewöhnen. Gleich heute nacht.

Während sie versuchte, den Zeitpunkt zu erwischen, an dem ihr der Kaffee nicht mehr die Zunge verbrannte, aber noch heiß genug war, um zu schmecken, schrieb sie eine Liste der Dinge, die sie heute erledigen wollte.

Es klopfte an der Wohnungstür. Sylvie trat gähnend ein und schnüffelte erwartungsvoll. »Kaffee«, sagte sie, »her damit.«

»Danke, daß du kommst.« Irene küßte Sylvie flüchtig neben den Mund. »Hast du was gegen Flöhe?«

»Deine oder seine?« Sylvie deutete auf den Hund, der Irene gefolgt war und jetzt einen ihrer Schuhe zu frühstücken versuchte.

»Gestern waren's noch seine.« Irene kratzte sich in der Armbeuge.

»Du brauchst Jacutin und er ein Halsband.«

Die Zuckermenge, die Sylvie in ihre Tasse schaufelte, war beeindruckend. Vier gehäuft volle Löffel. Irene schüttelte sich bei dem Anblick.

Sylvie, keine Freundin von mütterlichen Ratschlägen oder wohlmeinender Mißbilligung schippte extra noch einen fünften Löffel hinterher.

»Das Jacutin hat den Vorteil, daß du auch gleich deine Filzläuse loswirst.« Sie rührte vorsichtig in ihrer Tasse, damit der fünfte Löffel Zucker sich nicht auch noch auflöste.

»Wie heißt'n die kleine Straßenkreuzung?«

»Nicht Alfons«, sagte eine Männerstimme hinter ihr, »guten Morgen.«

Sylvie drehte sich erstaunt um. Einen Mann hier zu sehen, morgens um halb zehn, brachte sie aus der Fassung.

Sie kannte Irene von »Lila Luder«, einer Lesbengruppe, die sich schon lange nicht mehr traf, seit die meisten von ihnen zum Kinderkriegen wieder heterosexuell geworden waren.

Irene grinste breit. Sie genoß den Anflug von Stirnrunzeln auf Sylvies Gesicht und ließ absichtlich eine kleine Pause entstehen, bevor sie sagte: »Mein Bruder. Urs. Das ist Sylvie. Sie ist Tierärztin und macht einen TÜV beim Hund.«

Sylvie nickte Urs zu, wandte sich aber gleich wieder ab, um den Hund auf ihren Schoß zu heben. »Wollen mal sehen, was wir da haben«, murmelte sie, und man hörte ihrer Stimme noch die Unsicherheit an. »Nicht-Alfons, das ist ein schöner Name für so eine halbe Portion. Du gibst ja noch nicht mal ein Mittagessen.«

Mit ähnlich ruppigen Zärtlichkeiten besprach sie den Hund weiter und untersuchte ihn nebenher. Sie zog seine Augenlider nach unten, schaute ihm ins Maul, tastete ihn ab und betrachtete dann das Löchlein unter seinem Schwanz. »Popo-Putzen mußt du auch noch lernen.«

Urs hatte eine Tasse aus dem Schrank genommen und sich den Rest des Kaffees eingegossen. Er fühlte sich unwohl. Immer wenn Lesbenkolleginnen bei Irene waren, kam er sich verachtet vor. So wie diese Sylvie eben nach einem kurzen Nicken zur Tagesordnung übergegangen war, so benahmen sich fast alle. Abweisend und unfreundlich. Er hatte oft mit Irene gestritten deswegen.

Schnell trank er den Kaffee aus und schlüpfte in die Schuhe. »Ich kauf mal Hundebedarf«, sagte er, »Nicht-

Alfons braucht zwei schöne, seriöse Plastikschüsseln, sonst lachen ihn die anderen Hunde aus. Gibt's hier ein Zoogeschäft mit Chevignon-Artikeln?«

Sylvie mußte lachen: »Ihr fangt ja schon richtig an.«

»Willst du nicht was essen?« rief Irene, als Urs schon im Flur verschwunden war.

»Kann er nicht für sich selber sorgen?« murmelte Sylvie.

»Nein danke, Sirene. Mein Magen schläft noch.« Urs zog die Tür ins Schloß.

»Vor allem kann *ich* für mich selber sorgen«, fauchte Irene. Sylvie versteckte sich hinter dem Hund. Leider war er zu klein, um sie vor Irenes zornigem Blick zu schützen, deshalb entschloß sie sich zur Gegenwehr und parierte in entschuldigendem Tonfall, aber mit ätzender Wortwahl: »Ja Mami, tut mir leid, Mami, hab ich das Männchen beleidigt, krieg ich trotzdem Nachtisch?« Und sie hielt ihre Tasse hoch.

Irene schüttelte den Kopf und schnippte mit Daumen und Zeigefinger ein imaginäres Staubkorn in Sylvies Richtung. »Ich erklär's dir mal, wenn deine Hormone wieder stimmen.«

»Ha, ha, meinst du, der Testosteronspiegel müßte runter?«

»Komm, hör auf.« Irene mußte lachen. Immer gab es Gerangel mit Sylvie ums letzte Wort. Sie benahmen sich wie Streithähne, obwohl sie einander mochten. Einen Nachmittag lang waren sie sogar ein Paar gewesen, aber das war lange her und hatte in Gelächter und einem verheerenden Whiskyrausch geendet.

»Wenn du die Kerle nicht magst, dann benimm dich nicht wie einer«, sagte sie gnädig und machte sich an der Kaffeemaschine zu schaffen.

Nach einer Weile, in der Sylvie wider Erwarten geschwiegen hatte, schaute Irene doch zu ihr hin und sah sie übers ganze Gesicht grinsen. Sylvie deutete mit ausgestreckter Hand zum Spiegel und sagte: »Geh hin und wiederhol's.«

Für einen Junitag war das Licht der Sonne viel zu weiß, und ein kühler Südwestwind aus dem Rheintal blies den Männern die Krawatten um die Ohren und den Frauen ihre Blusen an die Brust.

In der Kaiser-Joseph-Straße hörte Urs einem Straßenmusiker zu, der Knocking on Heavens Door, Judy blue Eyes und Lady in black spielte. Als seien die letzten zwanzig Jahre ein einziger Tag gewesen, den man verschlafen haben konnte. Der Junge mochte zwanzig sein und spielte so schlecht, daß er klang wie ein aufgetautes Siebzigerjahre-Original. So sah er auch aus mit seinen langen Haaren, der Weste überm offen hängenden Hemd und den Sandalen, von denen in schöner Symmetrie je ein Riemchen lose abstand. Nur die Hose war nicht ausgestellt und die Gitarre keine Höfner oder Klira, sondern eine Ibanez, die es damals in Deutschland noch nicht gab.

Ein alter Mann verbog sich zu einer Art von Tanz, hob mit pathetischer Langsamkeit Arme und Beine in die Luft und hielt sie gespreizt in lächerlichen Winkeln. Er genoß die Aufmerksamkeit der Zuschauer und stahl dem

Musiker die Show. Zeitmaschine, dachte Urs, bloß weg hier. Wir haben die Neunzigerjahre und Judy blue Eyes hat Aids.

In den letzten zehn Tagen hatte sich einiges getan. Der Laden war renoviert, ein neuer Boden gelegt und die Regale waren in freundlichem Hellgrau gestrichen worden. Urs hatte seinen Wagen aus Köln geholt, einen Kombi, das einzige Relikt aus der Musikerzeit, von dem er sich nicht trennen wollte; seine Wohnung war aufgeräumt und vermietet, das Telefon abgestellt und ein Nachsendeantrag bei der Post hinterlegt.

Über dem Laden lagen zwei Zimmer, von denen eines das Büro werden sollte. Ins andere konnte Urs einziehen. Es hatte eine Dusche und ein Waschbecken.

Mit Farbspritzern in den Haaren und vom Duschen geröteter Haut fielen sie jede Nacht erschöpft ins Bett, nachdem sie bei Pizza und Rotwein die Errungenschaften des Tages besprochen hatten. Aber bald, vielleicht in zwei, drei Wochen, würde das Schlimmste vorüber sein, und dann brauchte Irene ihre Wohnung wieder für sich.

Urs war unterwegs, um sich nach Computerkassen umzusehen. Er hatte einen Stapel Prospekte in der Hand und suchte ein Café, wo er sie in Ruhe studieren konnte.

Am Münsterplatz fand er einen Tisch, auf dem eine vergessene Zeitung lag. Der Kaffee schmeckte nicht, aber der Blick auf den Münsterturm, das Gewusel des

Marktes, die schlendernden Touristen und die Sonne, die sein Gesicht wärmte, taten ihm so gut, daß er die Tasse einfach zur Seite schob und den Preis als Kurtaxe verbuchte.

Seit Tagen hatte er nicht mehr die Beine von sich gestreckt, jedenfalls nicht vor zehn Uhr abends, wenn sie sich beeilen mußten, um noch irgendwo eine Pizza zu bekommen. Baumarkt, Schreiner, Geschäfte, Köln, Ikea, Kaufhäuser – er war überhaupt nicht zur Besinnung gekommen.

Irene, die manchmal bleich und unglücklich dastand, weil ihr buchstäblich schlecht wurde vor Entscheidungsdruck, hatte ihm immer mehr Kompetenzen übertragen, ließ ihn machen und leistete Handlangerdienste, wenn sie sich nicht gerade um die buchhändlerische Seite des Ganzen kümmerte.

Auf seinem Computer, den er aus Köln mitgebracht hatte, schrieb sie Briefe an alle Verlage und Vertreter und bat um Besuche und gnädige Konditionen.

Im Laden gab es noch kein Telefon, deshalb war Urs oft allein, während sie zu Hause buchhändlerte. Ihm gefiel das. Die Räume hatten eine Atmosphäre, die er mochte, und es machte ihm großen Spaß, mit den wenigen Möglichkeiten, die sie hatten, den Innenarchitekten zu spielen.

Er schloß die Augen und genoß das Farbenspiel der Nachbilder auf dem Inneren seiner Lider. Halt, das war gefährlich. Er würde sofort einschlafen. Also sah er eine Weile zwei Blumenverkäuferinnen zu, die den Eindruck machten, als hinderten die Kunden sie am Träumen. Gelassenheit lag in ihren Bewegungen, sie beeilten sich nicht, machten keine Bücklinge und wirkten trotzdem einladend. Sind sicher stille Wasser, dachte Urs. Wie ich.

Irgendwann würde er auf diesen beeindruckenden Kirchturm steigen. Er schlug die Zeitung auf und blätterte sie durch bis zum Anzeigenteil. Wie immer studierte er die Sparten »Auto«, »Computer« und »Musikinstrumente«. Drei interessante Schlagzeuge standen darin. Eigentlich wär's schön, mal wieder zu trommeln, dachte er, Tischplatten und Schenkel federn einfach nicht so zurück wie Felle und Becken.

Mensch. Erst jetzt merke ich, daß mir das Gerumpel fehlt. Seit vier Jahren habe ich keinen Hickory-Stock mehr zwischen den Fingern gehabt und nie was vermißt, und jetzt auf einmal macht es boing und die Schicksalsfee sagt mir durch eine Anzeige, daß ich an der Trommlerfront eine Lücke hinterlasse. Unter der Buchhandlung ist ein riesiger Keller, den braucht Sirene nie und nimmer ganz für sich. Und wenn erst mal genügend leere Kartons darin lagern, dann dröhnt er auch nicht wie ein Pissoir mit zuwenig Schimmel an den Wänden, sondern klingt vermutlich richtig gut. Geil, hätte ich noch vor vier Jahren gesagt, als die Adressaten meiner Werturteile noch überwiegend Musiker waren. Dieses Tama-Set für zwölfhundert Mark könnte brauchbar sein. Vielleicht sollte ich's mir ansehen. Wenn die Becken was taugen, ist es geschenkt. Hurra! Ich mache wieder Krach. Ich werde wieder jung. Vielleicht gibt es in der Gegend sogar den einen oder anderen Studiojob für mich. Wenn ich in Übung bin und die richtigen Kontakte knüpfe. Echtes Getrommel kommt wieder in Mode, die Leute haben die sturen Computerbeats satt. Gibt's hier interessante Bands? Die einen versierten Drummer suchen? Und wenn nicht hier, dann vielleicht in der Schweiz? Nach Basel ist es eine halbe Stunde. Ich werde wieder jung.

Er riß die Anzeige heraus und legte sie in sein Notizbuch. Die angegebene Telefonnummer konnte man erst am Montag anrufen, zwischen vierzehn und siebzehn Uhr. Bis dahin war noch Zeit, herauszufinden, ob die Euphorie nicht wieder sang- und klanglos verfliegen würde. Möglich wär's. Er war damals so froh gewesen, aus dieser ganzen Szene herauszukommen, das konnte jetzt auch nur einfach ein Strohfeuer sein. Weil ihm ein Tama aus der Zeitung entgegenblinzelte und sagte, besuch mich, vielleicht bin ich deins, das schwarze, das du bei Westernhagen gespielt hast und bei all den Jobs im Ruhrgebiet. Ich war dein Liebling. Du hast tagelang an mir herumgeschraubt und geleimt und gefummelt, bis ich so klang, wie du wolltest. Und ich klang so. Geil. Jedes Plop, Klick und Ping an mir war für dich eine Offenbarung. Na ja, Offenbarung mag übertrieben sein, aber es hat dir leid getan, als ich in Hannover aus dem Bandbus geklaut wurde. Du hast sogar eine Prämie ausgesetzt für den, der mich findet. Aber die Diebe lesen wohl kein Fachblatt. Ich kam nie zu dir zurück.

Er stand auf. Eine Bewegung, die er aus dem Augenwinkel wahrnahm, ließ in seinem Kopf das Wort »anmutig«

aufblitzen. Eine der Blumenverkäuferinnen schob sich beim Binden eines Straußes immer wieder ihre glatten blonden Haare hinters Ohr. Anmutig. Das Wort blinkte in wechselnden Farben, kursiv und kleingeschrieben, wie Teil einer auf jugendlich gemachten Werbung in MTV.

Ich war kein Mensch mehr, dachte er im Gehen. Ohne Musik war ich kein Mensch und hab's nicht mal gemerkt. Jetzt werde ich wieder einer. Vielleicht. Wenn das Tama was taugt.

Der Wind hatte nachgelassen und die Hektik zugenommen. Die Menschen, die sich durcheinander schoben und drängelten, sahen aus wie Statisten in einem nur ein wenig zu schnell ablaufenden Film. Urs paßte sich dem Tempo an.

Der Hund ist tot, durchfuhr es ihn, als er die Küche betrat und Irenes tränennasses Gesicht sah. Aber Nicht-Alfons lag neben dem Tischbein, und sein Schwanz klopfte auf den Boden.

»Was ist passiert?«

»Die erpressen mich.« Irene sah nicht auf. Sie strich sich über die Wange, und ihre Finger knickten dabei kraftlos nach innen weg, als wären sie aus Gummi.

»Wer?«

»Das Barsortiment. Der Großhandel, auf den ich angewiesen bin. Sie verlangen achtzehntausend Mark, bevor sie mich beliefern.«

»Wieso denn das?«

»Die Schulden meines Vorgängers.«

Urs beugte sich zu ihr und küßte sie auf die Schläfe. Irene brauchte ihm nicht zu erklären, was das bedeutete. Er wußte, wie knapp sie kalkulieren mußte, er sparte ja beim Einrichten an allen Ecken und Enden. Sie würde, wenn alles gutginge, vielleicht noch sechzigtausend für die Erstausstattung an Büchern haben. Das war knapp und mußte mit langen Zahlungszielen gestreckt werden. Diese Verbrecher! Für Irene führte kein Weg am Barsortiment vorbei. Wenn sie bestellte Bücher nicht am nächsten Tag liefern konnte, dann hatte sie keine Chance.

»Halten die dich für einen Strohmann?«

Er sah, daß Irene die Schultern straffte und sich mit den Händen von der Tischkante abstemmte, als halte sie ein schweres Gewicht in Balance.

»Ich meine, denken die vielleicht, du bist bloß ein Trick der alten Besitzer, um ihre Schulden loszuwerden?«

»Aber nein«, sagte sie ungeduldig,« das geht doch gar nicht. Ich hab den Laden gekauft, ich bin im Handelsregister eingetragen, ich krieg 'ne eigene Verkehrsnummer vom Börsenverein – das wäre voll kriminell.«

Urs kam eine Idee: »Hast du den Vorbesitzern schon alles bezahlt?«

»Nein, es fehlen noch zehntausend. Die werden erst nächsten Monat fällig.«

»Gut, dann kannst du die schon mal streichen.«

»Das geht nicht, die sind total am Ende. Die sind auf das Geld angewiesen.«

»Soll ich noch mal mit dem Barsortiment verhandeln?« Urs wußte, es war sinnlos, ihr zu widersprechen.

»Du kennst dich doch nicht aus.«

»Und wenn ich versuche, sie zu überreden, daß das Geld verrechnet wird? Daß du's bloß als Vorschuß hinlegen mußt?«

»Hab ich doch. Die sind eisern. Vergiß es. Ich kann den ganzen Laden vergessen. Bei der Bank ist kein Pfennig mehr zu holen. Mein eigenes Geld steckt ratzeputz drin – es ist alles im Arsch. Ohne Großhandel geht's nicht, und ohne Geld krieg ich kein einziges Buch von den Wichsern.«

Urs zuckte zusammen, wie immer, wenn sie vulgäre Worte benutzte. Normalerweise tat sie das, um ihn zu ärgern. Sie fand seine Abneigung dagegen komisch und vergab nur selten eine Gelegenheit, sich wie ein Fuhrmann auszudrücken. Protestierte er, dann machte sie sich lustig über sein »adliges Getue.« Diesmal protestierte er nicht.

»Ich hab noch dreißigtausend«, sagte er nach einer kleinen Pause. »Du kannst zwanzig davon haben.«

Irene sah ihn schweigend an. Dann streckte sie eine Hand aus und berührte ihn am Arm.

»Kann ich dafür in deinem Keller trommeln?« fragte er.

Sie lächelte: »Nach Ladenschluß.«

Ich kann keine Tränen sehen. Das können wir alle nicht, wir bärigen Jungs. Zum Glück ist Sirene meine Schwester, nicht meine Geliebte, sonst hätte ich mich vielleicht hilflos abgewandt. Aber ihre Tränen waren bisher nie Zeichen des Vorwurfs, deshalb wecken sie in mir auch nur Beschützerinstinkt und Tatkraft und nicht, wie so oft, Verzweiflung und Wut über die Falle, in der man als Übeltäter noch durch Anteilnahme die eigene Schlechtigkeit bestätigen soll.

Ich bin froh, daß ich das Geld habe und froh, daß sie es nimmt. Drei Monate halte ich mit den übrigen zehntausend durch. Dann müßte ich wieder was verdienen. Oder weiter als Sirenes stiller Teilhaber auf Taschengeldbasis hier rumlungern. Vielleicht wär das gar nicht so übel? Bis jetzt gefällt mir Freiburg. Ich fange schon an, mich auszukennen, bin ja andauernd zu Handwerkern und Läden unterwegs. Wenn ich erst mal schlendern kann, das Nachtleben, die Musikschuppen und die Umgebung kennenlernen, wer weiß, vielleicht will ich dann hierbleiben.

Tatsächlich bin ich froh, aus Köln wegzusein. Dort war ich mal jemand. Ein Has-been. Fast alle, die ich kenne, gehören zur Musikszene. Und ich nicht mehr. Und obwohl ich mich für innerlich unabhängig halte, für einen Einzelgänger, der keine Uniform braucht, ist es doch ein ekelhaftes Gefühl, wenn mir Wolfgang zum Beispiel nur eben mal so zunickt, obwohl wir fast ein halbes Jahr miteinander im Proberaum waren und ich aus langen Gesprächen von ihm Dinge weiß, mit denen ich ihn erpressen könnte. Aber es geht nicht um Wolfgang allein. Die ganze Szene dreht sich um sich selbst. Das ist in Ordnung, solange man dazugehört, solange die anderen sich auf den Zuschauerplätzen drängeln. Aber wehe, man ist plötzlich ohne Backstage-Paß.

Es gibt noch einen Grund, Köln nicht zu vermissen. Ich

brauche mir nicht mehr anzutun, wie toll sich Sarah fühlt, wann immer sie mich sieht. Wie laut sie lacht, um irgendwen die Arme wirft und ihre aufgedrehte, lebensfrohe Tour abzieht, von der sie eigentlich wissen müßte, daß ich sie als Schwindel durchschaue. Aber vielleicht tut sie es gerade deswegen? Vielleicht sagt sie mir damit ja gar nicht, sieh mal, was du versäumst, so gut geht's mir jetzt, und so gut könnte es dir gehen, sondern: ich muß dieses peinliche Theater spielen, weil du hersiehst. Warum gehst du nicht woanders hin, dann muß ich mich hier nicht so blamieren? Auf Sarahs Tränen hätte ich ein Magazin leerschießen können.

Apropos erpressen: Den Großhändlern zahlen wir das auch noch heim. Und wenn wir die Geschichte ins Börsenblatt bringen. Irgendwann. Wir haben Geduld.

Ich glaube, Sirene ist froh, mich dazuhaben. Sie überläßt mir so viel, fast die ganze Einrichtung, bis zur letzten Lampe. Sogar den Namen habe ich vorgeschlagen. »Sirene Buchladen.« Ihre Idee war »Buchhandlung Boehler.« Komisch, sie ist sonst so impulsiv und kraftmeierisch, und beim Namen ihrer Buchhandlung fällt ihr nur das Allerspießigste ein.

Sie tut mir leid. Sie ist so erschöpft. Wird Zeit, daß der Laden aufmacht. Morgen sind schon wieder zwei Verlagsvertreter angesagt.

Ich brauche ein Bett. Ich will in mein Zimmer ziehen. Wieso schreibe ich das eigentlich alles auf? Zeilenhonorar?

Er war noch eine Runde mit Nicht-Alfons gegangen, denn Sirene hatte Besuch von einer Freundin, einer dunkelhaarigen, scheu wirkenden Frau mit Brille und blitzendem Lächeln, und Urs wurde das Gefühl nicht los, er störe. Er wußte gar nichts über Irenes Liebesleben. Vielleicht gab es auch keins. Wie bei mir, dachte er. Auf seine vorsichtige Frage vor einigen Tagen hatte ihre Antwort so abschließend geklungen, daß er verstummt war: »Alle, die mir gefallen, sind hetero.«

War diese hier vielleicht eine davon? Möglich wär's denn sie hatte ihn beachtet, also konnte sie keine Lesbe sein. Lesbe, was für ein ekelhaftes Wort. Klingt wie Wespe. Unfreundlich. Man müßte ein schöneres dafür finden.

Als er zurückkam, waren beide verschwunden, und er hörte dem Knistern der Bodendielen zu. Nicht-Alfons schnaufte hin und wieder wie ein kleines Walroß, und sein Schwanz klopfte auf den Boden, wenn Urs zu ihm hinsah. Sie waren an der Dreisam gewesen, dem Flüßchen, das mitten durch die Stadt fließt, und wären fast Nicht-Alfons' Vorbesitzerin begegnet. Urs war rechtzeitig abgebogen. Um Nicht-Alfons den Loyalitätskonflikt zu ersparen.

Es war tiefe Nacht. Er wünschte, er wäre nicht so müde. Er liebte die Nacht. Und er wurde betrunken. Und freute sich auf Montag. Hoffentlich war das Tama nicht weg. Gleich um vierzehn Uhr würde er anrufen.

Er wollte schlafen, aber immer, wenn er die Augen schloß, wurde ihm schwindlig. Also starrte er die Decke an und studierte die Zeichnung des von der Straße hereinfallenden Lichts. Irgendwann hörte er Irene nach Hause kommen. Sie gab sich Mühe, leise zu sein, aber Nicht-Alfons jaulte und hüpfte an ihr hoch, wie es sich für einen richtigen Hund gehört. »Sei still«, flüsterte sie, »der Bär schläft.«

Aber der Bär konnte nicht schlafen. Noch als das leise Chopin Prélude aus Irenes Schlafzimmer verklungen war, lag er da und erinnerte sich daran, wie er sie zum erstenmal hatte weinen sehen.

Herbst vor zwanzig Jahren. Sie war siebzehn, er fünfzehn. Weil er sie gebeten hatte, sich einen Auftritt seiner Band anzuhören, war sie übers Wochenende aus dem Internat nach Hause gekommen. Er hatte mit den anderen »Fly like an Eagle«, Irenes Lieblingslied, und »Carmelita« von Linda Ronstadt eingeübt, weil er hoffte, sie würde sich überreden lassen, es zu singen.

Urs hatte sich verspätet, er kam direkt aus dem Proberaum und erwartete, Irene vor dem Fernseher vorzufinden, weil ein alter Theo-Lingen-Film lief, in dem Hedy und Armand ein Dienerehepaar spielten. Die beiden waren gerade, wie jeden Herbst, in der Schweiz und in Österreich auf Tournee.

Irene starrte auf den Bildschirm. Statt des Films gab es eine Reportage über Hinrichtungen in den USA. Beim Eintreten sah Urs, wie einem gefesselten Mann eine Kapuze über den Kopf gelegt wurde und ging sofort aus dem Zimmer. Er hatte gelernt, schnell zu schalten und zu fliehen, wenn ihm Bilder vor die Augen kamen, die aus seinem Kopf nie wieder verschwinden würden.

In der Küche trank er ein Glas Milch und biß gerade in ein Butterbrot, als Irene hereinkam, die Augen fassungslos geweitet und mit einem fast irren, wie blind nirgends Halt findenden Blick. Ihr Gesicht war naß von Tränen, aber aus ihrem Mund kam kein Geräusch. Kein Schluchzen, kein Wimmern, nichts. Sie lehnte sich an den Küchenschrank und sagte: »Kannst du mich bitte festhalten?«

Er spürte seine eigenen Tränen, als er sie in die Arme nahm und versuchte, mit festen Bewegungen seiner Hand über ihr Haar, ihre Schulter, ihren Oberarm, die krampfartige Steifheit aus ihrem Körper zu streicheln. Es dauerte eine ganze Weile, bis ihm das gelang.

Gerne hätte er Dinge gesagt wie, ist doch nur ein Film, oder, das wird schon wieder, vergiß es, aber er wußte, daß sie es nicht vergessen würde, daß es nicht nur ein Film war und daß es keinen Trost gab.

Nicht beim Tod der Großmutter vor einem Jahr und nicht, als der sich in Agonie ein letztesmal in ihren Armen streckende Kater Alfons starb, hatte Urs Irene weinen sehen. Auf ihrem Gesicht war ein zärtlicher und verträumter Ausdruck gewesen, so, als konzentriere sie noch einmal alle Kraft für den Abschied und die Schmerzen des Verlustes.

Irgendwann löste sie sich von ihm, ging zum Kühlschrank und trank mit geschlossenen Augen den Milchkarton leer. Dann wusch sie ihr Gesicht, trocknete es ab und sagte: »Komm, wir gucken uns die Alten an.«

Später, vor dem Fernseher murmelte sie schon wieder aufgeräumt »hallo Onkel«, als Theo Lingen auf dem Bildschirm erschien. Er war ihr Patenonkel. Urs brauchte noch einige Zeit, bis er ihr die demonstrative Gelassenheit wieder glaubte.

Nachts kam sie in sein Zimmer, legte sich neben ihn und küßte ihn auf die Wange. Eine Zeitlang lag sie schweigend da, dann stand sie wieder auf, sagte »danke« und ging.

Am nächsten Abend sang sie Carmelita. Die Band strahlte, der Saal tobte, und Urs war stolz auf seine große Schwester. Bei den Zeilen »Carmelita hold me tighter, I think I'm sinking down« fühlte er sich ihr nah wie seit der Zeit nicht mehr, als er fünf gewesen war und sie ihn vor den anderen Kindern in Schutz genommen hatte.

Nur einmal noch hatte sie seither so geweint, und auch da war es ihm gelungen, den Krampf aus ihrem Körper zu streicheln. Wieso hatte er das heute nicht mal versucht? Weil es keine Tränen des Kummers waren, sondern der Wut und Enttäuschung? Oder war da etwas in ihrer Haltung gewesen, das gesagt hatte: mach mich nicht klein?

Urs eröffnete ein Konto und ließ sich sein Kölner Guthaben überweisen. Mitte nächster Woche sollte es da sein, und er konnte Euroschecks abholen. So, jetzt bin

45

ich angekommen, dachte er, und ging zu dem Schreiner, der die neuen Regale und Auslagekästen gebaut hatte, um sich ein Bett zu bestellen.

Die Lampen waren heute morgen installiert worden, um die Kasse würde er sich nächste Woche kümmern, die Büroeinrichtung war fast komplett, die wichtigsten Vertreter schon dagewesen; der Laden war fertig, nur die Bücher fehlten noch. Und die Verkehrsnummer, ohne die im Buchhandel überhaupt nichts geht. Und die VLB-Kataloge. Auch die Schrift auf den Fenstern war noch nicht gemalt, aber das war für nächste Woche versprochen. In Rosa. Das würde wunderbar zu dem lichten Hellgrau der Regale passen.

Irene saß mit einem Vertreter im Laden. Für Urs, der im Büro ein Stück Gummiboden zuschnitt, um es auf den Schreibtisch zu kleben, war es ein Vergnügen, den beiden zuzuhören. Zwei Profis bei der Arbeit, dachte er, als er die Inhaltsangaben des Vertreters und Irenes knappe Fragen und Kommentare hörte, die sie immer mit einer Zahl abschloß. »Elf-Zehn«, oder »Fünf-PE.« Das klang wie ein Geheimcode.

»Komm, wir gehn in die Markthalle«, sagte sie, als der Mann gegangen war, »ich hab Hunger.«

Es war noch früh, und sie bekamen einen Stehplatz an einem der Tischchen. Über Mittag herrschte hier Hochbetrieb. Urs liebte die Atmosphäre dieses Imbißtempels, in dem die verschiedensten Gerüche ineinanderwehten und sich zur Essenszeit die halbe Stadt studieren ließ.

Vom schlabbrigen Unidozenten mit den lässigen Schuppen auf der Schulter bis zur Bankerin im engen Pepita-Kostüm, von der Schauspielerin im schwarzen Omakleid aus dem Fundus bis zum glänzend bebrillten Designer mit der Gemüseswatch; von der jungen Mitläuferin, die nur Augen und Figur in die Waagschale warf, bis zu Schülern und Studenten mit bunten Rucksäcken und teuren Jeans, die immer in Gruppen beieinanderstanden, schien sich hier jeder als Vertreter einer bestimmten Kaste zu präsentieren.

»Das ist die C & A-Reklame«, sagte Urs nach einem ausführlichen Blick in die Runde. »Gleich kommt der Traumprinz und entführt uns alle ins Reich der Phantasie.«

»Und du bist das Publikum.« Irene sah an sich herunter. »Ich bin auch bei den Statisten.«

»Wieso?«

»Das ist alles ein Mißverständnis, glaub ich.« Sie deutete mit der Gabel auf eine Frau am Nachbartisch, die ihnen den Rücken zugewandt hatte. »Guck mal, die zum Beispiel, die macht's wie alle. Sie tritt auf. Sie schaut niemanden an, denn sie glaubt, daß jeder *sie* anschaut. Und die da«, sie deutete auf eine andere, etwas weiter entfernte Frau, »genauso. Hier, die, dort, alle, sie treten alle auf und niemand ist das Publikum. Du bist hier vielleicht der einzige, der seine Augen rumgehen läßt. Alle anderen spielen Angeregtes-Unterhalten und gehen davon aus, daß jemand sich für ihre Posen interessiert.«

»Du auch?«

»Ein bißchen schon. Das macht man so als Dame.«

»Wirst du jetzt eine Dame?«

»Bin ich denn noch keine?«

»Doch. Vielleicht. Du hast noch nicht mal gerülpst, seit ich hier bin. Und erst einmal Scheiße gesagt.«

»Siehst du?« Sie strahlte ihn fröhlich an, »und das lag an den arschgefickten Furzgesichtern mit ihrem brunzdummen Erpressungsangebot.«

Urs lachte laut. So oft zusammenzucken konnte er gar nicht, wie es bei diesem Satz nötig gewesen wäre. Er schüttelte den Kopf und schaute in die Runde.

»Also nur Häuptlinge und keine Indianer«, sagte er, »so sieht's aus.«

»So sieht's aus.«

»Sag mal, das interessiert mich schon länger, falls du doch mal guckst, guckst du dann bloß nach den Frauen?«

»Du vielleicht nicht?«

Er holte zwei Tassen Cappuccino, und sie bewachte den Tisch. Dann rührte sie versonnen im Schaum und sagte: »Ich hab heut morgen bei den Erpressern angerufen. Sie schenken uns dafür die Kataloge.«

»Großzügig«, sagte Urs. »Schade, daß du den Herrn damals nicht einfach rausschmeißen konntest.«

»Das hab ich vorhin mit einem Vertreter gemacht.«

»Ersatzweise?«

»Nein«, lachte Irene, »der hat's verdient. Ein yuppiehaftes Arschgesicht. Hat keine Ahnung, fängt grade an als Verlagsvertreter und benimmt sich wie die Tochter vom Papst.«

»Wieso, ich meine, wie?«

»Na, er kommt rein und macht einen auf gnädig, so à la

48

›Haben Sie aber ein Glück, daß ich Ihre unwichtige kleine Klitsche besuchen komme, daß ich mich überhaupt mit einem Hühnchen wie Ihnen abgebe.‹ Er hat mir auf den Busen geglotzt, was ich nicht ausstehen kann, aber ich hab nichts gesagt. Bis er mir das dritte Buch gebunden andrehen wollte, obwohl es schon als Taschenbuch draußen ist, da hab ich seine Mappe zugeklappt und gesagt, er soll seine Ausbildung woanders machen.«

»Sind das Ladenhüter?«

»Ja. Kein Mensch kauft mehr ein Hardcover für vierzig Mark, wenn er denselben Titel für zehn als Taschenbuch kriegt.«

»Kannst du so was dann nicht zurückschicken?«

»Nur in gewissen Mengen. Der Typ wollte mich einfach betrügen. Das kleine Frettchen.«

»Und jetzt?«

»Bestell ich die Bücher direkt beim Verlag. Der Mann kommt mir nicht mehr in den Laden.«

»Und warum nicht beim Barsortiment?«

»Weil die Gewinnspanne viel geringer ist. Wenn ich beim Vertreter bestelle, krieg ich die besten Konditionen. Barsortiment ist ein Service, kein Geschäft, das darf man nicht übertreiben. Manche kleinen Läden ruinieren sich so. Sag mal, interessiert dich das wirklich?«

»Ja.«

»Warum machst du nicht eine Lehre bei mir und steigst ein?«

»Ich überleg's mir.« Urs lächelte. »Wenn alle Stricke reißen.«

»Der letzte reißt nie«, sagte sie nachdenklich und so leise, daß Urs den Satz erst nach einem Augenblick begriff.

»Wie bitte?«

»Nix. Vergiß es. Entschuldigung. Komm.«

Sie zog ihn am Arm mit sich und redete ununterbrochen. Sie überlege, ob sie einen Brief an bestimmte Berufsgruppen schreiben sollte, Anwälte, Mediziner, Psychologen und so weiter, in dem sie auf die Buchhandlung aufmerksam machte und sich anbot, auch komplizierte Bestellungen schnell zu erledigen.

»Wie kriegst du die Adressen?« fragte er unkonzentriert.

»Telefonbuch, Vorlesungsliste, einschlägige Verzeichnisse, das geht schon.«

»Und das Porto? Das kostet ein Saugeld.«

»Porto?« Sie zwickte ihn in den Oberarm. »Du trägst die aus.«

»Ein paar tausend Briefe?«

»Nur die, die in der Stadt wohnen. Die anderen schick ich per Post. Komm«, sie zog ihn wieder am Arm, »ich hab 'ne Überraschung für dich.«

In der Tiefgarage, an sein Auto gelehnt, stand ein Mountainbike mit Gepäckträger und Schutzblechen. Es war glänzend schwarz, nur der Lenker und die Lampen waren silbern. Urs wollte sich schon ärgern, daß jemand sein Rad so einfach an ein Auto lehnt, da sagte Irene: »Nicht aufregen, das ist deins.«

»Meins?«

»Geschenk.«

Auf das vordere Schutzblech waren Sockel und Ring eines Mercedesemblems montiert und darin eingeschweißt, statt des Sterns, ein großes A.

»Was ist denn das? Ein Politbike?«

»Sieht so aus.« Irene zupfte an dem seltsamen Zeichen. »Das kann man ja abmachen.«

»Wo hast du das her?« Urs freute sich. Das Rad war gebraucht, aber phantastisch in Schuß. Die Kette geölt und blitzblank, nirgends das kleinste bißchen Rost, auch nicht an den Felgen, und nichts klapperte, als er vorsichtig daran rüttelte.

»Von Sylvie, die hat noch acht oder neun«, Irene kicherte. »Und alles Herrenräder.«

»Verdient die so gut, oder klaut sie die alle?«

»Ja und nein.«

»Was?«

»Ja, sie verdient sehr gut, und nein, sie klaut sie nicht. Sie rettet sie.«

»Sie *rettet* Fahrräder? Wie geht'n das?«

Urs kurvte in engen Kreisen durch die Tiefgarage und war begeistert. Es fuhr sich hervorragend. Irene lehnte am Heck seines Wagens und fummelte mit dem Fingernagel den Rest eines Aufklebers ab, auf dem einmal gestanden hatte »Stefan Moninger Band – Tour 86.«

»Das geht so, daß sie mit dem kleinen Kombi, den sie für die Praxis hat, herumfährt und Ausschau hält, ob sie nicht irgendwo ein mißhandeltes oder ausgesetztes Fahrrad sieht. Das hier zum Beispiel hat sie aus der Dreisam gefischt.«

»Und warum bringt sie's dann nicht zur Polizei?«

»Weil die Bullen so ein Fahrrad als Sache behandeln, und für Sylvie kommen Räder gleich nach Tieren. Sie kann sie nicht leiden sehen.«

Urs schüttelte den Kopf, stellte das Rad ab und küßte Irene. »Danke«, sagte er, »das ist ein Klasserad. Und du bist eine Klassefrau.«

»Weiß ich«, sagte sie und hob das Kinn, wie als Kind, wenn sie vor dem Spiegel versucht hatte, in Hedys Kleidern die blasierte Pose eines Fotomodells nachzuahmen.

»Und Sylvie wird mir auch sympathischer«, sagte Urs und hielt die Tür zum Treppenhaus auf.

»Magst du sie nicht?«

»Erst nicht so, aber jetzt, wo ich weiß, daß sie gegen Fahrradversuche ist, schon mehr.«

»Sie ist in Ordnung«, sagte Irene. »Sie spielt nur das Klischee. Das ist wie bei manchen Schwulen, die sich extra tuntig geben. So haben wir welche, die auf Blaustrumpf machen, nur um eine stolze Lesbe zu sein und kein Weibchen.«

»Ich glaub, *sie* kann *mich* nicht leiden.«

»Das gehört zur Maskerade. Man darf keinen Mann mögen. Ist alles nur Theater. Sie ist nett. Wenn ich dich nicht als Bruder hätte, würd ich sie als Schwester wollen.«

»Na gut«, sagte Urs, »ich geb mir Mühe, sie gernzuhaben.«

Nicht-Alfons hatte das Wohnzimmer und den Flur in eine Achterbahn verwandelt und damit deutlich ausgedrückt, daß er es nicht schätzte, so lange allein gelassen zu werden.

»Verstehe«, sagte Irene, als er mit geknicktem Ohr vor ihr stand, und befestigte die Leine an dem hübschen roten Halsband mit silbernen Kühen, das Urs ihm gekauft hatte. »Gehn wir. Aber nur kurz. Ich muß noch telefonieren.«

»Komm, gib ihn mir«, sagte Urs, »wir machen eine Radtour. Brauchst du mich heute noch?«

»Um sieben. Zum Essen. Sylvie kommt, und noch ein paar Leute.«

Leider konnte Urs nicht so in die Pedale treten, wie er wollte, weil er den Hund, der kreuz und quer vor ihm her sprang, nicht aus den Augen lassen durfte. Sonst würde er ihn überfahren. Nach einer Weile gab er entnervt auf und setzte sich auf eine Bank. Stöckchenwerfen. Das war weniger gefährlich. Er versuchte weite Würfe, damit er, bis Nicht-Alfons ankam, das schöne Fahrrad wenigstens ansehen konnte, aber der war zu flink, oder Urs ein zu schlechter Werfer.

Gelegentlich, wenn andere Hunde vorbeikamen, war Nicht-Alfons eine Zeitlang abgelenkt, und Urs konnte träumen. Am Himmel türmten sich gewaltige Wolken, zwischen denen kleine Bündel von Sonnenstrahlen scharf und gleißend durchstachen. Es sah aus wie das üppige Deckengemälde einer Barockkirche. Auf dem Uferweg tummelten sich Spaziergänger, Hunde, Radfahrer und Jogger. Ist wie am Rheinuferweg, dachte Urs, nur kleiner. Überhaupt hatte Freiburg Ähnlichkeit mit Köln.

Er wußte nicht genau, wieso, denn Köln war viel häßlicher, größer und lauter. Und Köln war eine Metropole. Eine provinzielle allerdings, in der jeder jeden kannte, und wehe, wenn nicht.

Vielleicht gab es hier alles im Kleinformat? Die Dreisam für den Rhein, das Münster für den Dom, den Südwestfunk für den WDR, die Wiehre für Sülz und den Stühlinger für die Südstadt? Aber wenn Köln provinziell war, was war dann Freiburg? Der Umzug aus der Hundehütte in den Briefkasten?

Ein Fahrrad bremste schleudernd, und Nicht-Alfons verbellte den absteigenden Mann. Er versuchte sogar zu knurren, aber der Mann sah nur kopfschüttelnd zu ihm herab und sagte: »Das glaub ich dir nicht.«

Urs lächelte, aber sein Lächeln verschwand, als der Mann ihn scharf und unfreundlich durch seine randlose Brille ansah und wie ein Polizist fragte. »Wo hast du das Rad her?«

»Was?«

»Das Rad. Das gehört mir. Wo hast du's her?«

»Von meiner Schwester.« Urs war wider Willen eingeschüchtert.

»Und deine Schwester, wo hat die's her?«

»Von einer Freundin.«

»Und die?«

»Aus der Dreisam.«

»Hier, aus der Dreisam?«

»Weiß nicht, ob hier. Auf jeden Fall hat sie's rausgefischt und gerettet.«

»Gerettet?«, fragte der Mann, und seine Stimme klang

unsicher. Nach und nach machte sich ein kleines Grinsen auf seinem Gesicht breit. »Hast du gerettet gesagt?«

»Ja.

»Sylvie?«

Jetzt grinste auch Urs. Der Mann kratzte sich an den spärlichen Haaren hinterm Ohr und ging in die Knie, um Nicht-Alfons zu streicheln. Dann setzte er sich auf die Bank.

Das Grinsen im Gesicht des Mannes hatte Urs auf eine Idee gebracht. Er kannte dieses Gesicht. Das heißt, er kannte das Grinsen! Genau dieses Grinsen hatte er gesehen, im Taxi, auf dem Weg vom Bahnhof zu Irene. Diesen Mann hatte der Taxifahrer mit seinem ruppigen Überholmanöver fast von der Straße gedrängt.

»Das ist ein Problem«, sagte der Mann, »ein echtes Problem.«

»Juristisch?« fragte Urs.

»Quasi«, sagte der Mann. »Ich heiße Yogi«, und hielt ihm die Hand hin.

»Urs.«

»Urs? Bist du der Bruder von Sirene?«

Urs war einen Moment sprachlos. Diesen Namen kannte doch nur er.

»Wieso nennst du sie Sirene?«

»Wieso nicht, so heißt doch ihr Laden? Das kommt doch von ihrem Namen, oder? Außerdem paßt es.«

Urs war verwirrt. Das ging alles ein wenig zu schnell. Der Mann kannte Irene, Sylvie hatte sein Fahrrad gerettet, er wäre fast von Urs' Taxi angefahren worden – was war denn das für ein Knäuel?

»Sind wir vielleicht verwandt oder so was, bist du ein verschollener Halbbruder von uns, oder ein Onkel?«

»Fast«, sagte Yogi und deutete auf Urs wie der Moderator einer Gameshow. »Ich bin seit fünf Jahren in deine Schwester verknallt.«

»Ach du Scheiße.«

»Ja. Ach du Scheiße«, sagte Yogi und nickte dazu mehrmals mit dem Kopf.

Nicht-Alfons bedrängte sie mit seinem naßgekauten Stöckchen. Yogi ließ sich erweichen und warf es ins Wasser. Wie der Blitz fegte Nicht-Alfons los und landete platschend und spritzend direkt neben dem Stöckchen, bekam es zwischen die Zähne und trieb ab! Er war noch zu klein zum Schwimmen!

»Oh nein«, murmelte Urs und spurtete los. Er bekam den Hund gleich zu fassen, aber dann rutschte er aus und fiel der Länge nach hin. Er schluckte Wasser und wußte für einen Augenblick nicht, ob er das Fell des Hundes noch in der Hand hatte, aber sowie seine Füße wieder Halt gefunden hatten, sah er, daß Nicht-Alfons direkt neben ihm paddelte und warf ihn mit Schwung aufs Ufer.

»Beherzt.« Yogi lachte übers ganze Gesicht. »Medaillenverdächtig. So was wollen wir im Fernsehen haben. Dramatische Hunderettung in dreißig Zentimeter Tiefe.«

»Ha, ha«. Urs rappelte sich vollends auf und watete ans Ufer. »Du siehst in deiner Freizeit sicher Dick-und-Doof-Filme.« Er war ärgerlich. Schadenfreude, schon gar auf seine Kosten, mochte er nicht.

»Freizeit?« sagte Yogi, »kenn ich nicht.«

Urs versuchte, sein Hemd am Körper auszuwringen. Nicht-Alfons schüttelte sich schon zum drittenmal und Urs beneidete ihn um diese effektive Methode. Er wünschte, er könnte die Nässe auf dieselbe Art loswerden. »Ich muß heim«, sagte er schlechtgelaunt. »Was ist jetzt mit dem Rad?«

»Das schenk ich dir. Für die spektakuläre Hunderettung. Und als Entschuldigung, weil ich so gelacht habe.«

»Danke«. Urs war erstaunt. Seine Laune besserte sich sofort. »Das ist aber hochherzig.«

Yogi grinste schon wieder. »Du hättest dich sehen sollen. Ein Held wie im Comic.«

»Jetzt hör auf, sonst werd ich sauer.«

»Na ja, ich kann mich ja noch ein bißchen allein darüber amüsieren.« Yogi schwang sich auf sein Rad und fuhr ein paar Meter, dann hielt er noch einmal an, drehte sich um und sagte: »Ach könntest du mir den Anti-Stern überlassen?«

»Klar.«

»Kannst ja statt dessen auf die Stange schreiben: ich bin zwei Räder. Stimmt ja auch. Hast sie beide geschenkt gekriegt.«

»Ich denk drüber nach.«

Yogi trat wieder an, stoppte aber noch einmal und fragte: »Wie heißt der Hund?«

»Nicht-Alfons.«

»Wie dann?«

»Das ist der Name. Nicht-Alfons, mit Bindestrich.«

»Mhm«, Yogi nickte wie gegenüber einem Irren, den man nicht reizen will und fuhr los.

Zum Glück war es warm, und ich hatte keine Angst, mich zu erkälten. Aber die Blicke, die mich mal streiften und mal direkt trafen, gingen mir auf die Nerven. Wäre nicht neben mir der rührende Nicht-Alfons getrottet, ich glaube, die meisten Leute hätten schadenfroh gefeixt. So war das Lächeln, das mein Anblick allenthalben auslöste, wenigstens eher mitleidig. Na, ja, nach einigen hundert Metern mußte ich selber grinsen. Eine Andeutung von Hund und ein pitschnasser Berg von Mann, der ein Fahrrad mit Anarcho-Signet vor sich herschob – das war doch auch wirklich eine Entschädigung für die alltäglichen Mühen.

Irene war nicht zu Hause, und ich konnte, ohne etwas erklären zu müssen, mit Nicht-Alfons unter die Dusche. Das stellte sich allerdings als Fehler heraus, denn hinterher mußte ich das ganze Badezimmer aufwischen.

Ich hörte Irene und Sylvie reden und schlang mir ein Handtuch um die Hüfte, denn meine Kleider lagen im Wohnzimmer. Natürlich pfiff Sylvie, als ich die Küche betrat, und natürlich störte mich das, und ich vergaß meinen Vorsatz, sie zu mögen. Aber ich schluckte auch die bissige Bemerkung, die mir auf der Zunge lag, denn ich sah, daß Irene einen mißbilligenden Blick in Sylvies Richtung warf. Sie kennt mich. Und will mich noch immer beschützen.

»Bist du während dem Duschen mal kurz rausgegangen? Zigarettenholen oder so was?« fragte sie. Also war meine Tropfenspur im Treppenhaus noch nicht getrocknet.

»Das geht nicht«, sagte ich. »Eins von beidem geht.

Während dem Duschen kann man nur unter der Dusche stehen. Oder glaubst Du, ich hab die Dusche mit ins Treppenhaus genommen?«

»Es heißt während *des* Duschens«, sagte Irene.

»Den Dativ hast du eingeführt«, gab ich ärgerlich zurück.

»Da hat er recht«, sagte Sylvie und war mir auf einmal doch sympathisch.

»Danke.«

Sie packten ihre Einkäufe aus, und ich ging ins Wohnzimmer, um mich anzuziehen. Vor Sylvie wollte ich nicht halbnackt herumstehen, obwohl sie mich nach dem frechen Pfiff wieder kaum eines Blickes gewürdigt hatte. Oder vielleicht gerade deswegen. Ich bin ein bißchen eitel mit meinem Oberkörper. Das jahrelange Trommeln war ein gutes Training. Ich mag es, wenn ich kleine helle Blitze in den Augen der Frauen entdecke. Sylvies blieben gleichmäßig braun.

Eigentlich hatte ich im Wohnzimmer bleiben wollen, denn die beiden kicherten und alberten herum wie zwei Schulmädchen, und ich wollte sie nicht stören, aber da mir einfiel, daß das Wohnzimmer ohnehin demnächst für das Fest hergerichtet würde, ging ich zurück in die Küche und bot meine Hilfe an.

Die beiden fühlten sich durch mich kein bißchen gestört. Im Gegenteil. Hin und wieder gelang mir eine Bemerkung, mit der ich sie zum Lachen brachte, und ich entdeckte eine Eigenschaft an Sylvie, die mich mehr als jeder gute Vorsatz für sie einnahm: Sie hatte so eine Art, jeden Handgriff, den Irene oder ich ausführten, aus den

Augenwinkeln zu bemerken und, wenn es sein mußte, zu unterstützen. In dem Augenblick, als ich eine Gurke gewaschen hatte und darüber nachdachte, wo Irene ihr Schälmesser aufbewahren würde, zog Sylvie, ohne groß herzusehen, die entsprechende Schublade neben mir auf, und später, ich nahm gerade eine Melone in die Hand, um sie zu schneiden und den Parmaschinken damit zu dekorieren, schob sie einen Haufen Papierreste zur Seite. Noch bevor ich überlegt hatte, wo ich Platz für das Schneidebrett fände. Dieser Frau würde eine winzige Bewegung genügen, um unter den vier oder fünf Plastiktüten, die jemand schleppt, genau die herauszugreifen, deren Henkel eben reißt.

Leider hat sie, wie Irene, den Hang, sich vulgär auszudrücken, und ich mußte ein ums anderemal die Zähne zusammenbeißen, wenn sie zum Beispiel eine frühere Kollegin »ein Klistier« nannte und Irene sie verbesserte: »Nein, das, wofür man's braucht.«

Irgendwann hielt ich es nicht mehr aus. Gerade hatte Irene gesagt: »Margret hab ich nicht eingeladen, weil sie immer noch glaubt, ihre Scheiße stinkt nicht.«

»Wer kennt schon den eigenen Mundgeruch«, erwiderte Sylvie, und da platzte mir der Kragen: »Habt ihr euch eigentlich bei einer Holzfällerlehre kennengelernt?« fragte ich, »oder warum klingt hier jeder Satz nach Rita Mae Brown?«

»Na so was«, sagte Sylvie, »er liest Bücher.«

»Von Rita Mae Brown«, ergänzte Irene.

Sie grinsten mich beide zufrieden an, und erst da merkte ich, daß ich in eine Falle gelaufen war. Sie hatten bloß herausfinden wollen, wie lange ich brauchte, um aus der Haut zu fahren. Sylvie boxte Irene in die Seite und sagte: »Schade, die besten haben wir noch gar nicht losgelassen.«

Ich mußte wider Willen lachen. Das Ganze erinnerte mich an Szenen aus Irenes und meiner Kindheit. Sie liebte dieses Spiel und fing immer wieder damit an. Von meiner Entrüstung konnte sie nicht genug kriegen.

»Zum Beispiel den mit der Brille in der Möse«, sagte sie und wandte mir den Rücken zu.

»Es heißt Votze.« Sylvie drehte sich ebenfalls um. So wie ihre Schultern sich bewegten, mußten sie beide Tränen lachen.

Tatsächlich wischte sich Irene die Augen, als sie sich wieder umdrehte. Ich hatte schweigend abgewartet und schüttelte nur den Kopf.

»Entschuldigung«, gluckste sie, ohne mir in die Augen zu sehen, »es macht so Spaß.«

»Das muß ein bleibender Internatsschaden sein«, sagte ich versöhnlich. »Vielleicht hilft eine Therapie?«

»Wir fragen Regina.« Auch Sylvie hatte sich gefaßt und wieder umgedreht. »Vielleicht macht sie's uns billiger.«

»Sie macht's uns überhaupt nicht«, prustete Irene wieder los, und ich gab auf. Hier war nichts mehr zu retten. Man sah den beiden förmlich an, daß sie ihre inneren Kloaken nach besonders prachtvollen Schmuckstücken durchsuchten.

Bevor sie wieder fündig werden konnten, verzog ich mich ins Wohnzimmer, aber das Gekreisch und Gekicher aus der Küche stört mich beim Schreiben und hält in mir die Befürchtung wach, die Tür könnte aufgehen und ich müßte mir die Highlights der letzten halben Stunde anhören.

Ich mag nicht warten, bis die Gäste endlich kommen. Ich geh noch mal raus.

Im Treppenhaus mußte er Nicht-Alfons vor der Angriffslust zweier Yorkshire-Terrier schützen und nahm ihn auf den Arm. Die Hundekarikaturen wurden von einer mageren Blondine in die Wohnung gezogen, und Urs erhaschte noch einen Blick auf eine Eichenkommode und einen schnurrbärtigen Mann, der die Tür schloß.

Warum ist hier alles so perfekt, dachte er, warum erfüllt jeder das Klischee so hundertprozentig, daß er sich noch im Spiegel mit anderen verwechseln könnte? Die Macho-Lesben lassen die Muskeln spielen, das Ex-Model hat zwei Putzhunde, Eichenmöbel und einen Leutnantsbart, ein Blumenmädchen ist anmutig, ein Straßenmusiker zottelig und Yogi ist bestimmt ein demotivierter Lehrer, der seinen VW-Bus mehr liebt als die Schüler. So sieht er jedenfalls aus.

Er setzte sich in ein Straßencafé, bestellte Cappuccino und sah sich den späten Samstagnachmittag an, während Nicht-Alfons von Tisch zu Tisch zockelte und sich mit allen anfreundete. Hin und wieder fiel auch für Urs ein Lächeln ab, wenn er versuchte, den Hund vom Betteln abzubringen. Aber es war sinnlos, und die Leute konnten ebensogut für sich selber sorgen.

Wäre sein Plastikstuhl ein Sofa gewesen, er hätte einschlafen können, so wohlig versank er nach und nach im Klanggewirr der Stimmen ringsumher. Manchmal kam Nicht-Alfons und setzte ihm eine Pfote auf den Schuh, als wollte er sagen: Das ist meiner. Dem darf ich in die Hose beißen, wenn ich will.

Ein Junge sprühte Rasierschaum in die Löcher einer Sandsteinskulptur, die aussah wie ein in regelmäßigen Abständen perforierter Menhir. Urs überlegte, ob ihm die weißen Schaumknöpfe nun besser gefielen als die dunklen Bohrlöcher, da stürmte ein erboster Mann herbei, faßte den Jungen am Arm und schüttelte ihn. Der Junge ließ sich das stoisch gefallen und wartete, bis der Herr ihn fertiggeschüttelt haben würde. Tatsächlich hörte der nach kurzer Zeit auf und schaute ratlos umher. Eigentlich müßte jetzt die Polizei kommen und den Übeltäter verhaften. Statt dessen kam ein gutgekleidetes Ehepaar, der Herr in Loden und die Dame in etwas, das ihr weich von den Schultern fiel, und riß den Jungen an sich. Urs konnte den Wortwechsel nicht verstehen, aber er sah den erbosten Herrn auf die geschändete Skulptur deuten und den gutgekleideten arrogant abwinken. Dann trollte sich die Familie, und der Herr blieb allein mit ein paar Gaffern und seiner Entrüstung.

So unsympathisch ihm der empörte Mann zuerst gewesen war – er erinnerte Urs an den schlimmsten Lehrer der schlimmsten Schule –, so leid tat er ihm auf einmal angesichts der dümmlichen Arroganz des Lodenheinis, der nichts dabei finden konnte, daß sein Sohn ein Kunstwerk nach eigenem Gutdünken umgestaltete. Er sah sich schon aufstehen, zu dem Verteidiger der Kunst hingehen und ihn trösten. »Der Herr mag die Skulptur nicht«, hörte er sich sagen »die Skulptur hat keinen Arsch.« Aber mittlerweile war der Mann verschwunden und Urs fühlte ein Grinsen auf seinem Gesicht. Das ist Sirenes Einfluß, dachte er, eine halbe Stunde von ihrem Seemannsdeutsch und ich sage schon Arsch. Oder denk es immerhin.

Er grinste den ganzen Rückweg über, weil er sich nicht von der Vorstellung trennen konnte, er mache die Tür auf, die Wohnung sei voller Gäste und er rufe fröhlich in die Runde: »Hallo, ich bin Urs. Hat jemand vielleicht Lust, mir einen zu blasen?« Was würde Sirene dann tun? Bestimmt nicht mehr lachen. Und falls doch, dann ausnahmsweise mal nicht auf seine Kosten.

Die Wohnung war tatsächlich voll, und Urs verzog sich in einen Winkel der Küche, denn außer Sylvie und der schönen Frau mit Brille, die vor einigen Tagen zu Besuch gewesen war, kannte er niemanden. Irene kümmerte sich nicht um ihn. Er war kein Gast. Er gehörte dazu. Irgendwann verzog er sich auf den Balkon und schaute auf die leeren Fenster der Schule gegenüber.

»Bist du noch beleidigt?« fragte Sylvie und zog hinter sich die Tür zu. Ungefragt goß sie Wein aus der mitgebrachten Flasche in sein Glas.

»Wieso?«

»Weil wir die zotigen Weiber gespielt haben.«

»Nein. Ach was. Ich kenn das schon. Sie macht das mit mir, seit ich denken kann. Manchmal glaub ich, sie wälzt hin und wieder ein Lexikon, oder schreibt sich sonstwo die besonders fiesen Ausdrücke auf, bloß um sie mir bei passender Gelegenheit vorzusingen.«

Sylvie grinste: »Da könntest du recht haben.«

Sie trank einen Schluck und schaute versonnen durch die Glastür nach drinnen. »Ich entschuldige mich jedenfalls. Tut mir leid.«

»Ach was, wofür denn?«

»Na ja, ist ja fast schon ein sexueller Übergriff so was. Wenn ich mir vorstelle, ich müßte mir das andersrum anhören...«

Urs hielt sein Glas an ihres und ließ ihr einen Millimeter Platz, um anzustoßen. »Prost«, sagte er. »Vergeben.«

Offenbar hatte Sylvie nichts weiter gewollt. Sie wandte sich zur Tür, als diese aufging und eine Stimme sagte: »Ist hier noch Platz für uns oder müssen wir euch vertreiben?«

Es war Yogi, der die schöne Frau hinter sich herzog. »Mich mußt du nicht vertreiben«, sagte Sylvie, »ich geh freiwillig.«

»Halt. Du schuldest mir zweihundert Mark.«

»Wieso das denn?«

»Du hast mein Fahrrad verkauft.«

Sylvie sah Urs an, dann Yogi, dann lächelte sie amüsiert: »Im Ernst? Das war deins?«

»Mhm«, Yogi nickte wie ein Amerikaner mehrmals hintereinander mit dem Kopf.

»Die zweihundert hab ich reingesteckt.«

Yogi machte eine Handbewegung, die sagen sollte,

war eh nicht mein Ernst und wandte sich an Urs. »Kennt ihr euch? Regina, das ist Urs, Irenes Bruder.«

»Ja«, sagte Urs und nickte der Schönheit zu.

Sylvie, die schon mit einem Bein drinnen stand, drehte sich noch einmal um und schubste Yogi leicht am Oberarm: »Die Hochsitze in letzter Zeit, bist du das?«

»Wie kommst du bloß darauf?« Yogis Grinsen und die gespielte Entrüstung in seiner Stimme sprachen Bände. Deutlicher konnte man etwas nicht zugeben, ohne ja zu sagen.

Sylvie schüttelte den Kopf. »Was machst du, wenn sich mal einer den Hals bricht?«

»Schmeiß 'ne Party für die Hirsche und laß mich als Ehrenmitglied aufnehmen.«

»Du spinnst«, sagte Sylvie eindringlich. »Hör auf damit.« Und ging nach drinnen.

Nach einiger Zeit, in der sie schweigend am Geländer lehnten und auf die ausgestorbene Straße hinuntersahen, sagte Regina, die sich eine Zigarette angezündet hatte und das Streichholz noch in der Luft hin und her bewegte, obwohl es schon längst nicht mehr brannte: »Stimmt das? Sägst du die Hochsitze an?«

»Nicht mehr«, sagte Yogi, »ich hab Angst gekriegt, als der Typ sich den Haxen gebrochen hat.«

»Gut.« Regina entdeckte das Streichholz in ihren Fingern und warf es auf die Straße. »Sylvie hat nämlich recht.«

»Ach.« Yogi klopfte nervös mit drei Fingern auf das Geländer. »Die soll nicht so staatstragend tun. Ich kenn sie vom Strommastenumlegen. Da hat sie jedesmal gesagt, schon wieder die Landschaft um einen Phallus kürzer gemacht.«

Regina lachte.

Wieder schwiegen sie einige Zeit, bis Regina unvermittelt in die Nacht hinaussprach: »Ich träume manchmal von einem Hochsitz.«

»Hoffentlich hab ich den stehenlassen«, sagte Yogi und drehte sein Weinglas um, wie ein Zauberkünstler, der sich wundert, wo das Kaninchen bleibt.

Regina hatte ein kleines Lächeln auf dem Gesicht, und als ihr dies bewußt wurde, senkte sie den Kopf und ließ ihre Haare zwischen Urs' und Yogis Blicke und dieses Lächeln fallen.

»Gefällt dir Freiburg?« fragte sie nach einiger Zeit, und Urs nickte.

»Stimmt es, daß du mal bei Ulla Meinecke gespielt hast?«

»Nur im Studio«, sagte Urs, »als ihr Schlagzeuger mit jemand anders auf Tournee war. Und auch nur zwei Stücke. Woher weißt du das?«

»Von Irene. Sie ist stolz auf dich.«

Urs lächelte. »Ich auch auf sie.«

Yogi lächelte ebenfalls. »Kannst du auch.«

»Eine glückliche Familie«, sagte Regina.

»Der Rest.« Urs hörte selber, daß das traurig klang.

Er ging in die Küche und half Irene. Später ging er mit zwei Weinflaschen herum und schenkte den Gästen nach. Irgendwann setzte er sich zu einer Gruppe auf den Boden und versuchte, in ein Gespräch einzusteigen. Es ging um Ausländerfeindlichkeit. Er stellte eine Frage, später noch eine, aber ein Mann mit wirrem Haar hatte das Thema in wenigen Minuten an sich gerissen und dozierte eloquent und ausdauernd, bis jedermann in Hörweite zuerst verstummt, dann ermüdet und schließlich aufgestanden war, um sich anderswo zu beteiligen.

Urs nahm sich vor, Irene nach ihren Erfahrungen zu fragen. Er hatte noch keinen Skinhead gesehen und wollte so gern glauben, daß es hier keine gäbe. Aber aus der Zeitung wußte er, daß erst vor kurzem in der näheren Umgebung ein jüdischer Friedhof verwüstet und Feuer an Ausländerheime gelegt worden war. Ob nun mit oder ohne Skins, das hier war keine Insel.

Kurz nach ein Uhr morgens waren fast alle gegangen, nur Sylvie, Regina und ihr Mann, ein stiller, dunkelblau gekleideter Mensch mit ein paar grauen Haaren, räumten Geschirr und Gläser in die Küche. Auf dem Sofa schnarchte sturzbetrunken der Eloquente und rutschte langsam aber sicher immer näher an die Kante. Urs schob den Tisch weg, damit er sich beim Fallen nicht verletzen konnte.

»Den muß noch jemand entsorgen«, sagte er leise zu Irene, als Regina ihre Jacke von der Garderobe nahm.

»Räumt ihr noch Arndt auf?« fragte sie und Reginas Mann sagte seufzend: »Müssen wir ja.«

Sie hievten den verwirrt um sich blickenden Mann hoch und versuchten, ihn möglichst möbelschonend auf den Flur zu bugsieren.

Irene sah müde aus. Sie öffnete die Fenster in der ganzen Wohnung und startete die Spülmaschine. »Ich fall um«, sagte sie dann und zog sich im Gehen schon ihr T-Shirt über den Kopf. »Schlaf gut Bär.« Sie schloß die Tür hinter sich.

Der Nachgeschmack der Zahnpasta machte ihm Lust auf noch ein Glas Wein. Er fand eine angebrochene Flasche, schenkte sich ein und löschte das Licht in der Küche. Dann machte er sein Bett und zog sich aus. Er setzte sich auf den Balkon. Unten fuhr ein Range Rover aus der Tiefgarage. Ein Mann stieg aus und koppelte einen großen und offenbar schwer beladenen Anhänger an den Wagen. Urs hörte den Mann vor Anstrengung keuchen und leise fluchen, weil irgendwas nicht klappte. Komische Zeit für Transporte, dachte er, nachts um halb drei, und zog sich zurück in den Schatten. Auf Irenes Balkon mußte nicht unbedingt ein nackter Mann gesehen werden.

Er genoß die Stille und den warmen, manchmal in jähen kleinen Böen fauchenden Wind auf seiner Haut. Es war ein seltsames Gefühl, mitten in einer Stadt nackt auf einem Korbstuhl zu sitzen und sich von einem zärtlichen und fordernden Wind berühren zu lassen. Ein sehr schönes Gefühl.

In einem Fenster der Schule ging Licht an. Nein, es spiegelte sich nur dort. Das Fenster mußte im Haus nebenan sein. Eine Frau und ein Mann betraten das Zimmer und zogen sich aus. Gleich ziehen sie den Vorhang zu, dachte Urs, aber die Frau löschte das Deckenlicht, und er wollte sich schon enttäuscht zurücklehnen, da ging eine Nachttischlampe an, und er sah die Frau sich neben dem

Mann ausstrecken. Eine Zeitlang wälzten sich die beiden umher, lagen mal nebeneinander und mal übereinander, aber es dauerte nicht lang, bis der Mann oben blieb und sein Hintern sich in gleichmäßigem Rhythmus hob und senkte. Das Bild war leicht verschwommen, so als trüge Urs zwei Brillen voreinander, denn die Schule hatte Doppelfenster.

Das ist ja ein Klassefilm, dachte er, das will ich jeden Abend, und legte die Arme auf die Brüstung, als könne er besser sehen, wenn er einige Zentimeter näherrückte. Aber bald war klar, daß es bei der Missionarsstellung bleiben würde, und er lehnte sich wieder zurück. Das war kein Klassefilm. Ein hüpfender Männerhintern und eine gequetschte Brust, das war doch wohl ein bißchen wenig. Jetzt schmeiß ihn schon runter, dachte er und mußte lächeln. Los, reite ihn, tanz auf ihm, laß dich doch nicht einfach in die Matratze nieten, aber schon stemmte sich der Mann mit den Armen ab und warf den Kopf ins Genick.

Fertig, dachte Urs, schade, und nahm einen großen Schluck von seinem Wein. Jetzt ließ der Mann sich auf die Frau sinken. Ganz offenbar wurde nicht daran gedacht, auch für ihre Lust zu sorgen. Richtig, jetzt setzte sich der Mann auf, griff neben das Bett und suchte bestimmt nach Zigaretten. Die Frau stand auf, schüttelte ihr Haar und verschwand durch die Tür. Soviel zum Thema Klischee, dachte Urs und spürte, daß selbst das schon genügt hatte, ihn zu erregen. Das war ihm peinlich vor sich selbst, aber er lachte sich aus, als es ihm klarwurde.

70

Er sah den glühenden Punkt, den die Zigarette des Mannes jetzt in die Dunkelheit stach. Die Frau war zurückgekommen und hatte das Licht gelöscht. Vielleicht schlief sie schon. Wenn der Rauch der Zigarette sie nicht störte. Noch immer wurde Urs von diesen kleinen Böen in die Rippen geboxt, als wollten sie sagen, komm, jetzt werd nicht melancholisch. Du siehst doch, daß die Welt noch funktioniert. Sie treiben's noch, sie rauchen hinterher, es ist Samstagnacht und Vollmond. Sei nicht kleinlich. Nur weil du selbst niemanden hast, mußt du nicht für andere anspruchsvoll sein.

Tatsächlich, es war Vollmond. Als Urs nach oben sah, tauchte eben die dicke runde Scheibe über dem Dach auf. Der Wind trieb Wolkenfetzen vor sich her, und es wurde Zeit, nach drinnen zu gehen, denn in wenigen Minuten konnte der Balkon hell erleuchtet sein.

Nach einem Frühstück im Café radelten sie über Feldwege zu einem Baggersee. Irene ließ sich über die Gäste vom Vorabend ausfragen. Urs erfuhr, daß Regina Dozentin für Psychologie war, ihr Mann Schriftsteller, Yogi eine Art Privatier, der von einem geerbten Mietshaus lebte und so etwas wie der letzte Sponti war, daß Arndt sich immer so betrank und immer so viel redete, aber abgesehen davon ein liebenswürdiger und großherziger Mensch und überdies als Verlagsvertreter ein Star sei, daß Regina zehn Jahre lang seine Freundin gewesen war und eine Zeitlang mit ihm und dem Schriftsteller zu dritt gelebt hatte. Die anderen Gäste waren Buch-

71

händlerkollegen gewesen, ein Klavierlehrer und zwei Schauspielerinnen vom Stadttheater.

»Wie heißt der Schriftsteller?« fragte Urs. »Der kommt mir irgendwie bekannt vor.«

»Allmann«, sagte Irene und stieg vom Rad. »Robbi Allmann.«

»Hat der mal Musik gemacht?«

»Keine Ahnung.«

Sie zogen sich aus und setzten sich auf die Decke. Irene rollte ihr Handtuch zusammen und legte den Kopf darauf. »Ich schwimm später vielleicht«, sagte sie, »bin so müde.«

Nicht-Alfons, froh, endlich aus dem Fahrradkorb entkommen zu sein, erkundete die nähere Umgebung. Er versuchte auch, die Gegend als Revier zu markieren, aber er markierte sich hauptsächlich selber, denn das Beinheben klappte noch nicht so, wie es sollte.

Als Irene eingeschlafen war, ging Urs ins Wasser. Das brauchte er jetzt. Ganz dringend. Er schwamm lange, vielleicht eine halbe Stunde, bevor er sich wieder auf den Weg zum Ufer machte, zu Irene, die schlafend und nackt seinen Schutz brauchte. Und wenn es nur Schutz vor Männerblicken war.

Vor fremden Männerblicken. Er durfte sie ansehen. Mit ihren siebenunddreißig Jahren war sie schöner denn je. Sie lag auf dem Rücken, und ihre Brüste fielen ein klein wenig zur Seite. Über ihren Bauch schwang sich eine sanfte Kerbe. Ihre Schamhaare waren die schönsten, die Urs je gesehen hatte. Ein dichter, dunkelblonder

Busch in Form eines Dreiecks, dessen Spitze zwischen ihren Beinen verschwand und dessen Seiten in einigem Abstand von den Kerben zwischen Oberschenkeln und Bauch verliefen. Man müßte dich malen, dachte er, schade, daß ich das nicht kann.

Lag das an dem Film gestern nacht? An der Privatvorführung, die ihn daran erinnert hatte, wie stumpf und leblos er die letzten Monate Tag für Tag nur umgeblättert hatte, ohne erwartungsvoll auf die nächste Seite zu schauen, weil er wußte, sie würde leer sein? Vielleicht war es auch dieser Nachtwind auf seiner Haut gewesen. Irgendwas war passiert, und er spürte wieder, daß er noch mehr wollte, als nur jeden Abend müde ins Bett fallen.

Vorsichtig nahm er Irenes Hand und küßte ihre Fingerspitzen, bevor er sich auf den Bauch drehte und den Kopf auf die Arme bettete, um ebenfalls zu schlafen. Sie machte eine kleine Bewegung mit den Schultern und brummte wie Nicht-Alfons, wenn er träumte.

Er wußte nicht, ob er geschlafen hatte, als er ihre Stimme hörte: »Trauerst du dieser Sonja noch nach?«

»Sarah.«

»Trauerst du ihr nach?«

»Nein. Ich glaub nicht.«

Eine Weile schwieg er, und sie fragte nicht weiter. Sie wußte, er dachte nach und brauchte Zeit, um nach den nächsten Worten zu suchen. Schon mit neun hatte sie manchmal zu ihm gesagt, ich hör, daß du denkst.

»Ich bin aus dem Gleis.« Seine Stimme war leise. »Es stimmt alles nicht mehr.«

»Was?«

»Das ganze Leben. Ich hab umgelernt mit ihr. Ich hab gelernt, nicht mehr im Offenen zu leben. Die ganze Zeit vorher hab ich im Offenen gelebt. Im Freien. Auf der Bühne, im Studio, auf Tour, in Kneipen, in Hotels, immer da, wo viele sind. Ich hab nicht gewohnt, ich hab nicht gekocht, ich hab nicht ferngesehen, ich war immer draußen. Da, wo die andern auch sind. Und dann, mit Sarah, na ja, so richtig fast verheiratet. Drinnen. Ich hab irgendwann plötzlich das Wort ›Ausgehen‹ verstanden.«

Irenes Arm kam zu ihm herüber, und sie streichelte seine Schulter. Ganz leise sagte sie: »Hast versucht, erwachsen zu werden.«

»Ja. Und jetzt müßte ich wieder jung sein und weiß nicht mehr, wie's geht.«

»Es geht auch nicht mehr. Weil jetzt nämlich andere jung sind.«

Sie schwiegen eine Weile. Irenes Finger spielten einen kleinen Flohwalzer auf seiner Schulter.

»Wir sind jetzt groß«, sagte sie dann, »wir leben drinnen.«

»Aber das zerreißt dich doch, wenn du allein bist.«

»Ja.«

»Sirene?«

»Ja?«

»Ich bin froh, daß du mich grad brauchst.«

»Ich auch.«

Nicht-Alfons schnaubte und stupste seine Schnauze zwischen Irenes Hand und Urs' Schulter.

»Schon klar«, sagte sie, »dich brauchen wir am aller-
dringendsten.«

»Gehst du gar nicht schwimmen?« fragte Urs.

»Nein. Ist so schön so. Ich laß mich von der Sonne
streicheln.« Ihre Stimme war schon wieder schläfrig.
»Wenn mich sonst niemand streichelt.«

Urs nahm ihren Arm und fuhr mit der Spitze seines
Zeigefingers daran entlang.

»Gut?« fragte er.

»Schon«, die Schläfrigkeit in ihrer Stimme bekam einen anderen Ton. Rauher, tiefer, wie das Schnurren einer
Katze. Einer großen Katze. »Aber nicht genau das, was
ich meine.«

»Nicht genau da, wo du meinst?«

»Mhm.«

»Wir sind nicht genau da, wo das ginge.«

»Mhm.«

Er nahm seine Hand weg und schloß die Augen. Sie
schauen alle nach dir, dachte er, sind alle scharf auf dich.
Zwei Drittel aller Männer in Sichtweite würden ihrem
Auto die Lichter eintreten für eine Nacht mit dir. Sie
würden auf dich sparen, wenn sie dich für Geld bekämen,
und du liegst da, bist einsam und so durcheinander, daß
du dem Spatzen in der Hand einen Antrag machst.

Er stützte sich auf die Ellbogen und sah um sich. Tatsächlich senkten zwei Männer den Blick und sahen ange-
strengt woanders hin. Ein dritter setzte eine Sonnenbrille
auf, und zwei hatten ihre Lektüre so vor sich liegen, daß
sie jederzeit unauffällig davon aufblicken konnten. Di-

rekt in Irenes Richtung. Keine einzige Frau sah her. Du bist umsonst so schön, dachte Urs, was für ein Fehlschuß. Er merkte, daß er sich ablenken wollte mit diesen Gedanken, sich selber ausreden, was Irene eben angedeutet hatte.

»Vergiß es, bitte«, mischte ihre Stimme sich leise in seine Gedanken, »oder nimm's als Kompliment.«

Er beugte sich wieder hinüber und küßte ihr Handgelenk. »Schon klar, Große«, sagte er, »du kennst doch meine ritterliche Beherrschung.«

»Ja, kenn ich.« Er hörte ihrer Stimme das Lächeln an.

»Sag, mal«, er legte sich wieder auf den Rücken und schloß die Augen, »soll ich dir eine aufreißen? Du zeigst mir, welche dir gefällt, und ich bring sie auf dem Silbertablett.«

»Quatsch.«

»Wieso? Das würdest du für mich doch auch tun, wenn ich dich darum bitte.«

»Willst du einen Mann?«

»Nein.«

»Na also.«

»Du weißt doch, was ich meine.«

»Ich will keine Aufgerissene.«

»Anspruchsvoll.«

»Natürlich.«

»Regina?«

Irene seufzte, und das war ihm Antwort genug. Er schwieg und stellte sich die beiden Frauen in liebesverrückter Umarmung vor. Das würde ich gerne voyeursmä-

ßig begleiten, dachte er, und schämte sich gleich ein bißchen dafür. Aber nur ein bißchen. Die Gedanken sind
frei.

»Weiß sie es?«

Irene seufzte wieder, aber als sie sich aufrichtete, klang
ihre Stimme wach und alarmiert: »Nein. Und wehe, sie
erfährt's. Paß bloß auf. Außer Sylvie und noch einer Frau
weiß hier niemand, daß ich andersrum bin. Und ich
will's auch nicht.«

»Sag, mal, was glaubst du denn?« Urs war beleidigt.

»Nichts, ich will bloß, daß du aufpaßt.«

Sie fuhren schnell und schweigend zurück in die Stadt.
Der Mißton war noch nicht verklungen, als Urs die Räder
in die Tiefgarage brachte. Er kam nicht mit hinauf in die
Wohnung, denn er wußte, Irene brauchte Zeit. Statt dessen sah er sich im Kino zwei Filme an und ging dann noch
für eine Weile in den Laden, wo er sich auf den Boden
setzte und die erwartungsvolle Stille der leeren Räume
genoß.

Die Wohnung war verlassen, als er zurückkam, aber sein
Bett war gemacht, und auf dem Kissen saß ein kleiner
struppiger Bär, den Irene seit ihrer Kindheit besaß.

Urs wachte einige Male auf, weil ihn das Fell des Bären
in der Nase kitzelte, aber er konnte sich nicht entschließen, ihn aus der engen Umarmung zu entlassen.

An der Kaffeemaschine klebte ein kleiner gelber Zettel.
Bin im Laden, Vertreterbesuch. Nicht-Alfons kommt

mit. Urs schaltete die Kaffeemaschine ein und schlug die Zeitung neben seinem Teller auf. Er blätterte unkonzentriert durch den politischen Teil, Wirtschaft, Sport, Kultur und las einen Artikel im Lokalteil, in dem von Kostensteigerungen beim Bau des Kongreßzentrums die Rede war. KTS wurde es genannt, das klang wie eine Band der frühen Achtzigerjahre, hieß aber Kultur- und Tagungsstätte. Er hatte die Baustelle zwischen Bahnhof und Theater gesehen und gedacht, in Köln wäre da jetzt eine alte Römersiedlung aufgetaucht, und man müßte ein Museum im Keller einrichten. Wie beim Parkhaus am Dom. Da hätten sie schon gleich die Kultur.

Als er den schmalen Anzeigenteil aufschlug, wußte er, weshalb er so unkonzentriert las. Heute war Montag. Er konnte anrufen wegen des Schlagzeugs. Allerdings erst ab vierzehn Uhr.

Er holte das Bett beim Schreiner, Matratze und Bettwäsche bei Ikea und hatte schon all seine Sachen aus der Wohnung transportiert, als Irene kurz nach zwei in den Laden zurückkam. Er baute gerade das Bett zusammen, und hörte ihren Schlüssel in der Ladentür.

Sie hielt ein Bild in den Händen. Einen gerahmten Miro, sehr blau, mit einem schwarzen Strichgesicht und dicken roten Tränen.

»Für dich«, sagte sie, »zum Einzug.«

Er nahm es, hielt es gegen die Wand und streckte die Hand nach hinten aus, ohne sich umzusehen. Wie ein Chirurg sagte er dann »Nagel« und hörte sie lachen und nach nebenan ins Büro gehen.

Als das Bild hing, half sie ihm, sein Bett zu beziehen und warf sich dann mit ausgebreiteten Armen hinein. »Jetzt geht's los«, sagte sie glücklich, »Morgen kommen die ersten Bücher.«

»Und der Nachtwächter ist auch da«, sagte Urs.

»Ja?« sagte die Stimme am anderen Ende der Leitung.

»Ich rufe wegen dem Schlagzeug an, bin ich richtig?« Urs brauchte einen Moment, um zu reagieren. Dieses knappe »Ja« hatte ihn aus dem Konzept gebracht.

»Ja.«

»Ich will's ansehen, geht das?«

»Ja.«

Er wollte schon ärgerlich werden, da raffte sich die Stimme endlich zu einem vollständigen Satz auf. »Hast du'n Auto?«

»Ja.«

»Und jetzt in der nächsten Stunde Zeit?«

»Ja.«

»Dann hol mich doch im Babeuf ab. Wir müssen ein Stück fahren.«

»Wo?« Urs grinste. Jetzt hatte er den Part mit den knappen Antworten.

»Im Babeuf. Das ist eine Kneipe. In der Klarastraße. Kennst du das Café Einstein?«

»Nein.«

»Hm, da ist es jedenfalls daneben.«

»Ich find's schon. Ich frag mich durch.«

»Klopf an die Tür. Die Kneipe ist noch nicht auf. Ich bin drin und hör dich.«

»Bis gleich.«

Sympathische Stimme. Vor allem, als die ganzen Sätze dran waren. Eine helle Frauenstimme. Komisch eigentlich, seit wann verkauften Frauen ein Schlagzeug? Vielleicht ein Scheidungsrelikt? Die Stimme hatte jung geklungen. Keine Mutter, die den Augapfel ihres Sohnes zur Strafe für seine schlechten Zensuren verkloppt.

Er war eigens noch einmal in den Laden zurückgegangen, um sich von Irene den Weg erklären zu lassen. Trotzdem verfuhr er sich und landete vor der riesigen Baustelle der KTS. Das Babeuf lag hinter dem Bahnhof, und zur Zeit führte nur eine Straße unter den Gleisen hindurch. Die verpaßte er noch zweimal, aber schließlich fand er das Lokal und parkte auf einem Platz für Anwohner, weil er nicht riskieren wollte, noch einmal bis kurz vor die Kliniken zu fahren.

Das Mädchen, das auf sein Klopfen hin öffnete, hatte einen Lappen in der Hand und sagte »komm rein.« Sie hatte sich schon umgedreht, um vorauszugehen, da stutzte sie, wandte den Kopf und sah ihn an. Es war die Frau vom Wallrafplatz! Die Pfadfinderin, die für die Straßenmusiker kassiert hatte! Er lächelte, als er sah, daß sie ihn erkannte. Sie deutete mit der Hand, die den Lappen hielt, auf ihn, klappte einen Finger daraus hervor und sagte. »Du hast meine Tasche bewacht.« Sie lächelte breit und schubste mit der anderen Hand die Tür noch weiter auf.

»Ja.«

»Komm rein.«

Sie ging hinter die Theke und stellte die Musik leiser. Laurie Anderson, dachte Urs, guter Geschmack, aber den hat sie ja schon in Köln bewiesen.

»Ist das deine Kneipe?«

»Mittags von drei bis vier gehört sie mir, da putze ich sie. Willst du was trinken?«

Er sah, daß Kaffee in der Maschine war und deutete darauf. Sie goß ihm eine Tasse voll.

»Zucker? Milch?«

»Milch.«

»Ich brauch noch 'ne Viertelstunde, muß nur noch aufräumen und den Müll rausbringen, dann können wir los.«

»Ich helf dir.« Urs stand auf.

»Wenn du die Stühle runterstellst und die Klofenster zumachst, dann räum ich schon mal die Küche auf.«

Sie nahm die Kaffeekanne mit und verschwand hinter dem Küchenvorhang. Bevor er die Stühle in Angriff nahm, ging Urs zur Anlage und drehte die Musik lauter, weil gerade »The Dream before« anfing, eines der schönsten Stücke. Der Vorhang bewegte sich, und für einen Augenblick erschien ihr zustimmend lächelndes Gesicht.

Als er fertig war, nahm er einen herumliegenden Lappen und wischte die Theke. Sie kam mit einem blauen Müllsack, den er ihr abnahm und draußen in die Tonne stopfte.

Sie schloß die Fenster und ging zur Stereoanlage, drehte langsam die Lautstärke herunter, bevor sie ausschaltete, die CD herausnahm und in der Hülle verstaute, den Hauptschalter für das Licht umlegte und nach einer großen, vollen Handtasche griff. »Fertig«, sagte sie und ging zur Tür.

Am Stühlinger Kirchplatz dirigierte sie ihn nach links, aber er stoppte und fragte: »Geht's auch rechts rum?«

»Wieso?«

Er deutete auf ein großes Gemälde auf dem Asphalt vor ihnen. Eine grüne Fläche, übersät mit knallblauen, knallroten, knallgelben und weißen Krokussen. Es konnten auch Herbstzeitlosen sein. Am unteren Rand stand etwas geschrieben, aber Urs konnte es nicht entziffern. Das Bild war mit Kreide gemalt und nahm die gesamte Straßenbreite ein. »Ich hab Skrupel, drüberzufahren«, sagte er.

Sie lächelte: »Dreimal rechts. Nein, viermal, dann kommen wir auch hin.«

Sie fuhren zum Autobahnzubringer, den sie ein Stück stadtauswärts hinter dem Gaskessel wieder verließen, und immer weiter, bis keine Häuser mehr zu sehen waren.

»Was ist das, Mundenhof?« fragte Urs, nachdem sie schon zum zweiten Mal einem Schild mit diesem Namen gefolgt waren.

»Ein kleiner Zoo. Daneben wohn ich.«

»Im Zelt?« Sie waren umgeben von Wald und Wiesen, und die Stadt lag weit hinter ihnen.

»Fast.«

Eine Wohnwagenkolonie. Etwa fünfzehn Bauwagen und ein Bretterverschlag standen kreuz und quer auf einem von Büschen und Bäumen umsäumten Areal. Kinder und Hunde sprangen um eine rauchende Feuerstelle. Vor einem der Wagen saßen zwei Männer auf der Treppe und schälten Kartoffeln.

Urs fühlte sich seltsam. Als sei er in einem Fünfzigerjahrefilm gelandet, als brause gleich die Musik auf und bunte, kastagnettenschwingende Zigeunerinnen tanzten herein.

Sie ging auf einen gelb und hellblau gestrichenen Wagen zu, kramte einen großen Schlüssel aus ihrer Tasche und schloß auf. »Komm rein«, sagte sie und lächelte über sein verdutztes Gesicht.

Er verwandte nur wenig Aufmerksamkeit auf die Einrichtung. Es war gemütlich, alles mit dunkelroten Decken und Stoffen drapiert, eine richtige Höhle mit einem kleinen arabischen Teetischchen, einer Propangaslampe, Sitzkissen, einer alten Seemannskiste und einem Bett. Aber all das registrierte er eher aus dem Augenwinkel, denn auf der anderen Seite stand das Schlagzeug und strahlte ihn richtiggehend an, so gut schien es in Schuß zu sein.

Es war dunkelbraun, hatte vier Becken, zwei Crashein Ride und ein Splash, zwei Hängetoms und ein Standtom, und ihn juckten die Finger, es auszuprobieren.

»Kannst ruhig spielen«, sagte sie. Seine Gedanken zu lesen war wohl nicht schwierig.

»Hast du'n Stimmschlüssel?« fragte er, und sie zog die Augenbrauen hoch: »Probier doch erst.«

Er zog zwei Stöcke aus dem Futteral an der Baßdrum und zögerte. »Was ist mit deinen Nachbarn? Kriegst du keinen Platzverweis, wenn ich hier Krach mache?«

»Spiel«, sagte sie.

Er ließ die Stöcke leicht auf jede Trommel und jedes Becken fallen, sah auf und bemerkte gerade noch, daß sie ihm etwas zuwarf. Einen Stimmschlüssel. Er reagierte zu langsam und mußte ihn vom Boden aufklauben. Sie grinste breit, als er das Fell des Standtoms mit sechs winzigen Rucken des Schlüssels höherstimmte.

»Das war ein Viertelton«, sagte sie, »nicht mal ganz ein Viertelton. Du bist anspruchsvoll.«

Sie verwirrte ihn. Das Schlagzeug war tatsächlich, bis auf diesen Viertelton, gut gestimmt gewesen. Außerdem hingen die Becken richtig, so, daß sie perfekt ausschwingen konnten. Sie ergänzten sich gut, das Ride-Becken war ein Meisterstück – das Ganze war mehr als zwölfhundert Mark wert.

Er spielte ein paar Rolls über die Toms, drehte dann den Teppich der Snare ein wenig lockerer und probierte verschiedene Grooves aus. Weil er sich beobachtet fühlte, spielte er nur sichere Sachen, nichts, was schiefgehen konnte. Er war ziemlich eingerostet, aber es war so schön, wieder zu spielen, daß er am liebsten sofort mit konsequentem Aufbautraining angefangen hätte, um spätestens in einer Woche wieder fit zu sein. Es lag sicher auch an dem Raum mit seinen vielen Decken, Stoffen und Kissen, daß alles, was er spielte, so gut klang.

Er war gerade in einen Shuffle verfallen und genoß es, sich selber zuzuhören, da drückte sie sich an ihm vorbei,

zog zwei Stöcke aus dem Futteral und klingelte feder-
leichte Paradiddeltriolen auf den Beckenglocken dazu.
Sie lachte ihn an, und gleich gerieten sie in ein ausge-
fuchstes Frage-und-Antwort-Spiel. Was immer er ihr auf
Hihat und Snare vorgab, kopierte, kommentierte oder ergänzte sie auf den beiden Glocken.

Sie spielte so gut, daß er Lust bekam, sie herauszufor-
dern. Immer vertrackter wurden seine Vorgaben, und
lange, lange hielt sie mit fast blasierter Lässigkeit mit,
bis er sie endlich mit einer Quintole überfordert hatte.
Sie lachte, ließ die Stöcke fallen und trat ihm blitzschnell
auf den Fuß, so daß er mit den Baßdrumschlägen aus dem
Takt kam.

Die Tür wurde aufgerissen, und eine rothaarige Frau
mit Rastalocken keifte wütend herein. Bevor sie noch
recht die Worte verstanden hatten, war die Tür schon
wieder zu und das wutverzerrte Gesicht verschwunden.
Urs steckte die Stöcke zurück ins Futteral und stand auf.

»Wie heißt du?« fragte er.

»Marie.«

»Nur Marie? Bist du Französin?«

»Nein«, sie lachte und schüttelte den Kopf. »Es war
mal Annemarie, aber ich hab's abgekürzt. Und du.«

»Urs.«

»Urs?«

»Ja.«

»Boehler?«

»Ja?«

»Du warst mein Vorbild. Stahlwerke Boehler.« Sie
strahlte ihn an und schnipste mit dem Mittelfinger auf

seinen Oberarm. »Heh«, sagte sie, »das ist mir eine Ehre.«

Sie kochte Tee auf einem kleinen Propangaskocher. Urs war verwirrt und ein bißchen verlegen. Daß sie ihn kannte und sogar bewunderte, oder zumindest mal bewundert hatte, gefiel ihm natürlich, es schmeichelte ihm, aber es störte auch die Selbstverständlichkeit, und er fühlte sich beobachtet, so, als müsse er sich irgendeines Status', irgendeiner Würde entsprechend verhalten.

Quatsch, dachte er, vergiß es, und versuchte, sich auf etwas anderes zu konzentrieren. Zum Beispiel ihr Aussehen. Ihre Haare hatten einen kastanienbraunen Ton, ganz ähnlich wie das Schlagzeug übrigens, ihre Augen waren dunkel, sicher braun, und sie hatten etwas Mausiges, Knopfiges, Lebendiges, als könnten sie überall gleichzeitig sein. Wie dicht die buschigen Brauen beieinanderstanden, bemerkte er erst jetzt. Es erinnerte ihn an Frida Kahlo. Sie war hübsch, oder schön auf eine Art, die keine Fernwirkung hat, die nur sieht, wer sich auf das Gesicht konzentriert. Wenn sie lachte allerdings, dann ging das Licht an, das hatte er in Köln gesehen.

Sie wirkte jetzt, da sie im Halbdunkel des Bauwagens mit dem Teegeschirr hantierte, kein bißchen verschlafen, nur etwas Schusseliges, Junges, war in ihren Bewegungen. Als hätte sie noch keine Routine mit den Alltagshandgriffen, als müsse sie noch mitdenken, vielleicht jede Bewegung mit gedachten Selbstgesprächen kommentieren.

»Drehst du dich mal um?« fragte sie, nachdem sie zwei

Tassen auf das Teetischchen gestellt hatte. »Ich will mich umziehen.«

»Ich müßte sowieso mal aufs Klo«, sagte er. »Wenn du mir sagst, wo das ist?«

»Richtig oder Pinkeln?«

»Pinkeln.«

»Einfach hinterm Gebüsch. Egal wo, bloß außerhalb der Wagenburg.«

Die Sonne blendete ihn, und er wäre fast von der Treppe gefallen, weil er einen viel zu großen Schritt machte. Er ging hinter dem Wagen an den Büschen entlang und suchte einen Durchgang, denn er wollte nicht übers ganze Gelände stiefeln. Er schob sich durchs Unterholz, weil er helles Grün blitzen sah, und kam auf der anderen Seite direkt neben einem Haufen aufeinandergestapelter junger Nadelbäume heraus, deren Wurzeln mit Stoff umwickelt waren. Es mochten etwa fünfzig Bäumchen sein, der Stapel ragte ihm bis über den Kopf. Die können Flüssigkeit brauchen, dachte er sich, und ging um die Ecke.

»Eh, geh weg«, sagte eine Stimme, und ihm wurde klar, daß er direkt neben einer Frau stand, die, die Jeans in den Kniekehlen, vor den Bäumchen hockte.

»Entschuldigung«, stammelte er und verzog sich schnell. Sie hatte nicht zu ihm aufgesehen, aber er kannte die roten Rastalocken. Er ging so weit um die Wagenburg, daß sie ihn nicht mehr sehen würde.

Marie trug ein enganliegendes schwarzes Trikotkleid. Vielleicht war es auch ein viel zu langes T-Shirt. Er überlegte, ob sie sich extra für ihn so verführerisch zurecht machte. Nein. Unsinn. Sie wollte einfach ihre Putzjeans ausziehen, was denn sonst. Er trank den Tee und versuchte, seine Augen nicht tiefer als bis zu ihren Schlüsselbeinen wandern zu lassen. Das war schwierig.

»Nimmst du das Kit?« fragte sie.

»Sofort. Wenn du es wirklich hergeben willst. Ich find's ein ziemliches Schmuckstück.«

»Ich will's hergeben.«

Ihre Antwort klang falsch. Der Ton sagte »ich muß«, nicht »ich will«.

»Weil du hier nicht üben kannst?«

»Auch«, sagte sie, »aber ich hab's auch satt. Ich bin da raus und will nicht wieder rein.«

Eine Weile schwieg sie, als horche sie den eigenen Worten hinterher und prüfe sie auf ihren Wahrheitsgehalt. Dann fügte sie noch hinzu. »Ist nichts für erwachsene Leute.«

»Wie erwachsen bist du denn?«

Sie lächelte: »Siebenundzwanzig.«

Er lächelte auch: »Ich hab vor vier Jahren aufgehört. Und jetzt halt ich's auf einmal nicht mehr aus. Ich will wieder spielen. Und wenn's nur im Keller für mich selber ist.«

»Das blüht mir dann ja vielleicht auch«, sagte sie leise. Aber sie zuckte dazu mit den Schultern, als käme es darauf nicht mehr an.

Während sie gemeinsam das Schlagzeug abbauten und im Wagen verstauten, erfuhr Urs, daß sie ein paar Jahre lang als Profi unterwegs gewesen war. Unter anderem auch bei Herwig Mitteregger.

»Da hab ich dich gehört«, sagte er, »in Hamburg. In der Fabrik. Aber du warst blond.«

»Stimmt genau«, sie grinste. »Ende achtundachtzig war ich blond.«

»Ich fand dich gut.«

»War ich auch.« Sie holte ihre Tasche und schloß den Wohnwagen ab. »Aber ich war keine Ruth Underwood und keine Bobbie Hall, und selbst wenn, kein Mensch braucht so was. Hier nicht. Hier bist du eine Verzierung. Was fürs Fernsehen, zum Aufmerksamkeit-Erregen.«

»War das Herwigs Grund, meinst du?«

»Ich glaub schon. Eine Frau am Schlagzeug. Geil. Ist ja fast noch besser als ein Neger bei der Blasmusik.«

»Ach komm, du bist vielleicht ungerecht.«

»Vielleicht.« Sie schlug die Autotür zu. »Aber vielleicht auch nicht.«

Die erste Nacht im neuen Zimmer. Ich bin aufgeregt. Nicht wegen des Zimmers – wie oft habe ich schon Zimmer und Wohnungen gewechselt – auf jeden Fall mehr, als ich mit Frauen zusammen war, nein, es ist dieses Gefühl, wieder angekommen zu sein, endlich wieder hinter Fellen und Becken zu sitzen. Ich habe drei Stunden gespielt, und obwohl der Keller dröhnt und alles grell und laut nach Heavy-Pop klingt, habe ich Musik in meinem Kopf gehört und mir vorgestellt, ich säße in der umbrausten Einsamkeit eines Lichtdoms auf meinem Podest und pumpte einer guten Band das Blut in die Adern.

Jetzt, in meinem Zimmer, nach einem weiteren Versuch, den »Fänger im Roggen« zu lesen, um wieder runterzukommen von meinem rhythmischen Hyperventilieren, wird mir auch klar, daß es nicht ums Jungsein geht. Es ist was anderes: Etwas tun, was nur ich allein so tue, nicht einen Job erledigen, der Geld bringt, und den jeder, der sich auskennt, gleich gut machen würde, sondern ein lebendiges Wesen erschaffen. Musik ist ein Wesen, in das man sich verliebt oder nicht, das man besucht, verläßt und womöglich adoptiert – es lebt und hat sein eigenes Gesetz.

Auf einmal wird mir klar, daß ich ohne Musik nicht leben kann. Ganz egal, in welcher Form ich sie mache, ob als Profi oder überqualifizierter Amateur; es ist sogar egal, ob ich nur hier in diesem Keller trommle, Hauptsache, ich trommle und bleibe nicht so leer und überall fehl am Platz wie in den letzten vier Jahren.

Marie tut mir leid. Sie hat sich gezwungen, aufzuhören. So wie ich damals, als ich es auf einmal nicht mehr auszuhalten glaubte mit all den wortlosen Musikern und dieser ganzen stumpfen und denkfaulen Szene. Plötzlich empfand ich die Popmusik als riesengroße Umweltverschmutzung, fiel mir auf, daß man fast nirgendwo mehr freiwillig Musik hört und vor allem nirgends Stille. In jeder Kneipe, im Klo, im Flugzeug, am Strand, im Supermarkt, wo immer ich war, wurden die Originalgeräusche mit Musik vermengt. Und ich war einer der Täter gewesen. Einer der Erzeuger.

All das interessiert mich jetzt nicht mehr. Ich bin wieder zu Hause, das ist alles, was zählt. Und mir geht auf,

daß meine Abneigung gegen akustische Umweltverschmutzung und jeder Einwand, den ich auf einmal gegen die Popmusik hatte, nur dazu gut war, mich vor
Heimweh zu beschützen.

Als ich den Wagen geparkt hatte und mit Marie zur
Bank ging, sah ich, wie sie noch einen Blick auf ihr
Schlagzeug warf. Ich hätte sie am liebsten in den Arm genommen und gesagt: behalt's doch, ich such mir ein anderes. Aber ihr Kummer ist mein Glück, und ich wollte
in Wirklichkeit nichts weiter, als schnell nach Hause,
aufbauen und loslegen. Und die sinnlos verplemperten
letzten vier Jahre meines Lebens aufholen.

Er legte das Notizbuch zur Seite und ging noch einmal in
den Keller. Da er nicht wußte, ob über Heizungsrohre
oder Luftschächte vielleicht Lärm in irgendeine Wohnung dringen konnte, nahm er sich zusammen und
spielte nicht mehr. Er sah das Schlagzeug nur an – bis er
fror.

Die folgendenden Tage waren heiß und blau, aber Urs
und Irene hatten wenig Zeit, sich unter freiem Himmel
aufzuhalten. Täglich kamen Bücher und mußten ausgepackt werden, sortiert, mit Preisen ausgezeichnet und
Laufkarten versehen, dann wurden sie, nach Sparten ge-
ordnet, in die Regale eingereiht, in ein sich ständig ver-
schiebendes Alphabet.

Wenn Urs nicht im Laden gebraucht wurde, rieb er Foli-
enbuchstaben ab auf schmale rosa Schildchen, die die lo-

sen Zettel ersetzen sollten, auf denen jetzt noch die Sachgebiete standen. Er holte die Kasse, kaufte Stoff für die Auslage, malte zwei Schilder für die Schaufenster »Eröffnung demnächst« und versuchte, wie er es bei Sylvie bewundert hatte, das Richtige zu tun, bevor ihn Irene darum bat. Hin und wieder gelang es ihm, und er freute sich über ihr anerkennendes Brummen.

Manchmal, wenn keine oder nur wenige Bücher ankamen, waren sie zur Untätigkeit verurteilt. Das heißt, nur Urs, dessen Mangel an buchhändlerischem Wissen seine Nützlichkeit beschränkte. Irene hatte immer was zu tun.

Zweimal war er an solchen Nachmittagen schon zum Babeuf gegangen, denn er wollte Marie einladen, ihr Schlagzeug zu besuchen. Ihre Augen beim letzten Blick durchs Heckfenster des Kombis waren in seiner Erinnerung immer größer geworden, dieser Blick unter den buschigen Brauen hervor verfolgte ihn schon, aber niemand hatte reagiert auf sein Klopfen an der Kneipentür, und kein Geräusch war von drinnen zu hören gewesen.

Einmal fuhr er zur Wagenburg, die er erst nach längerem Suchen fand, aber auch dort klopfte er vergeblich an die Fensterläden. Ein junger Mann, den er nach Marie fragte, zuckte nur desinteressiert die Schultern.

Manchmal glaubte er sich selber, dieser Blick sei es gewesen, dieser Blick verpflichte ihn, Marie den Abschied zu erleichtern. In Wirklichkeit wollte er sie wiedersehen, und ihr offensichtlicher Trennungsschmerz war ein guter Vorwand.

Schließlich ging er abends zum Babeuf, um zu fragen, wann sie wieder putzen würde. Auf dem Weg dorthin sah er das mittlerweile stark verblaßte Bild wieder. Die Inschrift darunter lautete: »May she will stay, resting in my arms again.« May she will stay? Was war denn das für ein seltsames Englisch? Mag sie wird bleiben? Er ging diesmal nicht um das Bild herum, sondern geradeaus darüber hinweg, denn auf seine Schritte kam es jetzt auch nicht mehr an.

»Ist nicht da«, sagte der Mann hinter der Theke.

»Wann wieder?«

»Die Woche nicht mehr. Hat frei.«

Das ist wohl hier der Wortkargentreff, dachte Urs und ging, nach einem kurzen Blick in die Runde. Er beschloß, am nächsten Morgen noch einmal zur Wagenburg zu fahren und dort einen Zettel zu hinterlassen. Dann sollte sie sich melden, wenn sie wollte. Schließlich mußte er ihr ja nicht nachlaufen wie ein verliebter Schuljunge, oder?

Er ging durch den Bahnhof zurück. In der Unterführung, die nach Bier, Urin und nassem Staub stank, lärmten zwei angetrunkene Fußballfans, und er sah im tristen gelben Licht neben einem der Fahrpläne an der Wand ein weiteres Bild mit Krokussen. Er stutzte und blieb stehen, um es in Ruhe zu betrachten. Es war vom selben Maler, da gab es keinen Zweifel. So groß wie der Fahrplan, mit Kreide auf die Kacheln gemalt, die Krokusse blau, weiß, rot und gelb, der Hintergrund grün, in den gleichen fröhlichen Spielzeugfarben, wie das auf der Straße am Kirchplatz. Diesmal stand, gut lesbar am unteren Rand die

Zeile: »July she will fly and give no warning to her flight.«

»May she will stay« hatte also den Monat Mai gemeint. Ob es für jeden Monat ein Bild gab? Irgendwo in der Stadt? Aber man würde ohnehin nur die letzten finden, die Halbwertzeit von Kreidebildern ist gering.

Die beiden Fußballfans waren zu einem der Gleise abgebogen, und Urs beeilte sich, aus der engen Unterführung nach draußen zu kommen. Vor dem Bahnhof wandte er sich nach rechts, er wollte sehen, ob im Jazzhaus irgendwas los war.

An der Großbaustelle parkten zwei alte Hanomag-Laster, auf deren Ladeflächen eine Gruppe junger Männer und eine Frau stand, die kleine Tannen, eine nach der anderen über den Bauzaun warfen. Es begann zu regnen, und Urs wollte gerade seinen Schritt beschleunigen, als ihm die Bäumchen bekannt vorkamen. Er blieb stehen. Aber ja! Das waren die von der Wagenburg! Jedenfalls die Menge und Größe der Bäume schien ihm gleich. Er sah sich die Leute genauer an und entdeckte Yogi.

Der hatte auch ihn erkannt. »Willst du helfen?« rief er, »dann pack an.«

»Ja«, sagte Urs und ging zu der Gruppe. »Worum geht's?«

»Alle Bäume über den Zaun und dann da hinten hin«, sagte Yogi und deutete auf die Mitte der Baustelle. Dabei ließ er die Augen unruhig hin und her schweifen, als rechne er mit unangenehmen Überraschungen.

Urs kletterte über den Zaun, nahm ein Bäumchen und

94

erkannte die Rothaarige mit den Rastalocken wieder, als er es mit ihr zur Baugrube trug.

»Was gibt das denn?« fragte er.

»Eine Tannenschonung.« Die Frau grinste ihn an.

»Hübsch«, sagte Urs und grinste auch.

Jetzt fiel der Regen in Strömen. Yogi, der an ihnen vorbeikam, sagte: »Klasse, das Wetter macht mit« und zog sich eine Kapuze über den Kopf.

Sie waren zu neunt und arbeiteten in großer Eile. Es wurde so gut wie nichts geredet, nur hin und wieder, wenn jemand ein Werkzeug tauschte, oder einem anderen im Weg stand, fiel ein Wort oder ein knapper Satz. Nach wenig mehr als einer Stunde hatten sie inmitten der Baugrube eine akkurat in Reihen gesetzte Baumschule aufgemacht. Genau vierundsechzig junge Bäumchen standen jetzt in Achterreihen und bildeten ein sauberes Quadrat. Urs war klatschnaß.

Die beiden Lastwagen waren verschwunden. Yogi winkte einem Ford Transit, der ohne Licht heranfuhr und sie warfen ihre acht Spaten und vier Spitzhacken auf die Ladefläche. Die Rothaarige stieg ein, und der Wagen fuhr an. Urs hatte die Frau nach Marie fragen wollen, aber jetzt war es zu spät.

Alle übrigen schwangen sich auf Fahrräder, die am Bauzaun lehnten und strampelten in verschiedene Richtungen davon. Yogi grinste breit und griff nach dem letzten verbliebenen Rad. »Das hat mal wieder generalstabsmäßig hingehauen«, sagte er zufrieden und zog sich die

Kapuze vom Kopf. Der Regen hatte aufgehört. »Willst du was trinken?«

Yogi schob sein Rad, und sie gingen zu einer Kneipe in der Nähe.

»Bestell mir ein Bier«, sagte Yogi, »ich muß noch telefonieren.«

Er kam zurück und trank durstig das halbe Glas leer, klopfte mit der flachen Hand auf die Theke und sagte: »Danke fürs Helfen. Das war deine gute Tat für heute.«

»Direkt im Auftrag der Baufirma war das aber nicht, oder?«

»Nicht direkt, nein.«

»Und wenn die Bullen jetzt morgen früh vor deiner Tür stehen und was von Hausfriedensbruch murmeln? Oder Baustellenfriedensbruch?«

»Diese ganze verbonzte Kultur- und Tagungsstätte ist ein einziger riesengroßer Stadtfriedensbruch«, sagte Yogi, »und seit wann ist Bäumepflanzen was Böses? Prost.«

Er trank aus und sah sich nach dem Kellner um. »Außerdem findet mich morgen früh kein Bulle, weil ich nach England fahre.«

»England?«

»Ja. Kornkreise machen. Die Saison hat begonnen.«

»Im Ernst?« Urs konnte nicht ganz glauben, was er da hörte. »Machst du wirklich Kornkreise?«

»Mhm. Meine sind die schönsten. Ich kann dir ja mal paar Fotos zeigen. Die einschlägigen Fachpublikationen sind voll mit meinen Werken.«

Urs lachte und schüttelte den Kopf. »Du verarschst mich doch, oder?«

»Nein«, Yogi wedelte mit dem leeren Glas in der Luft herum, »glaubst du, ich halt dich für blöd?«

Urs zuckte nur mit den Schultern.

»Ach, was soll's, ich hab eh keine Zeit mehr.« Yogi stellte sein Glas ab. Er zog einen Zehnmarkschein aus der Tasche und legte ihn auf die Theke. »Ich muß los.«

Urs schob das Geld zurück unter Yogis Finger. »Laß, ich lad dich ein.«

»Na gut«, sagte Yogi und steckte den Schein weg. »Danke noch mal. Morgen stehst du in der Zeitung. Das heißt natürlich am Montag. Morgen gibt's ja keine Zeitung. Und wie sich's prima trifft, auch keine Bauarbeiter, die unseren schönen Babywald vor der Zeit wieder niedermachen können.« Er klopfte auf den Tisch. »Grüß deine Schwester, ich drück ihr die Daumen für den Laden. Ab September bin ich ihr Stammkunde.«

»Glaub ich sofort«, sagte Urs. »Mach's gut und iß keine Kuh mit BSE.«

»Bin eh Vegetarier«, sagte Yogi und ging. An der Tür drehte er sich noch einmal um und rief: »Von Gemüsewahnsinn hat noch keiner was gehört.«

Alle Augen waren Yogis Blickrichtung gefolgt und starrten jetzt auf Urs, denn jeder wollte wissen, wem dieser kryptische Satz gegolten hatte. Ihm wurde unwohl, und er bezahlte und ging. Sein Weinglas ließ er halbvoll stehen.

Vor dem Lokal lehnte ein Mann an der Wand und erbrach sich direkt neben die Tür. Urs ging schnell um ihn herum und hörte das Mädchen, das den Mann stützte, in breitem Schwäbisch sagen: »So isch's recht. Du du no schee Bröckele lache.«

»Was ist denn mit dir passiert?« fragte Irene, als er vorsichtig, mit den Schuhen in der Hand, einen Schritt in die Wohnung machte.

»Ich hab gelandschaftsgärtnert.«

»Landschaftsgegärtnert?«

»Oder so.«

»Berge versetzt«, sagte sie, »mindestens. So, wie du aussiehst.«

Sie knöpfte seine Jacke auf und brachte sie ins Bad. Dann verlangte sie die Hose, und er zog sie aus, leerte die Taschen und nahm den Gürtel ab. Sie öffnete die Waschmaschine und drehte das Wasser der Badewanne auf. »Werd erst mal das nasse Zeug los«, sagte sie, »sonst bist du morgen krank.«

»Du bemutterst mich«, sagte er leise und zog sich nackt aus. Sie nickte nur lächelnd und stopfte die nassen Sachen in die Maschine.

Urs ging in die Küche, nahm ein Glas aus dem Schrank und fühlte sich seltsam, ein bißchen lächerlich, ein bißchen gerührt, wie er da, nackt und von Irene herumkommandiert, nicht wußte, wohin mit sich selbst. Er goß Rotwein aus der halbvollen Flasche in sein Glas. Ihn fror.

Er lehnte an der Küchenzeile, denn auf die kalte Sitzfläche eines der Stühle wollte er sich nicht setzen.

»Was hast du denn *wirklich* gemacht?« rief Irene aus dem Bad, und er hörte, wie die Waschmaschine startete.

»Darf ich nicht verraten. Hab ich versprochen.«

Sie stand in der Tür und hielt ihm einen Bademantel hin. »Du siehst jedenfalls aus, als hätte man dich erst ein- und dann wieder ausgegraben. Und zwar in der Mitte eines reißenden Flusses.«

Er nahm das Glas mit ins Bad und streckte sich in der Wanne aus. Irgendwann, er wußte nicht, wie lange er so dagelegen und innerlich schmunzelnd über die Baumpflanzaktion auf der Baustelle nachgedacht hatte, streckte sie den Kopf herein und reichte ihm die Weinflasche.

»Danke«, sagte er und schenkte sich nach. Er hörte, daß sie im Wohnzimmer den Fernseher einschaltete, und das melodische Murmeln der Stimmen irgendeiner Talkshow schläferte ihn ein.

Er wachte auf, weil er ein schmerzhaft lautes Plätschern hörte. Das Badewasser war abgekühlt, und er schauderte, als er eine kleine Bewegung machte.

»Oh, ich hab dich aufgeweckt«, sagte Irene, die neben ihm auf dem Klo saß. »Tut mir leid. Ich dachte, ich kann heimlich pinkeln, ohne daß du's merkst.«

»Spätestens die Spülung hätt ich gehört«, sagte er und stand auf, um sich abzutrocknen. »Ich hab richtig geschlafen.«

»Und wie richtig. Du liegst da seit anderthalb Stunden.« Sie stand auf, betätigte die Spülung, zog die Jeans hoch und schloß nur deren obersten Knopf. »Ich hab dir's

Bett gemacht im Wohnzimmer. Kannst gleich weiterschlafen.«

»Ohne meinen Bär?«

»Muß ich auch.«

Sie küßte ihn auf den Mund und knipste das Licht aus, als
er die Decke über sich zog.

Er war schon fast wieder eingeschlafen, als ihm plötzlich auffiel, daß der Hund fehlte.

»Wo ist Nicht-Alfons?« rief er halblaut, und Irene antwortete: »Mit Sylvie in der Schweiz. Fahrräder retten.
Schlaf.«

Er träumte: Eine Wohnung, die er nicht kannte und die
Stimmen Sarahs und ihrer Mutter aus der Küche. Er
durfte das Zimmer nicht verlassen, fühlte sich schlecht
behandelt, war wütend und unglücklich. Sarah und ihre
Mutter lachten. Über ihn? Es war Nacht. In seinem Zimmer brannte nur eine Kerze, bei deren Schein er versuchte, einen Brief zu schreiben. Bisher hatte er nur die
Anrede. Liebe Sarah, stand da und ein Komma dahinter,
sonst nichts. Für einen Moment wurde es hell im Zimmer und Sarahs kleine Schwester schlüpfte zur Tür herein. Sie starrte ihm kurz in die Augen, als suche sie dort
ein Zeichen, von dem alles Weitere abhinge, und dann,
als habe sie dieses Zeichen gefunden, sagte sie: »Schnell,
wir haben keine Zeit«, drehte sich zum Schreibtisch,
beugte sich darüber und hob ihren kurzen schwarzen
Rock. »Mach, beeil dich.« Er war nackt und gehorchte
ihr. Sie hatte die Ellbogen aufgestützt und ihre Brüste fie-

len weich in seine Hände. Sie gab kleine, tiefe Brumm-laute von sich, deren Amplitude sich immer zum Ende hin steigerte. Er spürte die Kühle ihrer Haut an seinen Lenden, und schon zog sich alles in ihm zusammen, da hörte er sie sagen: »Das war immer ich, immer ich, nie Sarah, immer ich«, und auf einmal war Licht im Zimmer und Sarah stand lachend in der Tür und rief,«Mama komm mal, das mußt du gesehen haben.« Er war ge-lähmt vor Schreck und Peinlichkeit und stand starr, ohne sich zu rühren, während Sarahs Schwester unbe-kümmert mit ihren kleinen Bewegungen und Lauten fortfuhr. Neben Sarah erschien Marie und sagte: »Ich weiß nicht, was daran so komisch sein soll.« Er wachte auf.

Eine Zeitlang war noch alles an ihm steif und entsetzt, aber dann lockerten sich seine Muskeln, und er stellte sich ans Fenster. Es dauerte eine Weile, bis die Anspan-nung allmählich aus seinem Körper wich. Es war vier Uhr.

Das gegenüberliegende Fenster war leer. Ich hab den Film verpaßt, dachte er, Samstagabend, heute hätte es eigentlich wieder Kino geben müssen. Er lag noch lange wach.

Zudringliches Klingeln an der Tür weckte ihn, und er hörte Irenes Schritte im Flur. Männerstimmen im Wechsel mit Irenes, die eine Zeitlang redete und dann rief: »Urs, kommst du mal?«

Er zog sich den Bademantel über, sah auf die Uhr – es

war Viertel nach acht – und erschrak, als er zwei Polizisten in der Tür stehen sah. Die Baumpflanzaktion!

»Ja?« sagte er, und es klang kleinlauter, als er wollte.

»Ob du vielleicht unsere Nachbarn von unten mal gesehen hast?« fragte Irene mit amüsiertem Lächeln. »Sie sind heimlich ausgezogen.«

»Nein«, sagte Urs, »vor einer Woche das letzte Mal, wieso?«

Der Mann hatte eine betrügerische Pleite hingelegt. In seinem Geschäft für Büroelektronik hatte er so lange Waren verkauft, bis die Lieferanten endlich ihr Geld sehen wollten, und war dann einfach verschwunden. Die Konten leer, die Geschäftsräume voller Verpackungsmaterial, und in der Wohnung kein einziges Möbelstück.

»Das hätt ich dem nicht zugetraut«, sagte Urs, »der sah so spießig aus.«

»So sehen die immer aus«, sagte der eine Polizist. »Vielen Dank. Falls Ihnen noch irgendwas einfällt, das uns helfen könnte, bitte rufen Sie auf dem Revier an.«

»Das ist ja 'ne richtige Großstadt hier«, sagte Urs, als die Tür hinter den beiden Beamten zugefallen war.

»Na, was denkst du denn. Schließlich ist der SC in der Bundesliga.«

»Seit wann interessierst du dich für Fußball?«

»Gar nicht. Bist du wach?«

»Ja.«

»Komm, wir machen Frühstück.«

Der Platz war leer, die ganze Wagenburg verschwunden! Nur noch braune Flecken abgestorbenen Grases und tiefe

Reifenspuren zeugten von der bunten Kolonie. Kein Fitzelchen Müll war zu sehen. Und natürlich auch keins der Bäumchen. Deprimiert fuhr Urs in die Stadt zurück. Das regnerische Wetter paßte zu seiner Stimmung. Er verkroch sich im Keller und baute aus Kartons zwei schalldämmende Wände, dann trommelte er und hörte erst auf damit, als er fürchtete, seine Sehnenscheiden und Gelenke zu überfordern.

Am späten Nachmittag schrieb er einen Brief für Marie, den er abends im Babeuf hinterlegte. Darin lud er sie ein, ihr Schlagzeug zu besuchen, wann sie wolle. Er bot ihr praktisch an, es mit ihr zu teilen. Sie könne üben, schrieb er, wann sie Lust hätte, müsse es nur mit ihm absprechen. Hoffentlich war sie nicht zu stolz oder zu desinteressiert, um sich zu melden.

Wo ist eigentlich Sirenes freche Schnauze geblieben? Sie hat schon tagelang keine Obszönitäten mehr abgelassen. Wenn ich daran denke, wie sie früher keine Gelegenheit verpaßte zu sticheln und mich vorzuführen, dann kommt es mir gespenstisch vor, wie lieb und wohlerzogen sie auf einmal ist. Hat sie ihren alten Schwung verloren? Ist sie so unglücklich? Warum findet sie keine Freundin? Die Frauen müßten sich doch um sie reißen. Gibt es denn hier keine Szene? Die Stadt ist groß, hier muß es doch Hunderte lesbischer Frauen geben. Ist es das Alter? Und bei mir? Es gibt hier Tausende, Hunderttausende heterosexueller Frauen, und ich komme auch mit keiner in Berührung. Wer jetzt keine Liebste hat, findet keine mehr? Sind wir zu starr? Zu eigenartig geworden? Zu streng in unserer Auswahl? Eins steht fest, irgendwas ist abgeknickt bei Sirene, und ich weiß nicht, was. Und trau mich nicht zu fragen. Meine schöne, starke Schwester weht irgendwie auf Halbmast, und ich weiß nicht, wo ich ziehen soll. Und ob ich ziehen darf. Sicher darf ich nicht. So wie sie mich angefahren hat, als ich nach Regina fragte. Überhaupt, wo sind die alle? Yogi in England, Sylvie in der Schweiz, sind das alle? Hat sie nicht mehr Freunde? Ich weiß gar nichts von ihr. Dabei ist sie meine ganze Familie. Seit November fünfundsiebzig.

Der Anruf kam morgens. So wie die Polizisten heute. Es war wenige Tage, nachdem wir diesen Theo-Lingen-Film gesehen hatten. Zwischen uns war durch meinen Beschützerstolz und ihre Weichheit eine ganz neue Stimmung aufgekommen. Irene lag in der Badewanne, und ich suchte gerade im Kühlschrank nach irgend etwas Eßbarem, womit wir das alte Brot verschönern konnten, da klingelte das Telefon und ich nahm ab.

Ob ich mit Herrn Hermann Boehler, genannt Armand verwandt sei? Man habe ihn tot in der Badewanne gefunden. Im Hotel Burgenland in Baden bei Wien. Ich hörte den ganzen Bericht stumm an und fragte am Ende, ob ich kommen solle. Nein, sagte der Mann, ist nicht nötig. Die Leiche sei identifiziert, die Überführung werde, nach Abschluß der gerichtsmedizinischen Untersuchung, in zwei oder drei Tagen stattfinden. Ein Herr Grabowski habe sich erboten, alle notwendigen Schritte in die Wege zu leiten. Ich bedankte mich und legte auf.

»Was ist?« rief Sirene aus dem Badezimmer, und ich ging hin und setzte mich auf den Wannenrand. Ebenso stumm, wie ich eben am Telefon gewesen war, hörte sie zu. Seine Pulsadern waren aufgeschnitten. Es war der Morgen nach dem letzten Gastspiel. Er war voll mit Tabletten und Alkohol, das nahm man jedenfalls an, nach den leeren Schachteln und Flaschen im Zimmer urteilend, und neben ihm auf dem Boden lag ein Zettel, auf dem er Sirene und mich zu Alleinerben bestimmte.

»Wo ist Hedy?« fragte Irene sachlich, »wieso ruft *sie* nicht an?«

Eine Zeitlang saßen wir so da und starrten stumm vor uns hin, sie in der Badewanne und ich auf dem Rand, bis ich mich aufraffte und ans Telefon ging, um einen der beiden Chefs des Tourneetheaters in der Schweiz anzurufen. Das Telefon klingelte unter meiner Hand. Ich hatte den Hörer noch nicht abgenommen.

»Boehler?«

»Ja.«

»Sind Sie verwandt mit Hedwig Boehler?«

Mir wurde schwarz vor Augen, und ich konnte nicht sprechen. Aber ich muß irgendwelche Geräusche von mir gegeben haben, denn Irene kam nackt aus dem Badezimmer gestürzt und nahm mir den Hörer aus der Hand. Sie sei die Tochter, sagte sie, und dann schwieg sie, wie ich vor einer halben Stunde geschwiegen hatte.

Ich weiß nicht mehr, ob ich ohnmächtig war, oder in einer Art von Trance, die mich den Augenblick einfach ausblenden ließ. Ich erinnere mich weder daran, Irene irgend etwas sagen gehört zu haben, noch, daß sie den Hörer auflegte oder sich anzog. Das nächste, was ich weiß, ist, daß sie mir erzählte, Hedy sei zusammen mit einem Herrn Waltersham bei Rott am Inn in einen Sattelschlepper gerast und augenblicklich tot gewesen. Vor zweieinviertel Stunden.

Wir vergossen keine einzige Träne. Nicht auf der Fahrt nach Rott am Inn, nicht im Hotelbett, in dem wir eng aneinandergeschmiegt lagen und versuchten, unsere Schlaflosigkeit voreinander zu verbergen, nicht während der ganzen nächsten Woche, und nicht auf der Beerdigung, wo uns die zahlreichen berühmten Freunde, die Hedy und Armand die Ehre gaben, für Steine gehalten haben müssen. Rolf Boysen schluchzte, Will Quadflieg trug eine dunkle Sonnenbrille, Heinz Rühmann, Erik Ode, Inge Meysel und Cornelia Froboess hielten die Köpfe gesenkt, als die Särge nebeneinander in die Münchner Erde gelassen wurden, und wir, die Kinder, standen nachdenklich in der vordersten Reihe. Wir nahmen die Beileidsbezeugungen entgegen wie normale Begrüßungshandschläge, und in einigen der mir nahekommenden Gesichter lag Befremden. Irene improvisierte sogar eine kleine Pressekonferenz, bei der sie gelassen von Hedy und Armand sprach, als hätte sie ihr Leben lang nichts anderes getan.

Erst zwei Wochen später bekam sie einundvierzig Fieber und lag tagelang schweigend im Bett. Ich schwänzte das Internat, pflegte sie gesund, und wir redeten wie losgelassen, so viel wie nie bisher und nie wieder in unserem Leben. Dann wurde *ich* krank.

»War das deine Landschaftsgärtnerei?« fragte Irene, die wie immer vor Urs aufgestanden war, und hielt ihm die Titelseite der Montagszeitung entgegen. »Fichtenschonung auf KTS-Gelände« stand da, und darunter war ein Bild des Babywaldes.

»Es sind Tannen, soviel ich weiß«, murmelte Urs, »keine Fichten.«

»Das ist doch wieder Yogis Werk, oder?« Irene schob ihm die Kaffeekanne hin.

Urs zuckte die Schultern.

»Dann frag ich ihn halt selber, wenn du soviel auf deine Indianerehre gibst.«

»Er ist in England. Kornkreise machen, behauptet er.«

»Du weißt, daß du dich damit verraten hast«, Irene lächelte und biß in ihr Marmeladenbrot.

»Glaubst du das? Daß er Kornkreise macht?«

»Das glaub ich sofort. Er hat schon die unglaublichsten Dinger gedreht.«

»Magst du ihn?«

Jetzt zuckte Irene die Schultern und sah Urs dabei forschend an. »Hat er dir etwa sein Herz ausgeschüttet?«

»Weißt du davon?«

»Ja, natürlich weiß ich davon.«

»Und?«

»Was und? Er ist keine Frau.«

»Er macht 'ne Geschlechtsumwandlung«, sagte Urs, »du brauchst bloß mit dem Finger zu schnippen.«

»Ja, ja.« Sie sah nachdenklich auf die Tischplatte. Dann hob sie den Kopf und auf ihrem Gesicht breitete sich ein Grinsen aus. »Dann heißt er Yoga.«

In der Nacht war Urs eine Idee gekommen. Er wollte Irene eine Freude machen. Ihr was schenken. Etwas Besonderes, das über seine Hilfe beim Ladenaufbau hinausginge. Er würde alle Freiburger Buchhändler, oder wenigstens alle, die er zu fassen bekäme, nach ihrem derzeitigen Lieblingsbuch fragen und daraus eine Fensterdekoration machen. Er wußte nur noch nicht, wie er die Bücher beschaffen sollte, aber vielleicht hatte sie ja manche ohnehin am Lager und er müßte nur das eine oder andere bestellen. Oder kaufen. Kam auf den Preis an.

Irene wollte diese Woche eröffnen. Die Regale waren schon voll, und bis auf die Schrift am Fenster war alles fertig. Für Urs gab es nur noch wenig zu tun.

Er trommelte eine Stunde morgens und eine Stunde nachmittags und klapperte dazwischen die Buchhandlungen ab. Es machte Spaß. Er hatte sich Irenes Polaroidkamera ausgeliehen und knipste von jeder Person, die ihm Auskunft gab, ein Bild, das er zu den Büchern ins Fenster legen wollte. Die meisten waren freundlich und von seiner Idee angetan, nur hin und wieder traf er auf Ablehnung und mußte sich Sprüche anhören wie »Noch eine Buchhandlung? Das unterstütze ich nicht«, oder »Kümmern Sie sich doch um Ihre eigenen Angelegenheiten.«

Gerade kam er aus einem modernen Antiquariat neben der Markthalle und wollte einen Kaffee trinken gehen, als er einen Mann mit einer schwarzen Jack-Nicholson Mütze überholte, der ein großes Bild mit Krokussen unterm Arm trug.

»Was steht diesmal drunter?« fragte Urs den scheu lächelnden Mann. Der blieb stehen, drehte das Bild und sah es an, als müsse er selber erst herausfinden, was da stand.

»August, die she must«, sagte er mit einem kleinen Stirnrunzeln.

»Malst du die?«

»Ja.«

»Sie sind wunderschön.«

»Danke.«

Er lud den Mann zu einem Kaffee ein und fragte, ob er das Bild kaufen könne. Nein, das ginge nicht, sagte der Mann, der sich als Sig vorstellte, aber er könne ihm eines malen. Ohne Text. Die mit Text seien reserviert für die Stadt, dieses hier, das vorletzte, hänge er in einen eigens dafür gemieteten Schaukasten vor dem schwarzen Kloster.

»Wieso das vorletzte«, fragte Urs.

»Die Aktion geht nur bis September.«

»Sind das Krokusse oder Herbstzeitlosen?«

»Im April sind es Krokusse«, sagte Sig nachdenklich, fast traurig, »und im September Herbstzeitlosen.«

»Und was ist das für ein Text?«

»April come she will. Ein Lied. Von Simon und Garfunkel.«

»Und warum machst du das?«

»Das erklär ich dir nicht.« Jetzt sah Sigs Gesicht eindeutig traurig aus.

»Entschuldige«, sagte Urs, »falls ich dich kränke.«

»Nein, tust du nicht. Ist nur privat.«

Urs bestellte zwei gleich große Bilder, denn er wollte

sie Irene für die Fenster schenken. Als Herbstdekoration. Sig brauchte einen Vorschuß, um das Material zu kaufen. Er sei ziemlich pleite, sagte er, Leinwand und Rahmen kosteten Geld. Urs grub in seiner Tasche und fand zweihundertfünfzig Mark. Sig nahm zweihundert und versprach, die Bilder vorbeizubringen. Eine Woche, vielleicht zwei, dann hätte er sie fertig. Als Urs ihm die Adresse gab, strahlte Sig auf einmal übers ganze Gesicht.

»Das ist doch alles... ich weiß auch nicht, ich werd jetzt dann doch religiös. Da hab ich gewohnt! Ist da immer noch die Galerie drin? Ich war nie wieder dort.«

»Nein, eine Buchhandlung.«

»Ich brauch noch 'n Kaffee.«

Sig verhaspelte sich beim Erklären. Erst nach und nach wurde Urs aus seinen Worten schlau. Vor die Buchhandlung, das heißt natürlich die ehemalige Galerie, wollte er das nächste, letzte Kreidebild malen. Direkt auf den Asphalt. Mit der Zeile »September, I'll remember, a love once new has now grown old.« Er war begeistert von der Idee, es in Tempera zu malen und im Schaufenster aufzuhängen. Da latsche ihm niemand drüber. Das täte nämlich weh.

»Wieso grad an der Stelle?« fragte Urs.

»Ist wieder privat.«

Er gab Urs das Geld zurück und sagte, es koste nichts. Aber dafür male er kein zweites Bild. Nicht für diesen Platz. Nur das eine. Mit Text.

»Wo war das erste?« fragte Urs.

»Vor dem Kandelhof«, sagte Sig. »April come she will,

when streams are ripe and swelled with rain. Ist aber längst gelöscht. Weggelatscht und weggeregnet.«

»Machst du das jedes Jahr?«

»Nein, nur dieses. Sieben Monate nach sieben Jahren. Vielleicht in siebzig Jahren wieder.«

»Das klingt anthroposophisch«, sagte Urs.

»Ist es nicht«, sagte Sig und hatte wieder dieses scheue Lächeln um den Mund.

»Dich schickt mir der Himmel«, sagte eine Stimme neben Urs, »bist du frei, hast du Zeit?« Er drehte sich um, und da stand Hellmut Hattler, der Bassist von Kraan, mit denen Urs vor Jahren zwei Tourneen lang gespielt hatte.

Sie umarmten sich, und Urs glaubte, den Geruch von Hellmuts Rasierwasser wiederzuerkennen. Sig verabschiedete sich schnell. War er eingeschüchtert von dieser lebenden Legende? Dann mußte er in etwa ihrem Alter sein. Niemand unter Dreißig kannte noch Hellmut Hattler.

In wenigen Minuten hatte Urs einen Job für die nächsten Wochen. Gestern in Basel war Jan, der Schlagzeuger, von einer Virusinfektion geschwächt, auf der Bühne zusammengebrochen, und der Arzt hatte ihm strikte Ruhe verordnet. Für mindestens drei Wochen. Hellmut hatte ihn nach Freiburg in die Klinik gebracht. »Wir können in Basel üben«, sagte er, ein die Woche über geschlossener Club, in dem jetzt die ganze Anlage stand, war frei. »Übermorgen sind wir in Schaffhausen.«

»Übermorgen schon spielen?« Urs bekam es mit der Angst.

111

»Ja. Pack your bags, get your gear. Du kannst auf Jans Gerümpel spielen. Dir erlaubt er's bestimmt.«

»Hab ein eigenes. Klein, aber gut. Wo ist dein Wagen?«

»Im Parkhaus.«

Irene hatte nichts dagegen, daß er bis in den September hinein unterwegs sein würde.

»Gibt eh keine Arbeit mehr für dich«, sagte sie, »drück mir die Daumen, daß es gut anfängt.«

Er versprach, alle paar Tage anzurufen, und sie winkte, als er in Hellmuts Wagen stieg.

»Spiel schön«, rief sie. Wie eine Mama, die ihren Sohn zu den Pfadfindern schickt.

Irgend etwas wirkte schon herbstlich, als sie über die Autobahn nach Süden rasten. Waren es die reifen Felder, das klare Licht, oder hatte der Himmel schon ein anderes Blau als in den letzten Tagen? Vielleicht war es auch das alte, wiedererkannte On-the-road-Gefühl. Die meisten Tourneen fanden im September und Oktober statt. Wer weiß, dachte Urs, vielleicht tickt jetzt meine innere Uhr wieder wie früher, und ich bin deshalb melancholisch? Bin ich überhaupt melancholisch? Könnte auch Lampenfieber sein. Ich hab vier Jahre nicht getrommelt, und davor eine Zeitlang nur Rock und Pop gedroschen, was ist, wenn ich überhaupt nicht mehr in der Lage bin, so subtiles Zeug zu spielen? Oder hab ich einfach nur ein schlechtes Gewissen, weil ich Irene sitzenlasse?

Die nächsten Tage verbrachte er in einer Mischung aus Anspannung, Überforderung und Euphorie. Es fühlte sich gut an, wieder zu spielen, aber er war längst nicht in der notwendigen Form. Zum Glück spielte die Band einige der Stücke aus ihrer gemeinsamen Zeit, und er mußte nur die neuen Arrangements begreifen. Aber einige Male beschlossen sie, Nummern zu vereinfachen, weil er anders nicht mehr mitgekommen wäre. Das beschämte ihn zwar, aber er sagte sich, ich helfe ihnen ja schließlich.

Den ersten Auftritt brachte er im Blindflug hinter sich, bemerkte nur, wenn er etwas falsch machte, Breaks versiebte oder Schlüsse verpaßte, aber da sie alle Fehler professionell überspielten, war das Publikum begeistert. In der Pause nahm ihn Peter in den Arm und sagte: »Das war Klasse.«

Ingo murmelte durch das verschwitzte T-Shirt, das er sich gerade über den Kopf zog: »Man kann mit dir also wieder rechnen.«

Nachts fiel er hellwach und todmüde zugleich ins Bett, und nur dem Alkohol, von dem er mehr als üblich trank, verdankte er, daß die Müdigkeit jedesmal irgendwann die Oberhand gewann.

Beim vierten Auftritt endlich, in Verbania im Tessin auf einem seltsamen kleinen Festival, löste sich der Knoten. Urs merkte auf einmal mitten im Stück, daß er nicht mehr mitdachte, sondern einfach nur spielte, und zwar schon seit einer Viertelstunde, denn er konnte sich nicht erinnern, die letzten beiden Nummern eingezählt zu haben. Auch aus Hellmuts ausgelassenem Lachen und einigen Verrücktheiten, die sich Ingo und Peter gegenseitig zuspielten, konnte er schließen, daß der Teppich, den er knüpfte, endlich trug.

An diesem Abend rief er Irene an, bevor er ganz betrunken war, aber es meldete sich nur ihr Anrufbeantworter. Er ging zurück zu den anderen und nahm sich vor, es am Morgen vor der Weiterfahrt im Laden zu versuchen.

Ich wäre lieber bei Sirene. Was soll das alles? Jetzt bin ich wieder da, wo ich vor vielen Jahren aufgehört habe. Das ist doch wohl ein Witz. Ja, es ist toll, wieder zu spielen, aber es ist auch stumpf. Alles außerhalb der Auftritte ist stumpf. Ich kann wohl noch ganz ordentlich trommeln, aber ich bin kein Musiker mehr. Ich empfinde einen Mangel. Einen Mangel an Anblick, an Nachdenken, an Kommunikation. Ich lebe schon wieder ohne Gegenwart. Schon wieder schalte ich ab, bewege mich vom Frühstück bis zum Soundcheck nur als Körper durch die Welt, und erst ab dann bin ich bis zum Vollrausch nachts ein Mensch. Und überhaupt, wo bleiben die Groupies? Wo ist die Belohnung? Vierhundert Mark Abendgage und das Gefühl, aus der Emigration in eine ungeheizte Wohnung zurückzukehren, soll das etwa alles sein? Ja komisch. Es ist wirklich wie Nachhausekommen, und ich kenne alle Möbel, aber es ist unwirtlich. Ich fühle mich erst recht heimatlos. Und jetzt? Jetzt glotze ich blöd und habe den guten alten Weiß-nicht-wie-ich-leben-soll-Blues.

Ich hatte vergessen, wie sehr ich Hotels hasse, an denen nachts das Leben vorbeibraust. Vorbei, nicht hindurch. Da draußen steuert ein Liebespaar nach dem anderen auf ein Bett, eine Parkbank oder einen dunklen Hauseingang zu, sie werden sich ineinanderwühlen, vergraben, verbeißen und klammern, sie werden übereinander gleiten, aufeinander tanzen, aneinander klatschen, sie werden schreien, stöhnen, quieken, maunzen, brummen, ganz Verbania ist vermutlich eine leise, verstohlene Kakophonie von Liebesgeräuschen, und ich höre nichts, weil meine Ohren überanstrengt sind vom Bühnenlärm, und ich erzeuge kein Geräusch, weil kein Engel kommt und mich in seine Flügel schließt. Ich füge diesem Leben nichts hinzu, außer Getrommel, Geklingel und traurige Gedanken. Ich bin ein Dummkopf. Ich hätte nein sagen müssen, als Hellmut mich fragte, ich hätte bei Sirene bleiben müssen. Nach dieser Tour verkaufe ich das Kit und steige bei ihr ein.

Er konnte nicht einschlafen. Unmöglich. Er zog sich wieder an und ging nach draußen. Die Stadt war ausgestorben, kein Liebesgeräusch von irgendwoher zu hören; nur in seinem Kopf, da stöhnte der Jazz.

Er saß lange am Seeufer und wartete geduldig, bis das ironische Glucksen der Wellen die Führung übernahm und der Jazz in seinem Innern endlich nach und nach verklang.

»Sirene Buchladen, Boehler?«

»Auch Boehler, wie läuft's?«

»Heh, du bist das! Es geht. Ein paar Taschenbücher hab ich schon verkauft. Sind ja noch Semesterferien. Tagesumsatz so etwa siebzig Mark am ersten Tag, hundertzwanzig gestern und heute schaff ich die Hundertfünfziger-Grenze. Wie geht's Musikmachen?«

»Seit gestern, glaub ich, auch gut. Aber es ist nicht mehr dasselbe. Macht Spaß, aber fühlt sich komisch an.«

»Komisch?«

»Komm, keine Sprachpflege bei mir. Nur halbgeil, oder teilgeil, gefällt dir das besser?«

Irene lachte: »Von dir gefällt mir das besser, ja.«

»Ich hab Sehnsucht nach dir und deinem Laden. Ich will oben von der Treppe linsen und die Kunden zählen.«

»Innen.«

»Innen von der Treppe linsen?«

»*Kund*innen!«

»Ich freu mich jedenfalls auf den Laden. Was ist eigentlich mit den Briefen, die ich austragen sollte? Hast du die geschrieben?«

»Nein, das laß ich, bringt nichts. War eine Furzidee.«

»Wie geht's Nicht-Alfons?«

»Gut, er ist gestern gekommen. Aber nur zu Besuch. Sylvie hat ihn wieder mitgenommen. Sie hat noch frei. Ich nehm ihn übers Wochenende. Er tut mir leid, wenn er den ganzen Tag allein ist.«

»Hat sie Fahrräder mitgebracht?«

»Drei. Und noch zwei hat sie deponiert und holt sie später ab.«

»Also Schwester, ich hör auf. Mach's gut. Ich muß jetzt weiter nach Österreich.«

»Ach, hör mal, da war ein Mädchen und hat nach dir gefragt.«

»Mhm.«

»Sie ist süß.«

»Mach's gut, ich meld mich in ein paar Tagen wieder, ja?«

»Tu das.«

Duschen, Frühstück, Autobahn, Raststätte, Hotel, Soundcheck, Spaziergang oder Kaffee, Auftritt, Essen, schöne Frau am Nachbartisch, Wein, Witze, Wein, Diskussionen, Wein, Wein, Schlaf.

Graz, Linz, Wien, Passau, Ulm, München, Darmstadt, Heidelberg, Marburg, Kassel, Hannover, Bremen, Bielefeld, Braunschweig, Hamburg, Dresden, Frankfurt.

In München besuchte Urs das Grab seiner Adoptiveltern. In Marburg spielte er ein Schlagzeugsolo, bis die Roadies eine Sicherung in Hellmuts Verstärker ausgetauscht hatten. In Hannover verfolgte ihn tatsächlich ein halbwüchsiges Mädchen bis vors Hotel, und er hatte Mühe, es abzuschütteln; in Bielefeld mußte er sich beherrschen, die Frau des Managers nicht auf dem Weg zum Klo abzupassen und an die Wand zu drücken; so sehr verschlangen ihn ihre Augen und widmete sie jede ihrer unauffälligen Bewegungen ihm, nur ihm, bis er aufstand, als ihr Knie an seinem lag, und sich im Hotel wütend und verzweifelt seine Lust vom Leibe riß.

In Hamburg stolperte er am Bühnenrand, verletzte sich den linken Unterschenkel und spielte die letzten drei Konzerte mit geschlossener Hihat.

Von Frankfurt fuhr er mit dem Zug nach Hause. Günter, der Roadie, wollte das Schlagzeug nächste Woche vorbeibringen. Urs hatte sechseinhalbtausend Mark in der Tasche und stand mit einem Blumenstrauß vor dem Laden. Es war halb sechs.

»Was kann ich für Sie tun?«

Er war so darauf eingestellt, Irene um den Hals zu fallen, daß er kein Wort herausbrachte.

»Glotz, glotz.« Marie strahlte.

»Was machst du denn hier?«, brachte er heraus, zwar ohne zu stottern, aber dafür war es auch nicht sonderlich intelligent. »Und wie siehst du überhaupt aus?«

»Hat meine Mami auch immer gefragt. Wie seh ich denn aus?«

»Wie ein Junge.«

Ihr Haar war streichholzkurz, knallrot gefärbt und bog sich über der Stirn zu einer kleinen, frechen Tolle. Statt einer Antwort warf sie einen Blick zur Ladentür und hob den Saum ihres Pullovers bis vor den Mund, so daß ihre kleinen, hellen Brüste für einen Augenblick in seine Seele stachen. Dann, ebenso blitzartig, wie sie ihn hochgezogen hatte, ließ sie den Pullover wieder fallen und grinste mit aufgerissenen Augen und einem ironischen Kopfnicken: »Wie ein Junge, ja?«

Er sah sich verlegen um. »Wo ist meine Schwester?«

»Mit dem Hund spazieren. Wie war die Tour?«

Die Ladentür ging auf, Nicht-Alfons stürmte herein, und sein begeistertes Fiepsen enthob Urs fürs erste einer Antwort.

»Na, wie findest du unsere Neuerwerbung?« fragte Irene, die hereingekommen war und die Leine neben die Kasse legte. Sie küßte Urs und kraulte ihn dabei im Nacken.

»Gut«, sagte er und sah, daß Marie lächelte.

In diesem Moment kamen Kunden herein, und auf einen Schlag stand er wie überflüssig da. Irene verkaufte ein Vorlesungsverzeichnis und Marie bibliographierte eine Liste medizinischer Bücher, die eine Dame im Kostüm bis morgen brauchte.

»Es geht nur bis übermorgen«, sagte Marie, »seit halb vier ist der Bestellcomputer tot.«

»Na dann bis übermorgen.« Urs sah, wie Marie beim arroganten Tonfall der Dame zusammenzuckte, aber sie sagte ebenso freundlich wie vorher: »Gern.«

Die Studentin war gegangen, und Irenes Blick lag auf Marie, die jetzt ein Buch einpackte, den Preis eintippte und das Wechselgeld herausgab.

»Die *ist* gut«, flüsterte Irene, als die Tür sich hinter der Dame schloß. »Danke, daß du sie angelockt hast.«

»Was flüstert ihr? Flüstern ist verboten.« Maries Augen sah man an, daß sie das Lob gehört hatte.

»Willkommen zu Hause«, sagte Irene, »und danke für das da.« Sie deutete auf das Fenster, in dem man den Rücken eines Bildes sah. Leinwand, mit Nägeln auf einen Keilrahmen gespannt. Es war Urs nicht aufgefallen.

Marie deutete auf die Ladentür, durch die die Dame eben verschwunden war, und befahl Nicht-Alfons: »Faß.«

Er sah sie nur mit geknicktem Ohr an, und sie hockte sich neben ihn, drehte seinen Kopf in Richtung Tür und sagte: »Kläff, kläff.« Er leckte ihr den Hals.

»Das üben wir noch.« Sie stand auf. »Das war aber mal eine ganz besonders hochwohlgeborene Frau Doktor. Hat sich dero gnädigst bereit erklärt, bis übermorgen auf die Bücher zu warten. Man möcht jaulen vor Ehrfurcht und Ergriffenheit. Bäh.« Sie schüttelte den Kopf, als könne sie ihren Ärger in Tropfen von sich schleudern. »Miese Titte.«

»Ach, komm«, stieg Irene begütigend ein, »soll sich ins Knie ficken. Reg dich doch nicht auf über so 'ne Schnalle.«

»Ach herrje«, sagte Urs.

»Dero gnädigst«, sagte Marie.

»Schon besser?« fragte Irene.

»Bißchen.«

»Sie stand im Laden wie die Fee aus dem Märchen«, erzählte Irene später, als sie den Inhalt von Urs' Tasche in die Waschmaschine stopfte. Ein versprengter Trupp Touristen hatte mit Marie den Laden betreten, während Irene mit einem Kunden beschäftigt war. »Die Sorte von besserer Herr, die »Zettels Traum« kauft«, erklärte sie, »wenn du dir darunter was vorstellen kannst. Die stellst du einmal zufrieden, dann bleiben sie dir treu, aber erst mußt du ihre Prüfungsfragen über dich ergehen lassen.« Marie hatte sich umgesehen, das eine oder andere Buch aus dem Regal genommen, den Klappentext gelesen und es dann wieder zurückgestellt. Eine der Touristinnen, von der sie wohl für eine Buchhändlerin gehalten wurde, stellte eine Frage und Irene sah, wie Marie, ohne lang zu suchen, zu den Reiseführern ging und der Frau einen Merian über Freiburg in die Hand drückte. Gleich prasselte es weitere Fragen und Wünsche, und Marie bediente die ganze Meute, nur zum Bezahlen verwies sie alle an die Kasse.

»Danke«, sagte Irene später, als der Laden wieder leer war. »Sind Sie Buchhändlerin?«

»War ich mal«, sagte Marie und erklärte, sie suche Urs, weil sie sein Schlagzeug ausleihen wolle.

»Und dann kam eins zum andern.« Irene startete die Maschine und faßte sich müde ins Kreuz. »Ich hab sie überredet, hat 'ne halbe Stunde gedauert, und jetzt sind wir schon keine Klitsche mehr. Hoffentlich kann ich mir bald ihr Gehalt leisten.«

»Ist sie teuer?«

»Nein, total unterbezahlt. Sobald das Geld dafür reicht, muß sie mehr kriegen. Ich glaub, es macht ihr Spaß.«

»Schön«, sagte Urs, »wenn nur die miese Titte nicht zu oft kommt.«

Irene lachte laut und begeistert. »Du hast was dazugelernt unterwegs, häh?«

»Dich kann man mit bescheidenen Mitteln erfreuen.«

Am nächsten Nachmittag fuhr Urs mit Marie zum neuen Standplatz der Wagenburg. Ein Bauer aus dem Höllental hatte die Brache zur Verfügung gestellt, auf die der gesamte Treck gezogen war, weil das Ultimatum der Stadt ablief. »Das geht auch nicht lang gut«, sagte Marie und klopfte kleine Wirbel auf ihren Knien. »Die Bauern kommen und glotzen wie ab. In einem Monat ist dort wieder die Hölle los und irgendeiner vom Ordnungsamt kommt im Bullenwagen angefahren.«

Irene hatte ihr vorgeschlagen, erst mal im Büro zu schlafen. Urs, dessen Raum direkt daran grenzte und mit dem sie sich Dusche und Waschbecken teilen mußte, hatte nichts dagegen.

»Hast du Sylvie schon kennengelernt?«

»Ja, das ist doch die mit dem Dog-sharing, wieso?«

»Ach nur so«, sagt Urs, »ich frag mich, wie ihr drei zusammen klingt.«

»Wie ›zusammenklingen‹, wie meinst du das, gesangstechnisch? Als Andrew-Sisters?«

»Nein, obszönitätentechnisch.«

»Ach«, sie lachte, »Irene hat mir schon erzählt, daß man dich damit auf sich aufmerksam machen kann.«

»Willst du das?«

»Vielleicht.«

Sie schwiegen bis kurz vor Breitnau, wo sie ihn über Feldwege zur Wagenburg dirigierte. Sie überließ ihren Wagen einer Familie als Kinderzimmer, räumte nur ihre Kleider und persönlichen Habseligkeiten aus; alles zusammen, Bücher, Wäsche, Kosmetik, eine Mini-Stereoanlage und Kassetten, füllte knapp vier mittelgroße Bücherkartons. Den Kocher und ihr Geschirr ließ sie da.

Die rothaarige Frau nickte freundlich herüber, als sie vom Gelände fuhren, und Marie fragte erstaunt: »Wieso ist die auf einmal so freundlich?«

»Wir kennen uns von einer Aktion«, sagte Urs.

»Mit Yogi?«

»Den kennst du auch?«

»Den kennt jeder. Er ist Legende.«

»Und die Frau, was ist mit der?«

»Das ist die blödeste Schnepfe im ganzen Breisgau.«

»Aha.«

»Schade, die Bäumchen waren am Montagabend schon wieder platt«, sagte Marie nachdenklich und strich mit der rechten Hand über eine imaginäre Fläche. »Jetzt steht das Fundament. Beton, nur noch Beton.«

»Jetzt stehn die Bäume im Archiv.«

»Wenn einem das reicht.«

»Glaubst du, Yogi hat mehr erwartet?«

»Bist du immer so weise und abgeklärt?«

»Ich wär's gern.«

Sie grinste: »Ich frag dich dann um Rat, wenn ich einen Guru brauch.«

»Bitte.« Er grinste auch und nickte dazu würdevoll, wie ein alter englischer Gentleman, der sich zu übertriebener Herzlichkeit hat hinreißen lassen.

ZWEI

Schade, daß ich sein Tagebuch nicht mehr lesen kann, dachte Irene, mein Bär ist irgendwie anders geworden. War was auf der Tournee? Hat er da was erlebt, das ihn stiller, souveräner und gelassener macht? Als er ankam aus Köln, war er wie aus dem Nest gefallen, und jetzt möchte ich manchmal meinen Kopf an seine Schulter lehnen.

Oder hatte sie sich selbst verändert? War sie vor lauter Buchhandlung stumpf geworden? Blind? Bemerkte sie nur seine Verlorenheit nicht mehr, oder war die wirklich verschwunden? Ein Segen jedenfalls, daß dieses Mädchen aufgetaucht war. Irgendwas hatte die an sich, daß es hell wurde in ihrer Umgebung. Genau das Richtige für uns. Ein Laden ist so gut, wie die Kunden in die Verkäuferin verliebt sind. Marie ging wunderbar mit ihnen um. Sensibel, geduldig, frech, wo es ankam und seriös, wo es sein mußte. Sie war perfekt. Wenn sie wieder eingearbeitet wäre, wieder auf dem neuesten Stand, dann würde sie Irene ebenbürtig sein. Eine Spitzenkraft.

Irene war allein. Nicht-Alfons war schon wieder bei Sylvie, Urs im Kino und Marie dabei, sich einzurichten. Das Ausziehsofa im Büro machte sich schon bezahlt. Sie schaltete den Fernseher ein und setzte sich mit ihren Ravioli davor. Tatorte vom Südwestfunk versäumte sie nie. Sie mochte die Kommissarin. Sie lächelte in sich hinein.

Vor einer Stunde hatte der Vertriebsleiter des Verlages angerufen, dessen Vertreter sie vor einem Monat rausgeworfen hatte. Er hatte sich entschuldigt und ihr erklärt, der Mann sei durcheinander, seit ihn seine Frau mit zwei Kindern verlassen habe, er sei sonst kein Schnösel, sie möge ihm doch bitte noch eine Chance geben. Auf der Frühjahrsreise. Was ihr daran so gefiel, war, daß der Verlag offenbar mit ihr rechnete, sie nicht als Quantité négligeable abtat. Es geht schon gut los, dachte sie zufrieden und stellte mit der Fernbedienung den Ton lauter, als Sabine Christiansen vom Bildschirm verschwand.

Ich bin ein Kindskopf und will nicht erwachsen werden, dachte Yogi und lehnte sich müde in seinen Intercity-Sitz zurück. Aber irgendwann demnächst mal muß ich's dann doch langsam einsehen. Es wird peinlich. Jeden Morgen find ich dreißig Haare im Waschbecken, jedes Jahr an meinem Geburtstag fahr ich ein Stückchen weiter weg – ich bin erwachsen, ob's mir gefällt oder nicht. Ich lebe von einem Mietshaus, habe Geld auf der Bank, dieses Geld arbeitet irgendwo gegen Menschen, da kann ich meine Mieten noch so gering halten, kann eine Tannenschonung stiften, Hochsitze legen, Kornkreise walzen und Mercedessterne sammeln: Ich bin auf der falschen Seite gelandet. Kein Rinaldo Rinaldini. Und kein Robin Hood.

Gestern war er im Morgengrauen mit seinem Mini-flugdrachen in der Nähe von Dresden aus einem Roggenfeld gestartet und hatte drei schöne Kreise zurückgelassen. Die Drachenmethode war die beste. Auch mit Stelzen hatte er schon ganz gute Ergebnisse erzielt, aber wenn man auf windige Nächte warten konnte, war der Drachen das Eleganteste. Perfekt.

Ein gutgekleideter, aber ramponiert aussehender alter Herr betrat das Abteil, setzte sich und zog ein kleines Schnapsfläschchen aus der Plastiktüte zwischen seinen Beinen. Er trank es in einem Zug leer, wischte sich den Mund, schraubte den Deckel auf das Fläschchen, betrachtete es unschlüssig und begann zu weinen. Er saß da mit entspanntem Gesicht, zurückgelehntem Kopf und geschlossenen Augen, aus denen zwei stetige Tränenbäche flossen und Flecken auf seinem Rollkragenpullover hinterließen.

»Was ist los?« fragte Yogi, aber der Mann winkte ab.

Hoffentlich schläft sie schon, dachte Urs, als er leise nach oben stieg und versuchte, die Treppe so zu belasten, daß die Stufen nicht knarren würden. Er machte kein Licht in seinem Zimmer und zog sich leise aus. Durch den Spalt der Schwingtür drang ein Streifen Helligkeit, aber es war so still nebenan – sicher schlief sie schon. Das Licht konnte sie ja vergessen haben.

Linse ich durch den Türspalt, dachte er, nein, das tu ich nicht. Ich bin keine fünfzehn mehr, und was ist, wenn sie mich hört? Aber er fühlte sich wie fünfzehn. Es war aufregend, daß dieses Mädchen mit den hellen Brüsten so nahe bei ihm schlief. War sie nackt im Bett? In Unterwäsche? Nachthemd oder Pyjama?

Er legte sich ins Bett und genoß die Anspannung. Ich war so stumpf, dachte er, habe jahrelang vegetiert und mich daran gewöhnt, das Fasziniertsein von den Frauen für eine abgelegte Jugendtorheit zu halten, etwas ebenso Vergängliches wie den Traum, eines Tages mit Chick Corea oder Paul Simon zu spielen. Es war einfach eine Sache, die man tat oder ließ. In meinem Falle, was die letzten Jahre betrifft, ließ man sie. Er stand leise auf, schaltete die Tischlampe ein und zog sein Heft aus der Schublade.

Es ist so schön, Marie in meinem Bannkreis schlafen zu wissen. Schlafen zu wissen? Rede ich so? Mein Kuli redet so, und ich quatsch ihm nicht rein. Sie schläft, ich bin wach. Ich bin wach, weil sie schläft. Ich schaue nicht durch den Türspalt. Sie soll sicher sein vor mir. Ich denke durch den Türspalt, lausche hindurch, ich spüre, daß sie da ist und warte darauf, daß sie sich umdreht im Schlaf. Ich würde ein Geräusch von ihr als Vertrauen und Zuneigung empfinden. Sag mal Kuli, unter uns, es hört ja niemand zu, muß es echt so geschwollen sein? Geht's nicht ein bißchen moderner? Empfinden, Zuneigung, lausche hindurch – ich muß schon sagen: ich hätte gern, daß du ein bißchen Bewußtsein entwickelst, für wen du eigentlich arbeitest. Ich bin Trommler, ja? Drummer. Check? Geil.

Irgendwas an ihr erinnert mich daran, daß Frauen und Männer wie zwei Hälften einer Kugel sein könnten. Nicht Feinde in zwei Schützengräben, die sich mit Verachtung beschießen und begeistert wie Kinder in der

127

Turnhalle johlen, wenn vom Scherenfernrohr eine Treffermeldung kommt. Mein Gott, ich bin auf dem besten Wege, mich zu verknallen. (Kuli, jetzt versuchst du's mir zu flott. »Verlieben« hättest du ruhig sagen dürfen).

Seit Verbania ist die Welt auf einmal wieder voller Liebespaare. Vorher, in den letzten Jahren, war ich überzeugt, daß kein Mensch mehr mit einem andern schläft. Ich sah Männer und Frauen sich anschweigen im Lokal, geradeaus starren, wenn sie nebeneinander in der U-Bahn saßen, sofort in ihren Taschen fummeln oder irgendwas zerkrümeln, wenn ihre Blicke sich zufällig trafen; alle, bis auf die ganz Jungen, deren Hundeblicke einem auf andere Weise peinlich sind, benahmen sich, als wollten sie die Traumbesetzung abgeben für einen Videoclip zu Warren Zevons Song »Nobody 's in love this year, not even you and I«.

Mit vierzehn war ich davon besessen. Mit fünfzehn, sechzehn, siebzehn und so weiter – ich weiß nicht, wie lange, weiß nicht, wann die Besessenheit aufhörte, nur, daß ich ihr Fehlen irgendwann bemerkte, als Sarah neben mir saß und sich die Fußnägel lackierte. Als ich vierzehn war, schienen alle es zu tun. Jeder Mann, jede Frau, immerzu. Ich weiß noch, daß ich dachte, wenn ich still genug bin und mich richtig konzentriere, dann spüre ich den Rhythmus aller Paare; und könnte ich nur laut genug den Takt schlagen, sie alle synchronisieren, dann rüttelten wir, Millionen Liebende in einem wilden sich steigernden Takt, die Erde aus ihrer Umlaufbahn, so wie marschierende Kolonnen eine Brücke zum Einsturz bringen. Und dann? Irgendwann: nobody 's in love this year und das nächste und übernächste auch nicht. Alle waren Neutren. Kein Signal, kein Funke; Mann, Frau, Junge, Mädchen, sogar die Hunde sahen aus, als seien sie einfach nur müde, hätten einen harten Tag gehabt und wollten sich jetzt dann gleich mal 'ne Runde aufs Ohr hauen. Vielleicht noch bißchen Fernsehen. Bist du auch so groggy, Schatz?

Ich bin wieder auf Empfang. Ich höre, wie es gluckst in den Adern, es glitscht und schmatzt und raschelt, und jeder will jeden verführen. Ich bin wieder da. Liegt das am Trommeln? An Freiburg? An Marie?

(Kuli, den Absatz besprechen wir noch)

Es ist warm hier, dachte Marie und betrat vorsichtig den äußersten Rand der Stufen. Es ist warm bei diesen beiden. Die haben sich gern. Und sie haben mich gern. Solche Geschwister hätte ich gewollt. Bei denen es warm ist, allein vom Gernhaben. Als Musikerin, die jahrelang auf Tournee gewesen war, hatte sie ein Gefühl dafür entwickelt, was es bedeutete, irgendwo gelitten zu sein, sich bewegen zu dürfen ohne Angst, die unsichtbare heilige Ordnung eines anderen zu stören. Sie wußte, wie es war, sich heimat- und wurzellos zu fühlen und wußte, wie dankbar und verliebt man wurde in jeden, der einen aufnahm und willkommen hieß.

Diese Mischung aus Dankbarkeit und Verliebtsein, oder besser, diese Verwechslung von beidem hatte ihr ja das alles eingebrockt. Sie war auf Gerald geflogen. Seine Gelassenheit war ihr wie ein Raum vorgekommen, in dem Platz für sie war und Stille, wenn sie Stille brauchte.

Vier Jahre waren sie zusammen gewesen. Marie hatte ihr Geld in seine Kneipe gesteckt, als er den Buchhalterjob bei der EMI aufgab, um den Laden in der Ehrenfelderstraße zu übernehmen. Zehntausend Mark. Für sie war das viel Geld. Erst nach etwa anderthalb Jahren bemerkte sie, daß seine Gelassenheit gespielt war und seine Augen ihr überallhin folgten.

Es dauerte noch einige Monate, bis seine Eifersucht offen ausbrach und dann nur noch Wochen, bis er sie zum erstenmal schlug.

Und wieder mißverstand sie sein Benehmen, hielt seine Gewaltausbrüche für ein Zeichen von Leidenschaft, und seine Tränen und Rosensträuße für Liebe. Sie gab die Musik auf und übernahm die Küche, putzte den Laden und kaufte für ihn ein. Dreimal floh sie nach einem seiner Wutausbrüche, und dreimal fand er sie und holte sie zurück.

Zwar begriff sie, daß sie wie das Kaninchen vor der Schlange hockte – sie hatte Angst vor seiner Aggressivität und ließ sich deshalb von ihm Dinge gefallen, die kein anderer ihr hätte antun dürfen. Anfangs hoffte sie, diese Gewalttätigkeit sei nur ein Zeichen von Streß und Existenzangst und ginge wieder vorüber. Erst nach und nach wurde ihr klar, daß er sie in Schach hielt. Daß ihre Angst sein Trumpf war. Daß er diese Angst genoß. Und daß sie in der Falle saß.

Sie liebte ihn nicht mehr, sie haßte ihn, aber wenn er vor ihr stand, war sie willenlos. Er besaß Macht über sie.

Erst als die Kneipe sich zum Rechtsradikalentreff entwickelte, und Gerald nichts dagegen tat, weil das Geschäft auf einmal besser lief denn je, begriff sie klar und auf einmal mit kühlem Kopf, daß es nicht um eine Art von Hörigkeit ging, nicht nur darum, wie sie ihr Leben lebte, daß dies alles kein unglücklich ausgegangenes Spiel war, keine Kleinigkeit und nichts mehr, was mit Zärtlichkeit oder Verständnis je in Ordnung gebracht werden konnte.

Eines Nachmittags las sie beim Putzen im Herrenklo die Zeile »Wenn's Türkenblut vom Messer spritzt...« und sah ihr eigenes Gesicht im Spiegel, blaß vor Ekel und Entsetzen, und es war das Gesicht einer Fremden, die fragte: »Was tust du hier?«

Da begriff sie, daß ihre zehntausend Mark verloren waren, und sie packte ihre Tasche, leerte die Kasse, übernachtete bei einer Freundin und fuhr am nächsten Tag nach Freiburg, wo sie einen Bassisten kannte, der ihr zuerst den Bauwagen und dann den Job im Babeuf vermittelte.

Erst Wochen später traute sie sich, mit Hilfe dieser Kölner Freundin, von der Gerald keine Ahnung hatte, ihr Schlagzeug aus dem Keller in Porz zu holen und nach Freiburg zu bringen.

Daß sie das auch hätte lassen können, wurde ihr erst dort klar. Zum einen konnte sie in dem Wohnwagen nicht üben – es gab jedesmal einen Aufstand, wenn sie es versuchte – zum anderen konnte sie nirgends mehr einsteigen. Eine Band hat Auftritte, Pressefotos, Plakate; es wäre für Gerald oder irgendwelche Spitzel, die er aus den Kreisen seiner neuen Gäste leicht anwerben konnte, kein Problem, sie irgendwann aufzuspüren. Und der Gedanke, er könnte wieder vor ihr stehen, mit einem Rosenstrauß oder Klappmesser, verursachte ihr Brechreiz.

Durch den Türspalt drang kein Licht. Urs schlief bestimmt schon. Bevor sie sich entschloß, noch in die Spätvorstellung im Kandelhof zu gehen, hatte Marie die kleine Lampe auf dem Schreibtisch angeknipst, um ihn nicht aufzuwecken, wenn sie im Dunkeln an irgendwelche Möbel stieß. Er war schon nett genug, seine Dusche und das Schlagzeug mit ihr zu teilen, dafür sollte er wenigstens ungestört schlafen.

Sie zog sich leise aus und machte nackt noch ihre Übungen. Einmal knarrte eine Diele unter ihr, aber nichts rührte sich nebenan. Es war ein seltsames Gefühl, sich nackt zu bewegen. Ein schönes Gefühl. In ihrem Wohnwagen hatte sie nicht gewagt, länger als notwendig nackt zu sein. Jeden Moment konnte einer die Tür aufreißen und irgend etwas wollen. Alternative Manieren, dachte sie, sind keine Manieren. Das einzige annähernd Ähnliche ist, daß dich jemand in den Arm nimmt, wenn du flennst. Was ist los mit mir? Was hat eine Rock 'n' Roll-Mieze mit Manieren am Hut? Bin ich schon umgekippt? Werde ich jetzt eine Spießerin? Ist das hier etwa Freikörperkultur? Sie schüttelte sich, schnitt eine Grimasse und machte einen Katzenbuckel. Das war die Abschlußübung für ihr lädiertes Rückgrat.

Schade, eine heiße Dusche wäre jetzt der I-Punkt. Aber das Rauschen? Lieber nicht. Schlaf ist heilig.

Eine grüne Wiese mit Herbstzeitlosen. Tut mir leid, für den, der mich findet, dachte Sig, hoffentlich ein Jäger. Dem darf das nichts ausmachen. Hab ich Angst? Ja. Hab ich. Aber sicher bin ich mir auch. Mein Schlußbild habe ich gemalt und jetzt auch noch gesehen. In Farbe. Bis zum Sonnenuntergang. Am Originalschauplatz. Das war der Abspann. Was jetzt kommt, ist schwarz-weiß.

Irene hatte recht gehabt. Je mehr sich die Semesterferien ihrem Ende zuneigten, desto größer war der Betrieb im Laden. Inzwischen hatten sie und Marie oft alle Hände voll zu tun und kamen manchmal für Stunden nicht zum Sitzen.

Dann stellte sich Urs als Springer zur Verfügung, holte hier etwas ab, brachte dort etwas hin und versuchte, sich zwischendurch die Warengruppen in der Kasse einzuprägen, die Bücher, die im Laden standen und den Namen des einen oder anderen Kunden, denn manche kamen schon zum dritten- oder viertenmal.

Anfang Oktober, wenn Irene für vier Tage auf der Buchmesse war, würden er und Marie den Laden alleine versorgen, und bis dann wollte er schon möglichst viel gelernt haben.

Marie hatte beim Barsortiment alle Bücher bestellt, die Urs noch für sein Fenster fehlten. Es waren insgesamt zweiundvierzig und von denen nur fünfzehn am Lager gewesen. Die Buchhändler hatten offenbar einen unkommerziellen Geschmack. Er versteckte das Paket in seinem Zimmer und nahm sich vor, das Fenster während der Buchmesse zusammen mit Marie zu machen.

Er fing an zu lesen. Es machte Spaß. Man braucht ein beschütztes Hinterzimmer dazu, dachte er, dann geht es wie von selbst. Marie las, wann immer sie konnte, Irene sowieso; es war selbstverständlich, die Nase in einem Buch zu haben und die Welt draußen vor zu lassen. Für Urs, der es eben erst wiederentdeckt hatte, fühlte sich das Lesen an wie eine Heizung von innen. Kann Winter werden, dachte er, mir egal. Ich fahr nicht weg, ich rutsch nicht aus, von mir aus kann's auch schneien.

Er lernte kochen. Oft ging er nachmittags gegen fünf Uhr los, kaufte ein, brachte die Sachen in Irenes Wohnung und ging dann eine Runde mit Nicht-Alfons an der Dreisam entlang. Wenn der nicht, wie inzwischen meistens, bei Sylvie geblieben war. Sie hatte ihre Wohnung direkt über der Praxis und der Hund fühlte sich offenbar wohl bei ihr.

Wenn Irene und Marie dann gegen sieben Uhr wortkarg und müde ankamen, war der Tisch gedeckt, das Essen warm im Ofen und ein Campari oder Cynar schimmerte in den Gläsern.

»Wir müßten dich heiraten«, sagte Marie einmal, als er einen Blumenstrauß auf den Tisch stellte, den er bei den verträumten Mädchen am Markt gekauft hatte.

»Macht mal«, sagte er, »noch bin ich zu haben.«

»Aber nur, wenn halbe-halbe gemacht wird«, warf Irene ein, die sich am Waschbecken die Hände wusch. »Den darf mir keine wegnehmen.«

»Was heißt hier weg«, lachte Marie, »ich bin ja hier. Und außerdem hab ich wir gesagt.«

Mittlerweile hatte sich eine morgendliche Routine herausgebildet. Urs hörte den Bücherwagen, der meist kurz vor sieben vor dem Laden hielt, stand auf, zog sich an und holte die Kartons herein. Er packte sie aus und legte den Lieferschein auf jeden dazugehörenden Stapel, brachte die leeren Kartons in den Keller, wo das Schlagzeug, seit der Tour noch immer unaufgebaut, auf seinem Teppich stand.

Bis er Brötchen und Milch gekauft hatte, war Marie mit dem Duschen fertig, hatte ihr Bett gemacht, das Schlafzimmer wieder in ein Büro zurückverwandelt und Wasser aufgesetzt für Tee und den Instantkaffee, den Urs inzwischen der Einfachheit halber trank. Zu Weihnachten wollte er dem Laden eine Espressomaschine schenken. Bis dahin ging es auch so.

Den Kaffee trank er ohnehin nur, um Marie Gesellschaft zu leisten, denn wenn sie sich an das Putzen des Ladens und das Kontrollieren und Einräumen der Bücher machte, legte er sich wieder in sein immer noch warmes Bett und schlief, bis Irene, die gegen zehn Uhr kam, ihn mit der Zeitung und einer neuen Tasse Kaffee weckte.

Meistens hatte er dann das Büro für sich, nur gelegentlich kam eine der beiden herauf, um sich frischen Tee oder Kaffee zu holen, und er las in der Zeitung, bis die morgendliche Lähmung langsam von ihm wich.

Hier hatte er sich angewöhnt, immer den Lokalteil

zuerst zu lesen. Dann die Kulturseite und dann erst den politischen Teil, in dem die Toten nach Hunderten und Tausenden zählten und nicht mehr einzelne waren wie der Selbstmörder, den man auf einer Waldlichtung bei Günterstal gefunden hatte, oder die beiden Frauenleichen an der Schweizer Grenze. Urs hoffte auf neue Nachrichten von Yogis Eulenspiegeleien, aber seit dem Babywald war nichts ähnliches mehr erschienen.

Schon dreimal hatte er durch den Türspalt gelinst. Aber immer nur, wenn Marie mit Sicherheit nicht da war. Er würde sie nicht belauschen. Das schwor er sich. Er schämte sich ein wenig für den Wunsch, aber die Scham war nichts im Vergleich zu der Vorstellung, dabei erwischt zu werden. So schaute er nur manchmal durch den Spalt, um sich vorzustellen, er schaue hindurch, wenn sie da sei, sehe sie, möglichst nackt und am allerbesten in erotische Träume und Tätigkeit versunken, irr vor innerem Aufruhr und taub für ein Geräusch von nebenan.

Wenn ich fünfzehn wäre, dachte er, dann wär's in Ordnung, aber ich bin fünfunddreißig. Ein Knabe, der's nicht lassen kann, das ist der Lauf der Welt, aber ein Mann in den besten Jahren? Saupeinlich.

Der Bücherwagen kam erst kurz vor halb acht. Urs war aufgewacht vom Geräusch des Camaro, dessen dumpfes Brüllen regelmäßig zehn nach sieben unten durch die Straße hallte. Der Wagen gehörte einem Feuerwehrmann, den Urs schon einige Male dabei beobachtet hatte, wie er mit einem Lappen die Lichter abwischte oder eine stumpfe Stelle am Kotflügel polierte, bevor er einstieg. Meistens trug Urs um diese Zeit die Bücher in den Laden, und seit einigen Tagen grüßten sie einander kopfnickend. Wir arbeiten, sagte dieses knappe, männlich untersteuerte Nicken, wir sind das Salz der Erde, wir stehen morgens auf, wir wissen Bescheid.

Als er die leeren Kartons in den Keller brachte, sah er, daß das Schlagzeug aufgebaut war und daneben ein Vibraphon stand. Er nahm die Schlegel und schlug ein paar Töne an. Es klang toll. Als er wieder nach oben ging, merkte er, daß er eine Dreiviertelstunde gespielt hatte. Mist.

Musik ist Zeit, dachte er, reine Zeit, aber sie löscht das Empfinden dafür. Er beeilte sich, die restlichen Kartons zu verstauen und weckte mit schlechtem Gewissen Marie.

»Macht nichts«, sagte sie, »bleibt der Laden halt mal ungeputzt«, und ging schnell unter die Dusche.

Er brachte ihr später Tee und Croissants und stellte beides auf den Packtisch, zwischen die Bücherstapel, weil sie schon einen frühen Kunden bedienen mußte.

»Das Vibraphon ist toll«, sagte er später, als sie einige Bücher ins Abholfach räumte, »kannst du spielen?«

»Ich will's lernen«, sagte sie, »wollt ich schon immer.«

»Ein paar Tricks kann ich dir zeigen. Ich hatte mal zwei Jahre Unterricht.«

Sie drehte sich zu ihm und küßte ihn auf den Oberarm. »Heut abend?«

»Mhm.«

Die Stelle am Oberarm wurde zuerst warm, dann kalt und dann pelzig. Als hätte er Olbas daraufgerieben.

DREI

Entweder war sie ein Naturtalent oder hatte ihn belogen. Es gab nichts, was er Marie beibringen konnte. Schon nach einer halben Stunde hatte sie angefangen, minimalistische Strukturen zu spielen, deren Magie Urs augenblicklich verfallen war und zu denen er sich mit sparsamer Percussion auf Becken und Hihat gesellte. Sie spielten manchmal stundenlang und vergaßen darüber die Zeit.

»Bist du ein Fan von Phillip Glass?« fragte er einmal.

»Hört man das?«

»Ja. Wir könnten sofort auftreten mit der Musik. Ein Bassist oder ein sparsamer Keyboarder, und wir sind die perfekte Vernissagenband.«

»Wer will schon auf Vernissagen spielen«, lachte sie. »Du?«

»Ich hab, ehrlich gesagt, nichts dagegen.«

»Dann mach ein Info und fang uns einen Bassisten. Von mir aus machen wir Kunst.«

»Ich hab einen«, sagte er einige Tage später, als Irene schon gegangen war und Marie eben die Ladentür abgeschlossen hatte. Es war mittags um halb eins und regnete in Strömen.

»Einen was?«

»Bassisten.« Urs hielt einladend die Kellertüre auf.

»Und? Sitzt der da unten und wartet auf uns?«

Er nickte.

»Ach so, ein Japs«, sagte sie, als sie den Synthesizer sah, den Urs aufgetrieben hatte. Daran hatte er einen kleinen Kofferverstärker und ein Baßpedal für Organisten angeschlossen. Marie schaltete ein, suchte einen streicherähnlichen Sound aus und stellte das Pedal unters Vibraphon, so daß sie es mit dem linken Fuß bedienen konnte.

Sie ging schlafwandlerisch damit um. Fast ohne hinzusehen traf sie die Töne, und wenn sie danebentrat, brauchte sie einen einzigen Takt, um in elegantem Bogen die Harmonie zu wechseln.

Ihr Spiel bekam durch die langen Ostinaten etwas Gregorianisches oder Keltisches, und Urs vermißte die Klänge kleiner, filigraner Percussionsinstrumente, die er den wuchtigen Schritten ihrer Melodik entgegensetzen wollte. Einstweilen streichelte er die Becken und Trommeln und fügte sich in die aufregende Monotonie ihres eigentümlichen Spiels.

»Hast du keinen Hunger?«, fragte er eine Stunde später, als sie, nach einem anderen Baßsound suchend, die Tasten des Synthesizers durchtippte.

»Weiß nicht«, sagte sie, »keine Ahnung«, und stellte die Arpeggio-Automatik ein.

»Das klingt gewaltig.« Irene war schon wieder im Laden, als sie kurz vor halb drei, hungrig und zufrieden aus dem Keller kamen. »Spielt ihr vor Robbis Lesung?«

»Spielen wir?« fragte Urs.

»Gern.« Marie klang kokett, so als wäre sie stolz darauf, Irene zu gefallen.

»Waren das Stücke, die's schon gibt, oder Improvisationen?« fragte Irene.

»Improvisation«, sagte Marie, »alles.«

»Ihr könntet sofort eine Platte machen damit.« Irene setzte Kaffeewasser auf. »Und reich werden.«

»Noch 'ne Platte«, sagte Urs, »wozu?«

Aber er dachte unentwegt darüber nach, als er mit den Plakaten für die Lesung loszog. Die Stadt war vom Regen frisch gewaschen und glitzerte vor Nässe, Glas und Lack. Ich brauch noch ein Xylophon, dachte er im Gehen, einen Schellenbaum, vielleicht ein Hackbrett oder so was, und er ging im Rhythmus der Musik in seinem Kopf, die perfekt zu der grüngoldenen Septemberstimmung paßte.

Der Verlag hatte großzügig Plakate zur Verfügung gestellt, und als es langsam Zeit wurde, mit dem Kochen zu beginnen, hatte Urs erst etwa die Hälfte in Kneipen, Cafés und strategisch günstigen Läden aufgehängt.

Vor der Buchhandlung kauerte eine Frau. Um Gottes willen, dachte Urs, das ist die Ex-Besitzerin von Nicht-Alfons. Die will ihn zurück. Aber nein, der zweite Blick zeigte ihm, daß die Frau gut angezogen war. War die krank? Er ging schnell auf sie zu und beugte sich zu ihr.

»Was ist los? Kann ich Ihnen helfen?«

Sie rutschte aus der Hocke vollends in eine sitzende Position. Es war Regina. Sie hob den Kopf. Ihr Gesicht war naß, und sie erkannte ihn nicht. Sie war buchstäblich blind vor Tränen.

»Komm rein«, sagte er und faßte sie unter den Armen, um ihr aufzuhelfen. Sie folgte ihm willig, als verstehe sie überhaupt nicht, was geschah, oder interessiere sich nicht dafür. Er schubste mit der einen Hand die Tür auf und führte Regina mit der anderen in den Laden.

Das Geräusch der Kasse, die die Tageseinnahmen herausratterte, klang häßlich und laut. Marie legte einen Stapel Bücher ab und kam zu ihnen. Irene drehte sich um, und Urs glaubte zu sehen, wie sie blaß wurde beim Anblick von Reginas elendem Gesichtsausdruck.

Regina brachte kein Wort heraus. Tränen, Schluckauf und ein herzzerreißendes Wimmern hinderten sie daran. Minutenlang saßen die drei auf dem niedrigsten Regal, die schluchzende Regina in der Mitte, Irene, die sie in die Arme genommen hatte, und Marie, die ein Papiertaschentuch nach dem anderen zückte, links und rechts.

»Soll ich einen Arzt rufen«, fragte Urs leise, »oder Ihren Mann?«

Irene machte eine kleine Gebärde, die bedeutete: warte, erst muß sie reden.

Er war ratlos. Regina tat ihm so leid, daß er am liebsten ein Regal umgerissen hätte, oder die Kasse am Boden zerschmettert, wenn er schon nicht helfen durfte. Irgendwas, um dieses Elend nicht einfach so weiter geschehen zu lassen, mußte man doch tun können.

Irene sah, was mit ihm los war und machte noch einmal diese kleine Gebärde. Marie formte lautlos mit den

Lippen das Wort »Tee«, und er war froh, nach oben gehen zu können und nicht mehr so nutzlos zu sein.

Als er mit dem Tee in den Ladenraum zurückkam, hatte sich Regina so weit gefaßt, daß sie nur noch wenige Schluchzer in sich sog, die schon wieder mehr nach Atemholen klangen als nach Hyperventilation.

Sie trank ein paar Schlucke, als käme es darauf an, sich den Mund zu verbrennen, und sagte dann: »Das Bild.« Nur diese zwei Worte.

Irene sah sich ratlos um. Auch Urs und Marie suchten den Raum ab nach etwas, das sie gemeint haben könnte, da deutete Regina auf das rechte Schaufenster. »Die Krokusse.«

»Was ist damit?« Irene sah irritiert zu Urs her. »Das hat mir mein Bruder geschenkt.«

»Woher?«

Urs erklärte ihr, wie und wo er den Maler getroffen hatte, aber sie schien ihm nicht wirklich zuzuhören. Sie hatte einen Gesichtsausdruck, der ständiges Kopfnicken ersetzte, als wüßte sie alles, was er sagen konnte, schon im voraus.

Verzweifelt wie ein Todesschrei klang es, als sie sagte: »Er hat sich umgebracht!«, und gleich danach wieder in Tränen ausbrach.

Jetzt wiegten Irene und Marie sie gemeinsam in den Armen, bis ihr Weinen erneut abebbte und sie mit leiser Kinderstimme fragte: »Kann ich bei dir bleiben? Robbi ist weg.«

»Natürlich« brummte Irene beruhigend, und Marie stand auf.

»Ich koch dann mal.« Urs war verlegen und froh, daß ihm ein Grund zur Flucht eingefallen war.

»O. K., wir kommen nach.« Irene sah nicht zu ihm hin. Marie ging nach oben und sagte an der Türe: »Halbe Stunde.«

Wie einig sich die Frauen gewesen waren. Und mit welcher Sicherheit sie trösten, abwarten und das Unglück aus Regina herauslocken konnten. Für Urs hatten Irene und Marie gewirkt wie ein eingespieltes Team, dem solche Katastrophen selbstverständlich sind, und denen es mit Kraft und Sachkenntnis begegnet und mit der ruhigen Gewißheit, daß die andere immer das Notwendige tun wird.

Das Essen verlief einsilbig. Regina sprach nicht über den Maler, und auch Irene und Marie kamen nicht mehr auf das Thema zurück. Erst als Irene, in deren Arm sich Regina alle Augenblicke schmiegte, die Hochzeit des Figaro auflegte, und Urs sich schnell verabschiedete, erfuhr er von Marie, die sich ihm anschloß, was vorgefallen war.

Letzte Woche hatte Regina eine Postkarte im Briefkasten gefunden, handgemalt, mit Krokussen, auf deren Rückseite außer der Adresse nur stand: »Laß mich endlich los.« Regina hatte sich nichts weiter dabei gedacht, als daß Sig, der vor sieben Jahren einen Sommer lang ihr Liebhaber gewesen war, sich nun innerlich von ihr lossagen wolle. Für eine Art von Selbsttherapie hatte sie das gehalten, eine Autosuggestion. Sie hatte Sig nie wiedergesehen und die Krokusbilder in der Stadt als Kompliment betrachtet, eine ebenso lakonische wie pathetische

Mitteilung, daß er sie nicht vergessen hatte. »Die Krokusse«, sagte Marie und hakte sich bei Urs unter, »beschreiben einen Ort. Ihren Ort. Den Platz, an dem sie es
das erstemal gemacht haben.«

»Die Lichtung in Günterstal«, sagte Urs, denn ihm
wurde auf einmal klar, daß Sig der Mann aus der Zei-
tungsmeldung sein mußte, der sich vor zwei Wochen an
einem Hochsitz in Günterstal erhängt hatte. Marie
drückte seinen Oberarm ein wenig, und er spürte trotz
der Jacke ihre Brust. »Ja. Sie hat's erzählt. Er hing ganz
dicht über dem Boden. Als hätte er den tiefstmöglichen
Fall vorausberechnet.« Sie schauderte. Er drückte ihren
Arm fester.

»Auf einmal standen die Bullen vor ihrer Tür, denn in
seinem Pensionszimmer hatte man einen Umschlag gefunden. Mit ihrer Adresse. Und darin ein Buch. Das
heißt, der fotokopierte Text eines Buches, den sie ihm damals geschenkt hatte. Die Kinder der Finsternis, von
Wolf von Niebelschütz.«

»Und die haben ihr erzählt, wie er sich umgebracht
hat.«

»Ja.«

»Und sie ist zusammengebrochen, weil sie kapiert hat,
daß es wegen ihr war. Weil er sie nicht vergessen
konnte.«

»Ja. Sie hat vier Nächte nicht geschlafen und lebt seither von Pillen. Sie ist ein Wrack. Total am Ende.«

»Die Bilder waren sein Abschiedsgeschenk.«

»Mhm.«

»Und dann geht sie vielleicht zum erstenmal seit Ta-

145

gen raus und läuft direkt in ein Bild rein, das ihr wie Hohn aus der Hölle vorkommen muß.«

Marie sah ihn an und nickte.

»Mein Gott. Die arme Frau.« Urs bemerkte eine seltsame Kälte auf seinem Gesicht, und erst, als er dieses Gefühl mit dem Druck über dem Zwerchfell zusammenbrachte, begriff er, daß er weinte.

Marie war hinter dem Martinstor nicht in die Straße zum Laden abgebogen, sondern geradeaus zur Dreisam weitergegangen. Sie war immer noch bei ihm eingehakt, und er folgte ihr, ohne zu denken. Sie standen ratlos vor der nächtlichen Szenerie. Um die öffentliche Toilette standen mehrere Männer, deren Zigaretten bei jedem Zug aufglühten. Jeder stand allein und wartete auf irgendwas.

»Komm, wir gehn zurück«, sagte Marie sanft, als sie sah, daß er weinte. »Ist die falsche Zeit für den Fluß.«

»Der arme Mann«, sagte Urs. Er wurde das Bild des schlaksigen freundlichen Malers nicht los.

»Ich finde ihn ein Schwein«, sagte Marie leise, »Regina so was anzutun. Er gibt ihr eine Schuld, die sie nie wieder loswerden kann. Der ist ein Verbrecher.«

»Du kennst ihn nicht«, sagte Urs und schüttelte den Kopf.

»Mir grad recht.«

»Darf ich bei dir im Bett schlafen? Bitte«, sagte Regina, als Irene leise aufstand, um Decken und ein Kissen zu holen, weil sie glaubte, Regina sei eingeschlafen. So still hatte sie seit einigen Minuten auf dem Sofa gelegen, daß

146

nur ihr Atem und das gelegentliche Knistern der beiden
Kerzenflammen in die Ruhe gesickert war. Ich hätte sie
denken hören müssen, dachte Irene, aber nein, das geht ja
nur bei Urs. Immer noch? Muß ich nachprüfen.

»Ja natürlich, gern«, sagte sie, »komm.«

Das Bild war aus dem Fenster verschwunden. Die Innenseite seines rechten Oberarms fühlte sich leer an und wie
taub, als Urs in den Ladenraum vorausging. Er schloß ab
hinter ihr, und Marie blieb in dem halben Dunkel stehen.
»Machen wir Musik?« fragte sie.

»Leise«, sagte er und ging zur Kellertür.

Er nahm das Baßpedal auf den Schoß und spielte darauf, wie auf einer Riesenkalimba. In einem lakonischen,
schreitenden Rhythmus gab er ihr Töne vor, die sie mit
gravitätisch geschlagenen Zweitonakkorden bebaute.
Das Pedal ließ sie die ganze Zeit getreten, so daß jeder
Akkord erst ausklingen mußte, bevor der nächste möglich war. Das ist ein Trauermarsch, dachte Urs, wir trau-
ern um einen Toten und eine Bestrafte, und irgendwann,
als er zu allem was sie spielten, nur noch Herbstzeitlosen
sah, bewegte sich der Druck von seiner Brust in kleinen
Schüben hoch zur Kehle, und er spürte, wie ein Kitzeln in
seine Mundwinkel rann, und sah bei einem flüchtigen
Blick Maries weit aufgerissene Augen, die ihn anstarrten,
als könnten sich so ihre Tränen miteinander vermischen.

Sie schlug kurz nacheinander drei Akkorde, die zu einem Sept-Non-Vier-Gemisch ineinanderschwangen und
beugte sich dann zum Verstärker, um den konstanten

Baß, den Urs immer weiter spielte, langsam leiser zu drehen, bis am Ende nur noch das Klopfen seiner Hände auf den groben Tasten des Pedals zu hören war.

»Ich schlaf bei dir, wenn du willst«, sagte sie und knipste den Verstärker aus.

Gelegenheit macht Liebe, dachte Irene. Sie lag auf dem Rücken und spürte das Gewicht von Reginas Kopf auf ihrer Schulter. Das ruhige Atmen, das Heben und Senken der Decke neben ihr, Reginas Körperwärme und ihr Geruch nach Tränen, Seife und Parfüm, hielten Irene hellwach. Sie stellte sich ein auf eine schlaflose Nacht.

Nicht diese Gelegenheit, dachte sie, nicht jetzt, wo Regina durch die Alpträume muß. Das wär keine Liebe. Eher Unzucht mit Abhängigen. Sie lächelte in die Dunkelheit. Seit wann hab ich was gegen Unzucht mit Abhängigen?

Urs war so was Ähnliches wie mein Mündel, als ich ihn aufgeklärt habe. Na, nicht direkt aufgeklärt, aber ich hab ihn beschenkt mit den Freuden der Liebe. Oha, beschenkt mit den Freuden der Liebe – lese ich zu viele Schmonzetten? Vielleicht sollte ich eine Suhrkamp-Diät machen. Besonders beschenkt schien er sich damals auch nicht zu fühlen, eher betrogen um den Rest, auf den er sich gleich Hoffnungen machte. Den Nachtisch bis zum Abwinken. Der Arme. Dabei hab ich's gut gemeint. Mir waren die Jungs egal, und er dachte an nichts anderes mehr als an Frauen. Alles, was er wollte, lag zwischen ihren Beinen, aber keine hätte ihn dort hingelassen, so tolpatschig und schüchtern wie er war. Ich hab ihm ein biß-

148

chen was beigebracht. Er ist bestimmt ein angenehmer Liebhaber geworden. Später.

Ihr Arm war eingeschlafen, aber sie schob die fällige Bewegung noch hinaus. Bloß Regina nicht aufwecken. Lieber noch warten, vielleicht schläft sie nachher tiefer.

Regina bewegte sich. Hoffentlich hab ich sie nicht mit zu lauten Gedanken gestört, dachte Irene und nutzte die Gelegenheit, um ihren pelzigen Arm bequemer zu legen. Nein, Regina schlief tief und fest. Sie hatte die Lippen nach vorn gestülpt, die Stirn gerunzelt und gab manchmal kleine Schnaubgeräusche von sich.

Reginas Hand lag jetzt auf Irenes Hüfte. Ganz zufällig und ganz unschuldig, schlafend, interesselos, ohne Plan und ohne Kraft lag diese Hand auf ihrer Haut und strahlte dennoch eine Hitze aus, die sich bis in Irenes Zehen und Haarwurzeln fortsetzte. Verdammt, dachte sie, jetzt wird's aber eng. Nein, eng war nicht der richtige Ausdruck. Gefährlich war das Wort. Da drückte eine Menge Wasser gegen den Damm.

Sie stellte sich vor, die stille Hand bewege sich, spaziere, tänzele, kapriole über ihren Körper und erforsche ihn, naiv und neugierig wie ein Katzenkind, das jede Dunkelheit ausprobiert, jede Höhle ertastet, jeden Hügel erklettert und sich nicht kümmert um das Zittern unter seinen Pfoten. Zittern? Es waren eher winzige Wellen, die durch Irenes Körper gingen, so winzig, daß die schlafende Hand von ihnen nicht geweckt werden konnte. Ein kleines Wiegen in den Hüften, ein Anspannen der Muskeln im Schoß, wieder loslassen, wieder zusammenziehen, in den Oberschenkeln, in den Kniekehlen, vom

Zwerchfell unter die Brust – ich streichle mich von innen, merkte Irene auf einmal, ich streichle mich von innen und dann mit meinem Körper diese reglose Hand. Ohne daß die es merkt. Nur die Hitze gebe ich zurück, diese Hitze, die die Gezeiten unter meiner Haut stimuliert. Sie schwitzte. Und versuchte, ihren Atem zu kontrollieren. Je schneller und flacher er wurde, umso leiser mußte er sein, und die Wellen wurden Stöße, und die Stöße wurden Zuckungen, und alles blieb innen, und Regina schlief, und Irene wurde über eine Klippe geweht und schwebte, naß am ganzen Körper und von keinem Wind gekühlt, über eine weite, wellige Landschaft, und ihr Flug wurde immer ruhiger, die Wellen immer langsamer, größer, und auf einmal war der Flug ein Tauchen in warmem Wasser, und sie atmete das Wasser, es tat gut, es massierte ihre Lungen, es beruhigte die Haut, und da war ein Schatten, der vorüberglitt, vielleicht ein Delphin vielleicht eine Krake, ein U-Boot, und andere Schatten und Wärme und ein Gleiten in der Stille, ein Gleiten von vielen – sie war nicht allein.

»Aber keine Fisimatenten«, sagte Marie und schlüpfte zu ihm unter die Decke. Sie war in ihrer Unterwäsche durch die Schwingtür getreten und hatte in diesem Moment so sehr den Bildern seiner Tagträume geglichen, daß er sich jetzt augenblicklich wegdrehen mußte.

»Einverstanden?« fragte sie.

»Nein«, sagte er, »aber ich gehorch dir.«

»Brav.«

Sie legte über der Decke ihren Arm um ihn und sagte: »Schlaf. Ist nicht gut, allein zu sein, heut nacht.«

»Du riechst gut«, sagte er.

»Ich sollte noch duschen.«

»Nein. Du riechst nach guter Musik.«

Sie lachte leise.

»Warum lachst du?«

»Du bist der erste Mensch, der Musik riechen kann.«

»Man kann alles riechen.«

»Schlaf.«

Sie lag still, und bald wurden ihre Atemzüge regelmäßig und ruhig. Außer mit der Hand, die um ihn lag, berührte sie ihn nirgends, aber in seinen Kniekehlen glaubte Urs zu spüren, daß ihre Knie nur Millimeter entfernt waren. Ein Energiefeld kitzelte ihn. Auch an seinem Hintern spürte er nach kurzer Zeit ein Kribbeln. Das ist die Elektroaura, dachte er, wieviel Ampère? Und stellte sich ein auf eine schlaflose Nacht.

Reginas Augen waren offen! Ruhig schauten sie Irene an, die sich vor Scham am liebsten die Decke über den Kopf gezogen hätte. Regina lächelte. »Ich auch«, sagte sie, schloß die Augen wieder, drehte sich auf den Rücken, suchte und fand Irenes Hand, legte sie in ihren Schoß und wiegte sich, den Kopf tief ins Kissen zurücklegend, langsam und verschlafen in den Hüften.

»Bitte sag Robbi nichts.« Regina saß am Frühstückstisch und versteckte sich hinter ihren Haaren. Beim Teetrinken stülpte sie ihre Lippen genauso kindlich nach außen wie im Schlaf. Nur die Stirn runzelte sie nicht. Ich bin verliebt, dachte Irene, ich registriere die Details. Nächste Woche wird mir die erstbeste Frau sympathisch sein, nur weil sie Reginas Parfüm trägt, nächsten Monat kauf ich ihr Unterwäsche, und nächstes Jahr will ich sterben.

»Was denkst du denn?« sagte sie. »Mein Sekundant ist schon unterwegs. Heute abend bei Sonnenuntergang wird einer von uns sein Blut ins Gras des Dreisamufers vergossen und brechenden Auges deinen Namen gestöhnt haben.«

»Bäh«, sagte Regina mit einem kleinen Lächeln, »bist du morgens immer so aufgedreht?«

»Kommt schon mal vor.« Irene tat, als inspiziere sie die Kaffeemaschine und habe einen Trick gefunden, sie zu beschleunigen. »An guten Tagen.«

»Dann hau ich in Zukunft lieber vor dem Frühstück ab.«

Irene grinste übers ganze Gesicht. In Zukunft. Was für ein wunderbares Wort. »Ich könnte versuchen, mich zusammenzureißen«, sagte sie.

»Würd ich begrüßen.« Regina grinste auch.

Urs holte das Bild aus dem Büro. Es vertrug sich zwar nicht mit dem Miro von Irene, aber er hängte es so, daß man entweder das eine oder das andere sah, nicht beide gleichzeitig.

Du hast mir Marie ins Bett gelegt, dachte er, wenn ich ein Christ wäre, würde ich für dich beten. Um dich geweint hab ich schon. Wir. Wenn du irgendwo bist, wo du mitkriegst, was hier vor sich geht, dann weißt du jetzt, daß Regina um dich geweint hat, und ich, der dich nur für eine halbe Stunde kannte, und Marie, die dich für ein Schwein hält. Freut dich das? Tröstet dich das? Braucht man noch Trost, dort, wo du bist?

Er hatte wirklich für Stunden nicht geschlafen. Aus Angst vor feuchten Träumen. Und davor, daß er schnarchen könnte, sich im Schlaf umdrehen und Marie stören, oder einfach diese wunderbare Elektrizität neben sich vergessen. Er war wachgeblieben, bis er an den Geräuschen von der Straße merkte, daß das Leben wieder losging. Erst dann fiel er in einen tiefen und traumlosen Schlaf, aus dem ihn das Plätschern der Dusche nur für Augenblicke weckte.

»Bleib liegen«, sagte Marie, als er die Decke zurückschlagen wollte, »ich hol die Bücher schon rein.«

Seltsam, dachte Urs, als er mit dem Rest Plakate durch die Stadt schlenderte, jetzt lebe ich nicht mehr so außerhalb von allem. Ich gehöre dazu. Zwar nur als eine Art angeschlossenes Mitglied, aber ich fühle mich aufgehoben. Der Laden ist eine Nische. Elend und Krieg finden in der Zeitung statt, draußen, anderswo, und nur wenn jemand, wie gestern Regina, das Schicksal mit sich trägt, springt es aus der sicheren Entfernung zu uns herein, verstört uns, mischt uns auf; es wird kalt in unserer Deckung, und am nächsten Tag ist alles wieder gut.

Irene war bester Laune in den Laden gekommen. Urs hätte sie am liebsten gefragt, ob sie Regina gehabt hatte. Gehabt hatte? Na, ja, die manierlichen Bezeichnungen waren rar, daran würde er jetzt keine Hirnsubstanz verschwenden. Er fragte natürlich nicht – das tat man unter Jungs und unter fünfzehn – doch ein paarmal, wenn er versuchte, einen Blick mit ihr zu tauschen, wich sie aus, fixierte irgendwas, ein Buch, einen Bestellzettel, einen Kunden, nur nicht ihn und nicht Marie. Sie strahlte. Und wollte nicht darauf angesprochen werden. Bestimmt hat sie ihre Traumfrau gehabt, dachte Urs und lächelte in sich hinein. Viel Glück Sirene, ich wünsch dir, daß es lange hält.

Schade, daß sie nicht mehr sang. Eine Zeitlang, vor Jahren, hatte sie Unterricht genommen und mit einem Pianisten Schubertlieder und abgefahrenes impressionistisches Zeug gesungen, aber dann, als ihre Lehre zu Ende war, zog sie von Berlin nach Essen und hörte von einem Tag zum anderen auf. »Ist nicht mehr wichtig«, hatte sie gesagt, »reicht unter der Dusche.«

Das KTS-Gebäude war in die Höhe geschossen. Man sah dem Rohbau schon an, wie mondän das Ganze einmal werden sollte. Oben links war mit roter Farbe das Symbol des Grünen Punkts aufgemalt, der gebogene Pfeil, der seit einem Jahr fast alle Kunststoffverpackungen schmückte. Urs konnte die Schrift, die im Kreis um den Pfeil lief, nicht entziffern. Brauch eine Brille, dachte er und grinste. Yogi, der Rächer der Enterbten.

VIER

Langsam wurde es Zeit, von T-Shirts auf Sweatshirts umzusteigen. Wenn der Herbst in diesem Tempo näherkam, mußte Urs auch bald die dicke Lederjacke ausgraben. Er hatte ein so einfaches Kleidungssystem, daß er sich nie übers Anziehen Gedanken zu machen brauchte. Drei Paar Jeans, acht weiße T-Shirts, ein Hemd für besondere Gelegenheiten, vier Sweatshirts, einen Pullover und zwei Lederjacken. Eine für den Sommer und eine für den Winter. Ein Gürtel, zwei Paar Halbschuhe, ein Paar Stiefel und ein Paar Turnschuhe, die er aber nur zum Trommeln trug, komplettierten die Garderobe zusammen mit etwa zwanzig Paar Socken und elf Unterhosen.

In Köln war er einmal in der Woche im Waschsalon gewesen. Hier ging er etwa alle fünf Tage vormittags zu Irene, die einmal ihre und Maries Weißwäsche und das nächste Mal die Buntwäsche angesammelt hatte, tat seine Sachen dazu in die Maschine, dann in den Trockner, bügelte und hörte dabei, so laut er es wagte, Musik.

Die beiden vertrauten ihm alles an, außer Pullovern, Blusen und komplizierteren Kleidern, die er weder zu waschen noch zu bügeln riskierte.

Schon einige Male war er vor der Waschmaschine gekniet und hatte sich ein Höschen von Marie ins Gesicht gedrückt. Sie würde es mir um die Ohren hauen, mich

155

auslachen und anbrüllen, dachte er dann jedesmal, aber der Impuls, sie einzuatmen, sich vorzustellen, sein Mund sei dort, wo der Stoff hingehörte, war stärker als das Gefühl, etwas Unrechtes zu tun. Er spitzte die Ohren, um sofort reagieren zu können, falls die Wohnungstür ginge, und stopfte, wenn er sich dessen bewußt wurde, schnell und verlegen, die Wäsche in die Maschine. Einmal entdeckte er in solch einem Augenblick, daß er ein Höschen von Irene in der Hand hielt. Er lächelte und zuckte die Schultern. Es roch ebenso gut.

Irene gab ein richtiges Einweihungsfest. Fast die gleiche Besetzung wie damals im Juli traf sich zuerst im Laden, den sie alle schon kannten, und ging dann zum Essen in die Adelhauserstraße. Die Wohnung wirkte diesmal viel enger. Vielleicht, weil es draußen regnete. Robbi fehlte und auch zwei oder drei weitere Gäste von damals, an die sich Urs erinnerte.

Sylvie kam mit einer Freundin, unterhielt sich aber fast den ganzen Abend mit Marie, was Urs einen kleinen Stich versetzte. Der Freundin offensichtlich auch. Daran, wie Regina und Irene auf Distanz zueinander blieben, sah er, daß er sich nicht getäuscht hatte. Die beiden waren ein Paar. Armer Robbi, dachte er, hoffentlich erfährt er's nie. Oder weiß er alles, und es stört ihn nicht?

Er unterhielt sich mit Yogi und Arndt, und einem charmanten schwulen Herrn namens Curd, der auf ironisch-kokette Weise um Yogi warb, was dieser sich mit ebenso ironischer Rüpelhaftigkeit verbat. Schien ein altes Spiel zu sein. Je tuntiger sich Curd gab, desto markiger wurde Yogis aufgesetztes Proletengebaren.

Urs versuchte ein-, zweimal vergeblich, Sylvies Freundin, die verstockt in einer Ecke saß, zu integrieren, aber ihr abweisendes und kurzangebundenes Benehmen legte den Schluß nahe, daß sie entweder eine Männerhasserin war, oder alleine bleiben und ihr Unglück ungestört auskosten wollte. Arndt schwärmte von heiligen Räuschen, beschwor den exzessiven, in höchste geistige Sphären reichenden Bewußtseinszustand der Volltrunkenheit mit elegantem Pathos, dessen Wirkung nur durch gelegentlich zu lange Pausen geschmälert wurde, in denen er sich in seinem Kopf nach der nächsten brillanten Formulierung umsah. Je näher er allerdings diesem Zustand kam, desto kläglicher wurde sein Appell an die Frauen dieser Welt, ihn doch bitte nicht so allein zu lassen.

Urs und Yogi, die bisher fast nur zugehört hatten, versuchten ihm nahezubringen, daß heilige Räusche und Frauen einander ausschließen, aber das trieb ihn nur zu neuerlichen wortreichen Exkursen, die allesamt sein Unverständnis für diese einfache Erklärung überspielen sollten. Oder seinen Unwillen, sie auch nur zu diskutieren.

»Robbi und Regina«, sagte er mit zunehmend schwerer werdender Zunge, »die sind ein Traumpaar. Das ist eine große Geschichte. Warum schaffen die das und ich nicht?«

»Kein Suff«, sagte Yogi. Und Regina hat noch andere als ihn, dachte Urs.

Später, als sie Arndt zu seinem wartenden Taxi bugsierten, zuckte Yogi beim Anblick des Fahrers zusammen und schien im ersten Moment zurückweichen zu wollen, aber das ging nicht, weil Urs den schweren Mann nicht alleine halten konnte.

»Friede«, sagte Yogi zu dem ärgerlich starrenden Mann, »Waffenstillstand. Der Mann muß heim«, und hob die freibleibende Hand wie ein Indianer.

»Heim?« brabbelte Arndt indigniert, »was soll ich denn da? Ich geh ins Cräsh.«

»Heim«, sagte Yogi autoritär. »Rabenstraße vierundzwanzig«, und gab dem Fahrer einen Zwanzigmarkschein. »Bitte unbeschädigt abliefern.«

Der Taxifahrer knurrte etwas Unverständliches und stieg ein. Urs erkannte ihn wieder. Es war der Wagen mit dem Innenstern.

»Alte Feindschaft«, sagte Yogi, als sie hinaufgingen, »rein persönlich.«

»So ähnlich drückt er das auch aus«, lachte Urs. »Ich hab dich zum erstenmal gesehen, als er dich in den Rinnstein gejagt hat.«

»Oh ja. Das macht er gern. Joe ist so was Ähnliches wie der legitime Erbe von John Wayne.«

»Joe?«

»So heißt er.«

»Freiwillig?«

»Garantiert. Wer ist heutzutage noch so grausam, sein Kind Joe zu taufen? Schließlich hat man die Auswahl unter Detlev, Hans-Günther, Friedhelm und was weiß ich nicht noch allem.«

Urs drückte sich solange auf dem Fest herum, bis Marie gehen wollte. Auch Sylvies Freundin hatte eisern durchgehalten. Als die beiden Frauen endlich aufbrachen, blitzten ihre Augen vor Wut, und es war klar, daß noch im Treppenhaus die Fetzen fliegen würden.

Seit jener Nacht hatte Marie nicht mehr bei ihm geschlafen. Das Leben war ganz normal weitergegangen. Sie machten abends zusammen Musik und gingen dann meist ihrer eigenen Wege, er ins Kino oder in eine Kneipe und Marie mit einem Buch ins Bett.

Einmal, vor drei Tagen, war er nachts aufgewacht und hatte sie atmen gehört, schnell und keuchend und irgendwie spitz, aber er war still und regungslos liegengeblieben, hatte nicht gewagt, seiner Lust nachzugeben, und war sich, bis er endlich wieder einschlief, nicht einmal mehr sicher gewesen, ob Marie sich wirklich selbst berührt oder nur schlecht geträumt hatte.

Jetzt hörte er, wie sie nebenan ihr Buch zuschlug und sah durch den Türspalt ihr Licht ausgehen.

»Urs?«

»Ja?«

»Bist du eigentlich scharf auf mich?«

»Ja.«

»Mhm.«

Ihre Stimme klang so, als wolle sie nur einen Verdacht bestätigt haben und als folge nichts weiter aus dieser Bestätigung.

Für Robbis Lesung hatten sich so viele Leute angekündigt, daß es unmöglich war, die Instrumente aufzubauen.

Das hätte Platz für zwanzig Zuhörer gekostet. Urs war froh, daß sie nicht spielten, denn so blieb seine und Maries Musik bei ihnen. Eine Privatsache. Etwas, das nur sie beide teilten. Fast wie ein Geheimnis.

Die Lesung wurde so voll, daß etliche Leute wieder weggeschickt werden mußten. Robbi, der an der Tür stand und nervös eine Zigarette nach der anderen rauchte, versprach, den Abend zu wiederholen.

Irene machte als Gastgeberin eine gute Figur. Sie sprach eine kurze Einführung, souverän und witzig, und der Abend wurde ein voller Erfolg. Die Zuhörer, fast nur Frauen zwischen zwanzig und vierzig, hingen an Robbis Lippen, was er, scheu und ohne Eitelkeit genoß. Urs nahm sich vor, die Bücher zu lesen.

Hinterher in der Pizzeria sah er, wie sich Robbi angeregt mit einer jungen Frau unterhielt und dachte, na ja, dich himmeln sie auch an. Vielleicht ist das nur gerecht. Regina war nicht da. Hatte sie Angst, sich und Irene vor Robbi zu verraten?

»Der hat aber einen Schlag bei den Mädels«, sagte er später zu Irene, als sie den Laden in Ordnung brachten.

»Seine Liebste ist auch eifersüchtig, daß es knallt«, sagte Irene, und es klang wie »meine Liebste.«

»Eifersüchtig und untreu.« Urs wollte sich am liebsten auf die Lippen beißen. Das war ihm einfach so herausgerutscht.

»Aha?« Irene sah ihn mit hochgezogener Augenbraue an.

Jetzt gab es kein Zurück mehr. »Heuchlerin«, sagte er, »du strahlst.«

»So, so.« Sie wandte den Blick ab und stapelte die letzten vier Stühle. Dann fixierte sie ihn plötzlich wieder mit gouvernantenhafter Strenge und sagte: »Aber geheim bleibt das trotzdem.«

»Auch vor Marie?«

»Ach, jetzt geht mir das Licht auf.« Sie schlug sich mit der flachen Hand an die Stirn. »*Du* strahlst!«

»Würd ich gern«, sagte er mehr in sich hinein als zu ihr.

»Viel Glück.« Irene wandte sich ab und tat geschäftig, weil sie Maries Schritte auf der Treppe hörte.

Er dachte, sie schlafe schon und gab sich Mühe, leise ins Bett zu gehen, als er Maries Stimme von nebenan hörte: »Urs?«

»Ja?«

Er hörte sie aufstehen und sah sie gleich darauf in der Schwingtür. »Versprichst du mir was?«

»Was?«

»Keine Missionarsstellung!«

Er war so verblüfft, daß er keinen Ton herausbrachte. Sie trat vollends ein und griff mit beiden Händen an den Saum ihres Hemdchens, aber dann hielt sie inne und sagte: »Moment. Hast du ein Kondom?«

»Nein.« Er hörte seine eigene Stimme verhallt und verweht wie die Lautsprecherdurchsagen eines entfernt liegenden Rummelplatzes.

Sie lächelte und stand einfach nur da. »Keins mit Himbeergeschmack bitte.«

Er wollte rennen wie ein kleiner Junge und fror in der spätsommerlichen Kühle, als er sich überlegte, ob er in der Kneipe eine Cola bestellen müßte oder einfach an der Theke vorbei aufs Klo gehen konnte. Er hatte keine Erfahrung mit so was. Vor Sarah waren Kondome kein Thema gewesen und seither erst recht nicht. Wenn auch aus verschiedenen Gründen.

Er rannte nicht, aber er ging sehr schnell, und als er endlich eine goldene Packung R3 in der Tasche hatte, war er in vier Kneipen gewesen, hatte zwei Cola bestellt und stehenlassen und minutenlang ratlos vor dem endlich gefundenen Automaten gestanden. Schließlich hatte er sich für R3 entschieden, da stand erstens nichts von Himbeergeschmack und zweitens kannte er die Marke. Die hatte er vor mehr als zwanzig Jahren schon mit Wasser gefüllt und aus dem Fenster des Schlafsaals geworfen.

Nach Hause rannte er doch.

»Kein Himbeer«, sagte er und zog die Jacke aus. »Aber Waldmeister.«

»Nein. Ist nicht wahr.«

»Nein. Ist nicht wahr.«

Sie setzte sich im Bett auf und zog das Hemdchen über den Kopf. »Sie sind genau richtig«, sagte sie trotzig, seinen Blick auf ihre Brüste mißdeutend.

»Ich schau nicht skeptisch«, sagte er, »ich schau begeistert«, und schob sich die Hosen von der Hüfte.

»Das sagen sie alle.«

»Wer noch?«

»Sei still«, sagte sie, »das ist das falsche Fahrwasser.«

Sie hatte recht. Vor seinem inneren Auge paradierten auf einmal Männer auf und ab. Stolzierten wie Gockelhähne und hatten alle schwarze Lederjacken an. Gitarristen, Bassisten, Keyboarder, Roadies, Journalisten, Fans – sie konnte eine Million verschwitzter Rock 'n' Rollgesichter vor ihm gehabt haben. Er würde aus dieser Phalanx nicht herausleuchten.

»Komm.« Sie schlug die Decke neben sich zurück, und er schlüpfte darunter.

»Genau richtig«, sagte er leise, als er zuerst zaghaft, aber dann fest und von seiner streichelnden Hand umkreist, ihre Brüste küßte.

»Aber nicht so perfekte Melonen wie Irenes«, sagte sie. »Deine Schwester ist die schönste Frau, die ich kenne.«

»Ich träum von dir seit Köln.«

»Schön«, sagte sie, aber etwas war zerbrochen. Sie beantwortete sein Streicheln nicht mehr, lag nur still da und ließ die Bewegungen seiner Hand immer lächerlicher werden. Zwar spürte er seine Erregung noch, aber eher wie einen Phantomschmerz zwischen den Beinen, nicht wie etwas, das vom ganzen Körper Besitz ergriffen hat. Geschweige denn vom Hirn. Er hörte auf und legte sich auf den Rücken. Sie starrten beide die Decke an.

»Was ist denn jetzt passiert«, sagte er irgendwann mutlos, er wußte, sie waren abgestürzt.

»Ich hab's kaputtgemacht«, sagte Marie, »tut mir leid.«

Er nahm sein Streicheln wieder auf, aber brüderlich und zärtlich und nur noch über Schultern, Bauch und

163

Oberarme, aber sie hielt nach kurzer Zeit seine Hand fest und sagte: »Nein. So streicheln tut weh.«

»Wie?«

»So. Gedankenlos.«

»Ich bin nicht gedankenlos.«

»Dann so begierdelos.«

Sie hatte recht, sogar seine Begierde war verschwunden. Nur der Graben zwischen ihnen war da. So deutlich, daß Urs das Gefühl hatte, er müsse den nächsten Satz rufen.

»Tut mir leid«, rief sie. Nein, sie flüsterte. »Ich hab's verdorben.« Ihre Stimme klang, als ob sie weinte, aber Urs wagte nicht, sie anzusehen, aus Angst vor einer scharfen Bemerkung.

Er schob seinen Arm unter ihre Schultern und sagte: »Schlaf. Schlaf einfach ein. Denk nicht nach, sondern schlaf. Wir haben Zeit.«

»Woher weißt du das?« murmelte sie. Es klang schon ein wenig zufriedener.

Nach einiger Zeit verging seine Enttäuschung, und er begann, sich über ihre zutrauliche Nähe zu freuen. Und merkte, wie er müde wurde.

»Jetzt hast du das Kondom umsonst gekauft«, sagte sie noch leiser. »Was machen wir damit?«

»Aufblasen und als Luftballon verwenden.«

Sie kicherte.

»Oder auskochen. Für Waldmeisterbowle.«

Seltsamerweise schlief er tief und fast traumlos. Fast. Der eine Traum, an den er sich erinnerte, hatte es in sich.

Marie hüpfte wie ein kleines Kind vor ihm auf und ab. Sie war nackt und hatte Zöpfe. Sie johlte triumphierend immer denselben Satz. »Ätsch, ich hab's verdorben, ätsch, ich hab's kaputtgemacht«, zur ewiggleichen Melodie höhnischen Kindersingsangs. Sie hatte das Kondom aufgeblasen, und es war kein Ballon daraus geworden, sondern eine Art Dildo, den sie mal mit einer, mal mit beiden Händen tief in sich hineinschob, wobei sie Urs obszön grimassierend ihren Unterleib entgegenstreckte, so daß er sehen konnte, wie tief das milchigweiße Ding in ihr verschwand.

Als er aufwachte, lag sie nicht mehr neben ihm.

Ich habe lange und immer wieder darüber nachgedacht: irgendwas unterscheidet Marie von anderen Frauen, und als mir klar wurde, was es ist, da verstand ich, weshalb ich es nicht gesehen hatte. Es liegt zu nahe. Sie ist wie Irene und ich. Kurze Sätze, lieber eine freche Antwort als gar keine, und Schweigen oder Ablenken da, wo andere Leute anfangen, ihre Geschichte zu erzählen.

Ob wir zu viele Große-Schweiger-Filme gesehen haben, oder einen falschen Begriff von der Maxime, daß man andere nicht in den eigenen Kummer verstricken soll, ob wir einfach bloß maulfaul geboren sind – sie ähnelt uns. Im Ernstfall tun's zwei knappe Sätze, und der Ernstfall ist meistens gegeben.

Gäbe es in unserem Leben mehr Tod, Blut und Geschrei, brennende Autos und rennende Menschen, dann könnte man es problemlos verfilmen. Von der Knappheit des Textes her haben wir jedenfalls alles.

Aber was weiß ich denn davon, wieviel Tod, Blut und Geschrei vielleicht in Maries Leben schon eine Rolle gespielt haben, wo sie herkommt, was sie schleppt, und was sie und warum sie es verschweigt? Nichts weiß ich von ihr, außer daß ihre Haarfarbe bis vor kurzem noch echt war, es sei denn, sie hätte nur vergessen, sich die Schamhaare umzufärben, daß sie eine exzellente Musikerin ist, die nicht mehr ins Profidasein zurückwill, daß sie einige Zeit in Köln gelebt haben muß – nein, das weiß ich schon nicht mehr, das nehme ich einfach an.

Ich wüßte gerne mehr. Ich habe diese markige Lederjackenroutine satt. Dieses wortkarge Einander-Zeigen, daß man sich mag, alleine mit Körpersprache, Taten und minimalen Geräuschen. Als wären Worte verpflichtender. Und wenn schon. Ich würde mich gern verpflichten. Ich würde gerne wissen, wer sie ist.

Und wenn sie mich fragt, wer ich bin, was erzähle ich dann? Daß ich eine Doppelwaise bin? Daß ich meine leiblichen Eltern an einem Tag verloren habe und meine Adoptiveltern ebenso? Daß Irene meine ganze Familie ist und ich auf einmal entdecke, daß ich eine Familie, diese Familie, Irene nämlich, brauche? Ist das so? Brauche ich Irene? Und braucht sie mich? Und Marie? Braucht sie uns?

Im Laden war schlechte Stimmung. Ich verzog mich schnell, als ich sah, wie Marie sich in einer Ecke zu schaffen machte und Irene ihr offenbar eine Standpauke hielt, von der ich nur mitbekam, daß es um Freundlichkeit gegenüber Kunden ging. Marie und unfreundlich? Das wäre das erstemal.

Irene hat sich verändert. Nicht nur, daß ihr Liebesglück sie so strahlen läßt und sie mir stärker und ruhiger vorkommt – da ist auch ein händlerhafter Zug aufgetaucht, den ich vorher an ihr nicht gekannt habe. Der Kunde, der Kunde, der Laden, der Laden – ihr neues Mantra ist einfach. Ich sah zu, daß ich schnell rauskam, denn ich hätte zu Marie gehalten und Irene angegriffen. Sieht sie sich und Marie als immer lächelnde Verkaufs- und Beratungsmaschinen? Nicht einmischen, dachte ich, nicht zwischen die beiden geraten. Bloß das nicht.

Zum erstenmal seit langer Zeit habe ich mir Sachen zum Anziehen gekauft. Zwei Sweatshirts, beide dunkelblau und einen Schal. Es macht keinen Spaß mehr.

Früher, als ich noch auf Tournee war, sah ich Kaufhäuser, Boutiquen und andere Geschäfte als meinen natürlichen Lebensraum an. Ich kaufte mich dumm und dämlich an Kleidern, die ich dann irgendwo liegenließ, beim Auf- oder Abbauen ruinierte oder irgendwem schenkte, wenn sie mir nach kurzer Zeit nicht mehr gefielen.

Als ich nicht mehr unterwegs war, hörte das schlagartig auf. Plötzlich verursachte mir der Trubel in Kaufhäusern, das Geraffe und Gewolle und Gesuche solchen Ekel, daß ich sogar Dinge, die ich brauchte, einfach liegenließ und vor lauter Unlust zwei- bis dreimal losgehen mußte, bis ich es endlich schaffte, sie zu kaufen.

Werde ich wieder normal? Nein, die beiden Sweatshirts und den Schal habe ich nur gekauft, weil ich nichts Besseres mit mir anzufangen wußte. Aber vielleicht ist das ja normal?

Ich fühle mich seltsam. Durcheinander. Auf der einen

Seite leicht, hell und als hätte ich Kohlensäure im Blut, weil Marie gestern mit mir schlafen wollte, und auf der anderen enttäuscht darüber, wie sang- und klanglos das schiefgegangen ist.

Ein Glück, daß wir es nicht trotzdem versucht haben. Am Ende wäre dabei ein Gefühl herausgekommen wie beim Zahnarzt, wenn er nicht bohrt, oder die Spritze so gut wirkt, daß man es nicht spürt. Ein Glücksgefühl des ausgebliebenen Übels. Auweh, das war jetzt ich. Der Kuli ist unschuldig. Er ist kein Fan des wohlklingenden Genetivs. Was ich sagen will: Ich bin froh, daß es keine Peinlichkeit gab. Oder keine allzu große.

FÜNF

Den kenn ich doch, dachte Joe, als er Urs an der Ampel stehen sah. Der ist doch mit diesem Arschloch Yogi zugange. Ist grün, du darfst rüber, Blödmann. Kann sich nicht entschließen, hat Langeweile. Weiß nicht, wohin mit sich.

Nicht mein Problem, dachte er und schob den ersten Gang rein, ich hab keine Langeweile. Ich hab nie mehr Langeweile. Er gab Gas und steuerte den Wagen lässig durch eine Pfütze, um eine buntgekleidete Zigeunerin mit drei Kindern von oben bis unten naßzuspritzen. Keine Langeweile, dachte er zufrieden, als er im dritten Gang war, immer was zu tun. Er reihte sich in die Warteschlange am Taxistand ein, stellte den Motor ab und nahm sein Buch aus der Seitentasche in der Tür. Die Geschichte des Zweiten Weltkriegs.

»Tatsächlich, Sirene hat recht«, sagte eine Stimme hinter ihm, als Urs seinen zweiten Cappuccino von der Theke nahm. »Ich find dich in der Markthalle.«

Yogi stellte eine Plastiktüte ab und wackelte, so daß es die Frau an der Theke sah, mit dem Zeigefinger, den er dann knickte, bis er auf Urs' Tasse wies. »Deine Schwester kennt dich gut.«

»Hallo«, sagte Urs.

»Ich such dich.«

»Warum?«

»Ich will dir was anbieten. Eine Art Job. Hast du Lust, mein Haus zu verwalten? So richtig rundrum. Handwerker beaufsichtigen, Mieter suchen, Mieter rausschmeißen, mich anrufen, wenn's brennt und mich in Ruhe lassen, wenn's bloß ein Wasserschaden ist.«

»Dich anrufen, wo?« fragte Urs.

»Bis Mitte Januar beim Komitee Cap Anamur und ab dann in Südfrankreich.«

»Cap Anamur? Machst du da mit?«

»Ja. Ich will nicht mehr immer bloß Kohle überweisen und zweimal im Jahr mit Robin Wood 'n Schornstein besteigen. Statt Urlaub. Ich hab irgendwie den Moralischen und muß mich nützlich machen. Zehn Jahre als Rentner und Sponti-Spinner sind genug. Wenn ich nicht aufpaß, werd ich noch ein Schwätzer und Maulrevoluzzer, der sich öfter mit dem Steuerberater trifft als mit denen, die wirklich was tun.«

»Laß mich raten«, sagte Urs und grinste. »Du wirst demnächst vierzig, oder bist es grad geworden.«

Auch Yogi grinste, aber ein bißchen unsicher und skeptisch. Er schüttelte den Kopf und deutete auf Urs. »Der richtige Mann für den Job. Hat Einfühlungsvermögen, kann zwei und zwei zusammenzählen und pflegt doch eine direkte und ehrliche Sprache, von Mann zu Mann. Du bist engagiert.«

»Also hab ich recht.«

»Natürlich hast du recht. Kannst dir schon mal ein passendes Geschenk überlegen. Am zwanzigsten ist das

170

rauschende Fest. Geburtstags- und Abschiedsfete in einem. Aber du bist dir anscheinend nicht ganz der Würde dieses Augenblicks bewußt. Du hast einen Job, eine kleine Wohnung, ein kleines Gehalt, ich setze mein ganzes Vertrauen in deine Seriosität, und was tust du? Du stufst meinen Entschluß, jetzt endlich die Welt zu retten, runter zur Midlife-Crisis-Psychomacke. Ts, ts.«

»Wohnung?«

»Zwei Zimmer, Kochnische, Dusche, Einbauschrank, mietfrei.«

»Gehalt?«

»Fünfzehnhundert?«

»Schwarz?«

»Schwarz zwölf.«

Urs nickte nachdenklich. Ich bekomme alles geschenkt, dachte er, einfach so. Ich tu nichts, ich steh rum, und jemand spricht mich von hinten an und schenkt mir ein Leben.

»Einverstanden?« Yogi schien Urs' Nachdenklichkeit als Zögern zu interpretieren.

»Ja. Natürlich. Sogar begeistert. Hoffentlich mach ich's gut genug für dich.«

»Das wirst du«, sagte Yogi grinsend und klopfte Urs gönnerhaft auf die Schulter. »Das wirst du, mein getreuer Knappe. Der Lohn der Götter ist dir gewiß.«

»Deine vierzehnhundert schwarz tun's auch.«

»Dreizehn.«

»Zwölf ist schon recht. War nur ein Test.«

Eine Weile schwiegen sie und nippten an ihren Tassen. Urs schaute um sich, verlegen wie immer, wenn nach einem Wortschwall diese erschreckte Art von Stille um sich griff.

Die Markthalle hatte sich verändert. Hausfrauen, Studenten und Büromenschen prägten jetzt das Bild, und die theatralische Schicki-Micki-Besatzung war ins Hintertreffen geraten, unauffällig wie die acht Fehler im Suchbild einer alten Illustrierten. Lag das daran, daß die Semesterferien vorüber waren? Oder an der Uhrzeit? Es war halb drei. Vielleicht sind die Schönheiten nur immer in der Mittagspause da, dachte er und wandte sich Yogi wieder zu.

»Du willst wirklich weg? So richtig für ganz?«

Yogi nickte. »Ja. Hab Angst.«

»Wovor?«

»Vor dem Faulwerden zum Beispiel, vor dem Blödwerden, davor, daß mir die Glatze nach innen wächst, ich weiß auch nicht. Manchmal hab ich das Gefühl, alles riecht schon ein bißchen käsig, leicht abgestanden, leicht ungewaschen, es mufft. Das ist so eine Suppe hier. Ich hab immer geglaubt, ich rühr mit um, dabei bin ich bloß eine der Zutaten.« Er schwieg eine Weile. »Und außerdem haben mich irgendwelche Rechte auf dem Kieker. Und ich mach mir in die Hose, weil ich weiß, das sind Verbrecher. Die legen mich um als Freizeitspaß, wenn sie grad nichts Besseres vorhaben.«

»Rechte?«

»Gestern ist mein Briefkasten gesprengt worden, auf meiner Hauswand steht ›Arschloch verrecke‹, und vor einer Woche lag ein Paket Scheiße in der Post. Mir geht die Muffe. Und mir wird klar, daß dieses Land zum Kotzen ist, und da ich so privilegiert bin, daß ich in mein Haus in der Vaucluse flitzen kann, tu ich das.«

»Dort sind auch Rechte.«

»Ja, aber die kennen mich nicht«, sagte Yogi kleinlaut. »Und außerdem sind's irgendwie nicht meine. Die hier verwüsten mein Land, und ich bin zu feig, um ihnen eine Zielscheibe abzugeben. Ich hoffe, die Bullen kriegen sie alle und stecken sie in den Knast.«

»Ist auch nicht ganz konsequent, daß du auf einmal auf die Bullen zählst«, sagte Urs und hoffte, Yogi verstünde es als so nachdenklich, wie er es meinte, und nicht als so rechthaberisch, wie es klang.

»Ich weiß. Ich lerne grad 'ne Menge dazu.«

»Ich versteh dich jedenfalls. Zeigst du mir die Wohnung?«

»Kannst aber erst im November rein. Ist noch bewohnt.«

»Ja, aber zum Freuen.«

»Gut.«

Es war Yogis eigene Wohnung, in die Urs einziehen sollte. Sie war spartanisch möbliert, und Yogi versprach, alles, was Urs nicht brauchen würde, auf den Speicher zu schaffen. Die beiden Mansardenfenster boten einen hübschen Ausblick ins Grün der hohen alten Bäume, und als er sah, wie die Schatten langsam mit dem Nachmittag ins Zimmer vorrückten, wußte Urs, daß er sich wohlfühlen würde.

»Das ist aber keine zwölfhundert plus Wohnung wert«, sagte er später, als Yogi ihm alles gezeigt hatte.

»Mir schon«, sagte der kurzangebunden. »Die Praxis im Erdgeschoß wirft allein das Dreifache ab.«

Urs' Arbeit bestand hauptsächlich darin, auf die Kehrwoche zu achten, vor allem im Winter, wenn es ums Schneeräumen ging, die Post für Yogi in Empfang zu nehmen, kleinere Reparaturen selbst zu machen und größere zu beaufsichtigen, nachdem er die Handwerker dafür bestellt hatte.

Im Januar zog ein Studentenpaar aus, dann sollte er eine Anzeige schalten und nette, zur Hausgemeinschaft passende Mieter suchen.

»Was kostet die Wohnung dann?«

»Gleich wie jetzt. Sechshundert warm«, sagte Yogi.

»Ist dir Marie als Mieterin recht?«

»Die süße Augenbraue aus dem Laden?«

»Ja.«

»Klar.«

»Du wirst Irene vermissen.«

Yogi seufzte: »Wo ist da der Unterschied zu jetzt?«

Im Laden war solcher Betrieb, daß es Irene und Marie nicht sonderlich schwergefallen war, seit zwei Stunden kein Wort miteinander zu reden. Gerade wollte Marie einem Kunden erklären, daß es nicht möglich sei, ein Buch für vierzehn Mark achtzig bei einem kleinen Bielefelder Verlag zu bestellen; es sei denn, er wolle noch fünf Mark für Porto und Verpackung drauflegen, da spürte sie Irenes Hand auf ihrem Arm und einen vorsichtigen, aber sehr bestimmten Druck. Sie stockte mitten im Satz, und Irene führte ihn elegant fort. »Das ist schwierig und

Sie...« war Maries Text gewesen, und: »müßten vielleicht ein bißchen mehr Geduld haben als normal, weil wir das über die Post machen müssen«, hatte Irene drangehängt.

Marie sah ungläubig zur Seite und fing einen warnenden Blick von Irene auf. Sie drehte sich um und ging nach oben. Was ist denn jetzt los, dachte sie und beherrschte sich, um nicht vor Wut mit der flachen Hand aufs Geländer zu hauen. Bin ich ein Lehrling? Erst kanzelt sie mich ab, ich sei nicht freundlich genug, dann glotzt sie zwei Stunden lang in jede erdenkliche Richtung, nur nicht in meine, und jetzt fällt sie mir auch noch ins Wort, als hätte ich Mundgeruch.

Sie wartete ab, bis sie hörte, daß der Laden leer war, dann rief sie, ohne vom Schreibtisch aufzustehen: »Chefin.«

»Ja?« kam es von unten.

»Spinnst du eigentlich?«

Von unten kam keine Antwort, statt dessen hörte sie Irenes Schritte auf der Treppe. Sie drehte sich nicht um.

Irene stand einen Augenblick in der Tür, dann sagte sie mit einem kleinen Kichern in der Stimme: »Du bist voll eingeschnappt, hm?«

Marie zuckte die Schultern.

Irene ging mit zwei schnellen Schritten zu ihr, bückte sich halb und kniff sie kräftig in den Po.

»Aua! Spinnst du jetzt total? Bist du ein kesser Vater oder so was? Das tut weh.« Marie war aufgesprungen und rieb sich die schmerzende Stelle.

Irene lachte breit.

»Was gibt's denn da zu grinsen? Wieso fällst du mir einfach ins Wort, wenn ich mit einem Kunden rede? Was ist eigentlich los mit dir?« Es fiel ihr schwer, wütend zu bleiben, vor diesem provozierend offenen Grinsen auf Irenes Gesicht.

»Soll ich der Reihe nach antworten, oder nach Prioritäten abgestuft?«

»Mir wurscht. Wenn du überhaupt redest, ist mir schon recht.« Marie lächelte nun doch. Es ging nicht anders.

»Also nach Prioritäten«, sagte Irene. »Natürlich bin ich ein kesser Vater, was dachtest du denn? Hast du das ehrlich nicht gemerkt, oder willst du mich bloß beleidigen? Zweitens…, au Kundschaft.«

Die Ladenklingel ging, und sie machten sich beide auf den Weg nach unten. Marie war völlig verwirrt. Das hatte sie nicht gewollt. Das war ja aus Versehen wirklich eine Beleidigung. Verdammt. Kesser Vater. Um Gottes willen, wie mach ich das bloß wieder gut, dachte sie, aber gleich darauf war sie mit einer Kinderbuchkundin beschäftigt, und es dauerte fast zehn Minuten, bis sie Zeit hatte, einen Blick in Irenes Richtung zu werfen.

Sie lächelte schüchtern, und Irene schnitt ihr hinter dem Rücken ihres Kunden eine schnelle Grimasse.

Als der Laden wieder leer war, fuhr Irene mitten in ihrem vor einer Viertelstunde abgebrochenen Satz fort: »Und zweitens tut mir meine Predigt von heute morgen leid, ich nehm's zurück. PMS und Liebeskummer und Streß und was weiß ich nicht noch alles, und drittens kenne ich den Mann, der vorhin diesen Gedichtband wollte. Das ist sein eigenes Buch, und er hat viele Freunde. Wenn er's nicht gekriegt hätte, könnten wir spätestens ab übermorgen eine Flut von Leserbriefen in der Zeitung verfolgen, die alle davon handeln, daß wir ein fieser Laden sind, der die Literatur der Freiburger Dichter boykottiert. Mit den beiden größten Buchhandlungen hier haben sie das gemacht. Ein Glück, daß wir dran vorbeigekommen sind. Gegen meine Chefin lief eine echte Kampagne. Sie mußte regelrecht um Entschuldigung betteln, weil eine Buchhändlerin den Fehler gemacht hat, zu sagen, daß der Laden draufzahlt, wenn sie so ein Buch bestellt.«

»Ach, du Schande«, sagte Marie. »Jetzt kapier ich's.«

»Tut mir leid, daß ich muffig war«, sagte Irene.

»Hast du wirklich Liebeskummer? Erzählst du's mir?«

»Frage eins: Ja, Frage zwei: Nein.«

»Verstehe. Tut mir leid mit dem kessen Vater vorhin. Ich bin wohl ein bißchen naiv. Ich wollte nicht...«

»Hast du ja gar nicht. Alles in Ordnung. Dafür darf ich dich bei Gelegenheit noch mal in den Arsch kneifen.«

»Nein. Das tut weh.«

»Schade. Du hast den zweitschönsten Arsch der Welt.«

»Hör auf. Ich kann da nicht mit umgehen. Bitte.«

»Stimmt aber.«

»Und wer hat den schönsten?«

»Ich natürlich, du Primel. Hast du keine Augen im Kopf?« Irene streckte den Hintern heraus, daß der dunkelgrüne Velours ihrer Hose vor Spannung glänzte. Dazu bog sie beide Arme so skurril vom Körper ab, daß sie aus-

sah wie ein altägyptisches Modell auf dem Weg zum Ein-
renken.

»Was ist denn hier los?« Sylvie ließ Nicht-Alfons von
der Leine und genoß die Verlegenheit der beiden Frauen.
»Das riecht nach Unzucht.«

»Täuscht«, sagte Irene, aber sie machte sich schuldbewußt an einigen Büchern zu schaffen, die nicht unbedingt geradegerückt werden mußten. Oder nicht unbedingt jetzt sofort.

Marie wußte nicht, ob sie rot wurde unter Sylvies amüsiertem Blick. Was war sie doch für ein Grünspecht. Sylvie natürlich auch! Das sah doch ein Blinder. Wieso war
ihr das nicht aufgefallen? Sie ging in die Hocke, um ihre
Unsicherheit in Nicht-Alfons' Fell zu verstecken.

»Kommt ihr heut abend zu mir zum Essen? Der große
Bub auch? Mir ist nach anregender Gesellschaft, und er
hier…«, sie deutete auf Nicht-Alfons, »…vermißt euch
schon.«

»Gern«, sagte Irene. »Toll.«

»Sicher«, sagte Marie.

»So so«, Sylvie bekam ihre Mundwinkel nicht mehr
nach unten. »Dann sind wir also jetzt geoutet.«

»Hör auf.« Irenes Stimme klang streng, und Sylvies
Grinsen verschwand tatsächlich. Jedenfalls schrumpfte
es auf die Größe eines Lächelns, das nicht mehr süffisant
war, sondern freundlich und allenfalls ein bißchen amüsiert.

»Prima«, sagte sie und hakte die Leine wieder in den
Ring am Halsband. »Gegen acht. Es gibt Steinpilze.«

Urs fühlte sich unter den drei Frauen nackt und allein wie ein verschleppter Exot. Zuerst hatte er sich gewundert, wie selbstverständlich Sylvie und Irene vor Marie lesbelten, von der roten Löwenmähne einer süßen Postbotin und den grünen Augen ihrer Zahnärztin schwärmten, sich mit anzüglichen Bemerkungen gegenseitig hochnahmen und wieder so richtig loslegten, wie damals in der Küche, aber dann war ihm klargeworden, daß das wohl aus Erleichterung geschah. Die beiden freuten sich, daß Marie Bescheid wußte und sie sich nicht mehr zu verstellen brauchten.

Er war nach halb sieben in den Laden gekommen, als Irene mit der Geldkassette zur Bank ging, und hatte gleich Marie von der Wohnung erzählen wollen, von seinem Job – er war so erfüllt von dieser neuen Wendung und wollte sein Glück mit ihr teilen.

Aber oben im Büro sah er, daß sie schlief. Sie hatte das Sofa ausgezogen und mußte sich sofort nach Ladenschluß hingelegt haben. Auf seinem Bett lag ein Zettel. »Bitte weck mich um halb acht. Wir sind eingeladen bei Sylvie. Du auch. Zum Essen.« Also ging er leise nach unten und suchte sich im Keller ein paar Töne auf dem Vibraphon zusammen, bis es Zeit war und er sie mit einem Kuß aufs Handgelenk wecken konnte.

»Sechshundert Mark«, sagte sie auf dem Weg durch die Stadt. »Ich weiß nicht, ob ich mir das leisten kann.«

»Irene zahlt dir mehr«, sagte Urs, enttäuscht darüber, daß sie nicht vor Freude in die Luft sprang.

Am Martinstor hakte sie sich bei ihm unter, nachdem sie die Seite gewechselt hatte, um Urs zwischen sich und einen Bettler zu bringen. »Der ist unheimlich«, sagte sie leise.

Der langhaarige, bärtige Mann im grünen Lodenmantel stand fast immer hier. Er sagte mit hoher, monotoner Stimme jedesmal den gleichen Satz, nämlich: »Könnt ihr mir Geld geben«, sah mit leeren Augen in die Luft und magnetisierte die Umgebung mit kalter Arroganz.

»Der taugt zur Legendenbildung«, sagte Urs.

»Was für Legenden?«

»Na, zum Beispiel: Er ist ein verarmter Adliger, hat seine Familie in den Tod getrieben und ein Gelübde abgelegt, daß er zur Sühne sein Leben lang nur noch diesen einen Satz sagen wird.«

»Aha.«

»Oder ein CIA Agent, der dem Tod entronnen ist und sich geschworen hat, nur noch außerhalb der bürgerlichen Normen zu leben.«

»Wird ja immer besser.«

»Ein normaler Bettler ist er jedenfalls nicht. So hochfahrend und intelligent. Glaub ich wenigstens. Und so absurd gekleidet. Der hatte im Hochsommer schon den dicken Lodenmantel an. Der ist was Besonderes.«

»Mir macht er angst«, sagte Marie, »ich wechsle die Straßenseite, wenn er da ist.«

Sylvies Wohnung war wunderschön eingerichtet. Urs, der ein Auge für so etwas hatte, allerdings eines, das er zum Glück nach Belieben ein- oder ausschalten konnte, war beeindruckt von der unauffälligen Harmonie, die zwischen alten Möbeln, eingebauten Regalen, Teppichen, Bildern und Vorhängen herrschte.

»Mensch, ist das schön«, hatte er spontan beim Hereinkommen gesagt und gemerkt, daß sich Sylvie über dieses Kompliment freute. Eine Ästhetin hätte er nicht hinter dieser ruppigen Fassade vermutet.

Sie kam mit einer Flasche Grappa ins Zimmer und sagte: »Ich fahr nächste Woche nach Berlin. Ich brauch Tapetenwechsel, sprach die Birke.«

»Wäschewechsel meinst du«, murmelte Irene.

»Meine Oma liegt in der Charité und machts vielleicht nicht mehr lange. Und außerdem muß ich mich mal wieder paar Tage lang richtig schlecht benehmen dürfen, sonst beiß ich noch ein Herrchen oder Frauchen in der Praxis.«

»In der Berliner Szene darf man sich schlecht benehmen?« fragte Marie.

»Na ja, auch nicht grad. Jedenfalls nicht, wenn man will, daß die Damen einen mögen, aber ich kann einfach die Leute, die ich täglich in der Praxis hab, nicht unbegrenzt aushalten.« Sie machte eine kleine Pause und nippte an ihrem Grappa, um dann mit zufriedenem Gesichtsausdruck einen großen Schluck zu nehmen. »Ich weiß nicht, ob ihr euch vorstellen könnt, wie sich's anfühlt, wenn die Leute ihr Tier eingeschläfert haben wollen, weil sie umziehen. Oder weil der Opa gestorben ist. Ich halt das manchmal nicht mehr aus.«

»Machst du das dann?«

»Hin und wieder. Erst versuch ich, selber jemanden zu finden. Aber die Leute wollen kein gebrauchtes Tier. Fabrikneu muß es sein. Manchmal probier ich auch, die Leute zu überreden, daß sie jemanden suchen, aber die tauben Ohren solltet ihr mal sehen. Sind alles Ungeheuer. Jedenfalls die meisten. Am liebsten sind mir fast noch die, die zu blöd sind, um böse zu sein. Die rufen nachts um zwei an und sagen: Sie, mei Dackele macht so komisch, und dann imitieren sie das Geräusch und wundern sich, daß ich lache.« Sie kippte den Rest Grappa auf einen Schluck hinunter. »Die Katzenleute mag ich noch am ehesten. Bei denen hat die Katze das Sagen, und sie springen, wenn Gnä Frau oder Herr mit den Schnurrhaaren zuckt. Aber die Hundeleute – furchtbar. Solche wie Arndt sind süß. Der hatte mal einen Hund. Aber die sind selten.«

»Sag mal«, warf Urs ein, »du hast aber nicht grad deinen Traumberuf erwischt.«

»Weiß Gott nicht«, sagte Sylvie ernst. »Das hätte mir im Studium schon auffallen dürfen. Fleischbeschau im Schlachthof, Optimierung von Nutztieren in der Landwirtschaft, Betreuung von Versuchstieren in Labors, das gehörte alles zur Ausbildung. Ich war zu blöd und hab meine Mädchenträume mit der Wirklichkeit verwechselt.«

Nach dieser langen Rede kam kein richtiges Gespräch mehr auf. Sie dachten an Labortiere, Schlachthöfe und Menschen, die ihren Hund einschläfern lassen, weil Opa gestorben ist.

»Hab euch die Stimmung verdorben, was?« sagte Sylvie schuldbewußt, als das Schweigen langsam unerträglich wurde. »Was ich eigentlich sagen wollte: nehmt ihr unseren Teilzeithund für eine Woche?«

»Klar«, sagte Urs, »wann?«

»Ab Dienstag.«

»Da bin ich auf der Messe«, sagte Irene.

»Geht schon, Schwester. Wohnt er halt mal für 'ne Weile im Büro.«

Ich hab Angst vor der Buchmesse, dachte Irene, als sie erschöpft die Decke über sich zog. Sonst hab ich mich immer so gefreut, aber diesmal hab ich Angst. Davor, Regina und Robbi Arm in Arm zu sehen? Vor meinem schlechten Gewissen ihm gegenüber? Weil wir ihn betrügen?

Sie seufzte. Sie wußte es nicht. Vielleicht hatte es auch gar nichts mit Gefühlen zu tun, sondern damit, daß sie zum erstenmal als Inhaberin eines Ladens ging. Nicht, wie bisher, als angestellte Buchhändlerin.

Aber sie freute sich doch auch auf Arndt und seine Vertreterkollegen. Auf die Vertriebsleute, die sie schon seit Jahren kannte, die Dichter und Politiker, Verleger und Agenten, das ganze Geschwärme und Geschlurfe auf den Gängen, dieses Gefühl, der, der dich jetzt gerade anrempelt, kann Simon Wiesenthal, Günther Grass, Reich-Ranicki oder John Updike sein, oder die Handtasche, die dir eben einen Leberhaken versetzt hat, kann Utta Danella, Fay Weldon oder Simone Veil gehören. Außerdem hatte sie durch Arndt und seine exzessive Kontaktfreude Zugang zu Leuten, die sie sonst nie kennenlernen würde.

Nein, nein, dachte sie, ich bin bloß alt und hab Angst vor Veränderungen, das ist alles. Mich erschrecken die Neuigkeiten einfach mehr als früher.

Bis ihr die Augen endlich zufielen, erging sie sich in

183

Phantasien, wie sie Regina hinter einen Messestand zog und küßte, oder heimlich mit ihr nachmittags im Hotel verschwand, aber dann fiel ihr ein, daß Regina ja ohnehin erst zum Wochenende käme, und die Chance, etwas von ihr zu haben, gering war. Schade.

Er ist ein bißchen wie ein großer Hund, dachte Marie, als sie neben Urs nach Hause ging, so abwartend, brav, und irgendwie macht er einen treuen Eindruck. Nur, daß er nicht bettelt. Macht keinen Druck. Angenehm.

Eigentlich mochte sie Hunde nicht besonders, mit Ausnahme von Nicht-Alfons, der wurde allein dadurch, daß ihn die drei so liebten, hervorgehoben aus der Masse der Hunde, die zu laut sind und distanzlos und schlecht riechen. Marie mochte Katzen. Katzen hatten Stil. Urs aber auch.

Wie lange mochte das nun schon her sein, daß ihr die Begehrlichkeit eines Mannes nicht lästig war, sondern guttat wie ein Kompliment? Jahre, viele Jahre. Und jetzt zum ersten Mal wieder. Seine dezente Aufmerksamkeit und diese gelassene, stille Art, mit der er ohne jede Anstrengung auf sie einzugehen schien, waren wie ein Streicheln ohne Hände. Ohne Zudringlichkeit. Ich mag ihn, dachte sie. Er hat Geduld wie ein Hund, aber Stil wie eine Katze. Und er riecht gut. Aber bin ich scharf auf ihn? Weiß nicht. Ist vielleicht eher so was wie Geborgensein, Schutz, Ruhe – Shelter from the Storm. Ich will ihn nicht verletzen.

»Schlaf gut«, sagte sie und küßte ihn auf den Mund. Dann ging sie in ihr Zimmer und löschte das Licht. Urs hatte gehofft, sie würde sich zu ihm legen, da weitermachen, wo sie gestern nacht gescheitert waren, aber dann dachte er, Geduld macht bessere Liebhaber als iberisches Getue.

Er mußte grinsen, als er sich an Sylvies Geschichten erinnerte. Eine begnadete Anekdotenerzählerin. Hätte sicher eine gute Schauspielerin abgegeben. Und die beste Geschichte hatte Irene beigesteuert; die, in der Sylvie in der Mailänder Scala mitten in den Jubel und die Bravorufe laut »Schiebung« gebrüllt hatte. Was Irene vollständig aus der Fassung brachte. Versteh ich, dachte Urs, die Frau ist eine echte Zumutung. Allerdings eine witzige.

Ich mag sie, dachte er, inzwischen glaub ich auch, daß sie mich mag. Ich darf bloß nie zeigen, daß ich das weiß. Sonst setzt es was. Er schlief lächelnd ein.

SECHS

Scheißwetter, dachte Joe und starrte trübsinnig durch die Windschutzscheibe in den Regen. Er biß von seinem Döner ab und drehte das Radio lauter. Türkenfraß. Aber gut.

Neben ihm hupte es kurz und fordernd, und er lehnte sich über den Beifahrersitz, um das Seitenfenster herunterzudrehen.

Der Fahrer des Camaro hielt ihm eine Fotokopie unter die Nase. »Suchmeldung von einem Kameraden aus Köln«, sagte er knapp, »irgendwo gesehen?«

Joe sah sich das Bild an. Eine dunkelhaarige Frau, klein, hübsch, dicke Augenbrauen. Er zuckte die Schultern. »Glaub nicht.«

»Halt die Augen auf. Kann in Freiburg sein. Falls du sie siehst, Meldung an mich. Keine Aktionen.«

Joe nickte.

»Übrigens, gute Arbeit, gestern in der Stadtstraße.« Das Fenster des Camaro ging automatisch hoch. »Hab's mir angesehen.«

Joe hob grinsend seine Hand an die Stirn wie ein Offizier in »Luftschlacht um England.« Der Camaro verschwand mit einem dumpfen Grollen im Regen.

Fotzensuchdienst, dachte Joe, auch das noch. Er warf den Rest des Döner aus dem Fenster und startete den

Wagen, um einen anderen Taxistand anzufahren. Hier konnte man vor Langeweile abkratzen. Scheißplatz.

Am Eingang stand eine Art Portier in Uniform. Er war gegen den strömenden Regen geschützt durch einen großen Schirm, ließ aber Urs, Marie und die ganze Schlange hinter ihnen ungerührt stehen und bellte: »Gedicht aufsagen.«

»Was?«

»Gedicht. Irgendeins. Einlaßbedingung.«

Urs überlegte. Was für ein Gedicht denn? Kann ich ein Gedicht auswendig?

»Der Fritz, der kennt ein Engelchen, das zwiebelt ihm sein Stengelchen«, sagte Marie ungerührt und wurde augenblicklich durchgewinkt.

Urs staunte. So einfach war das?

»Na, was ist?« Der Portier machte eine fordernde Gebärde und sah arrogant zur Seite.

»Ich habe sie im Stehn gefickt, im Sitzen und im Liegen, und wenn ich mal ein Englein bin, dann fick ich sie im Fliegen«, sagte Urs, denn Maries Einfall hatte ihn auf die richtige Fährte gebracht. Er wurde durchgewinkt.

»Wie geht dein Gedicht?« fragte Marie.

»Noch schweinischer als deins, aber, glaub ich, auch aus der Pardon.«

»Sag.«

Er sagte es auf.

»Pfui«, sagte sie.

»Du hast mich draufgebracht.«

»Ferkel.« Sie hakte sich bei ihm unter.

Sie sahen sich um. Der Raum, in dem sie standen, war eine Garderobe. Zwei ähnlich seltsam uniformierte Mädchen standen da, steif wie Dekorationsneger in einem Salon der Kolonialzeit und bewachten die Jacken der Besucher, die in riesigen Haufen auf dem Boden lagen.

»Na?« Yogi trat zu ihnen. »Wie findet ihr's?«

»Ich weiß noch nicht«, sagte Urs, »was ist das überhaupt?«

Yogi hatte sie eingeladen. Das dürften sie nicht versäumen. So was gäbe es nicht oft.

»Eine Mischung aus Fest und Kunst«, sagte er, »veranstaltet vom Institut für angewandte Lebensfreude. Freunde von mir.« Er ging voran in das nächste Zimmer der großzügigen Jugendstilvilla. »Das hier ist die Bude vom Bürgermeister, das heißt, er hat sie eben erst gekauft. Von der Stadt. Haha, günstig, wie uns kaum wundert. Und bevor er einzieht, feiern wir ein bißchen. Der Strom ist von der Baustelle geklaut, das Schloß ist fachmännisch geknackt, morgen früh kommt eine Putzbrigade und läßt den Ort besenrein zurück.«

»Und das Ganze ist voll illegal«, sagte Urs.

»Natürlich«, Yogi grinste. »Das ist der Witz dabei.«

Die Inszenierung ähnelte einem Alptraum. Allerdings einem, bei dem Ironie und Sarkasmus überwogen, so daß das Grausen keine dauerhafte Chance bekam. Überall standen Uniformierte und bellten Befehle, maßregelten die Gäste, oder verlangten irgendwas von ihnen. Die Räume waren dekoriert als Höhlen mit Pappmachékulissen aus dem Theaterfundus, als Kunsträume mit riesigen

Bildern, oder als Wolkeninneres mit Bettüchern. Durch einen Raum durfte man nur kriechen, vor einem anderen mußte man ein Glas Wasser trinken, um eintreten zu dürfen, im dritten stand ein Straßenmusiker und spielte genau einen Satz eines irischen Liedes, wenn man zehn Pfennig in den Schlitz eines Schuhkartons warf. Vor einer verschlossenen Tür stand eine Frau in Korsett und Strapsen und sagte jedem, der hineinsehen wollte. »Fickraum. Zutritt nur nackt und paarweise.« Es war gespenstisch.

Viele junge Leute drängten sich durch die Villa, nirgends lief Musik, nirgends wurde getanzt; überall lauschte man bereitwillig diesem faschistoiden Grundton, nahm Befehle an, erfragte Bedingungen und tat unsinnige, lächerliche Dinge. Und all das mit heiter-erstauntem Gesichtsausdruck.

»Wo bleiben die Bullen?« fragte Urs. »Wieso räumen die nicht?«

Yogi zuckte die Schultern. »Ich glaube, die wissen, daß wir nichts kaputtmachen, und das bißchen Stromklau kostet weniger als ein Einsatz. Außerdem spielt der SC. Man hat heut als Grünrock Besseres zu tun. Das ist schon das dritte solche Fest, und nie kam die grüne Kraft. Außerdem hat der Bürgermeister ein schlechtes Gewissen, wie wir mal zu seinen Gunsten annehmen wollen, und sieht es nicht so gern, wenn sein Schnäppchen morgen schon wieder in der Zeitung steht. War peinlich genug, als rauskam, daß er die Bude hier von der Stadt, haha, für circa ein Nasenwasser gekauft hat.«

Marie zupfte Urs am Arm. »Komm mal, ich muß dir

was zeigen«, flüsterte sie und zog ihn eine Etage höher zu dem Raum, der von der bestrapsten Frau bewacht wurde. Sie blieb eingehakt bei ihm und stand einfach vor der Tür. »Na?« fragte sie.

»Was?« Urs wußte nicht, worauf sie hinaus wollte. Hoffentlich nicht auf den Vorschlag, sich hier auszuziehen und in diesen Raum zu gehen.

»Da.« Sie deutete auf zwei Kleiderhaufen, die auf dem Boden neben der Wächterin lagen. »Glaubst du das?«

»Daß da wirklich welche drin sind, meinst du?«

»Ja.«

Urs wußte es nicht. Dieses Fest war so seltsam, da konnte beides sein. Daß jemand sich auszieht und in ein Fickzimmer geht, oder die Veranstalter zwei Kleiderhaufen vor die Tür legen, damit es so aussieht. Allerdings waren die Kleider vorhin noch nicht dagewesen. Oder hatte er sie nur nicht gesehen?

»Ich hatte schon Angst, du willst da rein mit mir«, sagte er statt einer Antwort.

»Spinnst.« Sie drückte seinen Arm. »Doch nicht unter Aufsicht.«

Sie gingen zur Treppe. »Außerdem hast du den Gummi nicht mit.«

Urs griff in seine Tasche und zeigte ihr das Päckchen. »Hast du doch?«

»Ich geh nie mehr ohne, wenn Du dabei bist.«

»Das ist jetzt ein echtes Kompliment, oder?«

»Ja.«

So was müßte man eigentlich auf der Stelle belohnen, dachte sie, aber ich kann doch nicht hier nach einem Hei-

190

zungskeller suchen. Sie küßte statt dessen seinen Oberarm, wie damals, als er ihr Vibraphonunterricht angeboten hatte. Wie lang war das nun schon her? Drei Wochen? Ewig.

Vor einem Raum, der mit ultraviolettem Licht ausgeleuchtet war wie die Diskotheken der späten Siebzigerjahre, drehten sie um, und irgendwie spülte sie der Strom der Besucher nach draußen, wo es in Strömen regnete.

»Sollen wir Yogi suchen und tschüß sagen?«

»Nein«, sagte sie und schlug den Kragen hoch. »Das kann ewig dauern, und ich hab's auf einmal eilig.«

Unterwegs wollte Urs einem Taxi winken, aber sie griff nach seinem Arm und sagte: »Ich will naß werden.«

Das klang wie ein Versprechen.

Aber sie waren, nachdem sie noch zwei Stunden im Cräsh, einem schwarzen, lauten Punklokal verbracht hatten, ausgelaugt und müde ins Bett gefallen. Zwar beide in seines, aber dort schliefen sie Arm in Arm ein, noch bevor sie auf ihre Körper hätten lauschen und erfahren können, ob sich da Begierde oder Erwartung meldete. Punk ist wie Fernsehen, dachte Urs im Halbschlaf: gibt dir nichts, sondern nimmt dir was. Zieht Energie ab.

Als er am Sonntagmorgen aufwachte, war Marie verschwunden, und er vertrödelte den Tag mit Lesen, Trommeln und dem Zerreißen von Kartons. Im Keller hatten sich in kurzer Zeit viel mehr angesammelt, als er brauchte. Der Raum klang inzwischen fast wie ein Studio, denn Urs hatte schallschluckende Wände gebaut, allesamt aus Schachteln und Kisten und so ineinander verwinkelt, daß sie kaum noch reflektierten.

Abends stierte er Irenes Fernseher leer, während sie über ihren Reiseaufträgen und Verlagsprogrammen saß und sich für die Buchmesse vorbereitete.

Bevor er sich aufraffte, nach Hause zu gehen, fragte er in die Stille des Raumes hinein: »Geht's dir eigentlich gut, Sirene?«

»Wenn ich das bloß wüßte«, sagte sie halblaut. »Müßte eigentlich, aber irgendwo tickt der Holzwurm. Ich weiß nicht.«

Vielleicht hilft ein Schluck Formaldehyd, wollte er sagen, verkniff es sich aber und ging statt dessen zu ihr, um sie auf den Scheitel zu küssen. »Sag Bescheid, wenn's in den Balken knirscht.«

»Mach ich«, sagte sie. »Schlaf gut.«

Marie war noch nicht da. Sorgen machen ist verboten, dachte er, und eifersüchtiges Warten auch.

Warten, worauf denn, dachte er weiter, auf die große Liebe? Bin ich dafür nicht vielleicht ein wenig zu alt? Zu erfahren? Aber er war doch nicht erfahren. Nicht in der Liebe jedenfalls. Vielleicht musikalisch, aber da auch nur so, wie es ein Schlagzeuger eben sein kann. Ein Mitmacher. Kein Macher. Schlagzeuger sind Unterstützer, so was wie der Kunstschmied oder Steinmetz, den ein Architekt früher brauchte, oder wie der Drucker, der die Grafiken eines Künstlers fachgerecht ins Leben bringt. Kunsthandwerker, keine Künstler. Aber darüber wollte er jetzt nicht nachdenken.

192

Er stand auf und suchte nach seinem Tagebuch. Es war nirgends zu finden. Komisch, mit so wenig Besitz auf so kleinem Raum noch etwas zu verlieren, ist fast schon eine Leistung und kann nur mir passieren, dachte er. Schade. Er hatte so einen hübschen Satz im Kopf. Liebes Tagebuch, gestern hab ich einen Fickraum gesehen.

Der Regen hatte aufgehört, und die Straßenlampen warfen schimmernde Spiegel auf den Asphalt. Filmlicht, dachte er, schwarze Serie, Achtzigerjahre, Musikvideo, ich könnte mal wieder MTV anschauen. Sonst verlier ich den Anschluß.

Aber er wollte gar keinen Anschluß mehr. Nicht an diese alberne modische Industrie. Die Musik, die er mit Marie machte, war wunderschön. Gute Musik. Aufrichtig. Nicht zum Verkauf. Nicht zum Kinderverführen.

SIEBEN

Er war damals gerade sechzehn geworden, und sie hatten sich beide ans Alleinsein gewöhnt; ohne Eltern und, während der Schulzeit, auch ohne einander lebten sie inzwischen, als wäre das ganz normal. War es auch. Nein, war es nicht. Manchmal spürte Urs so etwas wie Stolz. Er war anders. Er hatte zweimal seine Eltern verloren. Er war frei und mußte stark sein. Innerlich frei und stark.

Irene besuchte ihn im Internat. Sie studierte im ersten Semester in Köln und wollte ihn übers Wochenende mit nach Tübingen nehmen. Er durfte mit, denn sie war volljährig, er ein guter Schüler und Gaienhofen am Bodensee ein tolerantes Internat. Außerdem machte Irene mit ihrer Gewandtheit Eindruck auf den Vertrauenslehrer. Großen Eindruck sogar, wie Urs aus dem galanten Benehmen des Mannes schloß.

»Den hast du um den Finger gewickelt«, sagte er, als die rote Ente vom Schulgelände surrte und auf die Bundesstraße einbog.

»Das ist so leicht«, sagte sie, und er fragte sich, was der enttäuschte Ton in ihrer Stimme bedeutete. War sie denn nicht froh darüber? Er würde gern die Mädchen um den Finger wickeln. Wenigstens eins. Ihn schienen sie nicht einmal zu sehen, obwohl er doch fast alle überragte.

»Wird schon langweilig«, sagte sie in seine Gedanken hinein. »Und irgendwas ist falsch dran.«

Was sollte daran falsch sein? Er wußte nichts darauf zu sagen.

»Hast du schon viele gehabt?« fragte er statt dessen, denn das interessierte ihn. Mehr als irgendwelche philosophischen Gedanken übers Falsch- oder Richtigsein der Liebe.

»Ein paar«, sagte sie.

»Und machst du's mit ihnen?«

»Ja was denkst du denn? Glaubst du, ich red von Brieffreundschaften?«

»Na, ja, ich will's ja bloß wissen.«

»Und wie ich's mit ihnen mache, mein Lieber, in alle Löcher schieb ich sie mir rein.«

Er schwieg. Das hätte er sich ja denken können, daß sie die erste Gelegenheit nutzen würde, um sich über seine Empfindlichkeit lustig zu machen. Er versuchte, das Fenster hochzuklappen, damit der Fahrtwind als Begründung für sein Schweigen herhalten konnte, aber es knallte immer wieder auf seinen Ellbogen, bis er entnervt aufgab.

Sie lachte ihn an.

»Ist einfach so schön, deine Prinzenmanieren zu kitzeln.«

Er schwieg.

»Ach komm«, sagte sie nach einer Weile versöhnlich, »jetzt schnapp doch nicht gleich ein, wenn ich dich schon mal in die große Welt der Studenten und des Geistes ausführ. Immerhin könnte ich dein Vormund sein.«

»Nicht bei der Ausdrucksweise.« Natürlich hielt er sein Schmollen nicht durch. Nie schaffte er das. Nicht gegen Irene. Das schaffte sicher niemand.

»Ausdrucksweise, phh, so ist das Leben da draußen in der Welt. Außerdem willst du doch garantiert nichts anderes, als in alle Löcher der Mädchen, oder?«

Er schwieg wieder.

»Stimmt's oder hab ich recht?«

»Nicht in die Ohren.«

Sie verriß das Steuer und mußte anhalten, sonst hätte sie vor Lachen einen Unfall gebaut.

Erst abends in Tübingen, beim Bezahlen ihrer Pizza kam Irene wieder auf das Thema zu sprechen. Sie trank den letzten Schluck Rotwein, rülpste leise und sagte, als der Kellner wieder gegangen und Urs schon aufgestanden war: »Was ist jetzt mit den Mädchen?«

»Woher soll ich das wissen«, sagte er ärgerlich, denn den Rülpser hatte zwar nur er gehört, aber so war auch klar, daß er nur ihn ärgern sollte.

»Ja«, sagte sie mit einem unechten Seufzer, »das ist das Problem. Woher sollst du das wissen.«

Sie wollte ihm das Tübinger Nachtleben zeigen. In eine Diskothek namens Tangente wurde sie ohne Schwierigkeiten eingelassen, aber der Arm des Türstehers fiel wie eine Schranke vor Urs und hielt ihn auf. »Nur für Mitglieder«, sagte der Mann ungerührt.

»Ich bin auch keins«, sagte Irene, die sich umgedreht hatte.

»Und Frauen«, sagte der Mann.

»Er ist kastriert«, sagte Irene.

Man sah, daß der Türsteher seinen Ohren nicht traute. Bevor er sich wieder fassen konnte, zog Irene Urs herein, und der entgeisterte Mann machte keine Anstalten, etwas dagegen zu unternehmen.

»Ich könnte eigentlich beleidigt sein«, sagte Urs, aber sein Grinsen strafte ihn Lügen.

»Du bist drin«, schnurrte sie zufrieden, »darum geht's.«

Es war noch früh und der Laden nicht sehr voll. Umso besser klang die Musik, veredelt durch den natürlichen Hall des spärlich besetzten Raumes. Es war wunderbar, so laut und intensiv von Songs wie Baba O Reilly und Do it again umdröhnt zu sein. Urs holte Cola und Bier an der Theke und setzte sich zu Irene.

»Also«, sie ließ nicht locker. »Was hast du schon gemacht?«

»Wie gemacht?«

»Mit den Mädels, du Dämel. Wie weit bist du schon?« Es gab kein Entrinnen. Er wußte, sie würde nicht lockerlassen, und eigentlich wollte er mit ihr darüber reden, das hatte er sich oft gewünscht, sogar in Gedanken schon Fragen formuliert, nur ihren Spott und dieses überlegene Getue mochte er nicht immer wieder über sich ergehen lassen.

»Jetzt komm schon, sag endlich, oder suchst du noch nach den schönen Worten dafür?«

»Na, ja.«

»Was na, ja? Du hast noch eine Sekunde Zeit, dann mach ich dir 'ne Liste zum Ankreuzen.«

»Was?«

»Also gut, hast es nicht anders verdient. Möpsereiben? Wie steht's damit?«

Urs schüttelte den Kopf.

»Nein?«

»Doch, aber es waren keine Möpse und ich habe nicht gerieben.«

»Aha, den Busen einer Schönen berührt, gut.« Sie machte ein imaginäres Kreuzchen auf einem imaginären Fragebogen.

»Mund?«

»Was?«

»Mund. Warst du mit dem Mund an ihren Nippeln?«

Urs schwieg. Das war ja wie beim Zahnarzt.

»Sonstwo?«

Er schüttelte den Kopf.

Sie machte einen imaginären Strich und ein bedauerndes Gesicht.

»Also nur die Pfoten. Wo waren deine Hände überall?«

»In den Schamhaaren, aber ich hab mich erst nicht weiter getraut. Und dann hab ich das Gefühl gehabt, es ist ihr nicht recht und bin gleich wieder zurück. Nachher hat sie gesagt, wasch dir die Hände, ich hab meine Tage.«

Irene lachte laut.

»Das hast du nicht gemerkt?«

»Wie denn. Hab ich Augen an den Fingern? Außerdem war's dunkel. Es war auf der Treppe zum Physiksaal.«

Sie machte einen großen imaginären Strich über die ganze imaginäre Seite ihres Fragebogens und schlug ein neues imaginäres Blatt auf.

»Wo waren *ihre* Finger schon überall. Oder ihr Mund?«

»Komm hör auf. Ich hab keine Lust mehr. Du machst alles so banal.«

»Vor allem du und keine Lust«, sagte sie, »dir wachsen die Hormone aus dem Gesicht. Du brauchst es wie Wasser in der Wüste. Außerdem *ist* es banal. Das gute alte Rein-Raus-Spiel ist eben banal.«

»Ich träum fast jede Nacht davon«, sagte er leise. So leise, daß er sich nicht sicher war, ob sie ihn verstand. »Und tagsüber erst recht.«

»Wird Zeit für eine gute Fee.« Sie hatte ihn verstanden. »Tanzt du mit mir?«

Er schüttelte den Kopf, und sie stand auf. Gerade lief Satisfaction.

Seit er Schlagzeug spielte, war es mit dem Tanzen vorbei. Es ging nicht mehr. Irgendwie schien der Rhythmus der Musik verteilt auf verschiedene Glieder, die Achtel in den rechten Arm, Viertel und Halbe in den rechten Fuß und die linke Hand zu fahren. Er hatte eine andere Koordination bekommen.

Er stand auf, um neue Getränke zu holen, und auf dem Rückweg bestellte er Carmelita beim Diskjockey. Das mochte sie noch immer.

Die Tanzfläche hatte sich gefüllt, seit sie dort ihre selbstvergessenen Spiralen drehte. Sie hatte die Satelliten angezogen. Oder die Motten. Nur zwei Mädchen waren dazugestoßen und tanzten miteinander, aber sieben Männer bewegten sich mit starrem Blick, der nach nirgendwo gerichtet schien, wie unabsichtlich um Irene und versuchten, entrückt zu erscheinen, dabei spritzten auch ihnen die Hormone aus den Poren. Als die ersten

Takte von Carmelita erklangen, stellte sich ein langhaariger, selbstsicher wirkender Mann vor Irene und breitete einladend seine Handflächen aus. Aber sie schüttelte nur lächelnd den Kopf, sah zu Urs, um sich für den Song zu bedanken, und legte ihre Arme um sich selber. So tanzte sie in sich gekehrt, und Urs konnte seine Augen nicht von ihr abwenden. Ihr Anblick tat ihm weh und gut zugleich. Er war traurig, denn dieses Lied klang seit dem Tod ihrer Eltern noch mehr nach Abschied und Verlust, nach Schmerzen und Einsamkeit, aber neben der Trauer spürte er auch etwas anderes: Es war so ähnlich wie Verliebtsein. In Irene?

Sie wurde von dem scheinbar unabsichtlichen Rempler einer der beiden Frauen aus ihrer Versunkenheit gerissen und kam von der Tanzfläche. Sie sah enttäuscht aus.

»Komm, wir geh'n«, sagte sie.

»Ich hab noch was zu trinken geholt.«

Sie nahm das Glas und trank es stehend in einem Zug leer. »Komm.«

Er tat es ihr nach, und erst draußen fragte er, was ihr auf einmal die Laune verdorben hatte.

»Mir geh'n die Typen auf den Sack«, sagte sie.

»Welchen Sack?«

»Von mir aus die Gebärmutter.«

Sie wurden von einem kleinen Platzregen überrascht, und Irenes Stimmung besserte sich in dem Maße, in dem ihre Haare sich durch die Nässe zu kleinen Löckchen kringelten. Immer wieder zog sie sich eine Strähne vor die Augen und freute sich daran. Sie liebte Locken.

Sie kannte sich gut aus in der Stadt, und er trottete neben ihr her, als hätte sie »bei Fuß« gesagt.

Es ging durch die Altstadt, durch verwinkelte Gassen, deren Schatten jetzt, so kurz nach dem Regenguß, geheimnisvoll dufteten, bis sie vor einem großen, alten Gebäude standen. Es war nicht die Universität, wie Urs zuerst glaubte, sondern ein Wohnheim, das evangelische Stift, und Irene holte dort nur ihren Schlüssel ab.

»Wir haben eine Villa ganz für uns allein«, sagte sie und ließ den Schlüssel am Ring um ihren Finger kreiseln, als sie wie ein kleines Mädchen die Treppe heruntergehüpft kam.

Sie lotste ihn weiter. Durch den Schloßhof, einen dunklen Gang und eine Gartentür, die sie mit einem Trick, den sie halblaut memorierte, aufbekam und schließlich in einen Garten, der in schmalen Terrassen steil abfiel von dem düsteren, alles überragenden Schloß. Auf einer dieser Terrassen stand ein Gartenhaus, ganz mit weißgestrichenen Schindeln verkleidet, umstanden von Apfelbäumen und blickte wie ein Adlernest ins Tal.

»Hier schlafen wir?« Urs war begeistert, aber er hatte auch das ängstliche Gefühl, etwas Verbotenes zu tun.

»Ja. Es gehört einem Musiker, für den ich mal auf einer Platte Chor gesungen hab. Ich war schon mal hier. Allerdings bei Tag. Und mit Christof.«

»Christof?«

»Stählin. Der Musiker. Ist eigentlich mehr ein Dichter. Er arbeitet hier. Hat früher auch hier gewohnt, aber jetzt hat er eine Freundin und die hat eine Wohnung.«

Nachdem sie aufgeschlossen hatte, tastete sie im Dunkel des Hausinneren herum, wieder mit gemurmelten Instruktionen auf den Lippen. »Ah, ich hab's«, sagte sie zufrieden und hielt einen Leuchter mit brennender Kerze in der Hand. Sie sah aus wie die Fee in einem alten Märchen. Oder auch die Hexe, aber dafür war sie vielleicht zu schön.

»Komm rein. Willkommen.«

»Du siehst aus wie die Märchenfee.«

»Bin ich, mein geliebter Dämelbruder, bin ich.«

»Was ist denn jetzt wieder los? Wieso Dämel?«

»Wird sich bald erweisen.«

Urs gab sich keine Mühe, aus ihren kryptischen Bemerkungen schlau zu werden. Das kannte er schon. Wenn sie diese halblaute, seltsame Mischung aus unfreundlichen und zärtlichen Worten von sich gab, dann fühlte sie sich als Beschützerin, und das mochte er. Es war einfach ihre Art von Zuneigung, wenn sie stichelte und sich so großmäulig gab.

Sie stöberte in einer Kommode und förderte mit triumphierendem Kichern eine Flasche Rotwein zutage. Drei weitere Kerzen, die sie im Raum verteilte, beleuchteten die sparsame Möblierung des Ein-Zimmer-Hauses. Ein rührend verschlissenes Sofa, wie der ebenso bedauernswert heruntergekommene Sessel daneben sicher vom Sperrmüll, ein Tisch, ein Stuhl und zwei Kommoden, an drei der Wände je ein Plakat, eines von der Wiener Sezession, eines von Christof Stählin und eines mit La Primavera von Botticelli. An der vierten Wand lehnte eine große Matratze, über der ein Leintuch, eine Decke und zwei Kissen hingen.

»Das ist ein Traumhaus«, sagte Urs. »Ich bin hingerissen.«

»Ja«, sagte Irene, stolz, als hätte sie es gebaut, »nur pipihalber muß man leider raus. Und zum Sch..., äh, für andere Erledigungen muß man in die Mensa oder ins Wohnheim. Zum Waschen hat's immerhin einen Bottich vor der Tür.«

»Heh, danke«, sagte Urs erstaunt.

»Wofür?«

»Daß du es nicht gesagt hast.«

»Was denn?«

»Scheißen.«

Sie verschüttete einen Teil ihres Weines.

»Du lernst es noch, du lernst es noch«, sagte sie glucksend, »ich bin stolz auf dich. Du bist die Mühe wert.«

»Welche Mühe denn?«

»Vergiß es.« Abrupt hörte sie auf zu lachen, gab ihm ein Glas und prostete ihm zu. »Pscht«, sagte sie dann und legte einen Finger an den Mund, weil er aufstand und das Fenster öffnete. »Das Gartenhaus ist nicht zum Schlafen. Er darf hier nur arbeiten. Sei leise, die Nachbarn petzen. Das ist Schwaben hier. Da paßt jeder auf.«

Urs nickte und setzte sich wieder. Irene hatte sich bequem in den Sessel gefläzt und stocherte mit dem Zeigefinger in ihren sich schon wieder glättenden Locken herum. Sie schwiegen eine Weile.

Irgendwann nahm sie einen beherzten Schluck, dann einen zweiten und leerte schließlich das Glas mit Schwung. Sie machte ihm ein Zeichen, daß er auch trinken solle und schenkte sich nach.

»Ich vertrag nicht viel«, sagte er skeptisch.

»Doch.«

Er trank brav aus und hielt ihr sein Glas hin, fest entschlossen, kein weiteres mehr zu trinken. Er hatte noch keinen guten Rausch erlebt. Immer war ihm viel zu früh schlecht geworden. Noch bevor die anderen im Internat so richtig ausgelassen wurden, hing er schon über der Kloschüssel und wollte nicht mehr leben. Aber der Wein schmeckte, und dieser feuchte Sommerabend roch so gut; das Kerzenlicht, das Flüstern, und diese komplizenhafte Verstohlenheit hier im Adlernest ließen ihm seine Vorsicht spießig erscheinen, und er dachte, Irene ist ja da. Ich bin ja nicht allein. Nicht wie im Internat.

Sie stand auf, kippte die Matratze zu Boden, legte das Bettuch auf und dann die Kissen. Sie goß schon wieder Wein in ihr Glas – aus seinem war kaum die Hälfte getrunken – dann blies sie drei der Kerzen aus und stellte die letzte noch brennende neben das Bett auf den Boden.

»Zeit, ins Bett zu gehen«, sagte sie und faßte an den gürtellosen Bund ihrer Cordhose, zog den Reißverschluß auf und streifte sie von den Hüften. »Komm.«

»Ich bin noch nicht müde.«

»Das kriegen wir auch noch hin. Los komm ins Bett. Befehl von der Chefin.«

Er zog sich aus und versuchte dabei, in eine Zimmerecke zu schauen, nicht auf Irene, die jetzt nackt vor der Matratze stand und grinste.

»Heh, guck her. Du kannst was lernen. So sieht eine Frau aus.«

Als ob er das nicht wüßte. Sie hatte sich noch nie vor

ihm geniert. Allerdings hatten sie seit ihrer Kindheit nicht mehr das Bad oder Zimmer geteilt. Trotzdem hatte sie ihm immer genügend Gelegenheit geboten, das Wachsen ihres Körpers zu verfolgen, wenn sie zum Beispiel im offenen Bademantel herumlief oder sich vor seinen Augen umzog. Er wußte schon lange, wie schön sie war. Er hätte sie zeichnen können, wenn er dazu das Talent besäße. Jetzt wollte er doch nur höflich sein, wieso zog sie ihn andauernd auf?

»Mußt du dich immer auf meine Kosten amüsieren?«

»Nein«, sagte sie, »eigentlich nicht. Entschuldige. Alte Gewohnheit. Ich merk das schon gar nicht mehr.«

Sie ging vor die Tür, und er hörte ein Plätschern. Sie wusch sich. Er nutzte die Gelegenheit, um unter die Decke zu schlüpfen. Er war verlegen. Genierte sich vor ihr. Sie war nicht wie sonst. Nicht wie eine Schwester.

Sie kam herein, schloß die Tür, schlüpfte zu ihm unter die Decke und faßte ihn ohne Umstände um die Hüfte. Und er hatte doch dadurch, daß er sich wegdrehte, seinen Zustand vor ihr verstecken wollen.

Er war nicht wirklich überrascht oder etwa dagegen – seine Gedanken waren in der letzten halben Stunde um nichts anderes gekreist – allerdings so, als lägen sie in einer extra Schublade seines Bewußtseins, die er geschlossen halten konnte, um sich weiterhin selbst die staunende Arglosigkeit vorzuspielen. Jetzt entfuhr ihm ein dunkler Seufzer, und er fühlte sich straff und entspannt zugleich.

Weich und fast ohne Druck bewegte sie ihre Hand,

und er wußte nicht, ob er atmete, und irgendwann sagte sie: »Du auch. Faß mich an. Vorsichtig.«

Sie schlug die Decke zurück, und der Luftzug verkleinerte die Kerzenflamme für einen Moment, so daß es wirkte wie eine subtile theatralische Inszenierung, als das Licht, wieder heller werdend, den Anblick ihres Körpers vor seine Augen legte. Jetzt wußte er, daß er atmete. Er hörte sich fast unerträglich laut.

Er wollte nicht die Augen schließen, nicht versäumen, was es da für ihn zu sehen gab, gleichzeitig mit den aufregenden Meldungen, die sein Tastsinn, Geruchssinn und Gehör ins Zentrum schickten, aber er schloß sie doch, um sich hinter ihren Lidern zu verstecken.

»Von wegen nicht gerieben, aua«, sagte sie irgendwann, als er über ihre Brüste strich, aber der beruhigende Tonfall ihrer Stimme strafte den Spott in ihren Worten Lügen. Sie nahm seine Hand und legte sie in ihren Schoß. Dort führte sie seinen Mittelfinger wie einen Lehrling durch die geheimnisvolle Landschaft seiner jahrelangen Träume und ließ ihn erst los, als er sich anstellig zeigte und nicht mehr grob und ängstlich war. »Ich bin stolz auf dich«, sagte sie irgendwann wieder leise und spöttisch und schien sein suchendes Tasten zu genießen. Jetzt hörte er auch ihren Atem.

Sein anfänglich schlechtes Gewissen verschwand schnell. Sie machte es ihm so leicht, sagte »Mund«, und er verstand, sagte »Zunge«, und er gehorchte, sagte »komm«, und er versuchte, in sie einzudringen. Als ihm das nicht gleich gelang, lachte sie vergnügt und guttural, so daß er, vielleicht auch vor lauter Aufregung und Zielstrebigkeit nicht verletzt war. Sie kicherte: »Nebenan geht's rein, hier«, und half ihm mit den Händen, die sie dann auf seinen Rücken legte, um mit sanftem Druck und leichtem Griff seine Bewegungen zu steuern.

Es war auf einmal so selbstverständlich, daß er sich fragte, was daran so sensationell sein sollte und ihre Stimme in seinem Kopf sagen hörte, das gute alte Rein-Raus-Spiel *ist* banal. Ja, es war banal. Aber es war auch wie das glücklichste, zufriedenste Einschlafen, ein Wiegen auf den Wellen eines breiten sanften Stroms. Nein! Der Strom war von einer Zehntelsekunde zur nächsten reißend geworden, und Urs fühlte sich auf einmal schmal und so, als biege ihn jemand in der Mitte bis kurz vor einen Punkt, an dem er zerbrechen müßte, und zerbrach und stürzte durch Stromschnellen in tieferes Wasser, tauchte, versank, immer tiefer und atmete nicht mehr. Doch. Er atmete. Direkt in Irenes Halsbeuge hinein, unter ihr Ohr und neben ihr Kinn, und mit dem Einziehen des Atems roch sie gut und schlug ihr Puls einen Marschrhythmus für Zwerge an seine Lippen.

»Na?« fragte sie leise. »Besser als eigenhändig?«

Er wußte nicht, ob er ja gesagt hatte, vielleicht hatte er es nur gedacht: ja, ja, ja; am liebsten wollte er sich sofort wieder bewegen, um wieder durch diese weiche Ruhe in die Schnellen zu fallen, wieder so gekrümmt zu werden, zu zerbrechen, so wie eben, aber er lag still und wie tot, weil er nicht sicher war, ob irgendein Muskel seines Körpers noch gehorchen würde.

»Du wirst mir zu schwer«, sagte sie, und ihre Hände, die noch immer auf seinem Rücken lagen, zogen ihn aus ihr und von ihr, und er drehte sich auf den Rücken und starrte das Muster des Lichtscheins auf der Zimmerdecke an.

»Zufrieden?« fragte sie.

»Du?« fragte er zurück, und als sie »nein« sagte, war der Raum auf einmal kühl und wie gekachelt, der Kerzenschein wie Flutlicht und das Rauschen des Windes in den Obstbäumen vor der Tür wie mit Tausenden von Watt verstärkt.

Er stützte sich auf den Ellbogen und sah sie an. Ihr Gesicht war naß von Tränen, und sie drehte es ins Kissen, damit er nicht weiter so hilflos hineinstarren konnte.

»Was ist denn?« fragte er leise, aber er wunderte sich nicht, daß sie keine Antwort gab. Er strich ihr einmal übers Haar, dann legte er sich wieder auf den Rücken. Und wartete.

Irgendwann, als das Zimmer wieder warm geworden war, das Licht der Kerze klein und tröstlich und von draußen nichts weiter zu hören, als das kleine, verlorene Zwitschern eines vielleicht träumenden Vogels, da wagte er sich wieder vor: »Hab ich dir weh getan?«

»Nein«, sagte sie. »Eher sogar im Gegenteil.«

Einige behutsam gestellte Fragen später begann sie endlich zu reden: Sie hatte es nicht nur ihm zuliebe darauf angelegt, sondern auch für sich selbst etwas ausprobieren wollen: Wenn sie mit ihm schliefe, dann wäre es nicht aus Angst oder Hemmungen, falls sie nichts dabei spürte. Bisher hatte sie nie etwas gespürt. Nicht das Richtige jedenfalls. Er war ihre letzte Chance gewesen, herauszufinden, ob Männer ihr irgendwas bedeuteten.

»Und das Experiment ist schiefgegangen?«

»Wie man's nimmt«, sagte sie, und Urs war froh über das kleine Lächeln auf ihrem Gesicht, »mein Leben wird kompliziert.«

»Du und Angst«, sagte Urs, »das kann ich mir nicht vorstellen.«

»Ist ja auch keine. Ich bin bloß eine Lesbierin. Das ist alles. Mit den Freundinnen im Internat oder mit meiner eigenen Hand bin ich im siebten Himmel, bloß mit den Jungs ist es nicht besser, als zu spät aufs Klo können.«

»War's mit mir wie Klo?«

»Sei bloß nicht eingeschnappt«, fauchte sie. »Du bist hier nicht der gekränkte Held. Ich hab *dir* was spendiert, nicht du mir.«

»Du hast immerhin vom Baum der Erkenntnis gegessen.«

Sie lachte: »Stimmt. Entschuldige. Ich danke dir, mein Ritter.«

»Ich hab zu danken«, sagte Urs mit der Andeutung einer galanten Verbeugung. »Schade, daß du mir jetzt nicht verfallen bist.« Er versuchte, seine Verletzung hinter dem lockeren Tonfall zu verbergen.

»Scheiße, ich bin eine Tunte!« schrie sie plötzlich. Urs erschrak, weil er sofort an die Nachbarn dachte.

»So heißt das nur bei Männern«, korrigierte er sie besserwisserisch. »Und außerdem bin ich stolz auf dich. Du bist was Besonderes.«

»Da hast du allerdings recht«, sagte sie sarkastisch und kniff ihn in den Oberarm.

Sie schwiegen eine Weile und genossen die Erleichterung, die sich nun doch zwischen ihnen breitgemacht hatte, bis Urs sagte: »Und ich hätte so gern die nächsten Jahre nichts anderes getan, als mit dir schlafen.«

»Erst machst du mal dein Abitur«, sagte sie in ihrem gouvernantenhaftesten Tonfall, »dann spendier ich dir vielleicht den einen oder anderen Gnadenfick. Mal sehen.«

Er stand auf und zog sich an.

»Ach komm, das war doch nicht bös gemeint«, sagte sie kleinlaut, als er schon die Tür aufgemacht hatte.

»Wie denn sonst«, sagte er und ging.

Schon nach wenigen Schritten war sein Ärger verschwunden, und das leichte, flatternde Glücksgefühl breitete sich wieder in ihm aus. Er ging ziellos durch die Stadt, ging kreuz und quer, wich den Reinigungsmaschinen aus, sah die Zeitungszusteller auf Rädern von der Neckarbrücke ausschwärmen, hörte das Vogelgezwitscher in der Platanenallee und schlängelte sich durch die Marktverkäufer und das ganze erwachende Leben dieser Stadt, bis er irgendwann, sich wieder an dem unübersehbaren Schloßgebäude orientierend, zurückfand, das Tor überkletterte und das Gartenhäuschen betrat.

Er war Irene nicht böse. Sein impulsiver Ärger über ihre Zote war nur ein passender Vorwand gewesen, um mit seinem Glück und seiner Dankbarkeit alleine zu sein. Zu genießen, daß sich seine bis dahin leere Gestalt mit irgend etwas füllte, daß er nach draußen gekommen war, ins Freie, ins richtige Leben, zu den Frauen, zu den irrsinnigen und seltsamen Freuden, deren Vorgeschmack ihn schon seit Jahren verwirrt hatte.

Das alles wollte er Irene sagen, wollte sie teilhaben lassen an seinem Glück und sie trösten, falls ihr der Gedanke, nur Frauen zu lieben, noch immer nicht gefiele, aber das Gartenhaus war aufgeräumt, die Matratze stand wieder an der Wand, und auf dem Tisch lagen ein Zettel und ein Fünfzigmarkschein. Auf dem Zettel stand: Du bist ein undankbarer Rüpel, aber ich liebe dich. Du liebst mich auch. Und es war schön. Ehrlich. Verpiß dich und mach dein Abitur.

Er mußte lachen, obwohl er sich verlassen fühlte, und steckte kopfschüttelnd den Zettel und das Geld ein, aber schon, als er die Tür hinter sich zugezogen hatte, wäre er am liebsten zum Bahnhof geflogen. Er traute sich das zu, nur ein Rest von Vernunft und Ängstlichkeit hielt ihn davon ab.

Er verbrachte fast den ganzen Tag im Zug, mit Umsteigen, Schlafen, Träumen und dem immer stärker werdenden Gefühl, daß die Seele oder etwas anderes, ähnliches seit heute nacht endlich in seinen vor einem Jahr zu absurder Höhe aufgeschossenen Körper paßte. Seit heute nacht. Und für immer.

ACHT

Wenn man alt wird, dachte Sylvie, verliebt man sich wieder ebenso wahllos und dämlich wie in der Pubertät. Diese Cornelia ist ein solcher Schuß in den Ofen, daß ich mich wirklich ans Hirn fassen muß. Aber: Hirn? Welches Hirn?

Wie immer, wenn sie nachdenken wollte, war Sylvie in ihrem Keller, der, außer einem kleinen Schuhregal und vier Umzugskisten voller ausrangierter Kleider und Kleinigkeiten, nur Werkzeug und Fahrräder enthielt. Genaugenommen elf Stück, eines besser in Schuß als das nächste. Sie ölte das alte klobige Adler ein, das Rad ihrer Mutter, die Sylvie schon in den Fünfzigerjahren für ihr ungeniertes Fahren mit dem Herrenrad bewundert hatte.

Sie hatte Cornelia eben richtiggehend rauswerfen müssen. Peinlich. Die zwang ihr einen Stil auf, den sie gräßlich fand. Drei Liebesnächte, eine Radtour, bei der Cornelia schon nach zwanzig Minuten jammernd hinterhergekeucht war, und ein Fest, bei dem sie geschlagene vier Stunden blasiert und wortlos in der Sofaecke geschmollt hatte – das war die ganze Bilanz dieser Affäre. Und jetzt das Theater, weil Sylvie alleine nach Berlin wollte. Furchtbar. Vielleicht lag sie schon morgen abend laut sterbend im Hausflur und kratzte an der nächstliegenden Tür, damit nur ja niemand das aus der Jackentasche lugende Schlaftablettenröhrchen übersehen konnte. Aber ich sitz morgen abend im Zug, dachte Sylvie und schüttelte sich.

Nicht-Alfons, der zufrieden in einer Ecke lag und sich nur mit gelegentlichen Schnaufern bemerkbar machte, wedelte mit dem Schwanz. Sie hörte das Klopfen auf dem Kellerboden. »Du bist in Ordnung«, sagte sie, und das Klopfen wurde lauter und schneller. »Für einen Kerl bist du in Ordnung.«

Schade, daß sie ihn nicht mitnehmen konnte. Ich werd alt, dachte sie, verknall mich in einen Köter. Das ist ja nicht zu fassen. Was man nicht alles dazulernt, wenn man lang genug von offenen Fenstern wegbleibt.

»Du darfst morgen zu deinem Bär«, sagte sie, »da könnt ihr mal so richtig von Mann zu Mann über eure Jungsprobleme reden. Und die süße Marie krault dich unterm Kinn. Werd mir bloß nicht untreu, sonst gibt's 'ne Kastratur, kapiert?«

Klopf, klopf, klopf machte der Schwanz, und ein Auge öffnete sich halb. Nicht-Alfons schien zu überlegen, ob es sich lohnte, richtig aufzuwachen, oder ob er weiterhin den Schlafenden spielen sollte. Er wußte nicht, daß sein Schwanz autonom war und jeden Trick verpetzte.

»Schon gut«, sagte Sylvie, »brauchst nicht zu antworten. Du bist doch die blödeste Töle, die ich je geliebt habe.« Und sie kraulte ihn unterm Kinn und hinter den Ohren. Solange, bis die Fahrräder zu murren begannen und sie wieder nach dem Öllappen griff.

Urs freute sich auf die Tage, die er mit Marie allein den Laden versorgen würde. Nach dem Frühstück, als sie schon den Boden wischte, räumte er den Keller leer und fuhr einen Berg zusammengefalteter Kartons auf den Müll.

Als er wiederkam, trat eben der Feuerwehrmann aus dem Laden und grüßte ihn mit einem Kopfnicken.

Marie war allein, und als die Tür hinter ihm zufiel, sagte Urs: »Daß der ein Buch liest, kommt mir nicht grad zwingend vor.«

»War auch keins zum Lesen«, sagte Marie, »er hat's auch nicht gekriegt.«

»Was denn?«

»Jagdwaffen im Leistungsvergleich. Ich hab einfach behauptet, das gäb's nicht mehr.«

Urs grinste. Gut, daß Irene nicht da war. Mutwillige Verkaufsverweigerung. Das hätte sicher wieder Krach gegeben. »Geht zu weit, hm?«

»Allerdings. Pfui Teufel. Jagen ist ein widerliches Hobby.«

»Da bist du mit Yogi einer Meinung, der sägt sogar Hochsitze um.«

»Ich will nicht an Hochsitze denken«, sagte sie leise, und Urs fühlte ein leichtes Frösteln zwischen den Schulterblättern. Als sei auf einmal schwacher Nebel im Raum entstanden.

»Gibt es viele Bücher, die du nicht verkaufst?« fragte er, um den Nebel zu verscheuchen.

»Ich glaub schon. Aber ich kenn sie nicht alle. Manches würde ich sicher aus Dummheit doch bestellen.«

»Welche nicht?«

»›Ich war dabei‹ von Schönhuber zum Beispiel, oder diesen Scheißdreck von Irving.«

»John Irving?«

»Quatsch. David. Der englische Nazi.«

Urs küßte ihr schnell die Hand und warf dabei einen kurzen, schuldbewußten Blick zur Tür.

»Heh«, lachte sie erstaunt, »stört's dich nicht, daß ich Scheißdreck sage?«

»Nicht bei dem Thema.«

Ein älterer Herr mit Baskenmütze und dunkelblauem Dufflecoat kam herein. Marie bedeutete Urs mit den Augen, daß er ihn bedienen solle und machte sich im Hintergrund zu schaffen.

Das hatten sie gestern abend ausgemacht. Urs sollte es einfach probieren, und Marie würde dabei ein Auge auf ihn haben. Buchhändlerschnellkurs, nannte sie das. Wenn du alles erst mal probierst, dann lernst du es viel besser, als wenn man dir alles erst mal sagt.

»Kann ich was für Sie tun?«

Irene genoß den Trubel. Wovor hab ich bloß Angst gehabt, dachte sie, als sie durch die Halle sechs schlenderte, und sich von der Masse der angebotenen Bücher überwältigen ließ. Sie bog aus dem äußersten rechten, von Esoterikern, Anthroposophen und Religiösen belegten Gang in den nächsten, wo die ehrenwerten Verlage Fischer und Rowohlt residierten.

Heute war der Atmosphäretag. Keine Arbeit, kein Geschäft, nur sinnliches Stöbern, Schlendern und Sichver-

215

führenlassen, und abends in die Bugwelle vor Arndts Kollegen tauchen – das war der ganze Plan.

Ihr war klar, daß sie sich zusammennehmen müßte, um nicht gleich loszulegen – es gab so viel zu tun, und die ersten drei Tage, an denen nur Buchhändler eingelassen wurden, waren immer die hektischen und wichtigen. Aber sie wollte, wie vor Jahren als Lehrling, diesen phantastischen Menschenauflauf mit staunenden Augen sehen und nicht von null auf hundert losrasen. Die Messe im Jahr ihrer Premiere als Ladenbesitzerin war genau richtig, um diesen langgehegten Wunsch endlich in die Tat umzusetzen. Und wenn's nur eine Übung in Selbstbeherrschung wäre, sie würde heute nichts weiter tun, als die Nase überall dort hineinzustecken, wo irgend etwas lockte.

Beim Stand von Fischer lächelte sie. Man könnte sich umziehen für jeden Verlag, dachte sie, und hier wär's ein enges Fischgrätkostüm. Mit diesem Spiel verbrachte sie fast vier Stunden, besuchte drei Stockwerke und hätte einen Lastwagen voller Kleider und an jedem Mittelgang eine Kabine zum Umziehen gebraucht, wäre das Spiel nicht Phantasie, sondern Wirklichkeit gewesen.

Bei Rowohlt hätte es eine unsichtbar teure Kombination von Jil Sander sein müssen, bei Langenscheidt ein Cordanzug. Droemer: dicke Ohrringe, Heyne: noch dickere, Eichborn: Jeans und Lederjacke, Hanser: die Jacke des Cordanzuges und eine weite Leinenhose, Kiepenheuer: dieselbe Kombination andersrum. Bei Bertelsmann Seide mit großem Blumenmuster, bei Diogenes wieder das Fischgrätkostüm, aber mit Rollkragenpullover statt Bluse, und den Rolli konnte sie gleich für Haff-mans anbehalten, allerdings mußte da wieder der Cord-anzug drüber. Nur diesmal in Schwarz anstatt Flaschen-grün.

Uwe Timm, der bescheiden am Stand saß, wollte gern für eine Lesung nach Freiburg kommen, aber sie sollte al-les mit dem Verlag ausmachen, und das konnte sie auch noch morgen tun. Oder telefonisch irgendwann. Von Urs Widmer, der ganz in ein Gespräch vertieft war, bekam sie eine ähnliche Antwort und nahm das als Zeichen, daß sie den Atmosphäretag nicht hätte unterbrechen sollen. Von da an sprach sie keine Schriftsteller mehr an.

Bei Dumont ließ sie sich einen Kaffee spendieren von Kerstin, der Vertreterin, an der alles groß war, Augen, Lippen, Brüste, Hüften, Schmuck. Irene war seit Jahren in Kerstins Herzlichkeit verliebt.

»Heut noch nicht«, sagte sie, als Kerstin nach den Rei-seaufträgen griff. »Morgen bin ich beruflich da. Heute noch privat.«

»Heh, was machst du denn hier?« fragte Regina, die mit einem Bildband über Wien in den Händen hinter sie getreten war.

Irene war einen Augenblick sprachlos und versuchte alarmiert, ihre Freude zu verbergen, denn Kerstin kannte sie gut und hätte das Strahlen in ihrem Gesicht bestimmt richtig gedeutet.

»Ist das bloß eine Redensart oder wirklich eine beson-ders blöde Frage?« sagte sie schnell, bevor sie noch die Nerven verlieren konnte und doch aufsprang, um Regina um den Hals zu fallen.

»Beides.« Regina grinste. »Kommst du mit ins Sortimenterzentrum?«

»Warum nicht?« Sie verabschiedete sich eilig. Dieses alberne Theater ließ sich nicht lange durchhalten.

Es klang fast so, als wäre ihnen gleichgültig, was sie redeten auf ihrem Weg in den dritten Stock. Sie plapperten drauflos und beachteten die Worte nicht. Was sie beachteten, war das Glitzern ihrer Augen, das Lächeln ihrer Münder und den warmen, tiefen Tonfall ihrer Stimmen.

Erst als Regina mit zwei Tassen Tee von der Theke zurückkam und sich setzte, schob Irene ihre Hand unter die Tischplatte und berührte Reginas Knie. »Ich hab so Sehnsucht nach dir gehabt.«

Ich auch, sagten Reginas Augen. Ihr Mund sagte lange Zeit nichts, aber dann: »Wir können hier nicht zusammensein. Das schaff ich nicht. Ich käme mir gemein vor.«

»Ja, ich weiß«, sagte Irene. »Ich komm mir auch gemein vor.«

»Ich freu mich, daß du da bist.«

»Hm.«

Der Herr im Dufflecoat hatte einen leichten Akzent, seine Us und Rs klangen englisch. Er entschuldigte sich gleich, mit einem absurden Wunsch zu kommen: er suche ein längst vergriffenes Buch und wisse, daß dies kein Antiquariat sei, aber er bleibe nur bis Mittwoch in Deutschland und frage einfach überall. Er bezahle auch jeden Preis für das Buch.

»Wie heißt es denn?«

»›Der Mann, der pornographische Bücher schrieb‹, von Hal Dresner.«

»Ach herrje«, mischte sich Marie ein, »das kenn ich. Das ist seit siebzehn Jahren vergriffen. Taschenbuch. Bärmeier und Nikel. Den Verlag gibt's gar nicht mehr. Moment mal...«, sie hielt einen Finger in die Luft, wie jemand, der nicht unterbrochen werden will, und dachte nach. »Würden Sie's denn auch als Fotokopie wollen? Vielleicht weiß ich jemanden, der's hat.«

Der Mann strahlte, zog sie an sich und küßte sie ohne Umstände auf beide Wangen. »Sie sind ein Engel.«

»Ich versuch's«, sagte Marie, »kommen Sie wieder vorbei?«

»Jede Stunde, wenn Sie wollen, aber Sie können mich auch in der Colombi Hotel anrufen. O'Rourke, Zimmer 37.«

»Rourke? Sind Sie mit Mickey Rourke verwandt?«

»Nein«, der Mann lachte und nahm ein blaues Buch vom Stapel. »Das ist nicht schlecht«, sagte er versonnen und hielt es Marie unter die Nase. »Alles wahr, was drin steht.« Dann legte er das Buch abrupt aus der Hand und ging freundlich winkend aus dem Laden.

»Das ist von Robbi«, sagte Marie erstaunt und schüttelte den Kopf. »Komisch.«

Urs hätte sich gern an irgendwas zu schaffen gemacht, um Marie nicht zu zeigen, daß ihm die Küsse des Herrn und sein selbstgewisser Überrumpelungscharme nicht gefielen. Für wen hielt der sich denn? Aber er brauchte sich nicht zu verstellen. Marie hatte keine Augen für ihn. Sie hielt schon den Hörer in der Hand und fragte irgendeinen Manfred nach dem Buch. Für Urs' Geschmack freute sie sich übertrieben darüber, daß dieser Mensch es wirklich besaß und sie einlud, nachher vorbeizukommen.

»Mittagspause«, rief sie fröhlich und steckte den Schlüssel in die Ladentür. »Krieg ich dein Auto?«

»Wieso machst du das alles?« Er hielt ihr seinen Schlüssel hin.

»Weil ich ein Engel bin.« Und weg war sie.

Na warte du Flittchen, dachte Schang, als er das Buch »Jagdwaffen im Leistungsvergleich« bezahlte und ohne Verpackung unter den Arm klemmte. Dir bring ich noch bei, daß man nicht jedem so frech ins Gesicht lügen kann. Mir jedenfalls nicht. Schang hieß in Wirklichkeit Hans, aber seit er als Kind aus dem Elsaß gekommen war, hatten ihn die anderen gehänselt. Dr. Hans im Schnokaloch, der waiß nit was er will. Inzwischen war Schang sein Nom de guerre. Und der hatte keinen schlechten Klang in den Kreisen, auf die es ankam.

Er schlug sich gegen die Stirn. Das war's! Das Flittchen war die von dem Foto! Das war die kleine Hure, die der Kölner Kamerad suchte! Na siehst du, Spatz, schon haben wir was, mit dem wir dir in die Suppe spucken können. Da hilft kein kurzer Haarschnitt und keine rote Farbe. Mit der Fresse wird man erkannt. Ob blond ob braun, sang er leise vor sich hin, ich finde alle Fraun. Haha. Er startete den Camaro und fuhr nach Kehl. Es gab dort was zu besprechen. Den Anruf nach Köln konnte er auch morgen noch machen. Die läuft nicht

weg. Die nicht. Die fühlt sich wohl hier. Hält den Laden
für den Speck ihrer Träume, die kleine Made.

Als er beim Siegesdenkmal an Joe in seinem Taxi vorbeifuhr, schnitt er ihn und hielt den Arm aus dem Fenster. Den linken. Mit ausgestreckter Hand.

Kurz vor halb drei war Marie mit dem Taschenbuch unterm Arm angekommen. Urs hatte es kopiert, war dann
gleich einkaufen gegangen, hatte gewaschen, und jetzt
schnitt er Steinpilze klein, briet sie an und löschte mit
Rotwein ab.

In einer halben Stunde, gegen sieben, konnte Marie fertig sein mit der Kasse, und bis dahin hätte die Soße, die
schon seit zwei Stunden vor sich hinköchelte, auch den
richtigen Grad an Sämigkeit erreicht. Sie schmeckte
schon jetzt so gut, daß er sich beherrschen mußte, nicht
andauernd zu probieren. Er gab die Pilze in den Fond und
gestattete sich noch einen Löffel. Mußte er ja. Kontrolle.
Er setzte Nudelwasser auf und sah sich um. Gab's noch
was zu tun? Nein. Der Salat war geputzt, der Tisch gedeckt, Rotweinflasche offen, Wäsche aufgehängt, Soße
auf dem richtigen Weg – nichts mehr.

Seltsam, in Irenes Wohnung zu sein, ohne daß sie jeden
Augenblick hereinschneien konnte. Hatte was Verbotenes, Heimliches, als hätte einem jemand die sturmfreie
Bude geliehen. Aha, dachte er, daher weht der Wind,
sturmfreie Bude, ich hoffe, daß Marie mich heute nacht
erhört. Er mußte lachen. Erhört. Jungejunge. Er legte sich
auf Irenes Sofa und hörte die Brian Eno Platte an, die er
ihr vor vier Jahren zum Geburtstag geschenkt hatte. Lie-

bes Tagebuch, dachte er, wo immer du auch gelandet bist, heute würde ich nichts in dich reinschreiben, weil, es fehlen mir nämlich die Worte.

Irene genoß den aufgeregten Lärm im Café Laumer. Arndt, mit dem sie hergekommen war, hatte sich in ein junges Mädchen verbissen und strahlte und redete und gestikulierte mit sich selber um die Wette. In einer Ecke saßen Elke Heidenreich, ihr Mann, Irene Dische und der Chef von Rowohlt, in einer anderen Matthias Horx und irgendein ihr vage bekanntes Fernsehgesicht; eben betrat Harry Mulisch, gefolgt von einer Traube Ergebener das Café und dahinter sah sie den unvermeidlichen Peter Wawerzinek hereindrängeln. Noch eine halbe Stunde vielleicht, dann würde der passend zu seiner schwarzen Existenzialistenkluft und österreichischen Herkunft den ganzen Laden aufmischen. Wenn er genügend Bier in sich reingeschüttet hatte, beschimpfte er alle, als wäre man im Paris der zwanziger Jahre und er der letzte integre Surrealist, der all den korrumpierten Parvenüs einen Spiegel vorhält. Diese Vorstellung gab er jedes Jahr. Eigentlich müßte ihm das Laumer Honorar bezahlen für seine effektvollen Auftritte.

Ein komischer Tag heute. Nur ein paar Minuten war sie mit Regina allein gewesen, schon hatte sich Robbi zu ihnen gesellt. Wie ein Verfolger. Irene schämte sich noch jetzt beim Gedanken daran. Diese Situation war unwürdig. Gemein, sich nach Robbis Frau zu sehnen, während er ihre Hand hielt. Sie hatte sich bald entschuldigt und war in die Halle eins zur Kunst gegangen. Und sie hatte

222

sich bei dem Wunsch ertappt, Marie wäre hier, schlendere mit ihr durch die Gänge, trenne sauber Kunst von Kitsch und befreie sie aus dieser peinlichen und miesen Lage. Marie? Wieso denn die? Wie sollte die sie denn befreien? Und woher wußte sie, ob Marie überhaupt was von Kunst verstand?

Nach einiger Zeit, einem Glas Wein und einem kurzen Gespräch mit Kerstin, wurden Wawerzineks Gebärden größer, und Irene entschloß sich, ins Bett zu gehen.

Tatsächlich drangen dann draußen laute Stimmen und das Klirren zerbrechender Gläser an ihr Ohr, als sie endlich in der Schlange nach vorn gerückt und in ein Taxi gestiegen war. Gerade noch rechtzeitig.

Marie seufzte zufrieden und nahm Urs' Hand, um sie förmlich wie ein galanter Gigolo zu küssen. Dann schnupperte sie an seinen Fingerspitzen und sagte: »Zwiebeln. Mhhm. Der Geruch macht mich ganz läufig.«

Urs schwieg und schnüffelte selber an seinen Fingern. Tatsächlich. Es roch gut.

»Du bist wirklich ein Mann zum Heiraten«, sagte Marie und schob den Teller ein Stückchen von sich weg. »Ich glaube, so gut hab ich noch gar nie gegessen.«

»Ja«, sagte Urs.

»Was, ja? Klingt das nicht ein bißchen eingebildet?«

»Ich hab ja auf deinen Antrag geantwortet.«

»Ach, das war ein Antrag?«

»Nein?«

Sie zuckte mit den Schultern, aber sie lächelte dabei.

Urs räumte die Teller ab und stellte sie in die Spülmaschine.

»Geh'n wir ins Kino?« rief er, um keine nachdenkliche Stimmung aufkommen zu lassen.

»Nein«, rief sie.

»Fernsehen oder so was?«

»So was.«

»Was?«

»Einen Ballon steigen lassen.«

Auf dem Weg zum Laden erzählte sie ihm, daß der Bassist, von dem sie das Buch geliehen hatte, einen Satz Röhrenglocken, etliche gute kleine Percussionsinstrumente und ein großes Marimbaphon zum Verkauf anbot. »Aber er leiht es uns aus, wenn wir wollen.«

»Natürlich wollen wir«, sagte Urs. »Wenn es bezahlbar ist, kauf ich's auch. Ich such schon ewig in der Zeitung nach solchen Sachen.«

»Toll.« Sie hakte sich bei ihm unter.

»Wird mein Hochzeitsgeschenk.«

Sie drückte ein bißchen: »Ich kann dich doch Irene nicht wegnehmen.«

»Wieso wegnehmen? Wir bleiben zusammen und werden Freiburgs schönste kleine Buchhandlung.«

»Das klingt wie ein Traum.« Maries Stimme klang leise, und ihre Hand an seinem Arm wurde so leicht, daß er sich beherrschen mußte, nicht hinzusehen, ob sie noch da war.

»Komm, wir spielen noch ein bißchen«, sagte sie, als er die Ladentür hinter sich abschloß, »es liegen gute Töne in der Luft.«

Das stimmte. Sie spielten lange, leise und verhalten, und es klang, als kitzelten sie einander, oder streichelten vorsichtig und staunend die federleichten Töne und Figuren, die der andere von seiner Handfläche blies.

»Ich will noch duschen«, sagte Marie irgendwann, und sie legten ihre Stöcke ab und gingen nach oben.

Oh nein, dachte Irene, das halt ich nicht aus, als die ersten Traumbilder ihres Halbschlafes vom Quietschen des Bettes nebenan zerrissen wurden. Das hätt ich mir doch denken können. Buchmesse. Rammeltreff. Und ich bilde mir ein, im billigsten Hotel von Frankfurt zum Schlafen zu kommen. Ich Idiot.

Sie stand auf und suchte nach Zigaretten. Jetzt waren auch kleine Schreie zu hören, rührende Kiekser und eine Männerstimme dazwischen, die wohl beruhigend klingen sollte, aber aufgeregt war und in der Tonlage anstieg, und Irene dachte: wenn die nicht noch einen draufsetzen, dann ist es gleich vorbei.

Sie öffnete das Fenster und blies den Rauch in die Nacht hinaus. Gegenüber im Hotel Metropol war ein reges Kommen und Gehen. Buchmesse. Und ich bin allein. Ich sollte mich betrinken. Sie schloß das Fenster. Es war kalt.

Die Frau klang ein bißchen wie Regina. Ein bißchen? Um Gottes willen! Irene saß auf dem Bett und wußte nicht, ob sie etwas fühlte, und falls ja, was es war, Enttäuschung, Magenschmerzen, Ekel oder Wut, und ihre Erstarrung löste sich erst wieder, als die Glut der Zigarette ihr die Finger verbrannte. Kein Zweifel. Nicht der geringste Zweifel. Eben hatte Regina, direkt hier nebenan, den Sprung von der Abschußrampe ins All hinter sich gebracht. Nur eine Ohrfeigenweite entfernt. Irene sah ihr eigenes kreidebleiches Gesicht, als sie den Stummel unter dem Wasserhahn löschte und in den Papierkorb warf. Die Männerstimme war nicht Robbis. Die beiden wohnten in Arndts Zweitwohnung. Nicht im Hotel. Und schon gar nicht in diesem hier. Regina schlief mit irgendwem.

Irene stand an der Tür und lauschte, bis Regina, kein Zweifel, sie war es, nebenan herauskam und sich leise verabschiedete. Dann erbrach sie sich aus dem Fenster und fiel ins Bett, ohne einen Gedanken an die Schweinerei zu verschwenden, die sie angerichtet hatte.

Urs lag nackt unter seiner Decke und wartete. Er hörte durch das Rauschen der Dusche hindurch, wie Marie sich kleine Figuren auf den Bauch klopfte, Triolen, Rudiments und kleine Sambaschnörkel. Er hatte vorsorglich ein Kondom ausgepackt und es unter sein Kopfkissen gelegt. Hoffentlich gelang es ihm, das Ding unauffällig anzuziehen. Er hatte zuwenig Erfahrung mit so was. Das ist ein Witz, dachte er, das letzte Mal hab ich's offenbar vor Aids gemacht. Das Wasser der Dusche lief nicht mehr.

Er sah, wie ihre Hand nach dem Badetuch griff und es in die Kabine zog.

»Gehn wir zu mir, oder zu dir?« fragte er.

»Zu mir«, sagte sie bestimmt, »da ist das Licht schöner.«

Schnell, noch bevor sie aus der Kabine trat, huschte er

nach nebenan. Das Kondom nahm er mit und steckte es unter ihr Kopfkissen. Er zog die Decke über sich.

Sie kam herein, ließ das Badetuch, das sie um sich geschlagen hatte, mit einer ironisch-theatralischen Gebärde fallen und zog ihm mit schnellem Griff die Decke weg.

»Du sollst nicht verbergen deines Leibes Pracht vor dem dir zugetanen Weibe«, sagte sie, als er mit einer hastigen Bewegung die Hände vor den Schoß hielt. Er ließ sie zur Seite fallen.

Im Dämmerlicht des Raumes schimmerten ihre Brüste, und sie legte die Hände in den Nacken und drehte sich kokett, bis er ihren Rücken und herausgestreckten Hintern sah.

»Soll ich dich reiten«, fragte sie über die Schulter, »oder willst du meinen Arsch?«

»Gibt's das nur alternativ?«

»Nein«, lachte sie und warf sich auf ihn. »Es gibt alles, was du willst.«

»Nur keine Missionarsstellung«, sagte er leise und atemlos von ihrem Gewicht, um den Frosch in seinem Hals loszuwerden, der schon dem vorherigen Satz alle beabsichtigte Lässigkeit genommen hatte.

»Wirst du nicht vermissen«, flüsterte sie, und dann war ihre Zunge in seinem Mund, und sie sprach nicht mehr. Und er vorläufig auch nicht.

Bis er irgendwann sagte: »Kannst du mir vielleicht noch zwei Hände leihen?« und sie antwortete: »Brauch meine selber«, und es füllte ihm die Lungen mit Luft, wozu sie sie brauchte.

Er schaffte es tatsächlich, das Kondom anzuziehen, ohne sich dafür zu schämen. Er sagte: »Muß mich ausgehfertig machen.«

»Eingehfertig«, sagte sie und half ihm dabei. »Man trägt Luftballon in dieser Saison.«

Es klingelte Sturm.

Jetzt geb ich's auf, dachte Yogi und ließ das halbe Glas Gutedel auf der Jazzhaustheke stehen. Um eins hatte Sylvie ihm Nicht-Alfons übergeben wollen, damit er ihn morgen zu Urs brachte, aber jetzt war es halb drei und nur noch die unangenehmsten Kneipenhänger lallten in die Pfützen ihrer immer weniger fokussierbaren Biere. Vielleicht hat sie die beiden ja doch noch erreicht, dachte er, oder sie nimmt den Hund mit nach Berlin.

Auf dem Heimweg fuhr ihm der Nebel in die Knochen, und er wollte sich schon auf Südfrankreich freuen, als ihm plötzlich klarwurde: ich will nicht weg. Weder von Irene, noch von Freiburg, noch aus meinem Haus, und auf einmal schienen ihm auch ein Paket Scheiße in der Post, ein gesprengter Briefkasten und die Parolen dummer Nazis an seiner Wand keine ausreichenden Fluchtgründe mehr.

Ich blas das ab. Ich bleib hier. Hoffentlich ist Urs mir nicht zu böse. Bleibe im Lande und wehre dich täglich, klimperte es beiläufig in seinem Kopf, als er am ehemaligen Kinderkrankenhaus St. Hedwig in die Stadtstraße einbog.

Er konnte sich ja in der Asylantenhilfe engagieren. Es gab auch hier genug zu tun. Warum nicht mit dem Institut für angewandte Lebensfreude zusammen eine große Einweihungsparty für die KTS geben? Auf gefälschtem städtischem Briefpapier. Und alle Honoratioren einladen, außer denen, die was ahnen könnten? Und dann überall nur Punks im Dirndl. Und Polizisten in Strapsen. Oder im Winter Odachlose betreuen. Wie wär's mit einer Stiftung? Lauter Pläne schossen ihm auf dem kurzen Stück Weges bis zu seinem Haus durch den Kopf, und alle diese Pläne hatten mit Freiburg zu tun. Und in allen stand Irene irgendwo auf seinen inneren Bildern, um seinen Taten zu applaudieren. Ich bin jetzt erwachsen. Ich bleib jetzt da. Und zwar sofort. Er lächelte, als er die Tür aufschloß.

Irene schlief die ganze Nacht nicht. Oder falls doch, dann merkte sie nichts davon. Kurz nach sechs Uhr morgens stand sie schon unten an der Theke und bezahlte ihr Zimmer, ohne gefrühstückt, oder gar nach dem Schlüssel für die Dusche gefragt zu haben. Gestern hatte man ihr die patzige Antwort gegeben, das hier sei ein Hotel und keine Badeanstalt.

Sie ging die paar Schritte zum Bahnhof an Grüppchen von Kroaten vorbei, die schon jetzt auf die Busse warteten. Sie wußte von Arndt, daß es Kroaten waren. Wochenendkrieger? Oder empfingen sie entkommene Freunde und Verwandte? Eine seltsame Stimmung herrschte hier. So naßgrau und hoffnungslos war es vielleicht auch in Lissabon vor fünfzig Jahren, dachte sie und war gleichzeitig froh, im Bahnhofsinneren angekommen zu sein, wo müde Türken mit ihren Reinigungsmaschinen schon versuchten, die Spuren dieser Nacht zu tilgen.

Sie nahm den nächsten Zug nach Süden, stieg jedoch in Mannheim wieder aus und fuhr zurück. Ich hab einen Laden, dachte sie, ich folge nicht dem ersten verletzten Impuls. Das wär nicht fair. Nicht Urs gegenüber und nicht Marie. Die verlassen sich auf mich. Ich hab hier ein Geschäft zu erledigen. So beschwor sie sich selber, bis sie schließlich Viertel vor neun vor der Messe stand und fröstelnd, die Arme um sich selbst gelegt, auf den Einlaß wartete.

Neun

Sylvie hatte Sturm geklingelt. Wie ein Feuerwehrmann beim Großalarm war Urs in die Kleider gehechtet. Das Klingeln hatte so sehr nach Unfall und Not geklungen, daß er noch an der Ladentür mit dem Zuknöpfen seiner Jeans beschäftigt war. Zwanzig nach zwei.

»Der Hund ist weg«, sagte Sylvie atemlos, »und vielleicht verletzt.« Sie hatte einen Rucksack über der Schulter und eine kleine Reisetasche in der Hand. Sie sah aus, als wolle sie gleich in Tränen ausbrechen.

»Erzähl.«

»Komm mit zum Bahnhof, mein Zug fährt in zwanzig Minuten. Ich erzähl's dir auf dem Weg.«

»Wartet, ich hol Jacken«, sagte Marie, die hinter Urs aufgetaucht war, und rannte die Treppen hoch.

Nicht-Alfons war vor dem Jazzhaus aus dem Taxi gesprungen und direkt vor die Stoßstange eines vorbeifahrenden BMW gerannt. Sylvie hatte ihn jaulen gehört und dann in Richtung Bahnhof davonschießen sehen. »Vielleicht ist er verletzt, vielleicht auch bloß unter Schock«, sagte sie, »der kann wer weiß wohin gerannt sein.«

Sie hatte nach ihm gerufen, den Bahnhof und die Parkplätze abgesucht, aber dann war die Zeit knapp geworden.

»Dabei war ich mit Yogi im Jazzhaus verabredet. Vielleicht sitzt er immer noch da. Das fällt mir jetzt erst wieder ein.«

Im Bahnhof standen, manche rothaarig, manche mit Ring oder Straßstein in der Nase, viele zerzaust und die meisten in autonomes Schwarz gekleidet, junge Leute und warteten auf den Zwei-Uhr-einundvierzig nach Berlin, der eben einfuhr, als Urs und Marie mit Sylvie den Bahnsteig betraten.

»Ich bleib hier«, sagte sie, »ich kann so nicht wegfahren.«

»Deine Oma braucht dich doch. Sie wartet sicher sehnlichst. Wir suchen ihn.« Urs war deprimiert, denn das Bild eines verletzten Nicht-Alfons, der unter irgendeinem Busch verblutete, ging ihm nicht mehr aus dem Kopf. »Fahr du mal los.«

»Mach dir keine Sorgen«, sagte Marie, und es klang wenig überzeugt. »Ruf an, wenn du da bist. Vielleicht bellt er dir dann schon was ins Telefon.«

Der Zug fuhr ab, und Marie nahm Urs' Hand. »Und jetzt?«

»Suchen«, sagte Urs. »Ich. Du schlafen.«

»Nein, ich helf dir.«

»Sollen wir ins Jazzhaus und nach Yogi schauen?«

»Der ist bestimmt nicht mehr da. Geh du rechts vom Bahngleis, ich geh links, und wir treffen uns am Kandelhofkino, okay? Wer ihn vorher findet, tut, was nötig ist, und der andere geht den Weg gegenüber zurück.«

»Du bist ja ein Organisationstalent«, sagte Urs, »viel Glück«, und sie trennten sich mit einem flüchtigen Kuß.

Aber so flüchtig war der Kuß nicht, als daß er nicht

doch eine Reaktion in Urs' noch immer aufgeregtem Körper bewirkt hätte. Das Kondom. Er spürte es ganz deutlich. Obwohl ihm vor Angst um den Hund ganz schlecht war, schüttelte er den Kopf. Das kenn ich doch aus irgendeinem Buch, dachte er, das ist so blöd, daß es nur mir in Wirklichkeit passieren kann.

Er ging zu jedem Gebüsch und rief leise nach Nicht-Alfons. Einmal hörte er ein Geräusch, aber es war ein murrender Berber, der keinen Hund gesehen hatte.

Urs fror, und ein Blick auf die Bäume zeigte ihm schon gelbe, rote und braune Blätter.

Er probierte jede Unterführung, denn er war sich nicht sicher, hinter welcher der Kandelhof lag. Es war die sechste.

»Nichts«, sagte Marie, die dort schon auf ihn wartete und schlang die Arme um ihn. »Der ist tot, das spür ich.«

»Nein«, sagte Urs und strich ihr übers Haar, »das spür *ich*.«

Er brachte sie nach Hause und ging wieder los. Erst gegen fünf Uhr morgens gab er auf. Nicht-Alfons konnte an jeder Ecke einen Haken geschlagen haben, konnte überall tot liegen – es war eigentlich völlig sinnlos gewesen, bis nach Zähringen zu gehen und nach ihm zu rufen. Trotzdem nahm sich Urs vor, genau dasselbe gleich morgen wieder zu tun und den Radius dabei einfach zu vergrößern.

Er machte kein Licht und zog sich leise aus, zupfte das lächerliche Kondom ab und überlegte, ob es jetzt gebraucht war oder neu. Neu, entschied er und steckte es in die Hosentasche. Dann legte er sich zu Marie und rückte so nah wie möglich an ihren warmen Rücken heran. Bin gespannt, was das nächste Mal dazwischenkommt, dachte er und schämte sich, denn das Bild des verletzten Nicht-Alfons wollte ihm nicht aus dem Kopf.

»Hast du Regina heut schon gesehen?« Robbi war neben sie getreten, als Irene am Stand von Maro einen Bestellzettel ausfüllte.

»Nein«, sagte sie mit schlechtem Gewissen, denn nur für Rabulisten wäre das keine Lüge gewesen.

»Sie ist weg, seit gestern nacht«, sagte Robbi bedrückt, und Irene hoffte, er würde ihr nicht sein Herz ausschütten. Bitte nicht, dachte sie, ich bin der schlechteste Kummerkasten, den du dir aussuchen kannst, aber er drehte sich schon wieder um und sagte im Gehen: »Vielleicht nach Haus gefahren.«

Hoffentlich, dachte Irene, dann begegne ich ihr nicht. Das wäre das Letzte. Sie hätte ihr nicht in die Augen sehen können.

Ich bin ja gar nicht mal eifersüchtig. Ich fühle mich nur so mies belogen. In ihrem Kopf sagte eine sarkastische Stimme: Ihr seid doch nie eifersüchtig. Euch stört doch nur immer was an der Art und Weise, nie das Betrogensein selber. Man darf euch jederzeit betrügen, nur keiner weiß, wie.

Sie brachte an diesem Tag alles hinter sich und machte sich auf den Weg nach Hause. Bevor sie das Messegelände verließ, kaufte sie ein schönes, in schwarze Pappe gebundenes Notizbuch für Urs. Gern hätte sie auch ein Geschenk für Marie gehabt, aber nichts war ihr schön genug. Ich hab Sehnsucht nach den beiden, dachte sie. Meine Leute. Ich freu mich auf zu Hause. Die Gedanken klangen trotzig in ihrem Kopf, so trotzig, wie man eine Halbwahrheit betont, und eine Spur zu laut, als wolle sie sich selbst überzeugen. Aber eins war sicher: Frankfurt, die Messe und Regina, vor allem die, konnten ihr gestohlen bleiben.

Im Laden kam Marie nicht zum Verschnaufen. Die Medien waren voll mit Rezensionen, Autorenporträts und Artikeln über Literatur, und das machte sich an der Kasse bemerkbar.

Urs ging als erstes zur Zeitung und gab eine Anzeige auf: »Junger Hund, vielleicht verletzt, sehr lieb, mit weißer Schnauze und weißer Pfote in Bahnhofsnähe entlaufen. Vermutlich Richtung Zähringen. Hört auf den Namen Nicht-Alfons. Belohnung.« Dann ging er noch einmal jede Straße ab, kreuz und quer, vergrößerte den Kreis noch um jeweils zwei Parallelstraßen, aber diesmal rief er nicht mehr, sondern schaute bei allen Plätzen, an die sich ein erschreckter Hund verkriechen konnte, so genau wie möglich nach.

Am Nachmittag rief er die Tierärzte an, und am Abend heftete er fotokopierte Suchmeldungen an die Bäume. Leider ohne Bild.

ZEHN

Geralds erster Impuls, als er den Anruf erhielt, war, einfach loszufahren, in diesen Laden zu stürmen und Marie an den Haaren hinter sich her nach Köln zu ziehen. Was glaubte die eigentlich? Erstens war er auf sie angewiesen mit der Kneipe – bis er Ersatz für sie aufgetrieben hatte, war alles drunter und drüber gegangen – und zweitens hatte sie auch noch zehn Hunderter aus der Kasse genommen. Und dann einfach so weg. Flitz. Das machte man nicht mit ihm. Aber er würde nicht diesem ersten Impuls folgen, sondern ganz lieb in Freiburg antanzen und sie bitten, mit ihm zurückzukommen. Sie brauchte ihn doch auch. Hatte sie oft genug gesagt. Na, ja, das war ein bißchen früher gewesen. Aber die harte Tour mochte sie, das wußte er genau. So was spürt man. Daß sie dabei immer so ablehnend und steif tat, war Teil des Spiels. Das gehörte zur Inszenierung. War doch sowieso alles hier nur eine Inszenierung. War doch nichts dran echt.

Gut, sie hielt nichts von der Bewegung, na und? Er doch auch nicht. Waren doch alles nur Jungs, die einen auf stark machten. Waren doch nur Sprüche, die taten doch niemandem was. Und Politik würden die auch nie machen, die nicht, also, wo lag das Problem?

Das Problem lag darin, daß er nicht so einfach wegkonnte. Und ihr bloß einen Brief zu schreiben, das war

236

Quatsch. Sie mußte schon direkt seiner Ausstrahlung erliegen, mußte seine Stimme hören, sein Gesicht sehen, wenn er schwor, daß er sie liebte, daß er sie brauchte und daß die Kneipe ja auch nicht sein endgültiger Lebenszweck sein mußte. Blöde Kuh.

Ob ein, zwei Ohrfeigen nicht doch ganz angebracht wären? Na, ja, das konnte er sich noch auf der Fahrt überlegen. Erst mal eine Vertretung für den Tresen finden. Seit er keinen Ruhetag mehr machte, war irgendwie nichts mehr mit normalem Leben. Scheißjob.

»Vielleicht hat ihn ja jemand aufgenommen und pflegt ihn jetzt gesund«, sagte Marie, der die Erschöpfung ins Gesicht geschrieben stand, als sie den Laden abschloß und daranging, die Kasse zu leeren. »Morgen kommt die Anzeige. Wenn wir Glück haben, ruft eine nette alte Dame an, die sich schon in ihn verliebt hat.«

»Hoffentlich«, sagte Urs, aber er glaubte nicht mehr daran.

»Das arme Vieh«, sagte sie.

Vor lauter Suchen hatte Urs keine Zeit gehabt, einzukaufen. Geschweige denn zu kochen.

»Irene hat noch Brot im Kasten«, sagte er. »Komm, wir essen alles, was im Kühlschrank ist mit Butterbrot und glotzen den dümmsten Film des Abends.«

Es war kühl in Irenes Wohnung, und Urs machte sich auf die Suche nach der Heizung. Wird bald Winter, dachte er, das paßt zu meiner Stimmung. Zu unserer.

Es gab Thunfisch, Dosenravioli und Bier. Dazu einen Amifilm, in dem es darum ging, möglichst viele böse unamerikanisch aussehende Drogenhändler in den Rücken zu schießen, dabei und auf dem Weg dorthin möglichst viel Blech zu zermatschen, und das alle paar Minuten mit irgendeiner unsinnigen Explosion zu illuminieren.

Die meiste Zeit schwiegen sie. Ihre Stimmung besserte sich nicht, nur manchmal, wenn einer von ihnen die Hand zum anderen schob, war etwas wie Wärme da. Aber das konnte auch von der Heizung kommen.

Irgendwann, der Film lief noch, aber sie waren beide in Gedanken ganz woanders, sagte Marie unvermittelt in das Geknalle und Gekreische des Fernsehens hinein: »Wir können's heut nicht machen.«

»Ja«, sagte Urs. Er war sich sicher, zu wissen, was sie meinte: Nicht so deprimiert. Nicht beim ersten Mal.

»Heh, ein Empfangskommitee, das ist aber nett.« Sie hatten Irene nicht hereinkommen hören und erschraken.

»Ihr braucht nicht so zusammenzufahren«, sagte Irene, »oder erwisch ich euch grad bei was Verbotenem?«

»Nein«, sagte Urs und stand auf, »der Hund ist überfahren.«

Irene stand starr und sah ihn zuerst ungläubig, dann mit immer weicher werdenden Konturen um die Augen an.

»Ist nicht sicher.« Marie machte zwei schnelle Schritte, weil sie sah, daß Irene die Tränen kamen. Sie nahm sie in die Arme und legte ihr die Hand auf den Hinterkopf. »Er ist nur weggerannt. Vielleicht hat er sich bloß erschreckt. Er ist in ein Auto gelaufen. Muß nicht schlimm sein.«

Irene setzte sich, und ihr Kopf sank langsam nach vorne. So starrte sie schweigend ins Leere, während Marie, deren Hand jetzt auf ihrer Schulter lag, ihr die ganze Geschichte erzählte.

»Schlaft ihr bitte bei mir?« sagte sie später, als Urs mit einem Bier für sie ins Zimmer gekommen war. »Das ist heut irgendwie zuviel.«

»Was war denn noch?« fragte Urs.

Marie schickte ihm einen strafenden Blick und schüttelte den Kopf.

»Nichts«, sagte Irene. »Nichts Erzählbares jedenfalls.«

Ich bin aufgewacht, weil ich irgendwas geträumt habe. Weiß nicht mehr was, nur daß ich aufgeregt war. Ein Alptraum war es nicht, die Aufregung war eher – ich weiß nicht. Keine Angst jedenfalls.

Das ist vielleicht ein komisches Gefühl, wieder in ein Buch zu schreiben. Wie ein Rückfall. Ich hatte mir das doch abgewöhnt. Na, ja, Musik hab ich mir auch schon mal abgewöhnt. So was scheint bei mir nicht lang zu halten. Ich sollte mir das Abgewöhnen vielleicht abgewöhnen. (Kuli, bitte! Geht das schon wieder los?) Sirene hat mir das Buch vor dem Schlafengehen gegeben. Es ist schön. Ich hab mich darüber gefreut. Vielleicht hab ich's nicht so recht gezeigt, war irgendwie nicht der Moment.

Wir liegen alle drei im selben Bett, das heißt, jetzt natürlich nur die beiden. Sirenes Bett ist riesig, ich könnte noch ein Pärchen von der Straße dazubitten.

Marie und Irene so beieinander schlafen zu sehen, das

ist ein Bild zum Heulen. Die Schöne und die Zarte – wenn sich eine nur ein bißchen bewegt, dann liegen sie sich in den Armen und wissen es nicht mal. Zerreißt mir das Herz. Wenn die sich berühren – ich könnte mir vorstellen, dann kommt ein Blitz, verbrennt das Bettzeug und mich gleich mit, und nichts bleibt mehr übrig als die beiden. Feuerwerk. Ich sollte mich wieder dazwischenlegen, bevor das passiert.

Sirene ist auch nicht in Ordnung. Sie kam schon todunglücklich zur Tür herein. Die Nachricht von Nicht-Alfons hat ihr nur den winzigen Rest gegeben, der noch fehlte. Sie wollte erst übermorgen kommen.

Eigentlich würde ich am liebsten alle beide in den Arm nehmen, streicheln, trösten und nicht wieder loslassen und gleichzeitig von beiden gestreichelt, getröstet und nicht wieder losgelassen werden. Aber ist das nicht ein bekloppter, überholter und widerlegter Hippietraum? Jules et Jim?

Sirene hat vor zehn Jahren noch mal mit mir geschlafen, und im Gegensatz zum erstenmal schien es ihr Spaß zu machen. Mir allerdings nicht, aber das hab ich ihr nie verraten. Ich fühlte mich wie bei einer Prüfung. Es war schrecklich. Und sie war betrunken. Also zählt es nicht.

Marie? Will sie mich?

Urs wachte auf, weil das Telefon klingelte. Ohne auf die Uhr zu sehen, sprang er aus dem Bett und rannte zum Apparat. Aber es war nur Sylvie, die wissen wollte, ob sie den Hund gefunden hatten.

Viertel vor acht. Er setzte Teewasser und Kaffee auf,

zog sich leise an und wollte eben aus dem Zimmer, um Brötchen und Milch zu holen, als er vom Bett her ein Rascheln hörte. Irene sah ihn mit wachen, lächelnden Augen an und legte einen Finger auf den Mund. Marie hatte sich in ihren Arm gedreht und schlief tief, die Lippen geschürzt und die Lider fest zusammengekniffen, als schütze sie damit ihren Schlaf vor grellem Licht. Auf Zehenspitzen trat er an das Bett und küßte Irene auf die Stirn. Sie schloß die Augen.

Nimm sie mir nicht weg, dachte er auf dem Weg zum Bäcker, aber diese Beschwörung stolperte seltsam fade und verlogen in ihm herum, so als repetiere er einen dummen Text, der davon nicht gescheiter wird.

Als er zurückkam, legte Irene gerade den Hörer auf. Marie war unter der Dusche; das Wasser rauschte, und Urs glaubte sogar das kleine Klatschen triolischer Sambaschnörkel zu hören.

»Schon der dritte Anruf«, sagte Irene.

»Und?«

»Gute Ratschläge. Nichts als gute Ratschläge. Und eine Frau will ihn bei den Obdachlosen gesehen haben.«

»Dann klappere ich die nachher ab. Das wär sogar möglich.«

»Weißt du was?« Irenes Stimme klang heller als gestern, vielleicht hatte sie sich schon wieder gefangen. »Mir ist eingefallen, daß er immerhin nicht schwer verletzt sein kann, sonst hätte irgendein Tierarzt was von ihm gesehen. Also ist er tot oder quietschfidel.«

»Ja.« Den Gedanken hatte Urs auch schon gehabt. Das Schlimme daran war ja die Alternative.

241

Ist das schon so lange her, fragte er sich, als er später am Stühlinger Kirchplatz auf den Boden starrte, um irgendeinen, auch noch so winzigen Rest des Kreidebildes zu entdecken. Aber da war nichts mehr.

Bei den Pennern hatte er kein Glück. Alle möglichen Hunde gab es dort, aber keinen Nicht-Alfons. Urs besuchte jeden ihm bekannten Treff. Es zog ihn zurück zum Laden, weil dort das Telefon stand.

Inzwischen spürte er auch keine Trauer mehr, nur wenn er an Irenes Augen dachte, zuckte es noch hin und wieder über sein Zwerchfell. Er dachte Dinge, die er selber albern fand, wie: Hoffentlich gibt's einen Hundehimmel, oder: Ich drück dir nachträglich die Daumen, daß es schnell gegangen ist. Schon komisch. Immer wenn's ans Abschiednehmen geht, dann will man den lieben Gott wiederhaben.

Der Mann im Dufflecoat mit dem irischen Namen fiel ihm wieder ein. Sie sind ein Engel, hatte er gesagt. Konnte sein. Bei Marie würd's mich nicht wundern. Ein Engel im Tiefflug. Auf Dienstreise. Hoffentlich mit dem Auftrag, mich glücklich zu machen. Oder wenigstens uns beide. Sirene und mich.

Vor dem Laden sah er den Mann. Er hielt das Bündel mit den fotokopierten Buchseiten unterm Arm, und steuerte auf die Dreisam zu. Der hat, was er will, dachte Urs, den hat sie schon mal glücklich gemacht.

»Keine Anrufe«, sagte Marie, als er den Laden betrat. »Keine brauchbaren jedenfalls«, korrigierte Irene.

Irgendwas war seltsam. Weder Irene noch Marie sahen

242

ihn an, obwohl niemand sonst im Laden war. Als hätte er sie bei irgendwas gestört. Er fühlte sich unwohl, wie in eine Runde geplatzt, die eben über ihn hergezogen hatte.

»Ich schlaf noch eine Stunde«, sagte er und ging nach oben.

Er wachte auf aus einem Traum, der im strömenden Regen gespielt hatte. Der Regen war so stark gewesen, daß er ein Kreideporträt von Nicht-Alfons in Sekunden von der Straße gewaschen hatte.

Marie kletterte aus der Duschkabine, kam auf sein Bett zu und kniete sich, nackt wie sie war, über ihn. Sie zog seine Decke zwischen ihren Beinen weg und sagte leise: »Ich reite dich. Schlaf weiter, dann träumst du mich.« Er schloß die Augen.

Erst als sie ihn in sich aufgenommen hatte und sich weich, die Hände auf ihre Hüften gestützt, zu bewegen begann, fiel ihm ein, daß er das Kondom nicht anhatte. Und wenn schon, dachte er und öffnete die Augen. Sie sah ihn an.

»Schlaf«, sagte sie.

»Wie spät ist es?«

»Halb zwei.«

»Und Irene?«

»Ist nach Hause. Waschen.«

»Du bist so schön.«

»Hm.« Sie strich sich über die Brüste und bog den Oberkörper nach hinten.

»Gut?« fragte sie irgendwann.

»Soll nie aufhören«, sagte er.

»Wird aber.«

»Nie«, stieß er hervor, aber nicht aus Ärger oder Angst, sondern weil er schon da angekommen war, wo alles aus ihm hervorgestoßen wurde. Sein Zögern, seine Vorsicht, sein Kummer und seine Kraft, aller Überschuß und Mangel, alles Eindeutige und Vage, alle Leere und alle Zufriedenheit, und ihm war für einen einzigen Moment klar, daß er hierher gewollt hatte, nirgendwohin sonst, an keinen anderen Ort, in keinen anderen Schoß, aber diese Klarheit verging wieder, denn sie war kein Gedanke, sondern etwas wie ein Strudel der Wahrnehmung, so reißend, wie Strudel nur Millimeter über dem Eingang sind, in den sie alles ziehen, dem Eingang zur Hölle, zum Himmel, zum Nichts.

Marie schien mit ihm dort gewesen zu sein, denn sie saß still, mit weichen Lippen und geschlossenen Augen und hatte ihre Arme ausgebreitet, als wären es Flügel und hebe sie jeden Moment ab. Und als wäre das ganz normal.

Er spürte ihre Wärme um sich und die Kühle ihrer Haut auf sich, und er konnte regelrecht zuhören, wie dieses Gefühl verschwand. Wie es schrumpfte, sich entfernte, sich aus ihm, aus ihnen beiden zurückzog, um irgendwohin zu verschwinden, vielleicht dorthin, wo der Strudel hinzog; und ein melancholisches Glück war in seinen langsamer und tiefer werdenden Atemzügen, denn er wußte: Das war einmal so und wird nie wieder so sein, und ich werde immer danach suchen, doch von jetzt an gibt es nur noch ein »Fast.«

»Musik«, sagte sie. »Die schönste und traurigste der Welt.«

»Soll nie aufhören«, sagte er.

»Hat schon.« Sie küßte ihn und streichelte seine Haut mit ihren Brustspitzen. Dann legte sie ihre Hände in seine Achselhöhlen, als wolle sie sich dort wärmen.

»Eine falsche Bewegung«, sagte er, »und du kitzelst mich.«

Sie machte die falsche Bewegung.

ELF

Sylvies Oma war wieder in Ordnung und sollte entlassen werden. Ihre Freude über den seltenen Besuch hatte nicht lange vorgehalten. Ebensowenig wie der Gesprächsstoff. Sylvie war froh, als am zweiten Tag ihr Onkel kam und die alte Dame wieder nach Hause holte.

Anfangs hatte sie sich unwohl gefühlt. Wie ein Provinztrampel. Ob sich die Szenerie verändert hatte, oder sie selbst – es war nicht mehr wie früher. Die Tanten hier waren alle so geschliffen und stilisiert; jeder Schritt und jede Geste saß, als lauere irgendwo eine Kamera. Ist nichts mehr für mich, dachte sie, ich werd alt, ich langweile mich mit Leuten, die jeden Abend dieselbe Glanznummer abziehen und die Kneipe wechseln, wenn das Publikum gähnt. Lauter einsame, coole Königinnen. Da bin ich lieber daheim einsam unter Fremden, dachte sie, als hier unter Gleichen. Sie fand die abgebrühte Show hier nicht mehr als ironisches Zitat der patriarchalischen Welt amüsant. Das war kein Zitat mehr, das war dasselbe.

Mit ihrer Freundin aus alten Tagen hatte sie sich zwei Nächte lang in den Trubel gestürzt, aber eine Frau, die sie fast pflichtschuldig abgeschleppt hatte, war ihr so blasiert und unreif erschienen, daß sich Sylvie hinterher geschämt hatte. Schämten sich Männer auch, wenn sie so loszogen? Ich muß weg hier, dachte sie, Berlin ist nicht mehr die belüftete Nische von früher, es ist die richtige Welt. Was hab ich in der richtigen Welt verloren?

Am dritten Tag machte sie sich selbständig und hatte das Gefühl, ihre Freundin sei nicht besonders böse deswegen. Sie besuchte die Nationalgalerie, Schloß Bellevue und Potsdam. Das ist das Richtige für uns Landpomeranzen, dachte sie. Und dann wieder dahin, wo die Heizung funktioniert. Oder wo man sie gar nicht braucht, weil es noch warm ist. Schlechter gelüftet, aber warm.

Endlich wieder im Zug fühlte sie Erleichterung oder Enttäuschung, irgendwas zwischen Entspanntheit und Trauer, und als sie sich konzentrierte, um herauszufinden, was es war, da wurde ihr auf einmal klar, daß sie die ganze Zeit an den Hund gedacht hatte. Bei jedem Anruf hatte es geheißen, nichts Neues, und sie hatte, solange sie in Berlin war, geglaubt, sie finde sich damit ab. Jetzt merkte sie, wie die Angst wiederkam, Nicht-Alfons könnte tot sein. Ich finde dich, sagte sie sich immer wieder, ich finde dich. Und bring dir bei, wie man sich im Straßenverkehr benimmt.

Die vergangenen Tage waren sonnig gewesen. Jeder verfügbare Stuhl wurde nach draußen gestellt, und alle schienen sich darin einig zu sein, daß man jedes Quentchen der letzten Wärme dieses Jahres auskosten müsse. Der Winter würde kalt werden – es sammelten sich Vögel zum Flug nach Süden, die sonst immer hier überwinterten.

Von Nicht-Alfons gab es keine Spur.

Urs stand auf und riß sich los vom Anblick der Blumenverkäuferin, die ihre Sträuße band, als wäre das eine spezielle Art der Meditation. Der Kaffee schmeckte hier noch immer nicht.

Mittagspause. Urs war auf der Suche nach Dekorationsstoff für die Schaufenster. Gestern hatte Marie die neuen Instrumente aufgebaut, und sie hatten eine Weile gespielt. So kann ich leben, dachte Urs. Genau so. Mehr brauch ich nicht. Mehr kann ich mir gar nicht vorstellen. Im Keller war kaum noch Platz für die Kartons. Er würde in der nächsten Zeit alle paar Tage zum Müll fahren müssen, sonst wäre ihr wunderbarer Proberaum verschandelt. Allerdings, in nächster Zeit würden sie eh nicht sehr viel zum Spielen kommen. Das Weihnachtsgeschäft warf schon die ersten Schatten voraus, und sie arbeiteten oft wie Maschinen. Oder wie Zahnräder einer einzigen Maschine, die gut ineinanderfaßten.

Irgendwann steige ich doch mal auf diesen Turm, dachte er und zögerte kurz, weil er überlegte, ob er einen Strauß Blumen für Marie kaufen sollte. Und einen für Irene? Nein, das war blöd. Er ging zum Kaufhof. Die Stoffabteilung dort war nicht schlecht.

Als er an die Ecke zur Grünwälderstraße kam, hörte er vertraute Klänge. Csárdás oder Polka. Oder Mazurka? Tatsächlich, es waren die Polen aus Köln. Oder Tschechen. Oder Ungarn. Egal. Er hatte eine Idee. Besser als Blumen.

Das kann nicht gutgehen, dachte Marie, es gefällt mir zwar, ist wie Champagner in den Adern, aber es kann nicht gutgehen. Die schöne Irene auf der einen Seite und der milde Bär auf der andern. Ich glaube, sie kann damit leben, daß ich mit ihm schlafe, aber er? Wenn er wüßte, daß ich es auch mit ihr tue? Und wie gut es mir gefällt? Ich bin tatsächlich in alle beide verliebt. Von mir aus könnte alles so bleiben. Aber es geht nicht gut.

Ich reite mich doch immer wieder rein. Hoppla, sie mußte lächeln, reinreiten, genau, das ist es, was ich tue. Sie zog sich aus, denn sie wollte die Mittagspause nutzen für eine halbe Stunde Schlaf.

Urs war unterwegs in der Stadt, Irene saß zu Hause über den Rechnungen, und Marie genoß die Müdigkeit, der sie jetzt nachgeben durfte. Sie streckte sich.

Es klingelte. Mist. Wer soll denn das sein? Urs hat einen Schlüssel, Irene auch, wer kann denn jetzt in der Mittagspause hier reinwollen? Sylvie? Die ist noch in Berlin. Und Regina im Urlaub mit ihrem Robbi. Yogi? Es könnte Yogi sein. Der kommt gerne ungelegen.

Sie ging, ohne sich anzuziehen, die Treppe hinunter und linste am Absatz über das Geländer. Erst mal sehen, ob sich's lohnte, da zu sein.

Für einen Augenblick blieb ihr die Luft weg. Gerald! Um Himmels willen. Wie hat der Scheißkerl mich gefunden? Er hielt eine Rose in der Hand. Jetzt klingelte er wieder. Langsam, als fiele ihr die Bewegung schwer, zog sie sich aus seinem Blickwinkel zurück und atmete tief ein. Jetzt ist alles kaputt, dachte sie, alles.

Und dann dachte sie nicht mehr, sondern handelte wie nach einem vorher festgelegten Alarmplan: huschte nach oben, zog sich an, stopfte alle erreichbaren Kleider in ihre Reisetasche, schrieb einen Zettel und stieg aus dem Fenster zum Hinterhof. Die Tasche hatte sie fallengelassen und jetzt ließ sie sich vom Fenstersims hängen, bis ihre Füße den darunterliegenden Vorsprung berührten. Dann sprang sie von dort auf die Steinplatten.

Die kenn ich doch, die Dame, dachte Joe, die hab ich doch schon mal gesehen. Aber ihm fiel nicht mehr ein, wo. War auch kein Wunder. Bei dem Job. Er kuppelte ein und gab Gas. Vielleicht machte sie öfter mal so lächerliche Fahrten. Vom Martinstor zum Bahnhof. Spuckweite. Mit dem bißchen Gepäck. Ist bestimmt was Besseres. Zu gut für einen Fußmarsch von acht Minuten.

Apropos Fußmarsch. Am nächsten Samstag ging's wieder ins Gelände. Taubergießen. Schöne Gegend. War fast wie früher bei den Pfadfindern. Nur daß es jetzt echt war. Kein Kinderspiel. Echtes Training. Mußte auch sein. Schang hatte gesagt, demnächst steht wieder was Größeres an. Gut. Bis Führers Geburtstag war noch ein Stück. Wir schlafen nicht. Sind keine Saisonbewegung. Keine Langeweile.

»Sechs Mark achtzig«, sagte er.

Irene konnte sich nicht konzentrieren. Sie hatte ein schlechtes Gewissen. Das wird wohl bei mir zum Dauerzustand, dachte sie. Wie kann ich ihm das nur antun, Urs vertraut mir doch. Zum Glück fand Marie auch, daß er nichts erfahren durfte. Sie hatte recht. Auf keinen Fall. Dabei könnten wir doch eigentlich zu dritt leben. Ohne Eifersucht. Wir sind doch keine Spießer. Sind wir nicht? Wer sagt das?

Trotzdem. Schlechtes Gewissen hin oder her, Marie war ein Wunder. Ein Engel. Diese Frau war zur Liebe geboren. Wenn Regina der Entwurf war, dann war Marie die Reinzeichnung. Oder besser noch, das fertige Modell.

Regina. Bin mal gespannt, wann die sich wieder meldet. Es tut seltsamerweise nicht mehr weh. Wegen Marie. Die hat mich gerettet. Vielleicht landet Regina ja noch mal bei Sylvie. Dann wäre hier so richtig schön aufgeräumt. Ordnung in unserer kleinen Idylle. Nein, halt, ich müßte parallel noch was mit Yogi anfangen.

Wenn bloß Urs nichts bemerkt. Lieber Gott, wenn es dich gibt, laß es bleiben, wie es ist und laß den Bär nicht merken, was wir hinter seinem Rücken tun. Der Engel und ich.

Der Zug fuhr an. In einer halben Stunde bin ich in Basel, dachte Marie, und dann noch sechs oder sieben bis Genua, die Zeit ist mir egal. Mir ist alles egal.

Sie suchte unkonzentriert in ihrer Tasche. Wonach? Wußte sie nicht. Vielleicht, um zu sehen, was sie alles eingepackt hatte. Das hier bestimmt nicht. Ein Heft. Wie kam das hier rein? Sie schlug es auf. Sie las: »Es ist Sommer. Der letzte meiner Kindheit...« Die Worte verschwammen vor ihren Augen. Obwohl sie sie wieder und wieder las.

»Boehler?«

»Urs?«

»Ja.«

»Hellmut hier. Der Typ mit der Baseballjacke, erinnerst du dich?«

»Hallo.«

»Was läuft denn da für geile Musik bei dir? Ist das Ethno?«

»Die läuft nicht, das ist eine echte Band. Die spielen vor dem Laden. Hab ich bestellt, um meine Liebste aus dem Schlaf zu musizieren. Du hältst mich grad auf dem Weg zum Wachküssen auf.«

»Oh, tut mir leid. Also, ganz kurz: Hast du Lust eine Tour entlang der Westküste zu machen?«

»Westküste? Von Sylt oder Friesland?«

»Depp. USA natürlich. Von Seattle nach Southern California. Goethe-Institut. Gut bezahlt.«

»Nein. Ich bleibe im Lande und nähre mich redlich. Ich mach 'ne Buchhändlerlehre. Kann hier nicht weg. Das Weihnachtsgeschäft steht vor der Tür.«

»Schade, dann frag ich Curt Cress. Oder Udo Dahmen.«

»Tu das. Und viel Spaß.«

»Ja, dir auch. Grüß deine Liebste von mir. Bei dem Krach kann sie bestimmt nicht schlafen. Bis die Tage.«

»Ja.«

Er ging nach oben. Marie war bestimmt schon aufgewacht. Ihre Polenband direkt vor dem Laden als Weckmusik, das mußte ihr gefallen. Viel besser als ein Blumenstrauß.

Ihr Zimmer war leer. Und ihre Kleider waren weg.

Und auf dem Tisch lag ein Zettel. »Verzeiht mir. Ich liebe Euch. Ich träume davon, Euch wiederzusehen. Vergeßt mich nicht. Marie.«

Gedämpft durch den Laden und das Treppenhaus hörte Urs, daß die Kapelle jetzt einen Walzer anstimmte.

»Was ist denn hier los?« Irene war hinter ihn getreten. Er reichte ihr wortlos den Zettel. Ohne sie anzusehen.

Der Walzer war längst verklungen, und die Musiker packten ihre Instrumente ein, als Irene mit fast tonloser Stimme sagte: »Das wäre sowieso nicht gutgegangen.«

Ihr Kopf bewegte sich kaum von der Ohrfeige, die Urs ihr versetzte. Sie sah ihm gerade in die Augen und zeigte keine Reaktion. Dann verschwamm ihr Bild.

Das nächste, was er spürte, war, daß er in ihren Armen lag und nicht mehr wußte, wo er aufhörte oder anfing.

»Heh, was ist denn hier los, ein Techtelmechtel?« Sylvies Stimme klang unsicher. »Eigentlich wollte ich fragen, ob du mir paar Fotzendübel leihen kannst, ich krieg meine Tage und Stöpsel sind aus.«

Irene und Urs schwiegen.

»Und außerdem steht Kundschaft im Laden. Ein Typ mit einer Rose und zwei leckere Studentinnen.«

»Hör schon auf«, sagte Irene und löste ihre Arme von Urs. Mit einem festen Griff um sein Handgelenk sah sie ihm in die Augen und fragte: »Hilfst du mir?«

»Ja.«

William Kotzwinkles
»herrliche Satire« (Spiegel) auf den Kulturbetrieb

William Kotzwinkle
Ein Bär will nach oben
Roman
Aus dem Amerikanischen
von Hans Pfitzinger
276 S. · geb. mit SU · DM 36,–
ISBN 3-8218-0374-6

Es war einmal ein großer, brauner, amerikanischer
Bär, der fand unter einer Fichte ein Roman-Manu-
skript. Weil er es nicht schlecht fand, zog er sich
einen Anzug an und machte sich damit auf nach
New York. Und er nahm Amerika im Sturm.

»Eine Mischung aus ›Forrest Gump‹ und den
satirischen Attacken auf den American way of life
eines T.C.Boyle. Selten wurde der sogenannte
Kulturbetrieb treffender karikiert als in in dieser
Fabel.« *Schweizer Illustrierte*

»... ein riesiges Lesevergnügen, ein skurriler Roman
über das Auf und Ab des Lebens, eine gelungene
Satire auf die Eitelkeit der Medienwelt, eine überaus
geschickte Reflexion über die alten Gegensätze
von Stadt und Land, Natur und Unnatur, eine große,
moderne, zeitgemäße Fabel.« *NDR*

EICHBORN.

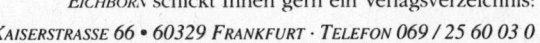
Eichborn schickt Ihnen gern ein Verlagsverzeichnis:
Kaiserstrasse 66 • 60329 Frankfurt · Telefon 069 / 25 60 03 0
Fax 25 60 03 30 · Internet: http://www.eichborn.de

JUNGE AUTORINNEN
BEI GOLDMANN –

Freche, turbulente und umwerfend komische Einblicke in
die Macken der Männer und die Tricks der Frauen

43750

43518

43608

43569

JOY FIELDING

Ein Anruf am frühen Morgen verändert Bonnie Wheelers
wohlgeordnetes Dasein auf einen Schlag: Joan,
die Ex-Frau ihres Mannes, warnt Bonnie vor einer
geheimnisvollen Gefahr, in der sie und ihre kleine
Tochter schweben sollen.
Wenig später wird Joans Leiche gefunden...

»Ein Meisterstück!« *Für Sie*
»Mörderisch spannend!« *Kieler Nachrichten*

GOLDMANN

43262

SCHMÖKERSTUNDEN
BEI GOLDMANN

42747

43250

43310

43746

GOLDMANN

ELIZABETH GEORGE

....macht süchtig!

Spannende, niveauvolle Unterhaltung
in bester britischer Krimitradition.

43771

43577

42960

9918